SHELTERED IN BLUE

— I —

Wenn Barrikaden brennen

Svea Lundberg

Julia Fränkle-Cholewa
Zwerchweg 54
75305 Neuenbürg
info@svealundberg.net
www.svealundberg.net

Korrektorat & Buchsatz: Annette Juretzki/ www.annette-juretzki.de

Covergestaltung:
Minelle Chevalier/ www.mc-coverdesign.de
Bildrechte:
© outsiderzone /depositphotos.com
© Freepik/freepik.com

Die in diesem Buch geschilderten Handlungen und Personen sind frei erfunden. Ähnlichkeiten mit lebenden oder verstorbenen Personen sind rein zufällig und nicht beabsichtigt. Die politischen Einstellungen der fiktiven Personen entsprechen nicht zwangsläufig denen der Autorin.

Der Inhalt des Romans sagt nichts über die sexuelle Orientierung der Covermodels aus.

Für all jene, die täglich
mit ihrem Leib und Leben
für unser aller Sicherheit einstehen.
Für ihre Familien und Freunde.

Die »thin blue line« – eine dünne blaue Linie auf schwarzem Grund – hat sich, ausgehend vom angelsächsischen Raum, weltweit als Zeichen der Verbundenheit zwischen Gesetzeshütern und Bevölkerung etabliert und hebt den Auftrag der Beamten im Dienst hervor, die Bevölkerung vor kriminellen Elementen zu bewahren. Vor dem schwarzen Hintergrund erinnert die »thin blue line« an all jene Kollegen, die im Dienst verletzt oder getötet wurden.

Ausgehend von diesem Symbol entstand der Reihen-Titel »Sheltered in blue«. Stets in der Hoffnung, die Beamten mögen unverletzt aus dem Dienst zurückkehren. In ihr Zuhause, zu ihren Familien und Freunden.

Vorwort

Lange angekündigt und endlich erschienen: Hier ist der erste Teil meiner Romanreihe »Sheltered in blue«. Wer mir ein wenig auf Social Media oder meiner Website folgt, dürfte mitbekommen haben, dass »Polizei & Co« sowohl schriftstellerisch als auch privat mein Steckenpferd ist – dem Beruf meines Mannes sei Dank! Es irritiert mich immer wieder, wie viele Klischees und Unwahrheiten in Bezug auf Polizeiarbeit über die Medien (sei es durch TV-Sendungen oder Romane) verbreitet, und wie viele von diesen verklärten Bildern als bare Münze genommen werden.

»Romane sind Fiktion. Fiktion muss nicht die Wirklichkeit abbilden.«

Nein, das muss sie tatsächlich nicht. Und auch dieser Roman hier entbehrt nicht einer gewissen künstlerischen Freiheit. Zumal es selbstverständlich – vor allem, wenn wir uns den Spezialeinheiten der Polizei nähern – Dinge gibt, die nicht für jedermanns Ohren und Augen bestimmt sind. Daher folgt meine Reihe »Sheltered in blue« ganz dem Motto: *»So nahe an der Realität wie möglich, so weit in der Fiktion wie nötig.«*

Jeder Band der Reihe wird eine in sich abgeschlossene Geschichte aus dem Leben der Einsatzkräfte bei der Polizei erzählen. Im ersten Band begeben wir uns zur Beweissicherungs- und Festnahmeeinheit (kurz: BFE). In weiteren bereits geplanten Bänden nehme ich euch mit zum Spezialeinsatzkommando (SEK), zur GSG9, zur Hunde- und Reiterstaffel, zur Kriminal- und zur Verkehrspolizei und natürlich zur Schutzpolizei. Wer bereits einen Blick auf den Alltag des Streifendienstes werfen möchte, kann dies zudem in meinen beiden bereits erschienenen Romanen »Kristallschnee« und »Kristallscherben« tun.

Ich hoffe, meine Einsatzkräfte können euch auch über mehrere Bände hinweg in ihren Bann ziehen und nun wünsche ich euch hoffentlich gutes Lesevergnügen mit Erik, Nils und ihren Kollegen von der BFE.

PROLOG

Nils

Genüsslich strecke ich mich, spüre dem Gefühl nach, wie träge Befriedigung meine Glieder schwer werden lässt, ehe ich mich in eine halb aufrechte Position hochrapple. Auf die Unterarme gestützt beobachte ich Patrick. Beschwingt steigt er aus dem übergroßen Bett und läuft splitterfasernackt, mit noch nicht gänzlich abgeklungener Erektion, quer durch den geräumigen Wohnbereich. Ich lege den Kopf leicht schief, lasse den Blick über den schlanken Rücken, an der Wirbelsäule hinab, bis zu den kleinen, festen Pobacken wandern. Genieße das warme Kribbeln, das sich in meinem Unterleib ausbreitet, bei der Erinnerung, wie es sich angefühlt hat, in diesem wunderschönen Arsch zu stecken. Grinsend über meine eigenen Gedanken schüttele ich den Kopf und ringe mich endlich dazu durch, das gefüllte Kondom abzustreifen.

»Willst du was trinken?« Patricks Stimme schallt aus der mehr als edel eingerichteten Designerküche herüber und entlockt mir erneut ein Schmunzeln.

»Hast du nicht irgendwas in der Reihenfolge verwechselt?«

Patrick steht neben dem Kühlschrank und dreht sich halb zu mir um. Das Blitzen in seinen dunklen Augen kann ich selbst über die Entfernung und im Schummerlicht der gedimmten Deckenspots erkennen und erschauere wohlig.

»Ich hatte nicht den Eindruck, dass du einen Whiskey wolltest, bevor du mich gefickt hast.«

Für einen winzig kurzen Moment bin ich sprachlos, doch dann kriecht ein leises Lachen aus meiner Kehle und ich aus dem Bett. Entspannt schlendere ich zu Patrick, der noch immer neben dem geöffneten Kühlschrank steht. Es gefällt mir, dass er anscheinend keiner der Kerle ist, die nach der ersten Runde Sex erschöpft einpennen. Und noch mehr mag ich es, dass er offenbar kein Problem damit hat, anschließend noch ein Bier miteinander zu trinken, bevor er mich rausschmeißt.

Wobei das mit dem Bier schwierig werden könnte ... Misstrauisch linse ich in den geöffneten Kühlschrank, finde Champagner, Poppers, irgendeinen Chiasamen-Smoothie und stilles Wasser mit merkwürdigen Geschmacksrichtungen. Und ist das in diesem Döschen dort oben wirklich eine Feuchtigkeitscreme?

Patrick muss meinen prüfenden Blick bemerkt haben, denn das leicht spöttische Grinsen, das mich noch vor wenigen Stunden im Club um den Verstand gebracht und mich dazu veranlasst hat, mich an die Wäsche dieses Kerls zu klemmen, kehrt zurück.

»Frag mich jetzt nicht, ob ich auch *›en Wulle‹* da hab«, raunzt Patrick und bringt mich damit – und mit der Art, wie er unbewusst mein Lieblingsbier beleidigt – zum wiederholten Mal in dieser Nacht zum Lachen.

»Wulle wäre mir definitiv lieber als ...«, ich greife nach einer der Champagnerflaschen, nehme das hochwertig aussehende Etikett in Augenschein, »... *Duval-Leroy*.«

»Sorry.« Ein nachlässiges Schulterzucken. »Bier hab ich nicht da. Aber wenn es dich aufbaut: Ich hatte mal was mit 'nem Leroy und der hat nicht halb so gut gevögelt wie du.«

Ich verdrehe nur die Augen und lehne mich mit einem gemurmelten »Spinner« rücklings gegen den Küchentresen. Kurz frage ich mich, wie oft Patrick wohl schon mit blankem Arsch auf seinen Küchenmöbeln gesessen hat und ob ich heute Nacht noch die Gelegenheit bekommen werde, ihn hier zu vernaschen. Heiß ist Patrick definitiv, mit seinem feinen, aber dennoch männlichen Gesicht, den dunklen Haaren und dem schlanken, sehnig-festen Body. Außerdem scheint er alles andere als verklemmt. Der ideale Kandidat eigentlich, um aus einem One-Night-Stand ein klein wenig mehr werden zu lassen. Nur ein bisschen mehr, ein bisschen häufiger Sex.

»Scheiße Mann, bekommst du grad ernsthaft schon wieder 'nen Ständer?«

Mein Blick fliegt bei Patricks Worten nach oben, ich fixiere sein markantes Gesicht, taxiere die zu leichtem Spott verzogenen Lippen. Nach unten schauen muss ich schließlich nicht, um zu wissen, dass ich gerade wieder im Begriff bin, hart zu werden.

»Was dagegen?«

Ich erwarte schon eine ähnlich patzige Antwort wie Stunden zuvor, als ich ihn an der Bar im *›Kings Club‹* angesprochen habe. Doch zu meiner Überraschung formt sich ein fast schon sanftes Lächeln auf den schmalen Lippen.

»Überhaupt nicht. Aber lass mich vorher kurz unter die Dusche springen.«

Ich stoße mich vom Tresen ab, überbrücke die letzten beiden Schritte und neige mich zu ihm. Sauge in einer übertriebenen Geste seinen Geruch in mich auf und presse meine Lippen auf die weiche Haut seines Halses. Direkt über dem Kehlkopf. Patrick schluckt merklich.

»Warum? Ich mag, wie du riechst.«

Wieder ein Hüpfen des Kehlkopfes, ich lasse die Zungenspitze darübertanzen und erfreue mich an seinem leisen Keuchen.

»Ich aber nicht.« Sanft, aber bestimmt schiebt er mich ein kleines Stück von sich weg. Die Art jedoch, wie sich sein Schwanz halbsteif und bettelnd nach erneuter Zuwendung aufrichtet, macht überdeutlich, dass die Geste keine Zurückweisung ist. Er küsst mich flüchtig, ehe er sich endgültig von mir losmacht und quer durch den Raum läuft, nur um am anderen Ende hinter einer blickdichten Glastür zu verschwinden. Einen Moment lang starre ich auf die Stelle, an der er eben noch gestanden hat. In mir flammt der Gedanke auf, dass er und ich tatsächlich auch außerhalb des Bettes ganz gut zusammenpassen könnten, doch rasch verwerfe ich die Überlegung.

Der Drang, Patrick zu folgen und ihn unter dem heißen Wasserstrahl bäuchlings gegen die Wand zu drücken – oder gedrückt zu werden, gleiches Recht für beide – ist groß. Aber ich entscheide mich trotz pochender Erektion dagegen und lasse stattdessen den Blick durch den riesigen Raum schweifen.

Dieses Appartement im Stuttgarter Westen muss alleine schon aufgrund der Lage und Größe ein halbes Vermögen an Miete kosten.

Oder aber es ist Eigentum, wobei diese Überlegung in mir nur noch dringlicher die Frage weckt, was meine Sex-Eroberung wohl beruflich macht. Ich selbst könnte mir so eine Wohnung jedenfalls nicht leisten. Weder mit meinem Auszubildendengehalt und sicher auch nicht mit dem, was ich in wenigen Monaten bei der Bereitschaftspolizei verdienen werde. Vorausgesetzt natürlich, ich bestehe den Eignungstest für die BFE ...

Hart stoße ich die Luft aus und tappe zu meiner Jeans, die mitten im Raum auf dem Boden liegt, um mein Handy daraus hervorzukramen. Ein flüchtiger Blick auf das Display zeigt 02:54 Uhr. Erneut schnaufe ich.

Ich hatte eigentlich nur auf einen Absacker im ›*Matahari*‹ vorbeischauen und dann nach Hause gehen wollen. Immerhin sollte ich langsam, aber sicher für meine Abschlussklausuren an der Polizeischule büffeln. Es war weder geplant, nach zwei Bier noch in den ›*Kings Club*‹ weiterzuziehen, geschweige denn, dort einen Kerl abzuschleppen. Mit einem tiefen Seufzer schiebe ich mein Handy zurück in die Jeans. Geplant oder auch nicht ... nun bin ich hier und werde die Zeit, die Patrick unter der Dusche verbringt, sinnvoll nutzen.

Interessiert sehe ich mich um und schlendere näher an die ausladende Sofalandschaft aus Echtleder heran, die mitten im Raum aufragt und eher zu exzessiven Sexpartys als zu gemütlichen DVD-Abenden einzuladen scheint. An der gegenüberliegenden Wand protzt ein riesiger Flachbildschirm, doch auch der scheint mir aus irgendeinem Grund eher für Pornos denn für künstlerisch wertvolle Filme geeignet zu sein.

Flüchtig lasse ich meine Finger über das unangenehm kalte Leder der Rückenlehne gleiten, bemerke ein schickes dunkelblaues Jackett, das über der Seitenlehne hängt. In dessen Nackenausschnitt ist auf dem Etikett das Label ›*VH-Styles*‹ zu erkennen. Meine Lippen verziehen sich zu einem Schmunzeln. Geschmack hat Patrick ja, wenn auch einen extravaganten.

Auf dem Glastisch inmitten der Sofalandschaft ruht eine aufgeschlagene Ausgabe der ›*Stuttgarter Tageszeitung*‹. Mein Blick bleibt an einem Foto auf der rechten Seite hängen, das mich wie magisch anzuziehen scheint, und als ich nähertrete, wird mir auch klar, warum:

Tatsächlich zeigt die Abbildung eindeutig Patrick, gekleidet in einen sichtbar teuren Designeranzug – vom elegant-engen Schnitt möglicherweise ebenfalls aus der Kollektion von ›*VH-Styles*‹. Neben ihm steht ein unbestreitbar attraktiver Mann Mitte der Fünfzig, dessen frostiger Blick eine gewisse anregende Autorität ausstrahlt und der Patrick wie aus dem Gesicht geschnitten scheint. Oder eher umgekehrt. Scharf ziehe ich den Atem ein, doch erst als ich die Überschrift des Artikels lese, beginnt es zu dämmern: Ich habe keinen Geringeren abgeschleppt als Patrick van Hoeven. Seines Zeichens gefeierter Nachwuchsdesigner und Inhaber des exklusiven Modelabels ›*VH-Styles*‹. Und noch dazu Sohn des Bauunternehmers und rechtsorientierten Politikers Achim van Hoeven.

»Naa, bereit, flachgelegt zu werden?«, ertönt Patricks raue Stimme von der Glastür in meinem Rücken her. Ich fahre herum und starre ihn entgeistert an, doch er grinst nur wissend.

Erik

Laylas Atem stockt kaum merklich, als ich näher an sie heranrücke und in einer gleichsam zärtlichen wie besitzergreifenden Geste einen Arm um ihre Taille schlinge. Doch gleich darauf entspannt sie sich und ich wage es, meine Hand unter das weite T-Shirt zu schieben, welches sie zum Schlafen trägt. Das Gefühl ihrer weichen, warmen Haut unter meinen Fingern, der Pfirsichgeruch ihres Shampoos, die Art, wie sie wie unbeabsichtigt ihre Hüfte bewegt und gegen meinen Unterleib drückt – das alles ist mir so vertraut. Wohlig brummend vergrabe ich meine Nase in ihrem Haar, das sich wie ein dunkler Fächer über das Kopfkissen schmiegt.

»Liebling«, murmele ich ihr ins Ohr, küsse die zarte Haut darunter, »ich hab Lust auf dich.« Noch während ich die Worte wispere, kommt mir in den Sinn, wie überflüssig sie eigentlich sind, muss sie doch längst meine Erektion an ihrem Po spüren. Wie zur Bekräftigung reibe ich mich ein wenig an ihr, fühle ihre Wärme durch die dünnen Stoffe ihres Slips und meiner Boxerbriefs hindurch.

Layla lacht leise, schiebt ihre Hand über meine, die auf ihrem flachen Bauch ruht.

»Hab ich bemerkt.«

Ich küsse mich eine Spur an ihrem Hals abwärts, mit den Fingerspitzen zeichne ich die dünne Kaiserschnittnarbe an ihrem Bauch nach und spüre ihr Schaudern. Seufzend schmiegt sie sich an mich, die sanfte Reibung ihrer Pobacken an meinem harten Schwanz schickt ein sehnsüchtiges Ziehen durch meinen Unterleib. Fahrig stehle ich mich mit einer Hand von hinten in ihren Slip, streife mit den Fingerspitzen zart über ihre Schamlippen, gleite dazwischen. Ziehe gleich darauf überrascht den Atem ein, als ich spüre, dass sie bereits feucht ist. Doch statt meinem Ego einen Kick zu geben, schiele ich hinüber zum Nachttisch und auf das Buch, das darauf liegt und in dem Layla eben noch gelesen hat, ehe ich zu ihr ins Bett gekrochen bin. Ein schiefes Grinsen schleicht sich auf meine Lippen.

»Was liest du nur schon wieder?«, raune ich ihr ins Ohr, küsse es sanft und könnte schwören, dass sie rot anläuft und dass dieser Eindruck nicht alleine dem schwachen Licht der Nachttischlampe geschuldet ist.

Layla entgegnet nichts, dreht den Kopf und küsst mich. Der Aufforderung komme ich nur zu gerne nach, unsere Zungenspitzen finden und umkreisen einander. Vom Aroma des Rotweins, den wir vorher noch getrunken haben, ist kaum etwas geblieben. Stattdessen schmecke ich Zahnpasta und ... Layla. Ihre Küsse bedeuten Heimat für mich. Ankommen und bleiben. Und im selben Moment wecken sie eine lustvolle Sehnsucht in mir.

Während ich weitere Küsse und zarte Bisse über ihre Wange und ihren Hals hinabziehe, streichele ich sie zwischen den Beinen, schiebe schließlich vorsichtig zwei Finger in sie. Ihre erstickten Laute bringen meinen Puls zum Rasen, entfachen ein begehrliches Pochen in meinem Schwanz. Ich bin längst richtig hart, sehne mich danach, Laylas feuchte Hitze um mich zu spüren. Oder doch eher ...

Mein Ständer zuckt sehnsüchtig gegen das elastische, aber dennoch beengende Gefängnis meiner Briefs. Ich keuche leise auf, zusätzlich angeheizt von den Bildern, die plötzlich wie ein schmutziger Kurzfilm vor meinem inneren Auge ablaufen. Noch ehe ich meinen Fingern das bewusste Einverständnis dazu gegeben habe, ziehe ich sie aus ihr zurück, bewege sie weiter, hinterlasse einen feuchten Film zwischen ihren runden Pobacken. Layla verspannt sich sofort, ihr Atem stockt, als ich mit zwei Fingern über ihren Hintereingang reibe.

Mit der freien Hand umfasse ich eine ihrer Brüste, necke durch den Stoff des T-Shits hindurch ihren Nippel, der sich mir hart entgegenreckt. Dennoch, trotz offensichtlicher Erregung, hält Layla weiter den Atem an, verkrampft sich.

»Layla … Babe … ich würde gern …«

»Nein … nicht!« Ihre Hand schießt nach hinten, umklammert mein Handgelenk und zieht meine Finger bestimmt fort. Die Geste und die zittrige Vehemenz ihrer Worte lassen mich innerlich die Augen rollen. Wie zur Entschuldigung presse ich meine Lippen auf ihren Nacken. Ich weiß, dass Layla Analverkehr nicht sonderlich mag, dass sie es – sehr selten nur – lediglich mir zuliebe tut. Obwohl sie nicht nachvollziehen kann, warum ich es überhaupt mag. Sie versteht nicht – oder ich kann es ihr einfach nicht verständlich erklären – dass die heiße, feste Enge, die ich um meinen Schwanz empfinde, wenn ich sie auf diese Art nehme, nicht zu vergleichen ist mit der feuchten Weichheit, die ich ebenso liebe. Ich genieße Vaginalverkehr mit Layla. Habe es bislang mit jeder – okay, *fast* jeder – Frau genossen, aber kann und will dennoch nicht verhehlen, dass ich eben auch Analverkehr sehr erregend finde.

»Ich will das jetzt nicht«, erklärt Layla mit Nachdruck und schiebt meine Hand endgültig fort. Erst der gereizte Klang ihrer Stimme macht mir klar, dass ich kein Stückchen von ihr abgerückt bin. Ich seufze, halb enttäuscht über ihre vehemente Abwehr und halb resigniert über meine eigene zu forsche Art. Nach unseren sieben gemeinsamen Jahren sollte ich inzwischen wirklich wissen, wie Layla tickt.

»Okay, ich …«

Das leise Knarzen der Schlafzimmertür macht meine Erklärung – oder Entschuldigung? – zunichte. Vom Flur fällt ein zusätzlicher Lichtstreifen ins Zimmer und hüllt die kleine Gestalt im Türrahmen in Schatten. Sofort flutet Wärme meinen Bauch, verdrängt Enttäuschung und Überraschung.

»Paps ... ich kann nicht schlafen.« Emilios Stimme klingt leise. Unsicher.

»Hockt wieder das Monster unter dem Bett?«

»Mhm.«

Ich atme einmal tief durch, presse mir unter der Bettdecke eine Hand in den Schritt. Laylas Abfuhr und Emilios plötzliches Erscheinen haben es nicht ganz geschafft, meinen Penis zum Erschlaffen zu bringen.

»Soll ich?« Layla sieht mich von der Seite an, doch ich schüttle sofort den Kopf.

»Nein, bleib liegen, ich kümmere mich.«

Auf seltsam unangenehme Weise will ich für einen Moment raus aus dem Bett. Aus dem Zimmer. Und Emilio wird sich jetzt ohnehin nicht von seiner Mama ins Bett stecken lassen. Vielleicht liegt es daran, dass Layla immer bei ihm ist und ich manchmal nächtelang im Dienst bin, dass Emilio dann immer zu mir kommt, wenn ich da bin und er nicht schlafen kann. Seufzend schwinge ich die Beine aus dem Bett und tappe zu meinem Sohnemann.

»Na komm, wir schauen, ob wir das Monster rauslocken und überreden können, woanders hinzugehen, okay?«

»Okay.« Emilio legt seine kleine Hand in meine und lässt sich von mir zurück in sein Kinderzimmer führen.

Wie immer ist das Monster bereits verschwunden, als ich unter das Bett linse und auch Emilio kann es nicht mehr entdecken.

»Alles gut? Kannst du jetzt schlafen?«

Er nickt und zieht sich die Bettdecke bis zur Nase hoch.

»Bleibst du trotzdem noch hier?«, nuschelt er gegen die dicke Biberbettwäsche.

»Klar«, verspreche ich und streichele meinem Sohn durch die dunklen Locken, die er eindeutig von Layla geerbt hat. Meine Schwiegereltern sind ja der Meinung, Emilio müsse mit seinen fünf Jahren nun auch mal lernen, alleine einzuschlafen, aber ich tue den unterschwelligen Tadel immer schulterzuckend ab. Emilio *kann* alleine einschlafen und tut das auch, wenn ich über Nacht nicht zu Hause bin. Nur wenn ich da bin, fordert mein Kleiner manchmal besondere Aufmerksamkeit. Eine, die ich ihm auch gerne gewähre, solange sie nicht überhandnimmt. Zum

Glück kam es bislang nur sehr selten vor, dass er ins Zimmer platzte, während ich mit Layla intim war.

Die Sehnsucht nach ihrer Nähe prickelt heiß mein Rückgrat hinab. Ich bin nicht mehr hart, aber auch keineswegs abgekühlt. Die letzten beiden Wochen habe ich beinahe ohne Unterbrechung bei mehrtägigen Einsätzen verbracht – Demos, Fußballspiele, eine groß angelegte Festnahme. Es hat sich schlichtweg nicht gelohnt, für wenige Stunden nach Hause zu fahren, stattdessen habe ich versucht, in der Bereitschaftspolizei ein paar Stunden Schlaf zu erhaschen. Jetzt freue ich mich nur umso mehr auf mein freies Wochenende und auf Zweisamkeit mit meiner Frau.

Wie erwartet schläft Emilio schnell wieder ein. Trotzdem bleibe ich noch ein paar Minuten auf der Bettkante sitzen, sehe meinem Sohn einfach beim Schlafen zu. Mein Herz puckert schwer und zufrieden in meinem Brustkorb. Das Kinderzimmer, unsere Wohnung ... das ist mein Heimathafen. Meine ›*Comfort-Zone*‹, in die ich mich nach stressigen Einsätzen zurückziehen kann.

Noch einmal vergewissere ich mich, dass Emilio gut zugedeckt ist, ehe ich die mondförmige Lampe über dem Bett ausknipse und aus dem Zimmer schleiche. Die Tür lehne ich nur an, das Licht im Flur brennt immer die ganze Nacht. Die Nachttischlampe im Schlafzimmer hat Layla hingegen gelöscht. Halb blind und mit plötzlichem, unguten Rumoren im Bauch taste ich mich am Bett entlang auf meine Seite. Irgendetwas in mir ahnt, dass Layla das Licht nicht ausgeschaltet hat, um eine kuschelige Atmosphäre zu kreieren. Stattdessen macht die Geste deutlich, was heute Nacht noch laufen wird: nichts!

»Layla?« Ich glaube schon, sie stellt sich schlafend oder ist tatsächlich bereits eingeschlafen, aber schließlich gibt sie ein zustimmendes Brummeln von sich. Ausatmend lasse ich mich in die Kissen sinken, rutsche näher zu ihr, doch ehe ich sie berühren kann, registriere ich, wie verkrampft sie daliegt. Ohne in der Dunkelheit mehr als Schemen erkennen zu können, ist dennoch mehr als deutlich, dass ihr ganzer Körper nach Abwehr schreit.

»Hey ... Liebling ...« Leise spreche ich sie an. Sanft. »Was ist los?«

Keine Antwort. Nur ein verspanntes Atemholen.

»Wegen vorhin ... Wir müssen nicht ...«

»Woran denkst du dabei?«

Nun bin ich es, der keine Antwort gibt. Verwirrt blinzele ich in die Dunkelheit.

»Was meinst du?«

Am Rascheln des Bettzeugs höre ich, dass Layla sich auf den Rücken dreht, halb zu mir hin. Aber sie hält weiterhin Abstand.

»Wenn du ... wenn wir es ... von hinten machen ... Woran denkst du dabei?«

Dass *›von hinten‹* so viel wie *›anal‹* heißen soll, ist keine Überlegung wert. Was, um Himmels willen, Layla genau von mir wissen will, jedoch umso mehr.

»Woran soll ich da denken?«, entgegne ich zögerlich. »Ich find's schön. Ich find's immer schön mit dir, egal wie wir ...«

»Denkst du an einen Mann?«

Ein Keuchen entweicht mir, gefolgt von einem gleichsam überrumpelten wie ungläubigen »Was?«

»Ob du dabei an einen Kerl denkst?«, setzt Layla nach. Ihre Stimme zittert merklich.

»Ich ... nein ... was ...? Wie kommst du denn auf so einen Schwachsinn?« Ich kann nicht verhindern, dass ich lauter werde. Vielleicht, weil ich ahne, wohin dieser Disput führen wird.

»Tut mir leid«, entgegnet Layla kleinlaut und gleichsam patzig, »ich dachte nur, weil ... tja ... weil du ...«

Sie spricht es nicht aus und dieses peinliche Schweigen ist es, das mich dazu bringt, mich ruckartig im Bett aufzusetzen und zornig auf die dunklen Schemen von Laylas schlanker Gestalt zu starren.

»Weil ich bisexuell bin? Wirklich, Layla? Gott ... ich dachte, das Thema wäre längst vom Tisch. Wie lange sind wir bitte verheiratet?«

Es ist keine wirkliche Frage gewesen und dennoch antwortet sie: »Vier Jahre.«

»Ja, verdammt und habe ich dir in diesen vier Jahren – oder davor – je das Gefühl gegeben, es würde irgendeine Rolle spielen?«

Wieder keine Antwort.

Mit einem zutiefst frustrierten Laut lasse ich den Kopf in meine auf die angezogenen Knie aufgestützten Hände fallen.

»Meine Güte, Layla …«, flüstere ich gegen meine Handflächen.

»Was? Ist es so absurd, dass ich mir Gedanken mache? Ich kann es mir einfach nicht vorstellen, wie es ist, auf Frauen *und* Männer zu stehen. Das ist irgendwie … Ich kann es nicht abstellen, aber ich denke immer, dass … dass dir vielleicht doch etwas fehlt und dass du … Mein Gott, wenn du mir dann auch noch sagst, dass du …«

»Was denn, verdammt nochmal?« Ich kann nicht verhindern, sie anzuschnauzen. »Weil ich dir sage, dass ich deinen Arsch süß finde und es gerne mag, dich so zu …« Ich beiße mir auf die Zunge, verbiete es mir im letzten Moment, ›*ficken*‹ zu sagen. »Weil ich es mag, auf diese Art mit dir zu schlafen, unterstellst du mir, dass ich es nur tue, um mir irgendeine Befriedigung zu holen, nach der ich mich eigentlich mit einem Kerl sehne? Gott, weißt du, wie absurd sich das anhört?«

Layla schnieft neben mir.

»Für dich vielleicht.« Kurz hört es sich an, als würde sie noch etwas hinzusetzen, aber es kommt nichts mehr. Kein ›*ich hab Angst, dir nicht zu genügen*‹. Zum Glück nicht. Wir haben dieses Thema zu Beginn unserer Beziehung so oft durchgekaut. Ich bin es so leid!

Ich zwinge mich, ruhig durchzuatmen und meiner Stimme Wärme zu verleihen, als ich murmele: »Layla … Baby … du weißt, dass ich dich …«

»Ja«, unterbricht sie mich gepresst. »Trotzdem, ich … Ich will, dass du heute Nacht auf dem Sofa schläfst.«

1. KAPITEL

Ein halbes Jahr später

Nils

Vom Beifahrersitz aus wirft Lisa mir einen fragenden Blick zu. »Und, aufgeregt?«

Die Frage müsste ich eigentlich ihr stellen, immerhin glühen ihre Wangen vor Erwartung, was mich ein wenig wundert. Ich habe Lisa bislang als sehr taff eingeschätzt und vermutlich hätte sie sich auch nicht entschlossen, nach der Ausbildung zur BFE zu gehen, wäre sie es nicht. Allerdings kann ich selbst aufgrund meines erhöhten Pulses nicht abstreiten, nervös zu sein.

»Bisschen«, gebe ich daher zu und ziehe den Zündschlüssel aus dem Schloss. Aus dem Augenwinkel nehme ich Lisas aufmunterndes Zwinkern wahr und bin in diesem Moment tatsächlich froh, an meinem ersten Tag nicht alleine antreten zu müssen.

Gut, von ›*alleine*‹ kann im Grunde nicht die Rede sein. Immerhin werden mit uns noch rund zwanzig andere die Zentrale Fortbildung absolvieren. Trotzdem war es ganz angenehm, auf der Fahrt von Stuttgart nach Göppingen jemanden zum Quatschen neben mir zu haben.

Wie der Zufall es wollte, habe ich Lisa vor ein paar Wochen bei der ›*Blaulichtparty*‹ im ›*Perkins Park*‹ kennengelernt. Während der Ausbildung sind wir uns allerdings nie über den Weg gelaufen. Sie war auf der Polizeischule in Lahr, ich in Böblingen. Aber da sie gerade in Stuttgart mit ihrem Freund zusammengezogen ist, hat sie sich ebenfalls für die BFE in Göppingen beworben.

»Na, wird schon werden«, meint Lisa mit einem Schulterzucken, das tatsächlich recht lässig aussieht. Beschwingt öffnet sie die Beifahrertür und springt regelrecht aus meinem Auto. Man merkt schon, dass sie sich trotz aller Aufregung richtig auf den bevorstehenden Lehrgang und unsere anschließende Arbeit in der Beweissicherungs- und Festnahmeeinheit freut. Tue ich auch. Wie verrückt sogar!

Prinzipiell kann ich mir jeden Job, den es bei der Polizei zu machen gibt, vorstellen – mal abgesehen von irgendwelchen Schreibtischsachen. Aber eine geschlossene Einheit wie die BFE sie ist, reizt mich am meisten. Demos, Fußballspiele, Festnahmen – das verspricht Action und genau darauf habe ich Lust. Dementsprechend flott folge ich Lisa aus dem Auto, schnappe mir meine Tasche aus dem Kofferraum und sehe mich gespannt um. Wir kommen jedoch nicht dazu, das Gelände der Bereitschaftspolizei genauer in Augenschein zu nehmen, denn schon kommt uns ein Kollege im Overall mit großen Schritten entgegen.

»Hey, ihr kommt auch zur ZFE, richtig?«

Lisa und ich nicken unisono, gleichsam ein wenig überrumpelt und erleichtert, direkt angesprochen zu werden.

»Gut. Tim Meise.« Er begrüßt zunächst Lisa, dann mich mit einem kräftigen Handschlag. »Ich zeige euch eure Unterkunft und bringe euch zum Einkleiden. Nachher geht's dann direkt mit Sport los.«

Bei seinen Worten weicht meine nervöse Unruhe der Vorfreude. Körperschutzausstattung abholen und dann die Muskeln ein wenig quälen ... es geht los und ich hab Bock drauf!

Tim führt uns über das Gelände zu einem der hinteren Gebäude, in dem offenbar die Wohnräume untergebracht sind. Da ich gerade mal 40 Minuten Anfahrtsweg von Stuttgart habe, habe ich eigentlich nicht vor, allzu oft in der BePo zu übernachten. Und da ich davon ausgehe, dass sich die Unterbringungen hier in Göppingen nicht allzu stark von denen in Böblingen unterscheiden, bin ich nur mäßig gespannt auf die Räumlichkeiten. Mit wem ich mir allerdings mein Zimmer teile, würde ich schon gerne wissen.

»Weißt du, wer noch hier einzieht?«, frage ich also an Tim gewandt, während ich meine Tasche auf einem der Betten abstelle und mich flüchtig umsehe. Es sieht fast so aus, als wäre die andere Hälfte des

Zimmers schon belegt, also dürfte man mich nicht zu einem der Neuen gesteckt haben.

Tim tritt noch mal zwei Schritte aus dem Zimmer, um einen Blick auf die Zimmernummer zu werfen.

»Ist Eriks Zimmer«, erklärt er mit einem Grinsen, als müsse mir der Name irgendetwas sagen. Dabei komme ich nicht umhin, festzustellen, dass er ein ziemlich anziehendes Lächeln hat. Und auch abgesehen davon schlägt mein Radar bei ihm an. War ja wieder klar, dass ich direkt auf den ersten schwulen Kollegen treffe – als ob meine aktuelle On-off-Affäre mit Patrick nicht schon verwirrend genug wäre.

»Er ist in Ordnung«, fährt Tim fort und ich bin mir nicht sicher, ob er meinen eingehenden Blick überhaupt bemerkt hat. »Und außerdem nicht oft über Nacht hier.«

»Werd ich auch nicht sein, ich wohne ja nicht so weit weg.«

»Glaub mir, nach einem ganzen Demo-Tag in voller Montur lernt man ein Bett in der BePo schnell zu schätzen.«

Das glaube ich gerne, und da ich ein geselliger Typ bin, habe ich auch eigentlich keine Sorge, nicht mit meinem Zimmerkollegen klarzukommen.

»Hast du deine Waffe dabei?«, fragt Tim.

»Hab ich.«

»Okay, dann nimm sie mit, wir sammeln Lisa wieder ein und dann zeige ich euch Waffen- und Kleiderkammer. Da bekommt ihr eure Overalls, Körperschutzausstattung und so weiter.«

Rasch krame ich alles zusammen, was ich brauche, und folge Tim wieder hinaus auf den Flur.

Erik

Unpünktlichkeit ist etwas, das ich wirklich hasse und dementsprechend gereizt bin ich, als ich meinen Wagen auf das Gelände der BePo lenke. Ein Blick zum Wachhäuschen bewirkt, dass meine Laune noch weiter in den Keller sinkt. Der Kollege Hirscher schiebt heute Wache und er nimmt es immer sehr genau mit der Ausweispflicht. Prinzipiell hat er damit natürlich recht, schließlich darf nicht jeder Bürger auf dem Gelände herumspazieren. Aber mein Gesicht sollte er nach meinen inzwischen insgesamt sieben Jahren in Göppingen endlich mal kennen.

Mit einem genervten Laut in der Kehle krame ich meinen Dienstausweis hervor und lasse das Fenster herunter, um ihn dem Kollegen Hirscher unter die Nase zu halten. Er mustert zunächst den Ausweis und dann mich kritisch, als ob es irgendeinen Zweifel daran gäbe, dass ich tatsächlich Polizeihauptmeister Erik Rieth bin.

»Angenehmen Dienst«, wünscht er mir nach sich endlos dehnenden Sekunden endlich und betätigt den Schalter, der die Schranke an der Einfahrt hochklappen lässt.

»Danke, gleichfalls«, brumme ich ihm zu und trete das Gaspedal etwas weiter durch, als nötig gewesen wäre. Auf dem Parkplatz stehen deutlich mehr Autos als in den letzten Wochen. Die Neuen sind da. Ich hoffe, meine Kollegen von der Führungsebene haben anständige Leute für die Trupps ausgewählt. Beim diesjährigen Einstellungstest war ich nicht dabei. Ich hatte einige Tage Urlaub, die ich in erster Linie damit verbracht habe, mich in der Dachgeschosswohnung auf dem Hof meiner Eltern einzurichten. Und damit, Emilio zu erklären, warum Papa nun gar nicht mehr über Nacht nach Hause kommt.

Hart stoße ich die Luft aus, blinzle das traurige, verständnislose Gesicht meines Sohnes vor meinem inneren Auge fort. Ich muss mich regelrecht dazu zwingen, die Hände vom Lenkrad zu lösen, welches ich fest umklammert halte. Aus meiner Hosentasche krame ich mein Handy, um nachzuschauen, wer für das Vibrieren während der kurzen Fahrt von Bad Dietzenbach nach Göppingen verantwortlich ist.

Layla! Ausgerechnet!

Ihren Namen auf dem Display zu lesen, sticht nach wie vor. Eine seltsame Mischung aus Sehnsucht, Enttäuschung und Wut.

›Hallo Erik. Ruf mich bitte an, wenn du das liest und Zeit hast. Es geht um Emilio.‹

Sofort ist mein Pulsschlag auf hundertachtzig, mit zittrigen Fingern klicke ich mich in die Kurzwahl. Doch ich komme nicht dazu, das grüne Hörersymbol zu betätigen, denn ein Klopfen am Fahrerfenster lässt mich zusammenzucken und auf dem Sitz herumfahren. Gott, ich war auch schon mal weniger schreckhaft.

Neben meinem Auto steht Polizeihauptkommissar Markus Bechtel, der Zugführer des 523. Vor einer halben Stunde hätte ich bei ihm im Büro sein sollen. Innerlich seufzend drücke ich den Knopf für die Bildschirmsperre. Wenn etwas wirklich Dringendes mit Emilio wäre, hätte Layla versucht, mich anzurufen. Ganz sicher.

Markus wartet neben meinem Wagen, bis ich ausgestiegen bin. Ich zwinge mich zu einem Lächeln.

»Hallo, tut mir leid, dass ich zu spät bin.«

»Grüß dich, Erik. Halb so wild, ich habe alles Organisatorische schon mit Roland besprochen. Nur damit du Bescheid weißt.«

»Okay, ich schau gleich bei Roland vorbei.« Im Grunde überflüssig, das zu erwähnen, immerhin stimmen mein Truppführer und ich uns in jedem Dienst einmal kurz ab, insofern die Zeit es zulässt.

»Gut. Wiedersehen, Erik.«

»Tschüss, Markus.«

Kurz schaue ich ihm nach, wie er mit großen Schritten über den Parkplatz in Richtung seines Autos eilt. Er hat nicht mal mehr seine Dienstkleidung an, scheint also dringend wegzumüssen. Und ich wiederum muss dringend noch Layla anrufen, ehe ich mich auf die Suche nach dem Kollegen Berger mache, der in diesem Jahr mit mir gemeinsam für die Durchführung der Zentralen Fortbildung der Neueinsteiger verantwortlich ist.

Noch während ich den Hof in Richtung des Schul- und Wohntraktes überquere, wähle ich Laylas Nummer. Vor wenigen Monaten noch unser gemeinsamer Festnetzanschluss. Kurz flackert die Frage in meinen Gedanken auf, ob sie inzwischen wohl die Anrufbeantworteransage geändert hat, oder ob immer noch Emilio und ich zu hören sind.

»Layla Aktaş, hallo?«

Unter dem plötzlichen, stechenden Schmerz verharre ich einen Moment in der Bewegung. Ich komme inzwischen damit klar, ihre Stimme zu hören, nicht aber damit, dass sie meinen … *unseren* gemeinsamen Namen offenbar für sich abgelegt hat, obwohl wir noch verheiratet sind.

»Ich bin's, Erik«, würge ich hervor und zwinge mich dazu, weiterzugehen und dabei einige Kollegen mit einem Nicken zu begrüßen. »Alles okay bei euch? Ich sollte dich anrufen.«

Nun ist sie diejenige, die kurz zögert.

»Ja. Alles okay so weit. Kannst du gerade sprechen?«

Klingt ernst und so beschleunige ich meine Schritte noch, nehme drei Stufen auf einmal auf dem Weg in den zweiten Stock.

»Mhm, ja. Ich bin in der BePo. Warte kurz, ich gehe in mein Zimmer.«

»Okay.«

Betretenes Schweigen, während ich den Flur entlanggehe und den Schlüssel hervorkrame. Schon bitter, wie man sich mit einem Mal nichts mehr zu sagen hat.

Genau genommen gäbe es von meiner Seite aus noch einiges zu sagen. Aber Layla will es nicht hören. Und ich habe mich inzwischen damit abgefunden.

»Also«, setzte ich erneut an und lasse die Tür hinter mir ins Schloss gleiten. »Was gibt's?«

Flüchtig streift mein Blick die Reisetasche, die auf dem Bett an der linken Wand steht.

»Es geht um Emilio.« Ihre Stimme klingt dünn. Mein Herz poltert. Eine unbestimmte Sorge schnürt mir den Brustkorb ab.

»Ja, hast du geschrieben. Ist er krank?«

»Nein! Nein. Es ist nur ... Ich habe beschlossen ... Erik, es tut mir leid, aber ... Ich werde mit Emilio aus Weil der Stadt wegziehen.«

Mitten im Raum bleibe ich stehen, als sei ich gegen eine Wand gelaufen.

»Okay, du ... Und wohin?«

Ich höre Laylas tiefes Atemholen. Kann ihre Unruhe regelrecht greifen. Mein eigenes Herz scheint mit seinen Schlägen meinen Brustkorb sprengen zu wollen.

»Erstmal zu meinen Eltern und dann ... in eine eigene Wohnung. Das ist ...«

»Scheiße!«, falle ich ihr ungehalten ins Wort. »Zu deinen Eltern? Nach Hamburg? Ernsthaft, das ... Layla, das kannst du nicht machen, du ...«

»Erik, bitte ... es ist besser so, wir ...«

»Besser für wen?«, fauche ich in mein Handy, mit zitternden Fingern presse ich das Gerät fest gegen mein Ohr.

»Für uns alle …«, setzt Layla an, doch ich bekomme ihre mit Sicherheit vollkommen abstruse Begründung nicht mehr mit, denn in diesem Moment fliegt die Tür in meinem Rücken auf.

»Nicht jetzt!« Ich fahre herum und blicke direkt in das Gesicht eines recht jungen Kollegen in Overall, der mir reichlich verdattert entgegenstarrt.

»Bitte?«, murrt er sichtlich pikiert, im selben Moment, da Layla ein »Was?« ins Telefon zischt.

»Du warst nicht gemeint«, raunze ich ins Handy, gebe indessen dem Kollegen mit einer wedelnden Handbewegung zu verstehen, dass er das Zimmer gefälligst verlassen soll. Doch er macht keine Anstalten, sich umzudrehen, deutet stattdessen an mir vorbei.

»Ich will nur …«

»Nicht jetzt, verdammt!«, schnauze ich ihn an, kann nur mit halbem Ohr dem folgen, was Layla mir durch den Lautsprecher hindurch zu erklären versucht. Besser für Emilio … nicht mehr so hin- und hergerissen sein … Ich glaube, die spinnt!

»Jetzt hör mir mal zu«, gifte ich ins Handy und muss mich wirklich beherrschen, nicht zu schreien. Mir ist kotzübel und mein Herz rast, als wäre ich soeben einen verdammten Marathon in voller Körperschutzausstattung gelaufen. »Du kannst das nicht über meinen Kopf hinweg entscheiden. Du brauchst mein Einverständnis, du …«

»Brauche ich nicht.«

»Was?«

Aus dem Augenwinkel bekomme ich noch mit, wie der Kollege in der Tasche auf dem Bett kramt, dabei einen giftigen Blick auf mich abfeuert, eine Wasserflasche zum Vorschein bringt und dann ohne einen weiteren Kommentar den Raum verlässt und die Tür hinter sich zuknallt. Idiot!

»Ich brauche dein Einverständnis nicht«, erklärt Layla mit einer plötzlichen Kälte in der Stimme, die ich so gar nicht von ihr kenne. »Ich steige bei meinen Eltern in die Firma ein, da ist es nur logisch, dass ich mit Emilio nach Hamburg ziehe.«

»Wir haben das gemeinsame Sorgerecht. Du kannst nicht einfach …«

»Willst du es mir verbieten?«

Scharf ziehe ich den Atem ein. Schweige. So weit sind wir also schon?

»Ich habe ein Recht darauf, Emilio regelmäßig zu sehen.«

»Das streite ich doch gar nicht ab. Du kannst jederzeit …«

»Bullshit, Layla!« Nun schreie ich wirklich. Schmerz und Wut ballen sich in meinem Inneren zu einem schmerzhaften Klumpen, der mit aller Macht auszubrechen versucht. »Du weißt genau, dass meine Arbeitszeiten es nicht zulassen, dass ich mal eben so für ein Wochenende nach Hamburg fahre. Ich habe zugestimmt, dass Emilio bei dir bleibt, weil ich angenommen habe, ihr würdet in unserer Wohnung in Weil der Stadt bleiben und …«

»Du hast zugestimmt, weil du überhaupt nicht genug Zeit hättest, dich um ihn zu kümmern. Ich aber schon.«

›*Miststück!*‹

So über Layla zu denken, tut weh und dennoch überlagern in diesem Moment Zorn und Enttäuschung all die warmen Gefühle, die ich einst für sie hatte. Oder vielleicht manchmal immer noch habe.

»Ich denke, du willst wieder arbeiten? Dann …«

»Ich werde Unterstützung von meinen Eltern haben. Es ist alles geregelt, Erik, wir müssen das nicht diskutieren.«

»Doch, das müssen wir verdammt nochmal! Er ist auch mein Sohn und …«

»Das bleibt er auch. Du kannst ihn besuchen kommen. Wenn du denn die Zeit dafür findest … Ich muss ihn jetzt von der Kita abholen. Mach's gut, Erik. Ich melde mich, wenn ich weiß, wann genau wir fahren werden.«

Mit diesen Worten legt sie auf. Einfach so. Und ich stehe mitten in meinem Zimmer in der BePo, starre ungläubig auf die Reisetasche auf dem Bett und spüre dem angstvollen Schmerz nach, der sich durch meinen Brustkorb frisst.

Nils

Rund eine halbe Stunde später ist der Zorn über meinen Kollegen und Zimmergenossen weitgehend verflogen. Jedoch nicht, weil ich so harmoniebedürftig bin, dass ich seine ruppige Art einfach wegzulächeln versuche. Sondern schlichtweg, weil ich gerade echt andere Probleme habe, als mich über diesen Kerl aufzuregen.

Mir ist heiß!

Scheiße heiß!

Habe ich mich am Morgen noch über den wolkenlos strahlenden Himmel und die ansteigenden Temperaturen gefreut, so verfluche ich den warmen Tag im Moment inbrünstig. Zusammen mit den anderen neunzehn Neueinsteigern stehe ich in voller Körperschutzausstattung auf dem Sportplatz. Komplette KSA meint immerhin den Overall, darüber eine schwere Schlagschutzweste, Ellbogen- und Unterarmschutz sowie Beinschutz, dazu noch die massiven Einsatzstiefel. Und ich schwöre, wenn wir gleich auch noch den Helm aufsetzen müssen, sterbe ich.

Natürlich war mir klar, dass wir bei unseren Einsätzen und schon zuvor im Zentralen Lehrgang nicht nur in kurzen Jogginghosen und Tanktop herumlaufen würden. Aber KSA bei knappen 30 Grad im Schatten grenzt schon an Folter. Und wir stehen verflucht nochmal nicht im Schatten, sondern in der prallen Sonne.

Polizeihauptmeister Ralf Berger, der sich uns am Vormittag als Leiter der diesjährigen ZFE vorgestellt hat, steht in der Mitte des Sportplatzes. Auch er scheint in seinem Overall ordentlich zu schwitzen, aber in diesem Moment beneide ich ihn darum. Der Overall mag zwar petrolfarben und dick sein, aber die KSA, die meine neuen Kollegen und ich darüber tragen, wiegt alles in allem verdammte 20 Kilogramm.

»Okay, nachdem ihr vorhin schon so fleißig joggen wart«, setzt PHM Berger an und schickt ein lockeres Grinsen in die Runde, »seid ihr ja jetzt aufgewärmt.«

Ein leises Raunen geht durch die Menge und Bergers Schmunzeln wird noch eine Spur breiter. Alleine das Wissen, dass er bei seiner Einstellung in der BFE dieselbe Tortur durchlaufen hat, lässt mich das Ganze mit Humor nehmen.

»Wir machen einen kleinen KSA-Lauf.«

»War klar«, raunt Lisa neben mir und wirft mir einen gespielt verzweifelten Blick zu, den ich nur mit schiefem Lächeln erwidere. Wir wollten zur BFE, wir wussten alle, wie die Dienstkleidung aussieht ... Selbst schuld!

Das scheint auch Berger zu denken, denn ohne jegliches Mitleid in der Stimme kommandiert er: »Helme aufsetzen.« Dagegen klingt sein folgendes »Visiere können oben bleiben« beinahe wie eine Erlösung.

Geduldig wartet er, bis alle ihre Helme aufgesetzt und richtig eingestellt haben. Im Einsatz später muss und wird das definitiv schneller gehen. Noch haben wir Schonfrist – insofern man einen bevorstehenden Lauf in KSA als solche bezeichnen kann.

»Damit ihr ein wenig Ansporn habt ...«, spricht Berger weiter, wobei seine Stimme durch den Helm gedämpft bei mir ankommt. Gut, dass wir bei richtigen Einsätzen ein Headset im Ohr haben werden. »... wird der Kollege Rieth mit euch mitlaufen.«

Berger deutet auf einen weiteren Beamten, der gerade – ebenfalls in voller KSA und mit Helm – über den Platz auf uns zukommt.

»Hauptmeister Erik Rieth leitet mit mir gemeinsam den ZFE. Heute Vormittag war er verhindert, aber jetzt ist er da und wird euch ein wenig Feuer unterm Hintern machen.«

Die beiden begrüßen sich mit kräftigem Händedruck, wobei Bergers Hand in Rieths Einsatzhandschuh beinahe verschwindet, und ich könnte schwören, dass Letzterer seinem Kollegen durch das Helmvisier hindurch teuflisch zugrinst. Ich bin mir jedoch ziemlich sicher, dass Rieth beim Laufen genauso leiden wird wie wir alle.

Wir beginnen im lockeren Tempo, deutlich langsamer, als ich üblicherweise beim Joggen laufe. Rieth vorneweg gibt das Tempo vor, von dem ich mir recht sicher bin, dass ich es über mehrere Runden werde halten können, ganz egal, wie heiß die Sonne brennt und wie sehr die Luft unter der Schutzausstattung steht. Ich muss den behelmten Kopf ganz drehen, um Lisa ansehen zu können. Mit einem Daumen nach oben signalisiert sie mir, dass auch sie nach dem Sportprogramm am Vormittag noch genug Reserven hat und bestätigt mir damit meinen bisherigen Eindruck von ihr: Sie ist taff. Und fit. Volle

Power verteilt auf einen Meter sechsundsechzig. Für eine BFE-Beamtin ist sie wirklich zierlich, dennoch scheint ihr das Gewicht der KSA nicht allzu viel auszumachen.

Nach eineinhalb lockeren Runden zieht Rieth das Tempo an. Durch den Helm hindurch höre ich das angestrengte Atmen meiner Kollegen und bin selbst schon ordentlich am Pumpen. Fast erleichtert stoße ich die Luft aus, als Rieth nach der zweiten Runde den Sportplatz verlässt und uns querfeldein am SEK-Gebäude vorbeiführt. Ich bin ein guter Läufer und jogge auch gerne – aber nicht stupide Runde um Runde, sondern über Stock und Stein. Einige meiner Kollegen scheinen das anders zu sehen. Rieth lässt sich zurückfallen, treibt uns mit Rufen an. Seine Stimme klingt dumpf durch den Helm, aber auch irgendwie … rau … anheizend … Hat was von einem Drillinstructor beim Bund, aber zumindest mich spornt es an und ich lege einen Zahn zu.

In monotonem Takt treffen die schweren Einsatzstiefel auf den Asphalt, als wir die Rigisteige erreichen, die zum Fahrsicherheitsplatz hinaufführt. Mit jedem Schritt aufwärts merke ich mehr und mehr das Gewicht der KSA, das auf meine Schultern und meinen gesamten Brustkorb drückt. Mein rascher Atem stockt, als ich die beiden Mannschaftswagen registriere, die mitten auf der Straße stehen und da mit Sicherheit nicht hingehören.

»Auf geht's, hoch mit den Karren!«, kommandiert Rieth und klingt dabei erschreckend wenig außer Atem.

Ich hingegen schnaufe heftig und bin eine Sekunde lang versucht, mich erschöpft gegen den Mercedes-Sprinter zu lehnen. Doch stattdessen stemme ich mich dagegen. Neben mir auf beiden Seiten drei oder vier Mann. Und Lisa.

Zunächst bewegt sich der Wagen keinen Millimeter, dann geht ein Ruck hindurch. Wer auch immer drin sitzt, hat die Handbremse gelöst. Mit aller Macht stemme ich mich gegen den Sprinter. Keuche. Rechts neben mir füllt ein Kollege die Lücke. Erst als er ein raues »Los, kommt schon« knurrt, registriere ich, dass es Rieth ist. Wäre ich gerade nicht so fokussiert darauf, alle meine Kräfte zusammenzuraufen, würde ich ihm glatt Respekt dafür zollen, dass er es sich nicht nehmen lässt, den Lauf in allen anstrengenden Einzelheiten mitzumachen.

Zentimeter für Zentimeter, so scheint es mir, schieben wir den Sprinter die Rigisteige hinauf. Letztlich sind es nur zwei oder drei Meter, aber mir kommt es wie Kilometer vor, bis Rieth mit der flachen Hand gegen das Blech schlägt.

»Stopp!«

Der Kollege im Sprinter zieht die Handbremse an. Zwei meiner Mitstreiter sinken keuchend gegen den Wagen.

»Weiter!«

Keine Verschnaufpause. Unser Lehrgangsleiter jagt uns auch die letzten Meter die Straße hinauf bis zum Fahrsicherheitsplatz. Meine Lungen rebellieren, als ich auf den ersten Blick erkenne, dass auf dem Platz weitere spaßige Aufgaben auf uns warten. Noch immer im Laufschritt steuert Rieth auf eine etwa zweieinhalb Meter hohe Holzwand zu.

»Auf geht's, drüber mit euch!«

Himmel ... wie kann der Kerl noch immer so brüllen?

Als einer der ersten erreiche ich die Planken, gehe instinktiv in die Knie und forme mit den Händen eine Räuberleiter. Einer meiner Kollegen – ich glaube, es ist André, den ich aus Böblingen kenne – tut es mir gleich. Mein Atem rast, als wir den ersten Mitstreiter über die Wand hieven. Gleichzeitig habe ich das Gefühl, kaum Luft zu bekommen, will mir nicht vorstellen, wie es sich anfühlen mag, mit heruntergelassenem Visier zu laufen. Die zweite, die ihren Fuß in unsere verschränkten Hände stellt, ist Lisa. Aus Reflex und weil wir ihr Gewicht schlichtweg überschätzt haben, geben wir ihr zu viel Schwung und werfen sie beinahe über die Planken.

»Hey! Aufpassen!«, ertönt Rieths tiefe Stimme hinter mir und jagt mir trotz Hitze unter dem Nackenschutz des Helmes einen Schauer an der Wirbelsäule entlang. Meine Arme brennen, meine Beine fast ebenso stark, sodass ich keine Ahnung habe, wie ich selbst über die Planken kommen soll. Während André und ich den letzten der Achtzehn darüber hieven, tritt Rieth neben André, bedeutet ihm mit einer harschen Armbewegung, dass er der nächste sein wird.

Fest verschränkt er seine Hände mit meinen. Zum ersten Mal treffen sich unsere Blicke. Die flammenhemmende Haube, die wir alle unter dem Helm tragen, verbirgt sein Gesicht beinahe gänzlich. Dennoch erkenne ich markante Gesichtszüge. Starre direkt in stechend blaue Augen. Die harte Miene ... der abweisende Blick ... Beides kommt mir bekannt vor. Doch ehe ich darüber nachdenken kann, spüre ich den Druck von Andrés Stiefel auf meinen Händen. Gemeinsam mit Rieth helfe ich ihm an der Wand hoch, beobachte keuchend, wie er über die oberen Planken rutscht und die Beine darüberschwingt – ein verdammter weiterer Kraftakt mit den Beinprotektoren und Stiefeln.

»Jetzt du.« Rieths Blick lässt keinen Widerspruch zu. Ich packe an seine Schultern. Spüre trotz seiner KSA und meiner Handschuhe die Kraft, die in seinem Körper wohnt. Mit Schwung drückt er mich mit festem Griff um meine Stiefel nach oben. Ich greife nach den oberen Planken, klammere mich fest. Reißender Schmerz zieht durch meine Oberarme, dennoch hieve ich mich mit aller Macht hoch. Rieth greift nach mir, seine Hände um meine Oberschenkel geben mir einen weiteren Schub.

In Zeitlupentempo – so scheint es mir – schiebe ich das rechte Bein über die Planken, hänge wie ein Klammeräffchen oben auf der Wand. Rechts von der Wand sehe ich meine Kollegen, manche schauen erwartungsvoll zu mir auf, feuern mich an, andere sind so außer Atem, dass sie auf die Oberschenkel gestützt hoffen, der Lauf möge nach diesem Scheiß vorbei sein.

Mein Blick fliegt zurück zu Rieth, bohrt sich in seinen. Keine Ahnung, was er von mir erwartet, doch ich strecke die linke Hand aus, signalisiere ihm so, dass auch er über die Wand kommen soll. Seinen Mund kann ich dank Helm und Haube nicht sehen, dennoch könnte ich in diesem Moment schwören, dass ein Grinsen in seiner Miene spielt. Die stahlblauen Augen blitzen.

Er tritt ein paar Schritte zurück, nimmt Anlauf. Wie er in voller Montur auf die Wand zusprintet hat unbestreitbar etwas Heroisches an sich. Als sein dank Ausrüstung schwerer Körper gegen die Planken prallt und er sich hochzieht, muss ich mich mit aller Macht festklammern, um nicht unelegant abzustürzen. Doch dann packe ich seinen Oberarm, ziehe ihn mit aller Kraft, die ich noch habe, hoch und gemeinsam hieven wir uns über die Wand. Die Erde scheint zu beben, als wir nebeneinander auf dem sandigen Boden des Fahrplatzes landen.

Ich gehe in die Knie. Keuche. Ringe nach Atem. Scheiße!

Wieder ist Rieth neben mir. Seine Hand trifft in einem wohl aufmunternd gemeinten Schlag meine Schulter.

»Gut durchgebissen.« Lauter kommandiert er: »Weiter geht's! Da drüben ... Reifen tragen ...«

Noch immer atemlos kämpfe ich mich auf die Beine hoch. Jeder Muskel in meinem Körper scheint in Flammen zu stehen. Schweiß läuft mir in Rinnsalen unter dem Overall über den Rücken. Mein Blick fliegt über den Sandplatz und findet die Autoreifen, die auf der Fahrbahn liegen.

›*Scheiße!*‹, kann ich nur denken, ›*scheiße, warum tue ich mir das an?*‹

Erik

Schwer atmend stehe ich mitten im Zimmer. Die Anstrengung des zurückliegenden Laufs sitzt mir noch in den Gliedern, lässt meinen Atem fliegen. Und gleichzeitig kehren Unverständnis und Hilflosigkeit in meine Gedanken zurück und zwängen die Luft nur umso heftiger aus meinen Lungen. Die KSA habe ich längst abgelegt, dennoch kommt es mir so vor, als drücke etwas tonnenschwer auf meine Schultern und meinen Brustkorb.

»Scheiße, Layla ...«, flüstere ich in den Raum hinein. »Das kannst du nicht machen.«

Oder doch?

Mit bebenden Fingern krame ich mein Handy aus meinem Overall, tippe hastig eine Nachricht an Dr. Bößler – meine Anwältin. Ich hatte wirklich gehofft, Layla und ich würden ohne einen erbitterten Ehekrieg auskommen, ohne Streit um Emilio. Ich will nicht, dass der Kleine noch mehr leidet – es reicht schon, dass er damit fertigwerden muss, dass Mama und Papa keine Familie mehr sind. Aber ich kann auch nicht zulassen, dass Layla einfach so mit ihm wegzieht. Ihn mir nimmt. Ich sehe ihn ohnehin schon viel seltener als ich gerne würde. Und ich mache mir keine Illusion darüber, wie schnell er mir entgleiten würde, nähme sie ihn wirklich mit nach Hamburg. Nicht nur aufgrund der Distanz.

Die Wahrheit ist: Laylas Eltern können mich nicht leiden. In erster Linie wohl deshalb, weil unser gemeinsames Kind, die Hochzeit und vor allem Laylas Umzug von Hamburg nach Weil der Stadt ihre Pläne, Layla möge ins Familienunternehmen einsteigen, zunichte gemacht hat. Hinzu kommt, dass – so westlich und emanzipiert Layla auch sein mag – ihre Eltern das genaue Gegenteil sind. An der Entscheidung ihrer Tochter, einen Deutschen zu heiraten, der auch noch an den falschen Gott glaubt – oder besser gesagt: an keinen –, hatten sie schwer zu knabbern. Dass ihr Auserwählter wenigstens Polizist, also Beamter, ist, hat die Lage ein wenig verbessert. Genau so lange, bis sie durch einen blöden Verplapperer eines Bekannten mitbekommen hatten, dass ich bisexuell bin. Dass ich ihre Tochter betrügen würde, stand von diesem Tag an fest.

»Scheiße, echt … Scheiße …« Resigniert lasse ich mein Handy aufs Bett fallen, wische mir mit den Händen übers Gesicht. Je länger ich untätig hier herumstehe, desto deutlicher fühle ich jeden Muskel in meinem Körper brennen. Sollten manche von den Neuen gedacht haben, ich als stellvertretender Truppführer würde einen solchen KSA-Lauf einfach mal so nebenbei machen, haben sie sich getäuscht. Ich werde morgen mit einem fiesen Muskelkater aufstehen, doch die Sache war es wert. Der Lauf hat es wenigstens ein bisschen geschafft, mein Hirn durchzupusten und außerdem bin ich kein Fan davon, in der Mitte des Trainingsplatzes stehend den Neuen irgendwelche Befehle zuzubrüllen.

In einer Einheit wie der BFE wird Kollegialität großgeschrieben. Bei Einsätzen müssen wir uns aufeinander verlassen können. Natürlich gibt es Hierarchien, aber wenn dir bei einer Demo Flaschen oder gar Molotowcocktails um die Ohren fliegen, zählt es, geschlossen zusammenzustehen. Ganz unabhängig vom Dienstgrad.

Seufzend fahre ich mir durch das verschwitzte Haar, beginne mich träge aus meinem Overall zu schälen. Das Oberteil baumelt mir noch um die Hüften – ich muss erstmal aus dem durchgeschwitzten T-Shirt raus – da fliegt die Tür auf. Ich sehe mich wieder mal dem Kollegen gegenüber, der am Mittag bereits mein Telefonat mit Layla unterbrochen hat. Dieses Mal allerdings steht er nicht im Overall vor mir, sondern nur mit einem um die Hüften geschlungenen Handtuch. Sein dunkelblondes Haar steht nass von seinem Kopf ab, ganz offensichtlich kommt er gerade frisch aus der Dusche. Sein Blick ist ähnlich überrascht wie am Mittag, gewinnt jedoch rasch etwas Herausforderndes. Wie es scheint, hat er meinen Anpfiff nicht vergessen. Ein neckischer Zug spielt um seinen Mund, als sein Blick einmal über meinen nackten Oberkörper huscht.

Seiner ist ebenfalls nicht zu verachten. Er ist ein wenig schmaler gebaut als ich, fein bemuskelt, kräftig, aber sehnig. Allerdings habe ich in den Waschräumen der BePo schon genug attraktive Kollegen nackt gesehen, um beim Anblick eines solchen nicht gleich zu sabbern anzufangen.

»Hey, jetzt nochmal offiziell ...«, ich trete einen halben Schritt auf ihn zu, strecke ihm eine Hand hin, »Erik Rieth, stellvertretender Truppführer Delta und dein Zimmerpartner. Sorry wegen der ruppigen Ansage vorhin.«

»Schon okay.« Ein Lächeln zeigt sich auf seinem Gesicht, lässt seine Augen in einem auffallenden Grün-Grau leuchten. Er schlägt in meine dargebotenen Rechte ein. »Nils Lassner, freut mich.«

Bei seinem Namen werde ich tatsächlich hellhörig. Wenn mich nicht alles täuscht, ist er meinem Trupp zugeteilt, aber diese Info behalte ich noch für mich, genieße lieber seinen festen Händedruck, bis unsere Finger schließlich wieder auseinandergleiten.

»Hast dich gut geschlagen beim KSA-Lauf«, lasse ich ihn wissen und beobachte ihn unverhohlen, als er an mir vorbeigeht, mir den Rücken zudreht und in seiner Tasche zu wühlen beginnt. Seine Rückansicht ist wirklich nett anzusehen. Ebenso wie an seiner Brust sind auch dort feine Muskelstränge zu sehen. Er scheint regelmäßig Sport zu machen, allerdings kein übermäßiges Krafttraining. Finde ich gut, denn die meisten Fitnessstudio-Pumper können zwar ordentlich Gewichte stemmen, keuchen dir beim Joggen aber nach wenigen Kilometern hilflos hinterher. Dass Nils Ausdauer hat und ordentlich zupacken kann, hat er vorhin bewiesen. Keine Frage, rein optisch gefällt er mir. Sehr sogar. Aber erstens sind Affären unter Kollegen immer so eine Sache und zweitens bin ich aus dem Alter raus, einem netten Äußeren zu viel beizumessen. Dennoch kann – oder will – ich den Blick nicht abwenden, beobachte stattdessen die vereinzelten Wassertröpfchen, die an seiner Wirbelsäule hinabperlen und am Rand des Handtuchs versickern.

»Danke.« Nils grinst mich über die Schulter hinweg an. »Hat Spaß gemacht. Auch wenn ich es zugegebenermaßen nicht jeden Tag bräuchte.«

Kann ich ihm nicht verübeln und lache leise.

»Keine Sorge, der ZFE besteht nicht nur aus Reifen schleppen in KSA. Wir machen euch fit für bevorstehende Einsätze – und das in jeder Hinsicht.«

»Ich freu mich drauf«, verkündet Nils mit einem Lächeln, das mich für einen Moment gefangen nimmt, als er sich zu mir umdreht. Er erwidert meinen Blick, auch noch, als er sich ein wenig Creme auf seine Finger drückt und beginnt, diese auf seinem Oberkörper zu verteilen.

Ganz abgesehen davon, dass ich gepflegte Männer ... und Frauen ... ganz allgemein gepflegte Menschen mag, wirkt sein Tun in diesem Moment gleichermaßen so alltäglich wie anheizend auf mich, dass ich rasch den Blick abwende.

»Steht eigentlich schon fest, wer in welchen Trupp kommt?«, erkundigt sich Nils wie beiläufig, während er einen weiteren Batzen Creme auf seinen sehnigen Armen verteilt.

Ich zögere. Wohl einen Moment zu lange, denn er setzt hinzu: »Dürftest du mir wahrscheinlich sowieso nicht sagen, hmm?«

Ich grinse schief und nicke.

»Eigentlich nicht, nein. Aber ich denke mal, ihr bekommt in den nächsten Tagen Bescheid. Die offizielle Begrüßung durch den Leiter der Einsatzabteilung steht ja auch noch aus. Normalerweise ist die direkt am ersten Tag, aber Direktor Renitz ist heute in der BePo Bruchsal.«

»Okay, klar. Eilt ja auch nicht. Ich bin nur unheimlich gespannt auf meine Kollegen.«

Bei seinen letzten Worten muss ich unweigerlich grinsen. Wenn ich ehrlich bin, hoffe ich, dass Nils tatsächlich meinem Trupp zugeteilt wird. Er scheint mit Begeisterung und Biss bei der Sache zu sein – mit genau solchen Leuten arbeite ich gerne.

Ich will gerade dazu ansetzen, Nils zu fragen, warum genau er sich direkt nach der Ausbildung für die BFE beworben hat, doch in seiner Reisetasche piepst es und lenkt seine Aufmerksamkeit von mir fort. Im selben Moment erinnert mich der Signalton daran, dass ich auf eine Nachricht von Dr. Bößler warte. Ein flüchtiger Blick auf mein Handy zeigt ... nichts. Seufzend schäle ich mich vollends aus meinem Overall, fische aus dem Schrank ein Handtuch heraus. Meine Boxerbriefs folgen, landen unachtsam auf dem Bett.

»Du kannst dir auch ein paar Wechselklamotten mitbringen und hier ... verstauen.« Ich stocke kurz. Nils mustert mich unverhohlen, sein Blick bleibt einen Moment zu lange auf meiner Mitte hängen, als dass es reiner Zufall sein könnte. Doch statt verschämt die Augen niederzuschlagen, als er registriert, dass ich sein Starren bemerkt habe, begegnet er fest meinem Blick.

»Mach ich. Ich werde zwar nicht allzu oft hier übernachten, aber ... Klamotten können ja nie schaden.«

»Mhm.« Nicht hastig, aber doch eilig, schlinge ich mir das Handtuch um die Hüften. Nils wäre definitiv mein Typ. Und er sendet recht eindeutige Signale. Dennoch beschließe ich in dieser Sekunde, mögliche Annäherungsversuche besser im Keim zu ersticken. Nach der gescheiterten Ehe mit Layla habe ich definitiv kein Interesse an irgendwie kompliziert gearteten Beziehungen. Und mit einem Kollegen – einem, der möglicherweise im selben Trupp arbeiten wird wie ich und das streng genommen auch noch als mein Untergebener – kann es nur kompliziert werden.

»Also dann«, ich nicke ihm so beiläufig wie möglich zu, »bis morgen.«

Nils schluckt. Lächelt dann. Nicht mehr ganz so strahlend wie zuvor, aber doch ... schön.

»Bis dann. Schönen Feierabend.«

2. KAPITEL

Erik

Noch während ich meinen Audi den holprigen und von Bäumen umsäumten Kiesweg zum Hof meiner Eltern hinauflenke, spüre ich, wie mein Puls ruhiger schlägt, sämtliche Körperfunktionen herunterzufahren scheinen. Das alte Gut, welches seit inzwischen drei Generationen in Familienbesitz ist, und die umliegenden Felder und Weiden sowie das kleine Waldstück bedeuten Heimat für mich. Ankommen. Geborgen sein. Loslassen. Hier kann ich abschalten, kann meinen teilweise harten Job hinter mir lassen und manchmal gelingt es mir sogar, mich von der Sehnsucht nach Emilio zu befreien.

Wäre ich nach der Trennung von Layla, wie ursprünglich angedacht, direkt nach Göppingen gezogen, wäre ich in meinen neuen vier Wänden vermutlich durchgedreht. Auch wenn ich mich anfangs dagegen gewehrt habe, wieder auf den Hof meiner Eltern zu ziehen, so bin ich ihnen inzwischen doch dankbar für ihre Hartnäckigkeit. Und insbesondere meiner Mam für das gehaltene Versprechen, nicht täglich mehrmals in meiner Dachgeschosswohnung aufzukreuzen, um zu fragen, ob sie etwas für mich tun kann.

Ich grinse schief bei dem Gedanken, wie schwer es ihr fallen muss, ihr einziges Kind wieder zuhause zu haben und es nicht bemuttern zu dürfen. Aber letztlich weiß sie so gut wie ich, dass ich mit meinen 33 Jahren nicht nur für mich alleine sorgen kann, sondern es auch nicht ertragen würde, würden sie oder mein Dad mir zu sehr auf die Pelle rücken. Dass ich hin und wieder unheimlich froh über ihre Gesellschaft bin und gerne mal einen halben selbstgebackenen Apfelkuchen annehme, wissen die beiden dennoch.

Ich stelle den Motor ab, bleibe für einen Moment hinter dem Lenkrad sitzen. Genieße die Stille, die das Gut umgibt. Böse Zungen würden behaupten, es läge in Bad Ditzenbach am Arsch der Welt und dann auch noch weit außerhalb des Ortskerns. Ich hingegen beteuere, hier herrscht die absolute Idylle. Eine Idylle, die sich meine Eltern, meine Großeltern und zuvor deren Eltern durch harte Arbeit aufgebaut und erhalten haben. Und wann immer ich kann, packe ich mit an. Gehe meinem Dad bei Arbeiten zur Hand, die er aufgrund seines Alters und eines zwei Jahre zurückliegenden Schlaganfalls einfach nicht mehr selbst bewerkstelligen kann.

Ein Pfiff durchbricht die Stille. Treibt ein Schmunzeln auf meine Lippen. Ich muss nicht in den Rückspiegel schauen, um zu wissen, was auf dem Hof vor sich geht. Kaum habe ich die Tür aufgestoßen und bin halb aus dem Wagen, springt ein dreifarbiges Wollknäuel an mir hoch. Fiept vor Freude und wedelt so heftig mit dem Schwanz, dass man Angst haben könnte, der ganze Hund würde abheben. Lachend neige ich mich zu Marley hinunter, fahre der Hündin durch das grau, braun und schwarz melierte Fell.

»Hey, Kleine«, murmele ich ihr liebevoll zu, bekomme gleich darauf im Überschwang ihre Zähne an der Handkante zu spüren. »Stürmisch wie immer ... Ist ja gut!« Lachend greife ich nach einem ihrer Spielbälle, die überall auf dem Anwesen verteilt liegen, und schleudere das Ding einmal quer über den Hof. Marley hechtet wie ein von der Sehne schnellender Pfeil hinterher. Mit ihren inzwischen acht Jahren ist sie bei weitem nicht mehr so ungestüm wie als Junghund. Aber Temperament hat die Lady immer noch für zehn. Ein weiterer Grund, weswegen meine Eltern und ich froh sind, dass ich wieder fast jeden Tag auf dem Hof bin: Ich kann mich wieder selbst um meinen Hund kümmern und die Australian Shepherd Hündin so auslasten, wie ihre Rasse es verlangt. Ich weiß, dass meine Eltern sich gerne um Marley gekümmert haben, meinem Dad hat sie fast täglich dabei geholfen, die Weiden abzugehen und zu schauen, ob unsere kleine Kuh- und Ziegenherde noch vollständig ist. Trotzdem hat meine Hündin mich vermisst – und ich sie. Nur Laylas heftiger Tierhaarallergie war es geschuldet, dass Marley nicht bei uns in Weil der Stadt leben konnte.

»Marley! Maaarl... Ach, du bist es!« Meine Mam eilt um das Haupthaus herum direkt auf mich zu, hat offenbar vergeblich versucht, meine Hündin zurückzurufen. In aller Regel hört Marley aufs Wort – wenigstens bei mir. Aber meine Mam hat natürlich keine Chance, wenn die Hündin Witterung von ihrem Herrchen aufgenommen hat.

»Hey, Mam! Na, tanzt sie euch wieder auf der Nase rum?«

Mit vor der Brust verschränkten Armen, aber lächelnd, bleibt meine Mutter neben den Treppenstufen, die zum Haupthaus hinaufführen, stehen.

»Würde sie doch nie tun. Holger war schon mit ihr auf den Weiden, aber ich glaube, du wirst noch eine Runde mit ihr laufen müssen.«

Schmunzelnd beobachten wir, wie Marley mit dem Ball über den Hof wetzt, ihn schüttelt und dabei brummt, als wolle sie sichergehen, dass ihre Beute unter keinen Umständen überlebt.

»Mach ich. Wir drehen gleich noch eine Runde durch den Wald.« Auch wenn mir der Sinn an diesem Abend viel mehr nach Sofa und einem Bier stünde, alleine schon, weil sich meine Beine nach dem KSA-Lauf anfühlen, wie einmal durch den Wolf gedreht.

»Willst du später mit uns essen? Es gibt Pfannkuchen.«

Eines meiner Leibgerichte – insofern meine Mam es nach dem Rezept meiner Oma macht. Dennoch schüttle ich den Kopf.

»Heute nicht. Ich bin ziemlich platt, wir hatten den ersten Tag der Zentralen Fortbildung.«

Ich sehe Marley nach, wie sie mit dem Ball hinter der Scheune verschwindet, und weiche dem Blick meiner Mutter aus – natürlich vergeblich.

»Ist etwas passiert?«

Hart stoße ich die Luft aus, habe eigentlich keine Lust, zu reden und all den Zorn und die Enttäuschung wieder hochkochen zu lassen. Dennoch nicke ich.

»Layla und ihre Eltern sind los.«

Das Gesicht meiner Mutter – schon immer der Spiegel ihrer Seele – verfinstert sich. Während sie sich abrupt umdreht und die Treppen zum Haus hinaufsteigt, kann ich sie irgendetwas murmeln hören, das sich stark nach »endlich mal raushalten« anhört. Lauter ruft sie mir über die

Schulter hinweg zu: »Ich hole mir rasch eine Jacke. Dann begleite ich dich und Marley.«

Mein Nicken kann sie nicht sehen, denn schon verschwindet sie im Haus. An dem Umstand, dass ich den Abend gerne alleine auf dem Sofa verbringen möchte, hat sich nichts geändert, und das weiß meine Mam auch und wird es respektieren. Aber um die gemeinsame Waldrunde komme ich wohl nicht drumherum – und will es auch eigentlich gar nicht.

Nils

Das Schrillen einer Türklingel reißt mich mehr als unsanft aus meinem Dämmerschlaf. Müde blinzle ich gegen das flackernde Fernsehbild, benötige ein paar Sekunden, um zu begreifen, dass es tatsächlich *meine* Klingel ist. Und ganz offensichtlich will derjenige, der vor dem Haus steht, unbedingt zu mir, denn schon ertönt das Schrillen ein weiteres Mal.

»Komm ja schon«, murre ich dem Sofakissen entgegen und quäle mich vom Sofa hoch. Wobei es tatsächlich eine Qual ist. Schon jetzt spüre ich jeden verdammten Muskel, und das Wissen, dass es morgen noch viel schmerzhafter sein wird, lässt mich aufstöhnen.

Ein drittes Mal ertönt die Klingel. Würde ich nicht ahnen, dass es Patrick ist, würde ich vielleicht einfach so tun, als sei ich nicht da. Ganz unabhängig davon, dass in meiner Wohnung Licht brennt und man das Flackern des Fernsehers durch die Fenster im zweiten Stock sehen kann.

Ohne die Sprechanlage zu betätigen, drücke ich den Türöffner, ziehe die Wohnungstür ein Stückchen auf und schlurfe zurück zum Sofa, lasse mich darauf fallen. Schalte den Fernseher aus und lausche auf die beschwingten Schritte im Treppenhaus. Ja, so sprintet eindeutig Patrick die Stufen hoch.

»Hey!«, ertönt gleich darauf seine Stimme durch den Flur und die Wohnungstür schlägt zu. »Nils? Störe ich?«

Seine Frage treibt mir ein Lächeln auf die Lippen. Wäre ich nicht so kaputt, würde ich mich sogar richtig über den unangemeldeten Besuch freuen. Denn es kommt selten genug vor.

Seit rund sechs Monaten führen Patrick und ich eine merkwürdige On-off-Affäre. Oder wenigstens betitle ich es als solche, weil ich bis heute nicht so richtig weiß, woran ich bei ihm bin. Mal meldet er sich fast täglich, zeigt mir ganz offen, wie gerne er Zeit mit mir verbringt. Dann wieder höre ich tagelang nichts von ihm, und wenn es mir gelingt, ihn ans Telefon zu bekommen, würgt er mich nach wenigen Sätzen ab.

»Nein, du störst nicht. Komm rein!«

Er erscheint im Türrahmen zum Wohnzimmer. Lächelnd steht er da. Sieht wie immer in seinen Designerklamotten sehr gepflegt und unheimlich sexy aus. In der Rechten hält er eine Tüte von einem ziemlich guten und ziemlich hochpreisigen Thai-Restaurant.

Manchmal frage ich mich, warum ich diese nervenaufreibende Mal-ja-und-mal-nein-Beziehung überhaupt mitmache. Denn einerseits nervt und verletzt es mich, wenn er mich behandelt, als kenne er mich nicht. Andererseits genieße ich es, mit ihm alle Freiheiten zu haben. Und genieße es eben so, wenn er wie jetzt spontan vorbeikommt, sich über mich neigt und mir einen Kuss auf die Lippen drückt.

»Hunger?« Verschwörerisch wackelt er mit den Brauen, in seinen dunklen Augen blitzt es. »Oder hast du schon gegessen?« Aus der Tüte dringt ein wahnsinnig leckerer Duft, fast genauso lecker wie der seines teuren Parfüms, vermischt mit seinem ganz eigenen Geruch. Dieser steigt mir noch zusätzlich in die Nase, als er seine Jacke auszieht, über die Sofalehne wirft, sich dabei noch einmal über mich neigt und seine Lippen über meine Schläfe streichen lässt. Ziemlich viel Patrick van Hoeven. Ziemlich exklusiv.

Ich brumme zufrieden.

»Nein, noch nichts gegessen und ja, definitiv Hunger.« Kurzerhand greife ich in seine dunklen, halblangen und wie immer perfekt gestylten Haare, ziehe ihn zu einem weiteren Kuss zu mir heran. Mit leicht geöffneten Lippen heißt er mich willkommen, seine Zungenspitze neckt meine, umkreist und lockt mich sanft.

Dieses Mal ist Patrick es, der einen zutiefst zufriedenen und auch recht angetörnten Laut von sich gibt. Kurzerhand setzt er sich rittlings über meine Schenkel und ich reiße mich stöhnend aus dem Kuss – weniger plötzlicher Geilheit geschuldet als vielmehr …

»Oooh fuck ... Pat ...«

»Ja, bitte?« Sein Lachen klingt ein wenig rau, unheimlich schön und sexy, dennoch schiebe ich ihn wenig sanft von mir herunter.

»Sorry ... Ich hab 'nen scheiß Muskelkater.«

Sein Lachen wandelt sich zu einem Schnauben.

»Ach ... Haben sie dich gleich am ersten Tag auseinandergenommen?«

»Kann man so sagen, ja.«

Obwohl er sich rasch von mir ab- und dem mitgebrachten Essen zuwendet, erkenne ich doch noch, wie er genervt die Augen verdreht.

»Sag nichts«, knurre ich ihm zu und stemme mich mühsam vom Sofa hoch, um in der Küche nach Besteck zu suchen.

»Warte, Gabeln sind hier ...«

»Gläser«, raunze ich ihm über die Schulter hinweg zu. »Wir brauchen auch Gläser. Was willst du trinken?«

Kurz herrscht Stille, nur durchbrochen vom Klappern des Hängeschrankes.

»Einfach Wasser, bitte.« Mit einem Mal klingt Patricks Stimme weicher. Versöhnlich. Und ich zwinge mich dazu, die Schultern sinken zu lassen.

Noch so ein nervenaufreibender Punkt zwischen uns: Er hat ein verdammtes Problem damit, dass ich bei der Polizei bin. Warum genau allerdings, das weiß ich bis heute nicht. Er lässt es nicht raus und ich bin es leid, das Thema zu diskutieren, wenn doch nur fadenscheinige Begründungen seinerseits kommen.

»Still oder mit Blubb?«

Statt einer Antwort vernehme ich das leise Tappen strümpfiger Füße auf Laminatboden. Gleich darauf schlingt Patrick von hinten die Arme um mich, küsst meinen Nacken.

»Still, bitte«, raunt er mir zu, bläst seinen warmen Atem über mein Ohr. »Und nach dem Essen hätte ich dich gerne unter mir. Alles andere als still.«

»Wer hätt's gedacht«, raunze ich ihm zu und genieße für einen Moment, wie er sich noch dichter an mich schmiegt und seine Halberektion an meine Kehrseite presst.

3. Kapitel

Nils

Ein Blick in die Gesichter meiner neben mir stehenden Kollegen offenbart es überdeutlich: Keiner von uns ist besonders scharf auf sportliche Betätigung. Unsere Muskeln ziehen vom gestrigen Lauf. Aber Theorie stand in der Polizeischule häufig genug auf dem Stundenplan. Und irgendwie reizt es mich auch, erneut meine Grenzen auszutesten. Nicht, dass ich das Bedürfnis hätte, jedes Mal nach dem Sport fast zu kollabieren, aber ein bisschen Schmerz gehört schon dazu.

»Guten Morgen miteinander!« Polizeihauptmeister Berger marschiert mit fünf Kollegen im Schlepptau in die Halle, allesamt ganz leger in Trainingshosen und T-Shirts gekleidet wie wir selbst. Und sie sehen alle erschreckend motiviert aus. Mein Blick bleibt an Erik Rieth kleben. Obwohl ich heute schon recht früh in der BePo war, habe ich ihn nicht mehr in unserem gemeinsamen Zimmer angetroffen.

Zwar mit Muskelkater, aber deutlich fitter als gestern Abend, komme ich nicht umhin, festzustellen, dass Erik wirklich, wirklich gut aussieht. Sein Gesicht ist nicht unbedingt symmetrisch, aber männlich-kantig. Auf seinen Wangen und am Kinn zeigt sich ein Bartschatten. Seine dunkelbraunen Haare sehen nicht wirr aus, sind aber auch nicht akkurat frisiert. Der Ausdruck um seinen Mund und um seine Augen ist konzentriert, jedoch nicht so verbissen wie gestern. Die blauen Augen leuchten und … tja, dass er einen äußerst ansehnlichen Body hat, weiß ich ja dank unserer Begegnung gestern.

Über die Distanz hinweg treffen sich unsere Blicke. Wahrscheinlich bin ich der Einzige, der sein kurzes Zwinkern in meine Richtung bemerkt, antworte mit einem knappen Lächeln, ehe ich meine Aufmerksamkeit zurück auf PHM Berger richte.

»Wir haben heute ein wenig Unterstützung aus unseren Trupps mitgebracht.« Er deutet auf die drei Kollegen und die Kollegin neben sich. »Kollege Rieth übernimmt das Aufwärmen, anschließend machen wir eine Runde Sparring.«

Beim letzten Wort werde ich hellhörig. Schon in der Polizeischule habe ich mich immer gefreut, wenn's ans Boxen oder Ringen ging. Irgendwie hat dieses Mann-gegen-Mann etwas für sich, auch wenn ich selbst als jahrelanger Kickboxer ein wenig andere Bewegungsabläufe gewohnt bin, als das reine Sich-gegenseitig-auf-die-Matte-schicken.

»Dann los, alle stellen sich im Kreis auf.« Eriks Stimme erfüllt die Halle. Wie gestern beim KSA-Lauf haben seine Kommandos etwas Autoritäres, ohne dass man sich dabei wie in einem Bootcamp fühlt. Adrenalin schießt durch meinen Körper, mein Atem beschleunigt. Ja, ich habe definitiv Lust, erneut ans Limit zu gehen.

Die vier Kollegen aus den Trupps schließen sich uns an, lockeres Joggen im Kreis ist angesagt.

»Wenn ich einmal in die Hände klatsche, flach auf den Boden legen, beim zweiten Klatschen wieder hoch und weiterlaufen.«

Klingt simpel, geht aber schon nach wenigen Minuten auf die Pumpe. Erik scheint Freude daran zu haben, uns im Kreis herumzuscheuchen. Mehrmals fange ich seinen Blick ein. Sehe das Funkeln darin. Und kann spüren, wie es mich anspornt, zu wissen, dass er mich beobachtet.

»Okay, alle im Kreis aufstellen, Gesichter zueinander in die Mitte. Du …«, Erik deutet auf mich, für einen Moment bohrt sich sein Blick in meinen, »… bist Nummer eins. Du gehst in die Liegestütz, danach links um, halten, bis alle unten sind. Nummer eins geht wieder hoch, nacheinander, bis alle oben sind, dann wieder nacheinander runter. Los geht's, runter mit dir, Nils!«

Ist es bescheuert, dass ich mich darüber freue, dass er meinen Namen noch kennt?

Ist es, und so schnaube ich, genervt von mir selbst, bin unkonzentriert und gehe nicht tief genug in den Stütz. Bekomme von Erik direkt die Quittung.

»Weiter runter! Ich will hier keine halben Sachen sehen!«

Innerlich knurrend senke ich meinen Körper tiefer ab, bis meine Nasenspitze den Boden berührt. Und halten. So lange, bis 23 Kollegen ebenfalls unten sind.

»Wir machen fünf Durchgänge!«

›*Na, halleluja!*‹

Bereits nach dem dritten brennen meine Arme, weil Erik sich einen Spaß draus macht, wenn alle Kollegen im tiefen Stütz sind, ganz langsam von zehn abwärts zu zählen, bis er mich wieder nach oben kommandiert. Und beim letzten Durchgang setzt er noch einen drauf: abwechselnd ein Bein anheben, sodass es zusätzlich auch schön in Bauch und Hintern zieht. Wenn er selbst das auch jeden Tag als Aufwärmtraining macht, ist mir klar, woher er den definierten Körper hat.

»Und die letzten zehn, neun, acht ... hey, Bein hoch, unten bleiben ... nochmal zehn, neun ...«

Wenn ich könnte, würde ich fluchen, aber mir fehlt schlichtweg die Luft dazu. Als Erik endlich »alle hoch« kommandiert, klappen manchen meiner Kollegen die Arme unterm Körper weg. Diese Blöße werde ich mir sicher nicht geben. Nicht vor ihm!

Ich kämpfe mich auf die Beine hoch und zucke zurück, denn mit einem Mal steht Erik direkt vor mir. In seinen Augen blitzt es, um seinen Mund spielt ein kleines Schmunzeln. Fast herausfordernd. Ohne ein Wort drückt er mir ein paar Boxhandschuhe vor die Brust, die ich wie mechanisch ergreife.

»Jeder sucht sich einen Partner, Kollege Berger und ich machen auch mit. Einer nimmt sich die Boxhandschuhe, einer die Pratzen. Nils und ich machen vor.«

Ich straffe die Schultern, bin eigentlich noch komplett außer Atem, aber Erik lässt mir keine Zeit zum Verschnaufen. Schon hält er die Pratzen vor der Brust. Und obwohl er zu allen spricht, fixiert er mich wieder direkt.

»Wir machen Dreierkombinationen. Links, rechts, Uppercut. Dreimal. Dann Wechsel. Links, täuschen, linker Haken. Los geht's!«

Noch während er die letzten Worte ausspricht, schlage ich mit der Linken mit ordentlich Schwung zu. Erik reagiert sofort, hält mit der

Pratze dagegen. Das dumpfe Geräusch, wenn der Boxhandschuh auf das Kunstleder trifft, elektrisiert mich. Ebenso Eriks Blick, der herausfordernd meinem begegnet.

Wir spielen die Schlagkombinationen ein paar Mal durch, mein Atem geht stoßweise, auch Erik fängt langsam an zu pumpen.

»Okay, Nils, gute Technik. Aber unter uns: Ist ja schön, was sie euch in der Schule beibringen, saubere Technik ist unsere rechtliche Grundlage. Aber im Zweifelsfall kommst du damit nicht weit, du kannst... Woah!«

Im letzten Moment reißt Erik die Pratzen hoch, wehrt damit meine Schlag-Tritt-Kombination ab. Einen Atemzug später kontert er seinerseits mit einem Tritt, trifft ziemlich schmerzhaft mein Schienbein. Eine Pratze wirft er von sich, mit der anderen drängt er mich zurück, fängt mit der freien Hand meinen Haken ab. War vielleicht nicht meine beste spontane Eingebung, auf meinen Vorgesetzten loszugehen. Aber klein beigeben werde ich auch nicht. Blöd allerdings, dass ich mit den Boxhandschuhen an den Händen auf einmal die schlechteren Karten habe.

Ehe ich mich ernsthaft zur Wehr setzen kann, hat Erik mich im Klammergriff. Ein paar halbherzige Hiebe in seine Seite lassen ihn zwar keuchen, aber letztendlich schickt er mich auf die Matte, bis ich ziemlich unelegant unter ihm lande und er halb auf mir liegend meine Arme fixieren kann.

Schnaufend senke ich den Kopf auf die Matte, meine Wange presst sich dagegen. Eriks Gewicht lastet nun voll auf mir, zwingt die Luft aus meinen Lungen. Ich keuche. Mehr noch, als er sich weiter zu mir neigt, mir auf einmal verdammt nahe ist.

»Netter Versuch«, raunt er mir ins Ohr, sein Atem streift heiß über meinen Nacken, lässt mich beben. Meine Hände hält er noch immer im Klammergriff und bei Gott ... wären nicht all die anderen Kollegen um uns herum und wäre das hier nicht eine Situation, wie ich sie auf der Polizeischule schon zu Hauf erlebt habe, würde ich glatt ...

Ich schlucke krampfhaft.

... hart werden. Weil die Art, wie Erik sich der Länge nach an mich presst, mich fixiert und mir ins Ohr grollt »Kickboxer, hmm?« eben doch so rein gar nichts von reinem Kampftraining hat.

»Ja«, bringe ich schwer atmend hervor, bete heimlich, er möge mich loslassen und aufstehen, ehe in meiner Hose ein verdammtes Unglück passiert, und wünsche mir gleichzeitig, nicht in dieser verfluchten Trainingshalle zu sein.

»Hoch mit dir.«

Sein Gewicht verschwindet urplötzlich von meinem Rücken, Luft strömt in meine Lungen. Ich schnappe nach Atem, bleibe noch einige Sekunden liegen, ehe ich mir sicher sein kann, dass sich tatsächlich nichts geregt hat und ich gefahrlos aufstehen kann.

Kurz begegnet Erik meinem Blick, als ich ihm wieder gegenüberstehe. In seinen Augen lodert es.

»Einmal Partnerwechsel!«

Erleichterung und Enttäuschung durchströmen mich und ich muss einmal blinzeln, ehe ich Lisa ansehen kann, die verstrubbelt, außer Atem, aber dennoch grinsend vor mir steht und mir demonstrativ die Pratzen entgegenhält.

Erik

Während die neuen Kollegen und die von den Trupps Alpha und Delta sich beim Abwehr- und Zugriffstraining gegenseitig auf die Matten schicken, stehen Ralf und ich etwas abseits und beobachten das Geschehen. Meine Aufmerksamkeit gleitet dabei immer wieder zu Nils.

Er hat Biss, das muss man ihm lassen. Und gute Reflexe. Mir scheint nur, als müsse er noch ein wenig lernen, Situationen präziser einzuschätzen und sein Temperament zu zügeln. Mut und Ehrgeiz sind gute Attribute, aber kopfloses Voranstürmen nützt im Ernstfall nichts.

Den Neuen stehen noch einige Wochen Einsatztraining bevor, Nils und seine Kollegen haben also noch Zeit, sich mit den Grundregeln einer Beweissicherungs- und Festnahmeeinheit vertraut zu machen. Wirklich Routine werden sie bei ihren ersten Einsätzen sammeln.

»Erik!« Der stellvertretende Truppführer Beta winkt von der Hallentür her. »Kannst du kurz? Markus will uns sprechen, gibt wohl 'ne Lage.«

Kurz klopfe ich Ralf auf die Schulter und deute auf unsere Neuen.

»Lass sie noch ein bisschen schwitzen.«

»Aber sicher. Machst du dann wie besprochen heute Mittag das KSA-Training?«

»Mach ich.«

Noch einmal streift mein Blick flüchtig Nils, der gerade von Lisa auf der Matte fixiert wird, und spüre das Grinsen, das über meine Lippen huschte. Nicht nur Nils hat Biss, sondern auch seine Kollegin. Sollten die beiden wie geplant im Trupp Delta landen, hätte ich nichts dagegen und unser Truppführer sicher auch nicht.

Mit großen Schritten folge ich meinem Kollegen von Beta aus der Halle, am hinteren Alarmplatz vorbei und hinüber zum Verwaltungsgebäude. In seinem Büro erwartet uns der Zugführer des 523 mit ernster Miene. Sämtliche Truppführer des 523 hat er einbestellt, inklusive der Stellvertreter. Das kann nur eines bedeuten.

»Großlage«, bestätigt PHK Markus Bechtel meine Vermutung. »Rechtendemo in Stuttgart.«

»Wann?«

»Am 16. Juni.«

Also noch knapp zwei Wochen.

»Nach Recherchen in den einschlägigen Portalen und Berechnung der erwarteten Gegendemonstranten hat die Einsatzleitung eine BFHU angefordert.«

Überrascht ziehe ich den Atem ein, tausche einen vielsagenden Blick mit Roland Hartmann, meinem Truppführer. Wenn eine komplette Hundertschaft der BFE aufgefahren werden soll, kann mit einigem Gewaltpotenzial gerechnet werden.

»Das Problem ist«, fährt Bechtel fort, »dass an dem Tag schon der gesamte 522 beim Fußballspiel in Karlsruhe ist.«

»Was ist mit der EHU Stuttgart?«, wirft Roland ein.

»Teilweise wohl auch schon verplant. Will heißen, der gesamte 523 fährt zur Demo.«

Soweit nichts Dramatisches, aber Bechtels Miene spricht eine andere Sprache.

»Die Neuen machen sich gut?«

Irritiert blinzle ich ihn an.

»Ja«, antworte ich, gedehnt nur, denn in mir steigt eine bittere Ahnung auf, wohin dieses Gespräch führen wird.

»Gut. Die Zuteilung für die Trupps steht. Die Neuen kommen mit.«

Ich kann und will nicht verhindern, aufzukeuchen. Will protestieren, doch Rolands Hand auf meinem Arm lässt mich schweigen. PHK Bechtel ist nicht blöd, natürlich sieht er mir meine verbissene Miene an. Umso weniger Widerspruch lässt die seine zu, als er sich wieder direkt mir zuwendet.

»Rieth, sehen Sie zu, dass Sie für die Neuen, die dem 523 zugeteilt sind, ein paar Extratrainings Demolagen klarmachen.«

Als ob das allzu viel nützen würde. In der Theorie können wir viel erzählen. Auch das beste Training ist und bleibt eben genau das: eine simulierte Lage. Letztlich doch nicht zu vergleichen mit dem, was bei einer echten Demo abgeht. Oder abgehen kann.

»Wie viele Neue sind in Ihrem Trupp?«, wendet Bechtel sich an Roland, obwohl er die Frage ebenso gut mir als Stellvertreter hätte stellen können.

»Zwei.«

»Okay, und in den anderen Trupps des 523?«

»Zwei in Alpha, je einer in Beta und Gamma.«

»Gut, macht sechs Neue auf 24 Mann. Das sollte zu schaffen sein, oder?«

Ich tausche einen Blick mit Roland. Er bejaht. Ich kann nur verkniffen nicken. Sollte zu schaffen sein, aber auf ein Sollte verlasse ich mich bei Großlagen nur allzu ungern.

Nils

»Du sollst was?« Ruckartig richtet Patrick sich halb in den Kissen auf und starrt mich von oben herab nahezu entgeistert an. Für einen Moment bin ich gefangen von seinem Anblick. Das bläuliche Licht der in den Bettrahmen eingelassenen LED-Spots malt kühle Schatten auf sein Gesicht, sein halblanges, dunkles Haar fällt in weichen, verschwitzten Strähnen in seine Stirn.

»Sind die bescheuert?«, setzt er nicht minder aufgebracht hinzu, als ich nichts entgegne, und weckt damit langsam, aber sicher meinen Unmut. War klar, dass es eine beschissene Idee war, ihm von dem bevorstehenden Demo-Einsatz zu erzählen.

»Wieso?«, schnappe ich und drehe mich halb von ihm weg, um nach einer Wasserflasche neben dem Bett zu greifen. »Ich find's gut, dass wir von Anfang an mit zu Einsätzen dürfen.«

In meinem Rücken vernehme ich Patricks Schnauben.

»Dürfen«, echot er bitter, »das hat nichts mit einer netten Gefälligkeit zu tun, verdammt. Weißt du eigentlich, wie es bei solchen Demos zugeht? Die verheizen euch, die …«

»Oh bitte!« Nun wirklich genervt drehe ich mich wieder zu ihm um. Er sieht wahnsinnig schön aus, wie er da nackt neben mir liegt, beschienen von dem bläulichen Licht, aber gleichsam macht mich seine Art gerade unglaublich wütend. »Stell dir vor, ja, ich weiß, wie es bei Rechtendemos zugeht. Aber woher weißt du das?«

»Die Rechten sind doch das kleinere Problem«, faucht er mir entgegen, statt auf meine Frage zu antworten. »Hast du eine Ahnung, mit wie vielen Gegendemonstranten zu rechnen ist?«

»Ja!« ›*Verdammt!*‹ »Nein. Du etwa?«

Wieder ein Schnauben seinerseits. Er schwingt die langen Beine aus dem Bett, kehrt mir den Rücken zu.

»Nein, natürlich nicht, aber … Mann, ich muss kein geheimer Ermittler sein, um zu wissen, dass das eskalieren wird.«

Ich verkneife mir den Kommentar, dass es so etwas wie ›geheime Ermittler‹ genau genommen gar nicht gibt. Stattdessen hat mich sein Kommentar trotz des Zornes in meinem Bauch hellhörig werden lassen.

»Wie kommst du darauf?«

Seufzend fährt er sich durch die Haare, ehe er das Kinn in seine Hände stützt. Mein Blick haftet auf der Linie seiner Wirbelsäule. Erinnerungen schwelen in mir. Daran, wie ich noch vor wenigen Minuten eben diese Stellen geküsst habe. Daran, wie nahe wir uns waren. Und nun entzweit uns wieder eine verfluchte Diskussion um meinen Job.

Warum, verdammt? Warum springen mich in den Schwulenclubs die Kerle immer regelrecht an, wenn ich beiläufig erwähne, Polizist zu sein, Patrick aber tut so, als sei ich ein Schwerverbrecher oder Stricher, als habe ich den schrecklichsten Job auf der Welt?

»Weißt du eigentlich, was genau das für eine Demo ist?« Seine Stimme klingt minimal versöhnlicher, fast schon ein wenig niedergeschlagen.

»Mhm. Rechtendemo in der Stuttgarter Innenstadt, weil dort in den kommenden Tagen ein ganzes Asylantenheim geräumt und die Insassen direkt in die City verlegt werden sollen.«

»Ja«, kommt es geknurrt von Patrick, wobei er mir noch immer den Rücken zuwendet. »Und weißt du auch, warum sie verlegt werden?«

Das weiß ich tatsächlich nicht. Um ehrlich zu sein, bin ich nicht sonderlich politisch interessiert, auch wenn ich das als Polizist, und gerade bei der BFE, wo wir es öfter mal mit politisch motivierten Auseinandersetzungen zu tun haben, sein sollte.

»Weil das Gebäude, in dem sie bislang untergebracht waren, abgerissen wird«, erklärt Patrick mit merkwürdig dumpfer Stimme.

»Okay«, antworte ich gedehnt. »Und das ist schlimm, weil …?«

»Weil auf dem Bauplatz ursprünglich ein neues Heim für Asylbewerber gebaut werden sollte. Das wird es nun aber nicht. Stattdessen werden die Asylanten in ein ebenso baufälliges Gebäude umgesiedelt und auf dem frei werdenden Grundstück entstehen eine Reihe Luxusappartements.«

»Aha.« Das ist in der Tat mal wieder typisch. Hauptsache die deutschen Reichen können schick über den Dächern Stuttgarts leben, während Ausländer einfach in irgendwelche Baracken gepfercht werden. Allerdings wundert es mich ein wenig, dass es Patrick anscheinend so nahe geht. Er selbst wohnt in einem nicht gerade bescheidenen Loft, und auch wenn er sich hin und wieder auf Spendengalas zeigt, wäre er mir bislang nicht gerade durch sein soziales Engagement aufgefallen.

»Und weißt du, wer den Bau der Luxusappartements durchgeboxt hat?«

Ich blinzle gegen Patricks Rücken. Seine Schultern wirken mit einem Mal sichtlich verkrampft. Meine Finger zucken in dem Bedürfnis, ihm die Starre aus den Muskeln zu streicheln.

»Nein«, entgegne ich wahrheitsgetreu, »weiß ich nicht. Du?«

»Allerdings.« Das Wort kommt nur gezischt über seine Lippen. Abrupt steht er auf und dreht sich zu mir um. Seine dunklen Augen leuchten fast schwarz im gedimmten Licht der Spots, seine markante Kinn- und Wangenlinie tritt kantig hervor, so fest beißt er die Kiefer zusammen. Kaum hörbar murrt er: »Mein Vater.«

Ich brauche einen Moment, ehe die tiefere Erkenntnis über diese Worte zu mir durchsickert. Patricks Vater ist in Stuttgarts High Society nicht nur als hohes Tier in der Baubranche bekannt, sondern auch in der Politik aktiv. Rechts aktiv, um genau zu sein. Und diese Kombination verleiht dem Bauunternehmen natürlich einen besonders bitteren Beigeschmack. »Verstehe«, stoße ich nach einigen Momenten des Schweigens hervor. »Kann mir vorstellen, bei der Demo dürften zwei ziemlich konträre Ansichten aufeinanderprallen.«

In Patricks Augen blitzt es, seine Mundwinkel zucken. Ich wusste, dass er auf seinen Vater nicht sonderlich gut zu sprechen ist, aber gerade scheint es mir, als läge zwischen den beiden mehr im Argen, als ich bislang aus ihm herausbekommen habe.

»Das ist nett ausgedrückt. Die Rechten demonstrieren gegen Asylanten, scheißegal, wohin sie umgesiedelt werden. Und die Gegendemonstranten sind stinksauer, weil es ein rechtsradikaler Politiker geschafft hat, seinen Willen durchzusetzen.«

Rechtsradikal? Ernsthaft? Achim van Hoeven und die Partei, in der er Mitglied ist, sind durchaus für ihr rechtes Gedankengut bekannt. Aber rechtsradikal? Und das aus dem Mund seines Sohnes?

Ich komme jedoch nicht dazu, den Gedanken weiterzuverfolgen, oder Patrick damit zu konfrontieren, denn er kniet sich neben mir aufs Bett, sieht mich von oben herab an. Und dieses Mal ist sein Blick überraschend weich.

»Verstehst du jetzt, weshalb es mir nicht passt, dass dein erster Einsatz direkt so einer wird? Mann, Nils ... diese Demo wird heftig.«

Ich schlucke trocken. Nicht jedoch, weil mich die Vorstellung, bald in Uniform zwischen diesen beiden Fronten zu stehen, beunruhigt – verdammt, das ist mein Job! –, sondern weil aus Patricks Stimme etwas herausklingt, das mein Herz dazu bringt, in meiner Brust zu dröhnen.

»Jetzt mach dir keinen Kopf«, bringe ich zögerlich hervor. »Solche Einsätze wird es noch öfter geben. Wenn du jedes Mal …«

»Aber nicht nach zwei Wochen Grundausbildung!«, fällt er mir harsch ins Wort und stößt mir so heftig und so unerwartet seine Faust gegen die Schulter, dass ich einfach zurück in die Laken plumpse.

»Nein, aber …«

Sein Mund, zu einem harten Kuss auf meinen gepresst, erstickt jedes Wort. Überrascht schnappe ich nach Luft, spüre gleich darauf Patricks Zunge, die sich feucht und gierig, vielleicht auch ein wenig verzweifelt, zwischen meine geöffneten Lippen schiebt. Seine Finger, die er in meinem Haar verkrallt, und die Art, wie er sich der Länge nach an mich presst, sein halbsteifer Schwanz an meinem Oberschenkel, sind es, die mich den Kuss ebenso rau erwidern lassen. Sekundenlang küssen wir uns, unsere Zungen ringen um die Vorherrschaft. Meine Hände fahren wie von selbst zu Patricks kleinem, runden Hintern, graben sich in die festen Rundungen. Seine Finger indessen sind in meinem Intimbereich unterwegs, necken meine Eier und schließlich meinen Schwanz, der in seiner Faust zu voller Größe anschwillt. Erregt keuche ich gegen seine Lippen, als er die meinen endlich freigibt.

»Scheiße ist das«, faucht Patrick, packt mich und dreht mich grob auf den Bauch, drückt mich in die Laken und ich lasse es geschehen. Schiebe ihm schwer atmend meinen Arsch entgegen, presse mich an seinen Unterleib.

Keine Ahnung, woher er so schnell ein Kondom und die Gleitgeltube hergenommen hat, aber schon spüre ich seine Hand, die sich zwischen unsere Leiber drängt, und einen gelfeuchten Finger, der sich rasch und unerbittlich in mein Innerstes schiebt. Keuchend kralle ich eine Hand in die Decke, die andere über meinem Kopf in seinen Nacken, um ihn bei mir zu halten.

»Nils …«, flüstert er atemlos, seine Lippen streifen mein Ohr, meinen Hals. Die Berührung lässt mich beben. Sein Finger verschwindet aus mir, mehr kühles Gel wird an meinem Eingang verteilt, gleich darauf spüre ich seine pralle Eichel.

»Ich will nur, dass …« Er stockt. Keucht leise. Schiebt sich in mich und zwingt damit ein raues Stöhnen aus meinem Mund.

»Will nur, dass du auf dich aufpasst«, wispert er so leise, dass ich ihn kaum verstehe. Und noch ehe ich die Bedeutung dieser Worte wirklich einordnen kann, ist er ganz in mir und beginnt, mich mit tiefen, harten Stößen in den Himmel zu vögeln.

4. Kapitel

Nils

Patricks rau geflüsterte Worte hallen auch noch am nächsten Tag tief in mir nach, als ich in voller Körperschutzausstattung inmitten meiner neuen Kollegen des 523 stehe. Demo-Training mit dem gesamten Zug ist angesagt. Doch während insbesondere Lisa neben mir gespannt den vorab erklärenden Worten unseres zukünftigen Truppführers, Polizeihauptmeister Hartmann, lauscht, fällt es mir unheimlich schwer, mich zu konzentrieren. Zum einen, weil ich immer und immer wieder darüber nachdenke, ob Patricks Sorge um mich wirklich das bedeutet, was ich vermute. Erhoffe? Und zum anderen, weil ich mich zusammenreißen muss, nicht auffällig den behelmten Kopf zu drehen, um Erik anzusehen, der neben Lisa in der Reihe steht.

Polizeihauptmeister Erik Rieth.

Mein Zimmerkollege.

Und ab sofort auch mein stellvertretender Truppführer.

Damit hatte ich nicht gerechnet.

Und er?

Ich kann es nicht lassen, drehe mich halb um und schiele an Lisa vorbei zu ihm. Genau in diesem Moment dreht auch er den Kopf. Unsere Blicke begegnen sich, halten sich für einen Moment durch die Visiere unserer Helme hindurch. Unmöglich für mich, aus seinem Gesicht abzulesen, ob er schon vor mir erfahren hat, dass wir zukünftig im selben Trupp sein werden. Dass er gewissermaßen mein Vorgesetzter sein wird. Dank des Helms und der flammenhemmenden Haube darunter kann ich sein Mienenspiel kaum erkennen. Seine blauen Augen durchbohren mich dafür umso stechender.

Rasch drehe ich den Kopf zurück und richte meine Aufmerksamkeit mit Mühe auf PHM Hartmann. In knappen, aber präzisen Worten erklärt er, was beim heutigen Training von uns erwartet wird: das Festnehmen eines oder mehrerer Verdächtigen aus einer Gruppe Demonstranten heraus. Die Demonstranten sind in diesem Falle Kollegen in Zivil, ich zweifle jedoch keine Sekunde daran, dass sie gleich ebenso wenig zimperlich mit uns umgehen werden, wie echte Randalierer es bei einer aus dem Ruder gelaufenen Demo tun würden.

Und ich behalte recht.

Beim ersten Trainingsdurchgang halte ich mich gemeinsam mit Lisa in der dritten Rotte, direkt hinter den Festnehmenden. Unsere Aufgabe ist es hier lediglich, die vorangehenden Kollegen zu sichern. Doch schon aus dieser Perspektive wird deutlich, wie ruppig es an vorderster Front zugehen kann. Freiwillig lässt sich hier niemand in Handschließen packen.

Während meine Kollegen zwei aus dem Pulk herausziehen, zu Boden bringen und damit dingfest machen, rücken uns deren Verbündete immer wieder auf die Pelle.

»Abstand halten!«, rufe ich einem von ihnen warnend zu. Einmal. Zweimal. Beim dritten Mal, als er einen Baseballschläger in meine Richtung schwingt, erntet er einen Fußtritt und taumelt rückwärts. Erst Sekunden später wird mir wieder bewusst, dass er ein Kollege ist. Eigentlich ... Die Situation fühlt sich seltsam real und gleichsam befremdlich an.

Nachdem die beiden Festzunehmenden mit Handschließen gesichert und zur Seite geführt sind, löst Hartmann die Szene auf. Augenblicklich sinken die Baseballschläger und Flaschen, von dem Kollegen, dem ich eben noch einen Tritt verpasst habe, bekomme ich ein Grinsen. Es ist eben alles doch nur eine Simulation. Und dennoch schießen mir augenblicklich wieder Patricks Worte durch den Kopf: *›Ich will nur, dass du auf dich aufpasst.‹*

Shit, er kann mir doch nicht erzählen, ich würde ihm nichts bedeuten! Nicht nach so einer Aussage. Nicht nach so einer Nacht ...

Summend überquere ich in ein Handtuch geschlungen und meinen Kulturbeutel in der Hand den breiten Flur von den Duschen zu meinem ... unserem ... Zimmer. Erik habe ich seit dem Demo-Training am Vormittag nicht mehr gesehen; die Sporteinheit am Mittag hat PHM Berger geleitet – und er hat uns ganz schön getriezt. Ich bin kaputt, aber auch froh, dass das erste situative Training so gut gelaufen ist, und außerdem voller Vorfreude auf den Abend. Nun, da klar ist, wer welchem Zug und welchem Trupp zugeteilt ist, haben die Truppführer des 523 zu einem kleinen Umtrunk eingeladen.

Bei dem Gedanken daran, dass ein *›kleiner Umtrunk‹* in der Polizeischule nicht selten in eine ziemlich exzessive Party ausgeartet ist, muss ich grinsen. Mal sehen, wie das hier in der BePo so läuft, wobei man ja unter vorgehaltener Hand zumindest den SEKlern nachsagt, ordentlich feiern zu können. Allerdings steht morgen früh ein Orientierungslauf auf dem Programm und ich befürchte, wer heute Abend zu viel trinkt, wird es spätestens nach den ersten paar Kilometern bitter bereuen.

Schwungvoll öffne ich die Zimmertür und mein Blick fällt direkt auf Erik. Oder eher gesagt: auf seinen Hintern!

Erik kniet neben seinem Bett und angelt fluchend darunter herum. Diese Position und die dunkle Jeans, die er trägt, beweisen mir innerhalb kürzester Zeit, dass nicht nur seine Vorderseite ziemlich ansehnlich ist. Und es stört mich in diesem Moment kein bisschen, dass ich gerade meinem Vorgesetzten auf den Allerwertesten starre.

Erik hat offenbar gefunden, was er sucht, denn mit einem kleinen Triumphschrei, der in meinen Ohren irgendwie liebenswert klingt, richtet er sich auf und dreht sich dabei halb zu mir um.

»Oh, hey, Nils.« Er blinzelt mir zu und ich könnte schwören, dass sein Blick dabei interessiert über meinen nackten Oberkörper bis zum Rand des Handtuchs huscht. Davon angespornt lasse auch ich es mir nicht nehmen, ihn eingehend zu mustern und muss feststellen, dass er in Alltagsklamotten ebenso anziehend auf mich wirkt wie ohne Stoff am Körper. Oder wie in Overall. Oder wie wenn er sich den Overall ganz langsam vom Körper schält, dabei immer mehr nackte Haut entblößt, mich mit seinen verflucht blauen Augen dabei ansieht und ...

»Nils?«

»Hmm?« *›Oh, Shit!‹*

»Hat der Kollege Berger dir und Lisa Bescheid gesagt, dass Delta morgen Nachmittag ein zusätzliches Demotraining einlegt?«

Ich beeile mich, zu nicken und meine Fantasie wieder unter Kontrolle zu bekommen. Himmel nochmal, untervögelt kann ich ja wohl nach der vergangenen Nacht nicht sein!

»Hat er gesagt, ja.«

»Gut.« Während Erik mir zunickt, streift er sich einen Ring über den Finger, greift sich anschließend eine schlichte, aber schicke Armbanduhr mit breitem Lederband vom Nachttisch. Er komplettiert damit sein Outfit aus Wildlederschuhen, dunkler Jeans und weinrotem Hemd, das ihn zwar zum Anbeißen lecker aussehen lässt, mir aber für einen Umtrunk unter Kollegen etwas zu overdressed erscheint. Und überhaupt ... Ring? Ehering?

»Du ... bist verheiratet?«

»Hmm?« Dieses Mal ist es an ihm, mir verwirrt zuzublinzeln, ehe er meinem Blick folgt. »Ach so, ja.« Für einen Moment sieht er so aus, als wolle er noch etwas hinzusetzen, doch er tut es nicht, und ich bin für einen Moment viel zu beschäftigt damit, das riesengroße *›Oh!‹*, das sich in meinem Kopf formt, nicht zu deutlich in meiner Miene zu zeigen.

»Und du? Ich meine, bist du liiert?«

Nochmal *›oh‹*, denn das ist eine verdammt gute Frage. Theoretisch weiß ich, dass Patrick mir alles andere als scheißegal ist, und bin mir inzwischen recht sicher, dass es ihm genauso geht – auch wenn er es niemals ausspricht. Praktisch wirft aber genau dieses Ungesagte zwischen uns so einige Fragezeichen in meinem Kopf auf. Wir sind kein festes Paar. Wir sind nicht exklusiv miteinander – oder zumindest haben wir das nicht festgelegt.

»Nicht direkt«, entgegne ich also gedehnt und versuche damit, eine klare Antwort zu umschiffen. Einerseits, weil es mir wirklich nicht klar ist und andererseits ... tja, weil ich Erik definitiv nicht von der Bettkante stoßen würde. Nur offenbart mir ein Blick auf den Ring an seinem Finger, dass ich wohl auch nicht in die Verlegenheit kommen werde, es tun zu müssen. Auf seltsame Weise bin ich mir sicher, dass das Pendant zu diesem Ring kein Mann an seiner Hand trägt. Und trotzdem ... ich hab mir doch nicht eingebildet, wie er mich angesehen hat.

»Okay.« Auf seinen Lippen erscheint wieder dieses schiefe Grinsen, das die kleinen Fältchen um seine Augen hervortreten lässt. »Das heißt so viel wie: ›*Es ist kompliziert.*‹?«

»Mhm, kann man so sagen.«

Darauf entgegnet er nichts mehr – was sollte er auch sagen? –, sondern schnappt sich seinen Schlüsselbund vom Nachttisch. Ich werde mir indessen bewusst, dass ich immer noch halb nackt an der Tür stehe, und beeile mich, zu meiner Seite des Schrankes zu kommen, in dem ich inzwischen einige Wechselklamotten gebunkert habe. Mit einem Seitenblick zu Erik, in seinem schicken Hemd, frage ich mich unweigerlich, was ich bitte anziehen soll?

»Also dann ... bis morgen!«

Abrupt fahre ich herum.

»Wie ...? Du bleibst nicht zum Einstand?«

»Oh, nein, sorry, ich bin verabredet.«

Das erklärt seinen adretten Aufzug – und lässt eine seltsame Enttäuschung in mir aufsteigen.

»Mit Layla und unserem Sohnemann«, schiebt er hinterher und ich muss mich ernsthaft beherrschen, nicht geknickt aufzuseufzen. Verheiratet und Kind. Ich würde mal sagen, ich habe sowas von schlecht gepokert.

Erik

Die Tür zu ›*Fabrizios Cucina*‹ zu öffnen, fühlt sich an wie ein einziger, unendlich andauernder Flashback. So oft haben Layla und ich, zunächst zu zweit und in den letzten Jahren gemeinsam mit Emilio, hier zu Abend gegessen. So oft, dass Emilio sich mit dem inzwischen sechsjährigen Sohn des Inhabers angefreundet hat und die beiden jedes Mal zusammen in der Spielecke saßen und darüber fast ihre Pizza vergaßen.

Auch dieses Mal streift mein Blick zuerst quer durch den Gastraum und findet Emilio und Alessio über Bauklötzen kauernd. Der Anblick weckt ein zutiefst warmes Gefühl in meinem Bauch, wird gleich darauf von einer quälenden Mischung aus Unsicherheit, Enttäuschung und Sehnsucht abgelöst. Ich darf mir gar nicht vorstellen, dass es das letzte Mal sein könnte, meinen Sohn in ›*Fabrizios Cucina*‹ spielen, lachen und essen zu sehen.

Bevor sich der drückende Klumpen in meinem Magen zu echter Übelkeit manifestieren kann, durchquere ich mit raschen Schritten den Gastraum. Emilio sieht auf, erkennt mich und wirft sich gleich darauf mit einem Freudenschrei in meine Arme, sodass ich ihn hochheben und an mich drücken kann.

»Papaaa!«

»Hey Großer!« Tief vergrabe ich die Nase in seinen dunklen Locken, inhaliere seinen Geruch, der mich in diesem Moment gleichzeitig beruhigt und aufwühlt. Verdammt, ich will meinen Sohn um mich herum haben. Jeden Tag. Oder wenigstens jede Woche. Will sein Lachen und in Gottes Namen auch sein zorniges Geplärr hören, und dafür nicht erst Hunderte von Kilometern fahren müssen. Wenn Layla das heute nicht begreift, dann …

Ja, was dann?

Sorgerechtsstreit?

Etwas, das ich weder ihr noch mir und am allerwenigsten Emilio antun will.

»Papaaa, lass mich runter«, beginnt Emilio zu quengeln und von unten ernte ich einen vorwurfsvollen Blick von Alessio. Offenbar habe ich die beiden gerade in einem äußerst wichtigen Spiel gestört. Na, mal sehen, ob sie sich nachher für Pizza Quattro Staggioni loseisen lassen.

»Wo sitzt Mama?«, frage ich Emilio, bekomme jedoch nur noch einen halbherzigen Fingerzeig mitten in den Gastraum hinein. Grinsend strubbele ich ihm einmal durchs Haar, ehe ich mich umdrehe.

Auch ohne Emilios Hilfe entdecke ich Layla schnell unter den übrigen Gästen. Ein wenig ist es wie damals, bei unserem ersten Date. Nicht in Fabrizios Pizzeria, sondern in einem noblen französischen

Restaurant in Hamburg. Doch genau wie damals sieht Layla umwerfend aus. Ist einfach nicht zu übersehen.

Gott, wenn nicht so verdammt viel zwischen uns schief gelaufen wäre …

Das Unwohlsein in meinem Inneren wächst erneut an, drückt mir auf den Magen. Ungewiss, ob ich gleich überhaupt etwas Essbares runterbekomme.

Wo Layla mich noch vor wenigen Monaten mit ihrem strahlenden Lächeln begrüßt hätte, empfängt sie mich heute mit einem schmalen Lippenverziehen, das nicht bis in ihre wunderbar dunklen Augen strahlt. Trotz warmem Kerzenschein wirkt ihr Blick hart, ihre feine Miene angespannt. Das Kleid, das ihre schlanke Figur umspielt, ist eindeutig neu und dunkelrot, genau wie mein Hemd. Als hätten wir uns abgesprochen. Sieben Jahre Beziehung, vier Jahre Ehe und ein gemeinsames Kind gehen eben doch nicht spurlos an zwei Menschen vorbei. Layla jedoch tut so, als falle ihr der Umstand, dass wir rein äußerlich noch immer perfekt zusammenpassen, gar nicht auf. Stattdessen bittet sie mich distanziert, mich zu setzen. Dabei entgeht mir – all der gemeinsamen Zeit sei Dank – nicht ihr nervöses Blinzeln.

»Schön, dass du es einrichten konntest.«

»Für Emilio immer, weißt du doch.«

Ich kann mir den latenten Seitenhieb nicht verkneifen und bin mir sicher, dass sie versteht, was ich ihr damit sagen möchte. Ihr erneutes Blinzeln ist Reaktion genug.

»Ich hatte gehofft, wir … können nochmal in Ruhe reden.«

Vor wenigen Wochen hätten ihre Worte ein Fünkchen Hoffnung in mir aufflammen lassen. Hoffnung darauf, dass das mit uns doch noch nicht wirklich beendet, wirklich begraben ist. Aber heute wissen mein Verstand und selbst mein Herz es besser: Layla und Erik sind Geschichte, auch wenn ich nach wie vor den Ring am Finger trage. Alles, worum es heute geht, ist Emilio. Dieses letzte Stückchen ›*heile Familie*‹ will ich uns erhalten.

Unisono huschen Laylas und meine Blicke hinüber zur Spielecke. Die Jungs sind vollkommen vertieft. Auch noch, als Fabrizio mich begrüßt und unsere Bestellung aufnimmt.

»Ich hab nochmal mit meinen Eltern gesprochen«, beginnt Layla und ich bin ihr insgeheim dankbar, dass sie das unliebsame Thema direkt auf den Tisch bringt. Wir sollten uns keine Illusion machen: Das hier ist kein Abendessen unter Liebenden. Pizza, Pasta und Panna Cotta sind heute nebensächlich.

»Und mit einer Freundin«, setzt sie hinzu, als würde es das, was auch immer kommen mag, in irgendeiner Weise rechtfertigen. »Sie haben mir ins Gewissen geredet und … ich will mich bei dir entschuldigen.«

Das überrascht mich allerdings und mein Weinglas landet klirrend auf dem Tisch. In meiner Brust poltert mein Herz und da ist sie wieder, diese trügerische Hoffnung. Nicht auf unsere Beziehung, sondern auf Emilio bezogen, aber deshalb nicht minder intensiv.

»Okay«, bringe ich gedehnt hervor, da Layla keine Anstalten macht weiterzusprechen. Erst nach einem tiefen Luftholen erklärt sie: »Ich hätte dich mit meinen Umzugsplänen nicht so überrumpeln sollen und ich weiß auch, dass es nicht … fair war, dir zu unterstellen, du würdest zu wenig Zeit für Emilio haben. Nur ich … tja, ich war vermutlich einsam … frustriert … such dir was aus. Erik, du bist ein guter Vater, das sage ich voller Überzeugung. Ich weiß, dass du immer für Emilio da sein wirst und das rechne ich dir hoch an. Aber du und ich … wir sind kein Paar mehr und werden es auch nicht mehr sein.«

Sie sieht mir direkt in die Augen. Und ich ertrage ihre Botschaft stoisch. Es ist keine Neuigkeit.

»Erik, du … weißt aber auch, dass ich damals nur wegen dir aus Hamburg weg bin und deshalb … hat sich nichts an meinem Plan geändert, dorthin zurückzugehen. Mit Emilio.«

Immer noch halten sich unsere Blicke. Werden hart. Forschend. Lauernd? Kontrolliert langsam entlasse ich die angestaute Luft aus meinen Lungen.

Auch diese Worte sind keine Neuigkeit. Dennoch erschüttern sie mich.

Und mehr noch bewegt mich, dass Laylas Miene für einen kurzen Moment weicher wird.

»Bitte, Erik … ich bitte dich wirklich, das zu akzeptieren. Ich will dir Emilio nicht wegnehmen, wir haben das gemeinsame Sorgerecht und das soll auch so bleiben. Nur …«

Sie bringt den Satz nicht zu Ende. Und vielleicht ist es besser so, denn jedes weitere Wort würde mehr und mehr an meiner Beherrschung kratzen.

Wieder fliegt mein Blick zu Emilio.

Kein Sorgerechtsstreit.

Kein Rosenkrieg.

Ich will keines von beidem. Seinetwegen!

Aber ebenso wenig kann und will ich tatenlos dabei zusehen und abnicken, dass Layla mit ihm ans gefühlt andere Ende von Deutschland verschwindet.

»Nein.«

Das einzelne Wort wiegt schwer im Raum. Ich stoße es so leise hervor, dass es in den gedämpften Unterhaltungen und dem leisen Klirren von Besteck um uns herum beinahe untergeht. Laylas scharfes Atemholen und ihre geweiteten Augen, der verkniffene Zug um ihre vollen Lippen lassen jedoch unschwer erkennen, dass sie jede Silbe und die Bedeutung derer verstanden hat.

»Erik …«

»Nein«, wiederhole ich, lauter dieses Mal. »Layla, nein. Ich werde dem nicht zustimmen, ich werde nicht …«

»Ich brauche deine Zustimmung nicht.«

Ich öffne schon erneut den Mund, um verbal dagegenzuhalten, doch alleine die Art, wie sie die wenigen Worte ausgesprochen hat, machen mir unmissverständlich klar, dass sie jedes davon genau so meint.

Und dennoch setzt sie leise, aber scharf hinzu: »Ich habe beim Familiengericht das alleinige Aufenthaltsbestimmungsrecht beantragt.«

Nils

Der Abend endet, wie er begonnen hat: ganz entspannt. Um kurz nach Mitternacht verabschiede ich mich aus der inzwischen recht überschaubaren Runde. Zwar fühle ich mich im Kreise meiner neuen Kollegen wirklich wohl, und auch die Truppführer sind weitgehend sehr nett und gesprächig, aber mir fallen seit einer Weile im Sitzen beinahe die Augen zu. Und wenn ich an den bevorstehenden Tag denke …

»Warte, ich komm mit!« Tobias, der die letzte Stunde neben mir gesessen hat, erhebt sich ebenfalls. Wir winken der verbleibenden Gruppe nochmal zu und verlassen den Gemeinschaftsraum. Ich will mich schon in Richtung der Treppe wenden, die zu den oberen Zimmern hinaufführt, doch Tobias hält mich zurück.

»Ich rauch noch kurz eine. Willst du auch?«

Eigentlich rauche ich nicht. Oder besser gesagt: Nur am Wochenende, ab einem gewissen Pegel, den ich heute bei weitem noch nicht erreicht habe. Dennoch nicke ich nach kurzem Zögern und folge Tobias hinaus auf den Hof.

Kühle, angenehm frische Luft schlägt uns entgegen und ich atme einige Male tief ein, ehe sich kratziger Rauch dazumischt. Dankend nehme ich eine Zigarette entgegen und inhaliere zwei tiefe Züge.

»Und … aufgeregt wegen des Einsatzes?«

Überrascht blinzle ich Tobias an. Wir haben uns in der letzten Stunde wirklich gut unterhalten, er war mir vom ersten Moment an sympathisch und ich freue mich, dass wir demselben Trupp zugeteilt sind.

»Ein wenig«, gebe ich daher zu und hebe nachdenklich die Schultern. »Aber ich glaube, das ist normal bei der ersten Großlage, oder?«

»Auf jeden Fall. Ich war ganz froh damals, dass mein erster Einsatz mit der BFE ein ziemlich unspektakuläres Fußballspiel war.«

Ich zögere einen Moment, muss unweigerlich an Patricks Worte denken: *›Weißt du eigentlich, wie es bei solchen Demos zugeht? Die verheizen euch!‹*

»Wie lange bist du schon bei der BFE?«

»Seit knapp drei Jahren jetzt«, entgegnet Tobias zwischen zwei Zügen an seiner Kippe. »Hab inzwischen das eine oder andere mitgemacht. Ich denke mal, die Demo in Stuttgart wird schon explosiv, aber hey, ihr werdet vorab gut geschult und Roland und Erik werden ein Auge auf euch haben.«

Ich entgegne nichts, ziehe stattdessen nachdenklich am Glimmstängel. Rauchen ist eigentlich echt nicht mein Ding, aber manchmal hilft es tatsächlich beim Nachdenken. Aus dem Augenwinkel mustere ich Tobias abschätzend, versuche abzuwägen, ob ich von ihm eine ehrliche Antwort in Bezug auf unsere direkten Vorgesetzten erhalten würde.

»Wie ist Hartmann so?«

»Echt in Ordnung«, kommt es prompt, aber dennoch nicht zu hastig und daher glaubwürdig. »Und das sage ich nicht über jeden Truppführer.« Verschwörerisch zwinkert Tobias mir zu. »Aber Roland ist wirklich okay. Und Erik auch. Ein sehr feiner Kerl. Du teilst dir das Zimmer mit ihm, oder?«

»Mhm …«

»Klingt nicht so begeistert?«

Mit einem Mal kratzt der Rauch in meinem Hals, hustend bringe ich hervor: »Doch. Doch, wirklich. Wir hatten nicht den besten Start, aber … er scheint wirklich in Ordnung zu sein.«

»Ist er«, bestätigt Tobias noch einmal. »Kann sein, dass er mal etwas ruppig ist. Er hat momentan privaten Stress.«

Ich kann nicht verhindern, dass meine Brauen überrascht und fragend nach oben wandern. Bei unserer kurzen Begegnung vorhin sah Erik mehr nach Date als nach Stress aus. Aber ich verkneife mir eine Nachfrage und auch Tobias scheint keiner von denen zu sein, die gerne über das Privatleben der Kollegen debattieren, was in diesem Moment zwar meine Neugier unbefriedigt lässt, Tobias aber nochmal einen Sympathiepunkt mehr einbringt.

»Na dann …« Er drückt seinen Zigarettenstummel im Aschenbecher neben der Treppe aus. »Bett-Zeit, hmm?«

»Auf jeden Fall«, pflichte ich ihm bei und folge ihm zurück ins Gebäude. Weiß dabei bereits, dass ich trotz Müdigkeit noch eine Weile wachliegen und über Tobias' Andeutung nachdenken werde.

5. Kapitel

Erik

»Denkst du wirklich, Layla macht ernst?« Über den Tisch hinweg mustert Sonja mich intensiv und sieht dabei aus, als könne sie es ebenso wenig glauben wie ich. Kein Wunder, denn sie ist nicht nur die Frau meines besten Freundes, sondern hat sich auch mit Layla immer sehr gut verstanden.

Hilflos zucke ich mit den Schultern und schiebe ein Stückchen Kalbsbraten vom rechten zum linken Tellerrand, ehe ich mich auf meine Manieren besinne und das Besteck zur Seite lege.

»Sieht so aus. Noch haben meine Anwältin und ich nichts vom Familiengericht gehört, aber laut Layla ist der Antrag raus.«

»Und wenn sie nur blufft?«, wirft Bernd ein, ehe er sich bedächtig Braten und Knödel in den Mund schiebt und genüsslich kaut. Um Bernd den Appetit zu verderben, bräuchte es schon mehr als ein bevorstehendes Gerichtsverfahren.

»Glaube ich nicht. Layla ist niemand, der pokert. Und ihre Eltern werden schon auch ihren Teil dazu beigetragen haben, damit sie ernst macht.«

Mit einem Klirren landet Sonjas Wasserglas auf dem Tisch. »Ist anzunehmen«, presst sie hervor, zögert kurz und neigt sich dann zu mir rüber. »Wenn wir irgendwas tun können … Wenn ich mal mit ihr reden soll …«

Sanft drücke ich ihre schmale Hand.

»Lieb von dir, aber ich bin mir sicher, das wird nichts bringen. Hast du seit unserer Trennung überhaupt mal was von ihr gehört?«

Sonja schüttelt den Kopf, an ihrer verbissenen Miene ist deutlich abzulesen, dass auch sie verletzt von Laylas Verhalten ist. Mehr noch, dass sie niemals damit gerechnet hätte. Nicht nur sie …

»Gott …« In einer fahrigen Geste reibe ich mir übers Gesicht. »Ich hätte nie gedacht, dass es mal so weit zwischen uns kommen würde.« Aus dem Augenwinkel bemerke ich Sonjas kurzen Blick zu Bernd und wie sich ihre Hände schützend auf ihren immer runder werdenden Bauch legen, als wollte sie sagen: *›Lass es bei uns niemals dazu kommen.‹*

Die Garantie, das habe ich bitter gelernt, gibt es nicht.

Ich will Sonja nicht verunsichern, doch in diesem Moment schnürt mir die Sorge um Emilio so vehement die Luft ab, dass ich mir meinen Frust einfach von der Seele reden muss.

»Die Trennung ist die eine Sache«, stoße ich hervor, »damit komme ich klar, auch wenn ihre Gründe mehr als bitter sind, aber … dass wir uns jetzt um Emilio streiten.« Ich schnaube auf. »Es geht nicht ums Sorgerecht – das waren Laylas Worte. Aber letztlich hängt am Aufenthaltsbestimmungsrecht so viel mehr dran, so viele Dinge, die wir gemeinsam entscheiden wollten. Und mal ehrlich, was bringt es mir, wenn wir das gemeinsame Sorgerecht haben, ich aber erst mal Hunderte Kilometer fahren muss, um meinen Sohn überhaupt zu sehen. Im Notfall *kann* ich dann gar nicht da sein. Nicht rechtzeitig vielleicht …«

Der Gedanke daran schnürt mir die Kehle zu und macht es mir in diesem Moment unmöglich, weiterzureden. Selbst Bernd hat inzwischen sein Besteck zur Seite gelegt.

»Das Konfuse ist«, murmelt Sonja leise und mit niedergeschlagenem Blick, als würde sie gar nicht zu uns, sondern nur zu sich selbst sprechen, »dass ich Layla irgendwie sogar verstehen kann.«

Das entrüstete Schnaufen kommt von Bernd, ich kann schlichtweg nichts sagen. Entschuldigend sucht Sonja meinen Blick.

»Ich meine nicht, dass sie einfach entscheidet, mit Emilio wegzuziehen, aber … na ja … dass sie zurück nach Hamburg möchte, das … Sieh mal, Erik, sie hat hier eigentlich niemanden.«

Ich will schon zu einer Entgegnung ansetzen, doch wenn ich ehrlich bin, ist mir seit Tagen klar, dass Sonja recht hat. Layla hat damals ihren Job, ihre Eltern und Freunde im Norden zurückgelassen. Für mich. Für unseren Traum von einer kleinen, glücklichen Familie. Und das gegen den ausdrücklichen Willen ihrer Eltern. Gegen den Willen des Familienoberhaupts. Und obwohl Layla eine aufgeschlossene, lebenslustige Frau ist, die sich auf den ersten Blick rasch in Weil der Stadt eingelebt und über Kindergarten und Pilatesunterricht schnell Anschluss gefunden hatte, ist sie doch insgeheim immer ein wenig einsam geblieben.

Ich weiß das. Wusste es immer. Nur habe ich mir anscheinend eingeredet, dass es sie glücklich machen würde, mit mir und Emilio zusammen zu sein.

Aber nun, da es ›*unsere kleine, glückliche Familie*‹ nicht mehr gibt, zieht sie alles in ihr zurück nach Hamburg.

Scheiße ja, selbst ich kann sie verstehen …

»Du willst sie jetzt aber nicht etwa einfach gehen lassen? Mit Emilio!«

Mein Kopf ruckt zu Bernd herum, der mich über sein Bierglas hinweg fast schon bedrohlich fixiert.

»Nein«, entgegnete ich leise, aber fest. ›*Nein, wie könnte ich …*‹

»Das heißt, du würdest Emilio zu dir nehmen? Wenn das Gericht mitspielt?«

Ich schlucke. Nicke.

»Theoretisch ja, natürlich. Ich würde das hinkriegen, ganz sicher … Mit der Hilfe meiner Eltern und …«

»… mit unserer«, fällt mir Sonja sofort entschieden ins Wort und bringt mich damit zu einem schmalen Lächeln.

»Ja, das auch. Aber um ehrlich zu sein, macht mir meine Anwältin nicht sonderlich viel Hoffnung. Sie sagt, die Gerichte gehen meist immer noch von einer klassischen Familienkonstellation aus: die Mutter als erste Bezugsperson, der Vater, der das finanzielle Fundament legt. Und das trifft auf Layla und mich ja zu. Vermutlich wird es also darauf hinauslaufen, dass das Gericht davon ausgeht, ich würde Emilios Betreuung aufgrund der beruflichen Belastung in erster Linie durch Verwandte, Bekannte, Kindergarten und so weiter regeln. Und das kann ich ja nicht mal abstreiten.«

»Typisch!« Das Schnauben kommt wieder mal von Bernd. »Und Layla? Sie wird doch auch arbeiten gehen müssen, wenn ihr erst mal geschieden seid. Ihr habt doch hoffentlich keinen so grotesken Ehevertrag, dass …«

»Nein«, falle ich ihm ins Wort, »haben wir nicht. Aber du weißt um die Firma ihres Vaters. Mir sagte Layla, sie wolle Teilzeit in der

Buchhaltung dort einsteigen. Notfalls würde ihr Vater sie und Emilio aber sicher auch noch jahrelang durchfüttern, ohne dass sie einen Finger dafür krümmt. Hauptsache, er hat die beiden wieder unter seinen Fittichen.«

»Und Kindeswohl?«, wirft Sonja ein. Inzwischen isst keiner mehr von uns. »Was möchte Emilio? Hat ihn das mal jemand gefragt?«

Wieder kann ich nur hilflos die Schultern heben.

»Er weiß nicht mal, was Layla vorhat. Er ist noch immer damit beschäftigt, zu verdauen, dass Papa nicht mehr nach Hause kommt. Gott, ich würde ihm das wirklich zu gerne ersparen, aber ... Was soll ich machen? Soll ich ihn einfach mit Layla nach Hamburg gehen lassen?«

Bernd entgegnet daraufhin nichts, doch sein verkniffener Blick spricht Bände. Sonja hingegen kaut für einen Moment auf ihrer Unterlippe, scheint mit sich zu ringen, ob sie das, was ihr offenbar auf der Zunge liegt, aussprechen soll.

»Und wenn du ...«, setzt sie zögernd an. »Hast du mal ... drüber nachgedacht, auch nach Hamburg ...«

»Was für ein Blödsinn! Erik kann doch nicht ...«

»Und warum nicht?« Sonjas Stimme ist ruhig, aber der Blick, den sie auf Bernd abschießt, dafür umso vielsagender. »Weil der Mann entscheidet, wo die Familie zu leben hat?«

»Hase, das ist doch ...«

»Hey, hey!« Beschwichtigend falle ich den beiden ins Wort und setze mit einem Seitenblick zu meinem besten Kumpel hinzu: »Deine Frau hat ja nicht unrecht.« Seufzend fahre ich mir mit einer Hand übers Gesicht, ehe ich mich Sonja zuwende: »Mal ungeachtet dessen, ob ich persönlich dazu bereit wäre ... So einfach ist das bei der Polizei nicht. Ich kann mich nicht einfach bundeslandübergreifend versetzen lassen. Dazu braucht es wenigstens einen Tauschpartner und selbst dann ...«

»Denk nicht mal dran«, grummelt Bernd an einem Bissen Fleisch vorbei. Ich schüttle nur leicht den Kopf und begegne noch einmal Sonjas Blick. Kann in ihm deutlich lesen, dass sie selbst keine Ahnung hat, was sie an meiner Stelle tun würde.

Mit einem Stoßseufzer lasse ich die Stirn in meine Hände fallen und starre auf den Kalbsbraten, der in der Soße langsam, aber sicher kalt wird.

Rund drei Stunden später schaffe ich es dank eines dritten Biers und Bernds Gesellschaft dann doch, meine Gedanken wenigstens für ein paar Minuten von Layla und Emilio zu lösen. Inzwischen ist es fast Mitternacht und Sonja längst im Bett. Zuvor hat sie jedoch noch rasch frisches Bettzeug ins Gästezimmer gelegt. Ihr musste wohl noch vor mir klar gewesen sein, dass ich die zwanzig Kilometer Heimweg heute nicht mehr antreten würde – wenigstens nicht mit meinem eigenen Auto. Glücklicherweise habe ich morgen frei und daher macht es nichts, wenn ich mit Bernd versumpfe. Er ist selbstständig und kann notfalls auch mal erst um die Mittagszeit an den PC – insofern er keine wichtigen Termine oder Deadlines hat.

»Und sonst? Was macht die Bullerei?«, hakt er in diesem Moment mit einem schiefen Grinsen nach.

»Ach ja, läuft soweit. Der neue Jahrgang ist seit gut einer Woche da.«

»Und? Brauchbar?«

Bei dem Gedanken daran, wie Nils mich gestern beim Abwehr- und Zugriffstraining auf die Matte geschickt hat, macht sich ein flaues Kribbeln in meinem Magen breit. Rasch besänftige ich es mit Bier.

»Mhm … denke schon. Aber das wird sich nächste Woche zeigen. Großlage in Stuttgart.«

»Aaah, diese Demo, hmm?«

»Genau.« Mehr sage ich nicht dazu, denn trotz eines weiteren Schlucks Hopfengebräu hängen meine Gedanken bei Nils fest. Mal abgesehen davon, dass er mich gestern wortwörtlich umgehauen hat, habe ich seit ein paar Tagen das Gefühl, dass er mir deutlich distanzierter als zuvor gegenübertritt. Außerhalb des Lehrgangs und der Sonderübungen haben wir uns kaum gesehen. Und ich bin mir nicht so sicher, ob es Zufall ist, oder ob er tatsächlich immer dann rasch aus unserem gemeinsamen Zimmer verschwindet, wenn ich dort auftauche – was reichlich selten vorkommt.

Ich habe keine Ahnung, ob ich mir seine Distanziertheit nur einbilde, und wenn nicht, habe ich noch weniger Ahnung, was los ist. Ich sollte es klären – vor allem hinsichtlich des bevorstehenden Demoeinsatzes. Als stellvertretender Truppführer bin ich für seine Unversehrtheit beim Einsatz mitverantwortlich und außerdem …

»Du siehst abgespannt aus.«

»Hmm?« Träge drehe ich den Kopf zu Bernd und bemerke jetzt erst, dass er mich durchdringend mustert. Vermutlich schon seit Minuten.

»Nimm dir ein paar Tage frei.«

»Kann ich nicht.«

»Und warum nicht?«

»Weil …« Hart stoße ich die Luft aus. Könnte ich schon, aber ich will es nicht. Aus diversen Gründen. Personalknappheit und den Trupp nicht alleine lassen zu wollen ist eine Sache. Eine Allgemeine. Nils nicht alleine in den Einsatz gehen lassen zu wollen, eine ganz andere. Eine Spezielle.

»Nach der Demo«, murmele ich mehr zu mir selbst, denn zu Bernd.

Nils

›*Na hoffentlich bleibt keiner der illustren Damen die Käsesahnetorte im Hals stecken!*‹ Das ist so in etwa mein erster Gedanke, als wir im Laufschritt das Panoramacafé des Stuttgarter Fernsehturms betreten. Dabei bedeutet ›*wir*‹ ein ganzer BFE-Zug, 24 Mann, voll einsatzbereit in Körperschutzausstattung, Helm und Flammenschutzhaube inklusive, am Holster Dienstwaffe und Schlagstock. Ich könnte es niemandem verübeln, vor Schreck vom Stuhl zu kippen.

Tatsächlich ernten wir einige erstaunte und gleichsam verstörte Blicke, doch ehe sich jemand ernstlich Sorgen machen kann, ruft einer der Truppführer ein »schönen guten Mittag, das hier ist nur eine Übung« in die Runde. Murmelnd und nickend wenden sich die Bürger wieder ihren Kaffees und Kuchen zu. In Stuttgart sind sie es anscheinend gewohnt, hin und wieder Zeugen kreativer Ausdauertrainings zu werden.

Wir verziehen uns in eine ruhigere Ecke des Cafés und versuchen, allesamt erst mal zu Atem zu kommen. Die verdammten 850 Treppenstufen brennen in meinen Oberschenkeln und ich kann jeden einzelnen Schweißtropfen fühlen, der mir in einem dünnen Rinnsal an der Wirbelsäule hinabrinnt. Käsekuchen und 'ne Dusche – das wäre jetzt was!

Schnaufend streife ich mir erst den Helm und dann die flammenhemmende Haube ab und streiche mir einige verschwitzte Haarsträhnen aus der Stirn. Als ich den Blick wieder fokussiere, steht Erik neben mir. Statt einer Kaffeetasse hält er mir eine Wasserflasche hin.

»Willst du?«

Mit einem dankenden Nicken nehme ich die Flasche entgegen, Worte bringe ich gerade nicht heraus, dafür bin ich zu sehr mit Luftholen beschäftigt. Auch Eriks Atem geht schwer, stelle ich fest, als ich die Flasche an die Lippen setze, ihn dabei aus dem Augenwinkel mustere. Verschwitzt und aufgeheizt sieht er aus – ziemlich heiß. Und noch etwas ...

Ich kneife die Augen zusammen, mustere seine angespannte Kieferlinie. Schatten liegen unter seinen Augen. Unweigerlich muss ich an Tobias' Worte denken. Privater Stress ...

Aber ich bin – verdammt nochmal – nicht in der Position, ihn danach zu fragen. Und egal wie anziehend er gerade auf mich wirkt und egal wie gerne ich jeden verfluchten Schweißtropfen von seiner Haut lecken würde, ich werde jetzt ganz sicher nicht meinen vor einigen Tagen gefassten Entschluss, mich gedanklich und emotional von ihm zu distanzieren, über den Haufen werfen. Nicht hier. Nicht jetzt. Nicht inmitten unserer Kollegen. Und alleine schon nicht, weil nach wie vor immer Patrick durch meine Gedanken kreist. Weil ich weiß, dass zwischen uns etwas ist. Mehr als er zugeben möchte. Und weil ich inzwischen weiß, dass Erik verheiratet ist – mit einer Frau! Dass er ein Kind hat und ...

»Kann ich dich kurz sprechen?«

Abrupt kippe ich genau in dem Moment, da er mich anspricht, die Wasserflasche. Zu abrupt, denn ich verschlucke mich prompt, spüre einige Tropfen über mein Kinn rinnen. Und als ich blinzle und Erik ansehe, hängt sein Blick einen viel zu langen Moment auf meinem Mund.

Gottverdammt ... warum kann er nicht aufhören, mich immer wieder so anzusehen?

»Klar«, würge ich hervor, räuspere mich und wische mir rasch die Tropfen vom Kinn. Endlich schafft Erik es, mir wieder ins Gesicht zu sehen, doch der direkte Augenkontakt trägt nicht gerade dazu bei, die kribbelige Unruhe in meinem Magen abebben zu lassen. Im Gegenteil ... Die Art, wie er mich ansieht, so intensiv und forschend, mit einem Hauch von Begehren im Blick und dieser unterschwelligen Verletztheit, die ich seit Tagen an ihm beobachte, schießt mir mitten ins Innerste. Mitten in meinen Unterleib.

Ganz kurz huscht Eriks Blick von mir fort, schweift umher, als wolle er sichergehen, dass keiner unserer Kollegen unserem Gespräch folgt, ehe er mich wieder direkt ansieht.

»Kann es sein, dass du mir aus dem Weg gehst?«

›Shit! Muss er so direkt sein?‹

Ich öffne den Mund, schließe ihn wieder. Starte einen neuen Versuch.

»Nein?« Es klingt wie eine Frage und alles andere als überzeugend und an Eriks Miene ist mehr als deutlich abzulesen, dass auch er den Unterton gehört hat.

»Wenn es dir lieber wäre, dein Zimmer mit Tobias zu teilen, dann ...«

»Was? Nein!« Und wieso Tobias?

»Nein? Ich dachte nur ... Ihr scheint euch gut zu verstehen und da ich dein Vorgesetzter bin ...«

»Ist doch egal. Ich meine, es stört mich nicht.« *›Was mich verdammt nochmal stört, ist, dass ich andauernd an dich denken muss. Nackt!‹*

»Aber du streitest wohl nicht ab, dass du seit ein paar Tagen seltsam distanziert mir gegenüber bist.«

Das wiederum war keine Frage seinerseits und es wäre auch reichlich sinnlos, es abzustreiten. Also schüttle ich nur den Kopf.

»Das hat nichts mit dir zu tun ...« *›Gott, Nils, bescheuerter geht es wohl kaum!‹* »Ich meine ... schon, aber ... Meine Güte, Tobias hat mir erzählt, dass du gerade privaten Stress hast. Nicht dass er getratscht hätte, das ... Ich meine ...« Statt weiterzureden und mich noch weiter in die Scheiße zu reiten, beiße ich mir auf die Zunge und sage lieber gar nichts mehr. Zu meiner Verwunderung formt sich ein schmales Grinsen auf Eriks Lippen.

»Ich weiß, dass Tobias nicht tratscht. Und ja, er hat recht. Ich hab momentan einige private Scheiße am Hals, wenn ich das mal so sagen darf. Nur fehlt mir irgendwie Kontext, was das mit dir zu tun haben sollte?«

»Tja ... nichts. Ich dachte nur, du willst vielleicht abseits des Dienstes deine Ruhe?« ›*Und ich dachte, ich kann vielleicht aufhören, von dir und mir in einem Bett ... oder einer Dusche ... oder sonst wo ... zu fantasieren, wenn ich dir nicht ständig über den Weg laufe!*‹

Eriks verschwörerisches Zwinkern bringt mich vollends aus dem Konzept.

»Wenn du mich nervst, sage ich es schon, Zimmerpartner. Also ... kann ich davon ausgehen, dass wir in den nächsten Tagen mal ein Bier nach Feierabend trinken?«

Insofern mich seine Worte beruhigen sollten, tun sie es auf keinen Fall. Aber ich sehe in diesem Moment nur einen einzigen Weg, um mich nicht weiter um Kopf und Kragen zu reden – also nicke ich.

»Gut.« Sein Lächeln wirkt gelöst und dennoch ist da dieser Ausdruck um seine Augen, der ihn gleichsam traurig wie verbissen wirken lässt. Wären wir wirklich so etwas wie Kumpels, würde ich ihn vom Stand weg zu einem Bier einladen. Ihn reden lassen. Aber wir sind es nicht und außerdem befinden wir uns im Dienst. Auch wenn es gerade nicht danach aussehen mag, da all unsere Kollegen nun, da wir wieder genug Luft in den Lungen haben, in ungezwungene Gespräche vertieft sind.

Eriks und meine knappe Unterhaltung allerdings scheint beendet zu sein und so drehe ich mich dem großen Panoramafenster zu. Der Ausblick über Stuttgarts Dächer entschädigt sofort für die Strapazen, die knapp 200 Meter zu Fuß und in voller KSA hinter sich gebracht zu haben. Es ist nicht das erste Mal, dass ich hier oben im Panoramacafé bin, aber der Besuch heute hat auf jeden Fall eine unvergessliche Einzigartigkeit an sich. Nicht zuletzt deshalb, weil Erik sich neben mir auf den innen an den Fenstern entlanglaufenden Sims stützt und wie ich ebenfalls den Blick schweifen lässt. Stünden wir hier nicht in KSA und umringt von Kollegen, hätte der Moment beinahe etwas Vertrautes. Aber eben nur beinahe. Und ich habe auch keine Zeit, ihn weiter zu genießen, oder mir Gedanken über Erik oder Patrick oder was auch immer zu machen, denn schon gibt PHM Hartmann das Zeichen zum Aufbruch.

Nach dem Fernsehturm-Sprint geht es in den Mannschaftswagen zurück in die BePo. Während für die Trupps des 522 noch eine Stunde Abwehr- und Zugriffstraining auf dem Programm steht, legt Hartmann, gemeinsam mit dem Truppführer Alpha, mit uns eine weitere Demoübung ein: Festnahme aus dem schwarzen Block heraus.

Erst am Abend erklären die Truppführer den heutigen Dienst für beendet und meinem Gefühl nach auch nur deshalb, weil sich seit geraumer Zeit dicke schwarze Wolken am Himmel ballen, die nach einem bösen Unwetter aussehen. Ich habe noch die heimliche Hoffnung, dass das Gewitter über Göppingen hinwegzieht, doch als ich eine gute halbe Stunde später aus der Dusche trete, höre ich schon das unheilvolle Grollen, und als ich Eriks und mein Zimmer betrete, klatschen dicke Regentropfen gegen die Scheiben.

Von Erik hingegen ist weit und breit nichts zu sehen; keine Ahnung, wohin er nach der Demoübung verschwunden ist. Seufzend krame ich mein Handy aus meiner Sporttasche. Ein prüfender Blick in meine Schrankhälfte zeigt, dass ich noch genug Wechselklamotten da habe. Also tippe ich eine knappe Nachricht an Patrick, lasse ihn wissen, dass ich heute Nacht in der BePo bleiben werde. Ich habe wirklich keine Lust, mich bei dem Getöse draußen hinters Steuer zu setzen. Reicht schon, dass ich nochmal im Regen quer über den Hof zur Kantine muss. Außer natürlich, ich verzichte aufs Abendessen, aber mein Magen knurrt schon seit einer ganzen Weile.

Die beiden Häkchen hinter meiner Nachricht bleiben grau. Gut möglich, dass Patrick noch im Laden ist oder schlichtweg gerade mal wieder keine Lust hat, eingehende Nachrichten zu lesen, geschweige denn zu beantworten. Ganz egal, ob sie von mir kommen oder von jemand anderem. Mit dieser Macke von ihm habe ich mich inzwischen abgefunden. Es stört mich nicht mal. Stattdessen irritiert es mich, dass es mich nicht stört. Und es stört mich, dass ich so viel über diesen Kerl nachdenke.

Plötzlich genervt knalle ich die Schranktüren zu, ernte gleich darauf ein amüsiert tadelndes »hey, hey, lass sie leben«. Abrupt fahre ich herum und sehe mich Erik gegenüber. Tropfnass vom Sauwetter draußen steht er im Türrahmen, Wassertropfen perlen aus seinem dunklen Haar und über seine Stirn, seine Wangen, seine Lippen. Lippen, um die ein freches Schmunzeln spielt.

»Hast du heute noch nicht genug Energie verschossen?« Ohne auf meine Antwort zu warten, kickt er die Tür mit einem Fuß hinter sich ins Schloss und geht an mir vorbei. Muss sich dabei an mir vorbeizwängen, da ich mitten im Durchgang zum eigentlichen Zimmer stehe. Kommt mir dabei so nahe, dass ich seinen ganz eigenen Duftmix riechen kann. Die Frische von Regen, das Herbe seines Schweißes, da er offenbar noch nicht geduscht hat, einen Hauch Deo und ...

»Du warst noch nicht in der Kantine, oder?«

Ich muss mir selbst eine innerliche Ohrfeige verpassen, um ihm antworten zu können.

»Nein, wieso?«

Er deutet auf die beiden Subway-Tüten, die er auf dem kleinen Tisch zwischen unseren Betten abgelegt hat und die mir bei seinem Hereinkommen nicht mal aufgefallen sind.

»Ich hatte keine Lust auf Kantine. Also wenn du auch was willst ...«

»Gerne, ja. Ich ... zieh mir nur schnell was an.«

Kurz verhaken sich unsere Blicke, ehe der von Erik über meinen Körper huscht, am Rand des Handtuchs hängen bleibt. Er schmunzelt.

»Okay.«

Und ich könnte schwören, das Wort klingt so, als hätte er auch nichts dagegen, wenn ich mich genau so zu ihm aufs Bett setzen würde. Halbnackt und ... halbsteif! Himmel, ich sollte Patrick wirklich bitten, mich noch öfter und noch härter durchzuvögeln, denn offenbar habe ich es aktuell mehr als nötig!

Erik

Was Essensvorlieben angeht, habe ich mich offensichtlich in Nils getäuscht. Ich dachte ja, er wäre mehr so der Hühnchen-Typ, aber als ich ihm die beiden Subway-Tüten unter die Nase gehalten habe, hat er sich sofort für das Sandwich mit Pulled Pork entschieden. Eigentlich das, auf welches ich Appetit hatte, aber ich kann auch gut mit Chicken Teriyaki leben.

Zufrieden kauend sitzen wir uns gegenüber an dem kleinen Tischchen. Nils in bequemer Jogginghose und T-Shirt, frisch geduscht mit noch feuchten Haaren, ein Bein lässig an den Körper gezogen. Ich noch vollkommen durchgeschwitzt im Overall und außerdem nass vom Regen. Es scheint Nils allerdings nicht zu stören, wohingegen Layla mich erst einmal mit pikiertem Blick ins Bad verbannt hätte, ehe ich mich zu ihr und Emilio an den Tisch setze. Der Gedanke versetzt mir einen Stich, wird gleich darauf von Grübeleien abgelöst, wie ich auf die Idee komme, Nils und Layla miteinander zu vergleichen. Doch ich komme nicht dazu, den Gedanken zu verfolgen, denn in diesem Moment signalisiert mir mein Handy mit einem ›*Pling*‹ den Eingang einer E-Mail. Ein einziger Blick aufs Display und mir ist der Appetit auf mein Sub augenblicklich vergangen. Die Mail ist von meiner Anwältin. Laylas Antrag auf alleiniges Aufenthaltsbestimmungsrecht ist bei Gericht eingegangen, der Termin für die Anhörung wurde festgesetzt.

»Hey, alles okay?«

Nils' Stimme reißt mich zurück in die Realität. Erst, als ich den Blick hebe und ihn ansehe, realisiere ich, dass ich anscheinend mehrere Sekunden lang wie gebannt auf mein Smartphone gestarrt habe.

»Nein«, presse ich hervor, ehe ich darüber nachdenken kann, ob Nils diese ganze Sache überhaupt etwas angeht. »Mail von meiner Anwältin.«

»Oh! Was Dienstliches?«

Ich bringe ein kratziges Lachen zustande, lege das Handy und mein Sandwich weg, ehe ich eines davon aus schmerzhaftem Reflex gegen die nächste Wand schmeißen kann. »Nein, was Privates. Meine Ex klagt auf alleiniges Aufenthaltsbestimmungsrecht für unseren Sohn.«

Am Rande bekomme ich mit, wie sich Nils' Miene von der einen auf die andere Sekunde verändert. Wie es in seinem Kopf arbeitet. Doch ich bin selbst viel zu sehr damit beschäftigt, den tobenden Sturm aus Zorn und Furcht in meinem Inneren niederzuringen, als dass ich mir in diesem Moment Gedanken über sein Seelenleben machen könnte.

»Wow, das ... ist krass!«, bringt er nach einer Weile hervor. »Das heißt, du ... ihr lebt in Scheidung?«

»Nein«, entgegne ich schroff, setze nach einem Moment des bitteren Zögerns hinzu: »Noch nicht.«

»Okay, ich dachte nur … wegen des Rings …?«

Nun kann ich mir ein Schnauben nicht mehr verkneifen, mein Blick huscht zu meinem Ehering, der wie immer, wenn ich im Dienst bin, auf meinem Nachttisch liegt und darauf wartet, wieder an meinen Finger zu wandern. Zum ersten Mal habe ich heute das Gefühl, dass ich ihn nach dem Duschen *nicht* wieder anstecken werde.

»Reine Gewohnheit«, erkläre ich dumpf. »Theoretisch sind Layla und ich nur getrennt, aber praktisch wird's wohl auf eine Scheidung hinauslaufen. Und auf einen bitteren Rosenkrieg. Etwas, das ich um Emilios willen eigentlich vermeiden wollte.«

»Kann ich verstehen«, murmelt Nils und hört sich tatsächlich so an, als könne er nachempfinden, was gerade in mir vorgeht. Auch er hat inzwischen sein Sandwich weggelegt. Über den Tisch hinweg finden sich unsere Blicke. Halten sich. Aus dem Augenwinkel bemerke ich das Zucken seiner Hand, als wolle er sie über den Tisch schieben und nach meiner greifen. Doch er tut es nicht. Und ich kann in diesem Moment nicht sagen, ob ich enttäuscht, erleichtert oder gleichgütig darüber bin. In meinem Kopf ist wieder mal nur Platz für einen Gedanken: Emilio! Ich will Emilio nicht gehen lassen! Aber ebenso wenig will ich es ihm antun, miterleben zu müssen, wie Mama und Papa sich gegenseitig vor Gericht zerfleischen.

6. Kapitel

Nils

Mit ungewohnt flauem Gefühl im Magen beobachte ich in gebührendem Abstand den Pulk der sich sammelnden Demonstranten, der immer größer wird. Ich bin nicht wirklich gut darin, Menschenmengen in Zahlen zu schätzen, aber bereits im Vorfeld war die Einsatzleitung von mehreren hundert Rechten ausgegangen. Noch ist die Demo nicht offiziell gestartet, doch schon jetzt hallen die Parolen durch die Straße zu uns herüber.

Ein Seitenblick zu meinen Kollegen zeigt mir, dass sie noch alle ganz entspannt neben mir stehen. Ich selbst bin nervös. Aber es ist keine Furcht, die sich in meinem Magen zusammenballt. Eher die übliche Unruhe vor dem Unbekannten. Und noch etwas schwelt in mir.

Ein letztes Mal streife ich mir die Einsatzhandschuhe ab, wühle aus der Innentasche meines Overalls mein privates Handy hervor. Ein allerletztes Mal für heute. Wenn Patrick sich bis jetzt nicht gemeldet hat, dann … Keine Ahnung!

Hat er nicht.

Natürlich nicht.

Seit wir vor mehr als 48 Stunden die Nacht miteinander verbracht haben, habe ich kein Sterbenswörtchen mehr von ihm gehört. Er antwortet nicht auf meine Nachrichten, reagiert nicht auf Anrufe. Ganz offensichtlich hat er sein WhatsApp so eingestellt, dass ich nicht mehr sehen kann, ob er meine Messages wenigstens gelesen hat. Wüsste ich nicht inzwischen, wie verflucht launisch dieser Kerl sein kann, würde ich befürchten, ihm sei etwas zugestoßen. Doch statt mir ernstlich Sorgen zu machen, bin ich einfach nur …

Ja, was eigentlich?

Wütend? Enttäuscht? Verletzt? Vermutlich von allem ein bisschen. Aber am allermeisten bin ich vollkommen ratlos. Verstehe schlichtweg nicht, warum er sich mit einem Mal wieder vor mir einmauert. Verstehe es erst recht nicht, wenn ich an unsere letzte gemeinsame Nacht zurückdenke. Daran, wie er mich nach dem Sex an sich gezogen und festgehalten hat. Seine Finger in meinem Haar verkrallt. So fest, als wolle er mich nie wieder gehen lassen. Und dann seine wiederholte, geflüsterte Bitte: *›Pass auf dich auf.‹*

Schnaubend stecke ich das Handy zurück in meinen Overall.

Auf mich aufpassen ... Ja, werde ich tun. Die Demonstranten werden mich schon nicht zerfleischen. Nicht, wenn ich Patrick endlich aus meinen Gedanken verbanne, meinen Kopf einschalte und mich auf das Geschehen vor mir konzentriere.

Langsam, aber sicher formiert sich die überwiegend deutlich rechts angehauchte Menschenmasse zu einem mehr oder minder geordneten Aufzug. Auch PHM Hartmann bedeutet uns, Aufstellung zu beziehen. Gemeinsam mit dem Trupp Alpha des 523 werden wir den Aufmarsch der Rechten begleiten. Von der Lautenschlagerstraße aus zieht die Demo in Richtung Palast der Republik. Quer über die Bolzstraße und die Theodor-Heuss-Straße entlang zum Rotebühlplatz. Königsstraße, Eberhardstraße, Torstraße, links ab auf die Hauptstätterstraße und weiter zum Charlottenplatz. Von dort einmal quer über die B27 auf die Planie und schließlich weiter zum Schlossplatz. Insofern der Aufzug bis dorthin störungsfrei durchkommt, sollte der Marsch innerhalb einer Stunde erledigt sein.

Die Einsatzleitung der Direktion Reviere rechnet mit einer nicht zu unterschätzenden Menge an Gegendemonstranten, die meisten davon aus dem linken Spektrum. Manche von ihnen sind hier, um den Rechten verbal die Stirn zu bieten – erfahrungsgemäß weitgehend friedlich. Andere von ihnen sind nur aus einem einzigen Grund hier: Unruhe stiften – erfahrungsgemäß alles andere als friedlich. Aber laut Erik sind wir gut aufgestellt. Der komplette 523 aus Göppingen, ein Zug der Einsatzhundertschaft Stuttgart. Im Notfall kann der Streifendienst hinzugezogen werden.

In Zahlen sieht es so aus, als seien Demo und Gegendemo gut abgesichert. Dennoch ist mir Eriks angespannte Miene während der Fahrt im Mannschaftswagen nach Stuttgart nicht entgangen. Er hält bescheiden wenig davon, dass man uns Neue mit zu dieser Großlage genommen hat. Es ist ihm anzusehen und er hat es mir am vergangenen Abend, bei einem gemeinsamen Feierabendbier, anvertraut. Ebenso wie er nach einem Zögern mit der Sprache darüber herausgerückt ist, dass auf einschlägigen Internetplattformen von linken Aktivisten zu Gewalt gegen Rechts und gegen die Polizei aufgerufen worden ist. In der Theorie habe ich mit so etwas gerechnet. In der Praxis ist es doch ein merkwürdiges Gefühl, zu wissen, dass wir im Verlauf des Tages mit Sicherheit auf Leute treffen werden, denen es nicht primär darum geht, ob einige Asylbewerber innerhalb Stuttgarts in andere Wohneinheiten verlegt werden oder nicht. Die stattdessen darauf aus sind, Unruhe zu stiften und mit Worten, gegebenenfalls auch mit schwererem Gerät gegen Polizeibeamte vorzugehen.

»Hey …« Durch meinen Helm und die Flammenschutzhaube dringt Eriks Stimme nur dumpf an meine Ohren, in denen zusätzlich noch das Headset steckt. »Durchatmen, ja?«

Automatisch wandert mein Blick nach unten, als seine behandschuhte Hand meine streift. Absolut kein Hautkontakt möglich. Und dennoch fühlt es sich beruhigend an, ihn direkt neben mir zu wissen. Links bin ich flankiert von Tobias, zwischen ihm und Manja steht Lisa und ist sicher genauso nervös wie ich.

Mit einem erzwungenen Lächeln nicke ich Erik zu, lausche gleich darauf auf die Stimme im Headset. Die Strecke ist freigegeben, die Demonstranten können loslaufen. Und wir mit ihnen. Wir flankieren sie von links, die Kräfte des Taktischen Zuges von rechts. Die übrigen Beamten des 523 warten am Schlossplatz. Vor dem Königsbau, am Fahnenrondell, soll im Anschluss an die Demo eine Kundgebung stattfinden. Parallel dazu ein Aufmarsch der linken Gegendemonstranten auf dem Schillerplatz. Vermutlich werden BFE und EHU am Mittag alle Hände voll damit zu tun haben, die beiden Parteien auf Abstand zu halten.

Wobei ›*Parteien*‹ das Stichwort ist. Für die Kundgebung auf dem Schlossplatz haben sich diverse rechtsorientierte Redner angekündigt, unter ihnen kein geringerer als Achim van Hoeven. Den Gedanken daran, was Patrick bei dem Wissen, dass der eigene Vater in aller Öffentlichkeit gegen ›*dreckige Asylanten*‹ wettert, empfinden muss, dränge ich vehement zurück. Ich habe ein einziges Mal versucht, ihn darauf anzusprechen und mir danach geschworen, das Thema nie wieder aufzugreifen. Um unseres Beziehungsfriedens willen, wobei ich ja bis heute nicht weiß, ob man es ›*Beziehung*‹ nennen kann.

›*Nicht jetzt, Nils, nicht jetzt …*‹

Abermals wende ich mich Erik zu und ein warmes Gefühl, welches das flaue Flattern in meinem Bauch unweigerlich abebben lässt, flutet mich. Die Art, wie er die Hände in den dicken Einsatzhandschuhen ins Holster verhakt, den Blick durchs Helmvisier hindurch direkt nach vorne richtet und mit großen, festen Schritten vorwärts geht, strahlt eine unglaubliche Präsenz und Ruhe aus. Sofort merke ich, wie mein Puls runterfährt, mein Atem flüssiger strömt. Wenigstens so lange, bis wir auf die Theodor-Heuss-Straße abbiegen und das Polizeirevier 1 in unser Sichtfeld gerät.

Erik

Wie bei einer derartigen Großlage zu erwart en, wurde das Revier rundum mit Polizeigittern umstellt. Ein Trupp der EHU ist ausschließlich dafür zuständig, das Revier vor möglichen Störern abzuschirmen. Die Bilder, wie bei Demos Streifenwagen in Brand gesetzt und Revierfenster eingeschlagen wurden, sind tief im Gedächtnis verankert.

Ein Blick zu Nils allerdings zeigt mir, dass er mit diesem Aufgebot an Sicherheitsmaßnahmen nicht gerechnet hat. Kurz gerät sein Tritt außer Takt. Er zögert. Fängt sich jedoch gleich wieder und marschiert weiter. Für einen Außenstehenden war das Zaudern nicht zu erkennen, dessen bin ich mir sicher. Ich glaube an Nils. Glaube daran, dass er diese Großlage meistern wird. Und dennoch bestätigt mich seine kurze Unsicherheit in meiner Überzeugung, dass es eine verflucht riskante Entscheidung war, ihn und Lisa und die übrigen Neuzugänge des 523 mit zu dieser Demo zu nehmen. Es ist zu früh! Auch wenn bislang alles friedlich verlief, traue ich der Ruhe nicht. Ich kenne die Hasstiraden aus dem Darknet. Und auch die Stimmung des rechten Aufmarsches ist alles andere als friedlich.

Den Rotebühlplatz überqueren wir ohne Zwischenfälle, doch noch während wir in Richtung Königsstraße marschieren, funkt die Einsatzleitung. Zivile Aufklärungstrupps melden linke Aktivisten in den Seitenstraßen zur Königsstraße. Wo sonst? Von dort gelangt man relativ schnell und problemlos an alle Örtlichkeiten der Demo.

Zwischen den Häuserreihen sehe ich das Blinken vereinzelter Blaulichter. Mindestens ein Trupp ist bereits dort, um die Störer aufzuhalten, noch ehe sie die Königsstraße überhaupt erreichen können. Darauf verlassen wir uns. Unsere Aufgabe besteht darin, den Aufzug der Rechten störungsfrei bis zum Schlossplatz zu begleiten. Auch nach Jahren in der BFE fällt es mir teilweise schwer, die Parolen auszublenden.

»Wir. Wollen. Keine. Asylantenschweine!«

»Raus mit den Rapefugees!«

Auch das altbekannte »Sieg Heil« darf nicht fehlen. Es sind immer wieder dieselben Floskeln, die neben uns und in unserem Rücken ertönen. Von denen, deren Aufmarsch wir schützen müssen. Von meiner Perspektive aus, tue ich es nicht um ihretwillen. Sondern um Grundrechte wie Meinungs- und Versammlungsfreiheit aufrechtzuerhalten. Sicherheit zu gewährleisten. Für jedermann! Auch wenn es in Momenten wie diesen schwerfällt, mich nicht umzudrehen und den marschierenden Männern und Frauen entgegenzuschreien, was zur Hölle sie denn wollen? Ein zweites Hitler-Deutschland? Vermutlich würden einige von ihnen nicht verneinen. Und doch sind wir hier, um ihnen die gebrüllten Parolen zu ermöglichen.

Parolen, die mit einem Mal vom Knall mehrerer Detonationen übertönt werden. Gleich darauf steigen Rauchfahnen vom Boden auf. Weitere Böller werden zwischen den Häuserreihen gezündet und in Richtung des Demozuges geschleudert. Die ersten Rechten brechen aus, drängen seitlich, um *›dem linken Dreckspack‹* entgegenzulaufen. Doch sie prallen an der Mauer aus BFE-Beamten, die sich augenblicklich gebildet hat, ab. Gemeinsam mit Nils dränge ich einen jungen Skinhead zurück in die Reihe der Demonstranten. Wüste Beschimpfungen prasseln auf uns nieder, aber ich gebe mir Mühe, sie an meiner Körperschutzausstattung abprallen zu lassen. Ebenso wie die Fäuste und Flaschen, die hier heute sicher noch fliegen werden.

In halbwegs geordneten Bahnen bewegt sich die Demo weiter, prüfende Blicke in die Seitenstraßen offenbaren keine weiteren Störer. Zwei von ihnen – vermutlich die Böllerwerfer – liegen unter Kollegen begraben am Boden, werden mit Handschließen gesichert und weggeführt. Noch haben wir die Kontrolle.

Nils

Als der Demozug rund zwei Stunden später den Schlossplatz erreicht, bin ich nassgeschwitzt, aber so voller Adrenalin, dass unmöglich Müdigkeit aufkommen kann. Immer wieder wurde der Aufzug unterwegs von Störern angegriffen. Linke Parolen, Böller, Flaschen ... Dreimal wurden verletzte Demonstranten mit dem RTW abtransportiert. Meine Kollegen der Trupps Alpha und Delta sind allesamt unverletzt. Ebenso die Einsatzkräfte der EHU. Doch ein Blick über die Planie und den Schlossplatz lässt mich erahnen, dass es nicht bei den Versuchen, den Demozug zu behindern, bleiben wird.

Hunderte Menschen haben sich bereits auf dem Schlossplatz versammelt. Rednerpulte stehen breit. Rundherum werden Banner mit eindeutig rechtsradikalen Botschaften hochgehalten. Die Hasstiraden – insbesondere gegen Asylsuchende und Menschen dunklerer Hautfarbe – hallen über den Platz. Linker Hand hat sich eine nicht zu verachtende Menge an Gegendemonstranten auf dem Schillerplatz eingefunden. Auch von dort dringt Gebrüll zu uns herüber, wenn auch weniger als von rechts.

Unsere Kollegen, die als Interventionskräfte auf dem Schlossplatz zurückgehalten wurden, waren in der Zwischenzeit offensichtlich alles andere als untätig. Beide Seiten der Planie säumen Hamburger Gitter. Dazwischen stehen Kräfte der BFE und EHU. Am oberen Ende der Planie warten Wasserwerfer auf einen möglichen Einsatz.

Bislang sieht alles so aus, als hätten wir die Lage gut unter Kontrolle. Hin und wieder versuchen vorwitzige Gegendemonstranten, über die Barrikaden zu kommen, doch ihre Aktionen werden rasch und weitgehend gewaltfrei im Keim erstickt. Die Kollegen drängen sie einfach zurück hinter die Absperrungen. Selbst als der Demozug über die Planie direkt am Schillerplatz vorbeizieht, gelingt es keinem der Gegendemonstranten, den Aufzug zu stören. Dafür nimmt der Druck der Rechten zu. Immer mehr von ihnen drängen gegen uns, um an uns vorbei und hinüber zu den Gittern zu kommen. Unermüdlich schieben wir sie zurück in die sich langsam in Richtung Schlossplatz bewegende Menge.

Auf diese Art dauert alleine das Überqueren der Planie gute dreißig Minuten, doch schließlich ist der Demoaufzug angekommen, die beiden Lager auf die beiden Plätze verteilt und bestmöglich voneinander ferngehalten. Weitere Trupps der EHU schirmen mit Mannschaftswagen die bevorstehende Kundgebung auf der Seite der Planie ab, sodass es den Gegendemonstranten kaum möglich sein dürfte, dem Geschehen auf dem Schlossplatz zu folgen. Als der erste Redner – irgendein Parteivorsitzender – das Wort ergreift, fliegen einige Böller vom Schillerplatz auf die Planie. Doch das Geschehen ist zu weit von uns entfernt, um es tatsächlich verfolgen zu können, und der Tumult scheint rasch unter Kontrolle gebracht.

Neben mir regt sich Erik; er nimmt Handzeichen von PHM Hartmann entgegen, der gerade über sein Headset kommuniziert – vermutlich mit dem Zugführer des 523. Gleich darauf gibt Erik uns mit einem Handzeichen zu verstehen, dass wir uns für einen kurzen Moment zurückziehen können. Endlich einmal durchatmen …

Erik

An unseren Mannschaftswagen gelehnt, der direkt vor dem Neuen Schloss abgestellt ist, beobachte ich das Geschehen auf dem Schlossplatz. Momentan ist das Aufgebot an Rechten damit beschäftigt, lautstark die Tiraden ihrer Redner zu unterstützen. Aktuell besteht wenig Gefahr, dass Einzelne von ihnen zu randalieren beginnen, allerdings schaukelt sich die hasserfüllte Stimmung immer weiter hoch. Bis zum Ende der Reden wird sich ein explosives Gewaltpotenzial angestaut haben.

Kopfschüttelnd wende ich mich ab, flüchtig streift mein Blick Tobias, der gerade wegen eines unbedachten Kommentars von Roland zusammengefaltet wird. Was genau Tobias vom Stapel gelassen hat, habe ich nicht mitbekommen. Umso deutlicher ist, dass Roland ihm gerade zum wiederholten Mal das Einmaleins eines Demoeinsatzes einbläut: All unser Handeln bedarf eines rechtssicheren Hintergrunds. Keiner von uns soll in den Fokus all jener kommen, die nach Großlagen nur allzu gerne über ungerechtfertigte Polizeigewalt berichten. Dass es diese gibt, steht für mich nicht zur Debatte. Nicht alle Kollegen verhalten sich umsichtig und richtig. Manch ein Schlagstockeinsatz, manch ein Fußtritt müsste nicht sein. Andererseits kann ich jeden Kollegen verstehen, dem nach zwanzig oder mehr Stunden im Einsatz, nach unzähligen Böllerbewürfen und Beleidigungen die Sicherungen durchbrennen. Bei allem Verständnis jedoch ... es darf nicht passieren! Und genau das bläut Roland Tobias gerade ein. Ich bezweifle nicht, dass er sich daran halten wird. Tobias hat ab und an ein zu loses Mundwerk, aber ich habe ihn noch nie die Kontrolle in einer Stresssituation verlieren sehen – ganz im Gegensatz zu einem anderen Kollegen, der inzwischen allerdings *›aus Gründen‹* nicht mehr bei der BFE ist.

Langsam wende ich mich ab und klettere in den Mannschaftswagen. Lisa und Manja sind in ein leises Gespräch vertieft, mümmeln währenddessen Müsliriegel. Unsere beiden Mädels im Trupp scheinen sich auf Anhieb gut zu verstehen und ich bin froh, wenn Lisa sich an Manja hält. Sie ist erfahren und taff.

Ich sehe zu Nils, der auf der gegenüberliegenden Bank hockt und Löcher in die Wand starrt. Helm und Flammenschutzhaube liegen neben ihm auf dem Sitz, sodass sich mein Blick ungestört über sein Profil tasten kann. Über die schmale, etwas zu lange Nase und die schön geschwungenen Lippen, um die sich an den Mundwinkeln jeweils ein kleines Fältchen bildet, wenn er lächelt. An seinem Kinn zeigt sich der Ansatz eines Bärtchens, das weniger kratzig als vielmehr küssenswert aussieht.

Der Gedanke lässt mich innerlich die Augen verdrehen. Mit dem Helm als Abstandshalter zwischen uns lasse ich mich neben ihn fallen.

»Na, alles klar?«

Er nickt sofort, seine Stirn liegt in nachdenklichen Falten, aber sein Blick wirkt entschlossen und überzeugt.

»Denke schon, ja. Hab's mir schlimmer vorgestellt, ehrlich gesagt.«

Ich zögere einen Moment, doch warum verschweigen, was er früher oder später ohnehin am eigenen Leib erfahren wird?

»Schätze mal, da kommt noch was.«

Um seine Lippen spielt ein schiefes Grinsen.

»Von rechts oder von links?«

Wenn das so einfach zu beantworten wäre ... Letztlich ist es keine Frage der politischen Orientierung.

»Um ehrlich zu sein«, setze ich bedächtig an, »klassifiziere ich in dieser Hinsicht ungern nach *›rechts‹* oder *›links‹*. Wenn dir Hass und Verachtung entgegenschlagen, ist es gleichgültig, aus welchem Spektrum das geschieht. Rechtsradikalismus ist offensichtlicher. Teilweise direkter. Und ich finde es offen gesagt schwer, deren Parolen zu ertragen. Andererseits habe ich weitaus seltener Gewalt gegen Kollegen aus rechter Hand erlebt denn aus linker.«

Meine letzten Worte entringen Nils ein bitteres Grinsen, und ehe er spricht, ahne ich, was als Entgegnung kommen wird.

»Was böse Zungen darauf zurückführen könnten, dass die Polizei rechtem Gedankengut nähersteht als linkem.«

Die Art, wie er es sagt, versichert mir, wie ich es aufzufassen habe, sodass ich mir eine Antwort spare. Ich bin es müde, Berichterstattungen in diese Richtung zu folgen oder gar Diskussionen hierzu zu führen. Unbestritten gibt es Kollegen, die innerhalb der Polizei oder auch in sozialen Netzwerken ihre Gesinnung zeigen – egal ob direkt oder subtil. Ich bin nicht so naiv zu glauben, es gäbe keine schwarzen Schafe in unseren Reihen. Wo gibt es sie nicht? Doch ich habe es satt, immer und immer wieder im rechten Spektrum – oder wenigstens in dessen Nähe – verortet zu werden.

»Also ich für meinen Teil«, entgegne ich nach einer längeren Pause und lehne meinen Kopf gegen die Seitenwand des Vitos, »fühle mich linken Ansichten näher als rechten, aber eben nur in einem gewissen Maß. Und sobald *›links‹* und *›linksradikal‹* verschwimmen, kann und will ich gedanklich nicht mehr folgen.«

Während meiner kurzen Ansprache ist Nils' Blick wieder nachdenklicher geworden. Er sieht aus, als wolle er etwas entgegnen, würde aber noch nach den richtigen Worten suchen. Also schweige ich, nehme stattdessen einen großen Schluck meines Energydrinks.

»Weißt du, was ich erschreckend finde?«, murmelt er zögerlich und mit gedämpfter Stimme, sodass nur ich ihn hören kann. »Dass man das Offensichtliche nicht beim Namen nennen darf. Ich meine, bis zu einem gewissen Grad verstehe ich beide Seiten. Auch rechts. Nicht, dass ich ihre Hassreden gerechtfertigt fände – um Himmels willen! Ich denke einfach, die wenigsten von denen sind wirklich rechtsradikal oder sehen sich selbst so. Viele von denen sind diese sogenannten *›Wutbürger‹*. Denen geht es doch im Grunde gar nicht um Ausländer. Es geht um die eigene Unzufriedenheit. Das verlorene Vertrauen in den deutschen Staat. Darum, sich ein Feindbild zu suchen. Und ich finde es durchaus gerechtfertigt, dass sie ihre Angst und ihre Wut äußern. Nur tun sie es an der falschen Stelle und in der völlig falschen Gesellschaft. Denn dort draußen stehen auch Neonazis, das kann und darf man nicht leugnen. Aber wenn du vermeintlichen Nicht-Rechten auch nur im Ansatz vorwirfst, rechts zu sein, bricht gleich die Hölle los. Es wird so getan, als seien verbale und körperliche Gewalt gegen Menschen anderer Hautfarbe keine große Sache. Und umgekehrt darfst du auch nicht laut aussprechen, dass Straftaten von jungen, männlichen Asylbewerbern nun mal keine Einzelfälle sind, sonst wirst du gleich selbst als rechts abgestempelt. Weißt du, was ich meine?«

Dieses Mal bin ich derjenige, der nickt. Ja, ich verstehe, worauf Nils hinauswill, und im Kern trifft es auch meine Gedanken. Die wenigsten von den Demonstranten auf dem Schlossplatz sind Rechtsradikale. Die meisten von ihnen sind einfache Frauen und Männer aus der Unter- und Mittelschicht. Sie könnten deine Nachbarn sein, von denen du bislang nicht mal wusstest, dass sie rechtsorientierte Parteien wählen, oder der syrischen Familie drei Häuserblocks weiter die Schuld an ihren eigenen Missständen geben.

»Die meisten von denen, die drüben auf dem Schillerplatz stehen, sind aus gutem Grund hier«, sinniert Nils weiter. »Rechtem Gedankengut keinen Raum geben, den Parolen kein Gehör in der Gesellschaft verleihen. Zusammenhalt zeigen – nationalitätenübergreifend, unabhängig von Hautfarbe, Ethnie oder Religion.« Er seufzt, reibt sich mit zwei Fingern die Nasenwurzel. »Aber die sind auch nicht unser Problem. Die sind friedlich, zumindest weitgehend.«

»Die, die Probleme machen, werden schon noch früh genug auftauchen«, werfe ich ein und muss unweigerlich an den Böllerbewurf auf der Königsstraße denken. Mein Blick streift den von Nils, hält ihn für einen Moment. Wärme steigt in meinem Bauch auf, breitet sich aus.

»Fürchte ich auch …«, setzt Nils an, doch in diesem Moment unterbricht uns ein Knacken im Headset. Gleich darauf streckt Roland seinen Kopf in den Mannschaftswagen.

»Wir müssen! Auf dem Schillerplatz hat sich ein schwarzer Block gebildet.«

Unisono verdrehen Nils und ich die Augen, grinsen einander schief zu. Wenn man vom Teufel spricht …

7. Kapitel

Erik

»Hier spricht die Polizei. Wir fordern Sie auf, die Vermummung abzulegen. Andernfalls …«

Der Rest der Ansage geht im Tosen hunderter Stimmen unter, im Krachen der Böller, die immer wieder aus den hinteren Reihen zu uns herüberfliegen. Seit Minuten dasselbe Spiel: Die Aufforderung unsererseits, Gesicht zu zeigen, sich vom schwarzen Mob zu distanzieren. Als Antwort bekommen wir Hasstiraden, erhobene Mittelfinger und Böllerbewurf. Nur wenige der linken Demonstranten distanzieren sich sichtbar vom Mob, stehen abseits und beobachten oder tun das, weswegen sie eigentlich hier sind. Oder sein sollten. Sie versuchen, gegen die rechtsradikalen Parolen der Gegenseite die Stimmen zu erheben. Die Menschen jedoch, die direkt vor uns stehen, haben längst vergessen – oder nie akzeptiert – dass wir zu ihrem Schutz hier sind. Oder waren?

»Dies ist die letzte Durchsage … Treten Sie von der Absperrung zurück!«

Jedes Wort aussichtslos.

Die Antwort ist das erneute Anschwellen der Tiraden: »Alertá, Alertá, Antifascista!«

Mit neuer Gewalt wirft sich der Mob aus gut fünfzig oder sogar mehr Menschen gegen die Hamburger Gitter, die von uns mit eiserner Kraft aufrecht gehalten werden. Nur Zentimeter trennen uns von den Demonstranten. Im selben Moment geben Roland und ich das Pfefferspray frei. Beißender Nebel hüllt die erste Reihe der Linken ein. Manche weichen hustend zurück, andere zeigen sich unbeeindruckt, drängen weiter gegen die Absperrung.

Einige Meter rechts von mir landet eines der Gitter krachend auf dem Boden. Sofort setzen Menschen nach. Binnen eines Atemzuges kann ich meinen ohnehin schon erhöhten Puls in die Höhe schnellen spüren, als die ersten Linken gegen die Kollegen mit ihren großen Demoschilden prallen. Die Kollegen der EHU halten wacker stand, doch es gelingt ihnen nicht, die Massen zurück hinter die gefallene Absperrung zu drängen. Hiebe – mit bloßen Händen ebenso wie mit Gegenständen – hageln auf und über die Schilde nieder. Mein Herz donnert in meiner Brust. Ich weiß, was folgen wird. Kaum hat sich der Gedanke in meinem Kopf manifestiert, gibt der Einsatzleiter der EHU die Schlagstöcke frei.

»Wir sind friedlich, was seid ihr?« Die Rufe dringen nur dumpf an meine Ohren, obwohl die Menschen direkt vor mir stehen. Aus ihren teilweise verhüllten Gesichtern spricht eine tiefe Wut. Vielleicht auch ein Hauch Verzweiflung. Wäre die Situation nicht so bitter, würde ich lachen.

Friedlich? Wohl kaum!

Eine weitere Ladung Pfeffer hüllt meine Gegenüber ein, doch angefeuert vom Durchbrechen ihrer Kameraden gibt keiner mehr nach. In unserem Rücken flackern die Blinklichter der Wasserwerfer.

Wir weichen zurück.

Weitere Gitter fallen.

»Nils!« Energisch packe ich ihn am Arm, ziehe ihn mit mir. Zurück zwischen die Wasserwerfer. Nur Sekunden später peitscht der erste Strahl den Demonstranten entgegen.

Abgeschirmt durch die Wasserfront dringen ihre aufgebrachten und teilweise schmerzerfüllten Schreie nur dumpf zu uns durch. Neben mir höre ich Nils keuchen. Der Geräuschpegel ist schwer zu ertragen, sowohl physisch wie auch emotional. Mir zumindest jagt es einen Schauer das Rückgrat hinab, zuzusehen und zuzuhören, wie Menschen von der Wucht des Wassers getroffen und zu Boden gerissen werden.

»Alles okay?« Ich muss Nils anschreien, um eine Reaktion zu bekommen.

»Fuck … ja!«

Kurz verhaken sich unsere Blicke. In seiner Miene – durch den Helm und die Haube nur ungenügend zu erkennen – flackert eine mir nur allzu bekannte Mischung aus Überraschung, furchtsamem Respekt und zornigem Unverständnis.

Im ersten Moment sieht es so aus, als könnten die Wasserwerfer den schwarzen Block zurück hinter die gefallenen Absperrungen drängen. Doch gleichzeitig nimmt der Tumult in unserem Rücken zu. Mein Blick fliegt über die Planie, hinüber zum Schlossplatz. Die ersten Skinheads durchbrechen die Barrikaden aus quergestellten Mannschaftswagen, liefern sich wilde Rangeleien mit einigen Kollegen. Wenn es uns nicht gelingt, die beiden Lager auf Abstand zu halten, haben wir hier in wenigen Minuten eine verdammte Straßenschlacht.

Gehetzt suche ich Roland, kann ihn aber im ersten Moment im Tumult nicht finden und treffe die Entscheidung allein.

»Schlagstock frei!«

Nils

In der Theorie ist es vergleichsweise einfach, auf Kommando den Einsatzstock zu ziehen und nach Anweisung auf bestimmte Körperteile eines Kollegen zu schlagen. In der Theorie wurde mir mehrfach verdeutlicht, was bei einer Demo passieren kann. Wie man auf unterschiedliche Lagen reagiert. In der Theorie bin ich bestens vorbereitet.

Die Praxis sieht anders aus.

Dunkel gekleidete Menschen mit verhüllten Gesichtern verschwimmen vor meinen Augen zu unkenntlichen Massen. Ich kann nicht mehr genau sagen, welche Stelle ich mit dem Tonfa treffe. Versuche nur, die Gegner auf Abstand zu halten und frage mich im selben Moment, wann genau sie dazu wurden. Wann *wir* dazu wurden. Zu Feinden!

Die Detonationen um uns herum dröhnen in meinen Ohren, als würde eine verdammte Bombe direkt neben mir gezündet werden. Das Blinken des Blaulichts vermischt sich mit orangerotem Lodern. Irgendwo zwischen den Böllern muss der erste Molotowcocktail gewesen sein.

Über die Planie senkt sich die Dämmerung. Doch sie ist hellerleuchtet von zu vielen Lichtern. Durchdrungen von zu laut tosendem Lärm.

Schreie. Voller Hass und Wut. Und Schmerz. Das Zischen der Wasserwerfer. Der dumpfe Klang, wenn Schlagstöcke und Fäuste auf Schutzausrüstung und blanke Gliedmaßen treffen.

Irgendwo hinter mir mauert die Einsatzhundertschaft die Rechten auf dem Schlossplatz ein. Vor und neben mir tobt ein verdammter Straßenkampf zwischen Antifa und Polizei.

Immer wieder erhasche ich kurze Blicke in vermummte Gesichter. Aber nie gelingt es mir, eine Miene zu erkennen. Der Ausdruck in den Augen sagt alles.

Diese Menschen, die uns gegenübertreten, sind keine links orientierten Bürger, die gegen Fremdenhass demonstrieren wollen. Uns gegenüber stehen Linksradikale. Ihre Wut richtet sich gegen alles, was irgendwie ihrem Feindbild entspricht: Rechte, Behörden, Banken ... Und vorneweg die Polizei.

Während sie sich hinter ihrer Vermummung verstecken, sehen sie auch in uns keine Menschen mehr. Sie sehen nur noch den Feind in der Uniform. Und unsere KSA ist inzwischen längst kein Schutzschild mehr, sondern eine Zielscheibe.

In meinem Kopf dröhnt in Dauerschleife ihre liebste Parole: »Hass, Hass, Hass! Hass wie noch nie! All cops are bastards, ACAB!«

Ich weiß, dass es nicht um mich als Individuum geht. Ich weiß, dass es nur meine Uniform ist, die in diesem Moment ihre Wut und Gewalt auf mich lenkt. Ich nehme es nicht persönlich.

Dennoch geht es mir nahe.

Weil ich nicht in ihre Gesichter und Köpfe blicken kann. Weil ich nicht verstehe, was in einem Hirn vorgehen muss, um einen derartigen Hass auf eine bestimmte Menschengruppe zu lenken. Auf eine Uniform. Ebenso wenig wie ich verstehe, wie aus der Unzufriedenheit mit dem eigenen Leben blanker Rassismus und Rechtsextremismus entstehen können.

Doch als der nächste Molotowcocktail nur Meter von mir entfernt zerspringt und Flammen in alle Richtungen stieben, begreife ich: Jetzt und hier … in diesem Moment … sind wir für unser Gegenüber keine Menschen.

»Nils!«

Für einen Sekundenbruchteil ist Erik neben mir. Rennt an mir vorbei. Hinüber zu den brennenden Überbleibseln des Brandsatzes. Erst als er in die Knie geht, registriere ich, dass ein Körper dort liegt. Halb von den Flammen bedeckt.

Ein Körper in Uniform.

Grob und ohne darauf zu achten, ob er fällt oder nicht, stoße ich den Vermummten, der sich offenbar ein Handgemenge mit mir erhofft hat, von mir und renne hinüber zu Erik. Falle neben ihm auf die Knie. Gemeinsam ziehen wir unsere Kollegin von den Flammen fort. Sie hilft mit, schiebt sich mit den Beinen rückwärts, ist offenbar bei Bewusstsein. Ein Blick durch ihr Helmvisier und mein Herz setzt für einen Schlag aus.

»Scheiße … Lisa!«

Ihre Hand im Handschuh umklammert meinen Unterarm, während Erik ihr vorsichtig das Visier hochklappt. Um uns herum toben die Unruhen, doch irgendwie schaffen es unsere Kollegen, weitere Störer von uns fernzuhalten.

»Lisa!«

Sie registriert mein Rufen offenbar, übt mit ihrer Hand Druck um meinen Arm aus. Der Schock jedoch steht ihr ins Gesicht geschrieben. So behutsam es mit den Einsatzhandschuhen möglich ist, zupfe ich ihr die Flammenschutzhaube von Nase und Mund.

Neben mir höre ich Erik aufgeregt in den Funk sprechen. RTW! Wir brauchen einen RTW!

Lisa verzieht den Mund zu einem schmerzlichen Lächeln. Irgendwo hat es sie erwischt, ganz sicher.

Erst als sie leise meinen Namen murmelt, halte ich inne und registriere, dass ich die ganze Zeit unzusammenhängendes Zeug an sie hingebrabbelt habe, vermutlich um sie zu beruhigen. Dabei bin ich derjenige, der eine Flasche Baldrian gebrauchen könnte. Mein Herz hämmert gegen meinen Brustkorb, mein Atem fliegt, geht im selben Moment seltsam schwer und keuchend.

Gehetzt blicke ich mich um. Zu dritt kauern wir halbwegs abgeschirmt zwischen der Rückseite eines Wasserwerfers und einem auf der Planie quergestellten Mannschaftswagen. Doch in einigen Metern Entfernung tobt um uns herum ein Inferno.

Immer wieder explodieren Molotowcocktails, einer Gruppe Vermummter ist es gelungen, Eisenstangen aus den gefallenen Barrikaden zu stemmen. Im ersten Moment flutet mich Erleichterung, als ich erkenne, dass sie damit nicht auf Kollegen losgehen. Im nächsten Moment schreie ich voll zorniger Überraschung auf, als sie beginnen, damit auf die Frontscheibe eines Streifenwagens einzuschlagen.

›*Wozu?*‹, will ich schreien, ›*gottverdammt, wozu denn?*‹ Doch stattdessen wende ich mich an Lisa. Auch Erik kniet neben ihr, redet leise mit ihr, doch immer wieder streift sein Blick dabei zu mir. In seiner Miene spielt etwas, das beinahe Reue sein könnte. Eine stumme Entschuldigung dafür, uns mit an diesen Ort genommen zu haben.

›*Mein Gott, Erik*‹, will ich sagen und ihm dabei mit nackten Fingern über die bartstoppelige Wange fahren, ›*wir wollen Polizisten sein, also müssen wir damit klarkommen.*‹

Doch ich sage nichts. Drücke stattdessen stumm Lisas Hand, bis es tatsächlich ein Rettungswagen zu uns schafft und sie auf einer Liege im Inneren verschwindet. Das Blaulicht vermischt sich mit dem Blinken der Wasserwerfer. Die Sirene verhallt langsam, aber stetig. Dämmerung wechselt zu Nacht, doch sie ist hell erleuchtet.

»Komm!« Eriks Stimme lässt keinen Widerspruch zu und ich bin unendlich froh darüber. Wir werden unsere Kollegen nicht alleine lassen. Wir haben noch zu arbeiten.

Am anderen Ende der Planie steht ein quergestellter Mannschaftswagen in Flammen und beleuchtet das groteske Schauspiel.

Erik

Rund drei Stunden später ist die Lage wieder weitestgehend unter Kontrolle. Verstärkungskräfte von Einsatzhundertschaft und Streifendienst sind gerade dabei, die letzten Reste der Demo aufzulösen. Noch immer werden dutzendfach Platzverweise ausgesprochen. Ob die Demonstranten sich daran halten, bleibt abzuwarten. Die Nacht wird es zeigen. Eine Nacht, in der die meisten von uns vor Ort bleiben werden, um die Lage zu sichern.

Rund ein Dutzend Festnahmen wurden getätigt. Doch die meisten der Randalierer werden ungeschoren davon kommen. Wie allzu oft … Hinter irgendeiner Häuserecke werden sie ihre Vermummung ablegen und wie unbeteiligte Bürger durch die Seitenstraßen spazieren. Bleibt nur zu hoffen, dass wenigstens ein paar von ihnen von den zivilen Aufklärungstrupps gestellt werden können. Oder dass doch der eine oder andere Anwohner sie beobachtet, vielleicht fotografiert, während sie sich der dunklen Kleidung entledigen. Aber allzu oft bekommen wir hautnah mit, wie vermeintliche Otto-Normal-Bürger plötzlich mit dem schwarzen Block sympathisieren. Während der Polizei die Schuld an den Unruhen zugeschoben wird.

Wir haben unser Bestes gegeben. Wie immer. Wir dienen dem Staat. Der Sicherheit der Bürger. Notfalls mit unserer eigenen Unversehrtheit. Sicherlich hat es Fehlentscheidungen gegeben. In der Vergangenheit und auch an diesem Tag. Aber gottverdammt … wir sind auch nur Menschen hinter unserer Uniform!

Nils tritt neben mich. Helm und flammenhemmende Haube hat er ausgezogen, das dunkelblonde Haar klebt ihm verschwitzt an der Stirn und steht am Hinterkopf in alle Richtungen ab. Und ich muss mich mit eiserner Gewalt zusammenreißen, nicht die Hand auszustrecken und einmal hindurchzufahren, um es zu ordnen. Vor allem aber, um ihn zu beruhigen. Sein aufgewühltes Inneres scheint in seiner Miene nach außen gekehrt zu sein.

»Was gibt's noch zu tun?« Er gibt sich alle Mühe, seine Stimme fest klingen zu lassen, doch ich höre den kratzigen Unterton darin, der mehr noch als von Müdigkeit davon zeugt, wie nahe ihm die letzten Stunden gingen. Irgendwann kommt jeder von uns in eine Situation, in der er begreifen muss, dass wir nur durch unsere Uniform zum entmenschlichten Feindbild werden. Ich hätte mir aber für Nils gewünscht, die Offenbarung hätte noch ein wenig auf sich warten lassen.

»Lass uns ein wenig Ordnung machen.« Ich deute auf die Hamburger Gitter, die über die ganze Planie verteilt liegen. Dazwischen kokeln noch die letzten Brandsätze vor sich hin.

Für einen kurzen Moment hält Nils meinen Blick und ich hoffe, er durchschaut nicht, dass ich ihn absichtlich mit Aufräumarbeiten beschäftige, statt damit, die letzten hartnäckigen Demonstranten vom Platz zu schaffen. Inzwischen ist es Nacht, kurz nach dreiundzwanzig Uhr. Wir werden noch einige Stunden hier verbringen, soviel steht fest. Auch wenn ich es insbesondere Nils gerne ersparen würde.

Roland hat sich vor rund einer halben Stunde die Genehmigung der Einsatzleitung abgeholt, die Lage verlassen zu dürfen, und hat mir die volle Verantwortung für Delta übertragen. Er ist bei Lisa im Krankenhaus – hoffe ich zumindest. Tobias und Manja haben sich einigen Einsatzkräften der EHU angeschlossen und schlagen sich mehr oder minder wortwörtlich mit einem letzten, aufmüpfigen Grüppchen rechter Pöbler herum. Genau in diesem Haufen will ich Nils nicht sehen.

Er sieht zu abgekämpft aus. Zu mitgenommen von den Erlebnissen. Ich kann es nur allzu gut verstehen. Großlagen samt Eskalationen wie diese sind keine Seltenheit, aber als erster Einsatz zu hart. Ich hatte es geahnt, nur ändern konnte ich es nicht.

8. Kapitel

Nils

So fest es mir möglich ist, begegne ich Eriks zweifelndem Blick. Wir stehen vor der BePo auf dem Parkplatz. Inzwischen ist es weit nach Mitternacht. Und zum wiederholten Mal, seit wir von Stuttgart aus aufgebrochen sind, stellt er mir dieselbe Frage: »Du bist sicher, dass du noch heimfahren möchtest?«

Zum ebenfalls wiederholten Mal nicke ich, murmle ein »ja«, auch wenn ›*heimfahren*‹ nicht ganz das ist, was ich vorhabe.

Ich will nicht in meine eigenen vier Wände.

Ich will zu Patrick.

Obwohl ich keine Ahnung habe, wie er reagieren wird, wenn ich mitten in der Nacht in meinem Zustand bei ihm auflaufe. Obwohl ich nicht mal weiß, ob er wirklich zuhause ist. Gemeldet hat er sich noch immer nicht, und in Gesellschaft meiner Kollegen wollte ich ihn nicht anrufen. Meine WhatsApp blieb unbeantwortet, vermutlich schläft er.

»Na gut …« Seufzend stößt Erik sich mit den Handflächen vom Dach meines Autos ab. »Mir wär's lieber, du würdest hier bleiben und wärst nicht alleine.«

Ich werde nicht alleine sein – hoffentlich!

Noch immer hält Erik meinen Blick fest. Fragend. Besorgt. So intensiv. Ich will ihm ausweichen, schaffe es jedoch nicht, sondern entgegne stattdessen wie mechanisch: »Ich fahre zu … einem Freund.«

Ein Freund. Nicht *mein* Freund. Weshalb ich Patrick in diesem Moment verleugne, weiß ich selbst nicht. Aber es ist nichts anderes. Und ich betitle ihn nicht nur deshalb nicht als meinen Freund, weil ich mir nach wie vor unsicher bin, ob er das wirklich ist.

»Mir geht's gut«, schiebe ich rasch hinterher, um mich von meinen eigenen Gedanken abzulenken. Auch wenn ich ahne, dass Erik es mir nicht glaubt. Und auch, wenn es nicht wirklich stimmt. Ich bin durch den Wind und sollte nicht mehr fahren. Aber ich will unbedingt zu Patrick. Will nicht alleine im Bett liegen heute Nacht. Oder eben so lange, wie das, was von der Nacht noch übrig ist, andauert. Vielleicht kann Patrick morgen später in seinen Laden.

Diese Hoffnung hält meine Stimmung halbwegs oben und meine Augen offen, während ich mein Auto vom Gelände der BePo und schließlich auf die B10 lenke. Kaum Verkehr um diese nachtschlafende Zeit – wenigstens etwas. Ich betätige die Freisprecheinrichtung und klicke mich in die Kurzwahl, um nach Patricks Nummer zu suchen. Wenig verwunderlich, dass sie mir direkt als Erstes angezeigt wird.

Insgesamt fünf Mal ertönt das Freizeichen, dann springt die Mailbox an. Murrend versuche ich es direkt ein weiteres Mal, doch auch dieser Anrufversuch bleibt unbeantwortet. Da scheint jemand einen guten Schlaf zu haben. Oder aber Patrick ist feiern, was ich unter der Woche jedoch für unwahrscheinlich halte. So gerne er es auch an den Wochenenden krachen lässt, wochentags geht er höchstens mal zu einer Afterworkparty, ist dann aber spätestens um eins oder zwei wieder zuhause.

Ich beschließe, einfach zu ihm zu fahren, in der Hoffnung, seine Türklingel möge ihn eher aus dem Schlaf reißen als das Klingeln seines Handys. Vielleicht hat er es ja auf lautlos gestellt.

Rund eine halbe Stunde später jedoch muss ich feststellen, dass er eben *nicht* auf mein wiederholtes Sturmklingeln reagiert. Hoch oben im Appartement bleibt alles dunkel.

»Scheiße, echt …« Leise fluche ich vor mich hin, krame erneut mein Handy aus meiner Hosentasche und stelle dabei fest, dass meine Finger zittern. Der vergangene Tag, der eskalierte Einsatz und dass ich Patrick seit inzwischen fast 72 Stunden nicht erreiche, setzten mir mehr zu, als ich gedacht hatte. Mein Herz poltert unregelmäßig, ich bebe innerlich wie äußerlich.

Fünf Freizeichen.

Dann die Mailbox.

»Fuck … Patrick!«

Mit zittrigen Fingern die richtigen Buchstaben zu treffen, erweist sich als ziemlich knifflige Angelegenheit. Mir ist auch klar, dass es herzlich wenig bringen wird, ihm eine weitere Nachricht zu schicken, doch in diesem Moment muss ich mir den Frust einfach von der Seele schreiben.

›*Verdammt, Patrick … Wo steckst du? Warum erreiche ich dich nicht?*‹

Ich schicke die Nachricht ab. Zögere einen Moment. Ringe mit mir und schreibe dann doch: ›*Meld dich. Bitte. Ich brauch dich gerade …*‹

Auch diese Nachricht geht raus. Aber natürlich bleiben die beiden Häkchen grau.

Rücklings lehne ich mich gegen die kalte Hauswand, lasse den Kopf dagegen sinken und meine Augen zufallen. Ich schwöre, ich könnte genau so, in dieser Position einschlafen, wäre ich nicht innerlich viel zu aufgewühlt, um Ruhe zu finden. Mir graut es davor, jetzt in meine eigene Wohnung zu fahren.

Es ist nicht so, dass ich tief schockiert über das bin, was bei der Demo passiert ist. Dennoch will ich jetzt einfach nicht alleine sein.

Mein Handy vibriert, eine Millisekunde ehe der Klingelton einsetzt. Fast schon entsetzt reiße ich die Augen auf, starre wie paralysiert auf das Display.

›*Patrick ruft an.*‹

Mein Herz beginnt, in meiner Brust zu rasen.

»Patrick?«

»Hi Nils.« Seine Stimme klingt kühl. Distanziert. Seltsam abgeklärt und im selben Moment unsicher. »Geht's dir gut? Bist du noch im Einsatz?«

»Nein. Ja.« Fahrig reibe ich mir mit der freien Hand übers Gesicht. »Ich meine … nein, ich stehe vor deiner Tür. Und ja, alles okay, wobei … nein … Wo steckst du?«

Eine kurze Pause und dann: »Unterwegs. Ich komme auch erst morgen oder übermorgen wieder und dann …«

»Wo bist du denn?«, unterbreche ich ihn hastig, in meinem Hirn scheint eine wilde Achterbahn Fahrt aufzunehmen.

»Ich melde mich. Bis dann.«

»Bitte? Pat... Hey! Patrick?«

Aufgelegt.

Ernsthaft?

Sekundenlang drücke ich mir das Handy ans Ohr, lausche ungläubig dem langgezogenen Tuten, ehe ich mit fliegenden Fingern erneut die Kurzwahl betätige.

Eine kurze Stille in der Leitung.

›Der gewünschte Gesprächspartner ist vorübergehend ...‹

»Fuck! Du Arschloch!«

Ehrlich jetzt? Er hat tatsächlich sein Handy ausgeschaltet, um nicht mit mir reden zu müssen?

Ich kann mich gerade noch beherrschen, nicht mein Handy gegen die Hauswand zu schmettern.

Erik

Ich brauche ein paar Sekunden, um zu begreifen, dass das leise Klopfen tatsächlich an der Zimmertür und nicht nur in meinem schläfrigen Kopf oder in dem Film stattfindet, den ich mir eigentlich auf dem iPad ansehen wollte. Eigentlich ... wenn ich nicht andauernd wegdämmern würde. Aber letztlich war der Film ja auch dazu gedacht, mich in den Schlaf zu lullen.

Seufzend und mit schweren Gliedern schiebe ich die Decke von mir, lege das iPad auf den Nachttisch und tappe barfuß zur Tür, drehe den Schlüssel um und öffne.

Mit so ziemlich jedem Kollegen hätte ich um diese Zeit noch gerechnet, am ehesten mit Roland, aber ganz sicher nicht mit ...

»Nils? Ich dachte, du wolltest zu einem Freund?«

»Der ist nicht da«, bekomme ich als ruppige Antwort und werde mehr oder minder unsanft zur Seite geschoben. An mir vorbei drängt Nils sich ins Zimmer. Für einen kurzen Moment hüllt mich sein Geruch ein.

Unbestritten, er sollte duschen, aber gleichzeitig wünsche ich, er würde es nicht allzu bald tun, sondern einfach dicht vor mir stehen bleiben, sodass ich ihn weiter inhalieren kann. Aber der Moment verfliegt, Nils stapft ins Zimmer und schmeißt seinen Autoschlüssel und sein Handy auf den Tisch. So schwungvoll, dass Letzteres über die Kante rutscht und polternd auf dem Boden landet. Na, hoffentlich hat Nils genug Geld in eine Schutzhülle und Panzerglasfolie investiert.

Im schwachen Schein des Flurlichts, das durch die noch immer geöffnete Tür dringt, mustere ich ihn. Sehe auf den ersten Blick an seiner Körperhaltung, wie angespannt er ist. Zu gerne würde ich in diesem Moment zu ihm gehen, meine Hände auf seine Schultern legen, den Stress aus seinen Muskeln massieren. Und dabei meine Finger in den Kragen seines Shirts gleiten lassen.

Mit einem dumpfen Knall werfe ich die Tür ins Schloss, ungeachtet dessen, dass ich damit so manchen Kollegen aus seinem wohlverdienten Schlaf reißen könnte.

Dunkelheit umfängt uns. Nur die Filmszene auf meinem iPad flackert und bildet so eine schwache, unstete Lichtquelle. Nils wendet sich abrupt von mir ab und beginnt, sich aus Jacke und Shirt zu schälen, streift sich währenddessen umständlich die Sneakers von den Füßen.

Ich blinzle, zwinge mich, den Blick abzuwenden und tappe hinüber zu meinem Bett. Gleite zwischen die Laken, bleibe aber mit dem Rücken an den oberen Bettrand gelehnt sitzen.

Die Stimmung zwischen uns ist seltsam befangen. Irgendwie geladen. Und es nervt mich in diesem Moment unheimlich, dass ich nicht greifen kann, weshalb das so ist. Auch meine Nerven sind nach dem vergangenen Einsatz nicht die besten und eigentlich sehne ich mich einfach nur nach Schlaf.

Nils geht es anscheinend nicht anders, denn kaum hat er sich bis auf die Boxershorts entkleidet, krabbelt er in sein Bett und zieht die Decke hoch. Ich könnte allerdings schwören, dass er nachdenklich gegen die Zimmerdecke starrt.

»Wirklich alles okay?«

»Mhm.«

Klingt wenig überzeugend in meinen Ohren.

»Reden?«

»Hmm? Nee, alles gut.«

Ganz offensichtlich nicht, aber ich halte wenig davon, Leute zu irgendetwas zu drängen. Und obendrein bin ich zu kaputt, um Seelenklempner zu spielen – gegen Nils' Willen.

Innerlich seufzend schnappe ich mir mein iPad vom Nachttisch, stelle fest, dass es inzwischen schon nach vier ist. Aber an diesem Morgen wird uns sicher niemand absichtlich aus dem Bett werfen.

»Stört's dich, wenn ich noch den Film zu Ende schaue? Ich hab auch irgendwo Kopfhörer.«

»Nee, mach ruhig. Mich stören die Geräusche nicht.«

»Sicher?«

»Mhm.«

»Geht auch nicht mehr lange.«

»Schon okay. Nacht.«

»Schlaf gut, Nils.« Das wünsche ich ihm wirklich. Und mir auch. Noch während ich mich entspannt ins Kissen lehne, spüre ich schon, wie meine Lider wieder schwerer und schwerer werden.

Ich schrecke aus dem Schlaf hoch, bin seltsam angespannt und doch zu müde, um die Augen zu öffnen oder mich nennenswert zu bewegen. Ein Geräusch, das ich zunächst nicht einordnen kann, dringt an meine Ohren. Abgehackter Atem, gleich darauf ein mühsam unterdrücktes Stöhnen. Alarmiert reiße ich die trägen Augen auf.

»Nils ... alles okay?« Meine eigene Stimme klingt dumpf im Zimmer. In der Stille. Zu still.

Nils hält den Atem an. Wie erstarrt liegt er auf seinem Bett. Ins Halbdunkel blinzelnd erkenne ich seinen versteiften Körper. Seine aufgerissenen Augen glänzen im Schein der Hoflaternen, der schwach durch die nur halb geschlossenen Rollladen fällt. Draußen beginnt es gerade zu grauen. Wir starren uns an. Sekundenlang. Ehe mein Blick weiterwandert. Tiefer. Ich trotz der dünnen Decke sehen kann, dass seine Hand in seinem Schritt liegt. Nicht locker. Nicht zufällig. Ich begreife, dass er offensichtlich gerade dabei war, sich selbst zu befriedigen, und schlucke trocken. Die Erkenntnis schießt sengend heiß in meinen Kopf. Und in meinen Unterleib. Alleine die Vorstellung, dass er mich angesehen, mir beim Schlafen zugesehen hat, während er …

Zischend entlässt er die angestaute Luft aus seinem Mund. Seinen Lungen. Der Laut ist es, der mich wieder denken und gleichsam rational abschalten lässt.

»Komm her …« Meine Worte nur ein Flüstern. Seine Antwort ein ungläubiges Keuchen. Und ehe ich mich bremsen kann, strecke ich zur Verdeutlichung eine Hand nach ihm aus.

Es dauert Sekunden, bis Nils sich regt. Seine Bewegungen, mit denen er die Decke zurückschlägt, sich aufrichtet, wirken wie ferngesteuert. Und ebenso paralysiert beobachte ich ihn dabei. Sehe ihm direkt ins Gesicht, als er sich erhebt und auf mich zukommt. Langsam. Zögerlich. Und dennoch scheint ihn eine unsichtbare Macht unaufhörlich näher zu ziehen.

Ebenso langsam richte ich mich auf, bis ich am Bettrand knie. Zu ihm aufschauend erkenne ich aus dem Augenwinkel die Bewegungen seines Arms. Dass er sich offenbar noch immer selbst streichelt. Aber ich bin zu gefangen von seinem Mienenspiel, um den Blick nach unten gleiten zu lassen.

Ich sitze ganz still. Warte ab. Und doch ist es in mir drinnen alles andere als still. Ich tobe innerlich. Vibriere. Will, dass er endlich den letzten Schritt überbrückt.

Und er tut es. Steht mit einem Mal direkt vor mir. Bohrt seinen Blick in meinen, so tief, dass ich nichts anderes mehr wahrnehmen kann. Mein gesamtes Gesichtsfeld fokussiert sich auf ihn. Auf seine Augen, deren Farbe ich im Halbdunkel kaum erkennen kann und von denen ich doch weiß, dass sie grün sind. Durchwoben mit einem Hauch Grau, in dem ich ertrinken will. Ertrinken werde, wenn er nicht …

Seine Finger an meiner Wange lassen mich zusammenzucken. Hauchzart streicht er über meine Haut. Schickt Schauer gleich Stromstößen durch meinen Körper bis hinab in meinen Schwanz, der bettelnd gegen den dünnen Stoff meiner Boxerbriefs drückt.

»Erik …«

Mein Name ist nur ein raues Flüstern von seinen Lippen. Durchbricht den Bann, der mich gefangen hält, und fesselt mich gleichsam auf neue Weise. Endlich schaffe ich es, mich von seinen Augen loszueisen und den Blick wandern zu lassen.

Im Halbdunkel wirkt seine Haut kühl, aber weich, und als ich meine Hände an seine Flanken lege, ist sie warm und samtig unter meinen Fingern. Sein zischendes Luftholen hallt in meinen Ohren und in meinem Unterleib. Sanft, aber mit festem Druck fahre ich die Linien der dezenten Bauchmuskeln nach, streichle weiter über die Hüftknochen und an den Oberschenkeln hinab, spüre das Beben in seinen Gliedern. Gleich darauf streift seine Schwanzspitze meine Brust. Ob Absicht oder Zufall, kann ich nicht sagen, aber die Berührung erzwingt ein unterdrücktes Stöhnen aus meinem Mund, aus dem seinen ein leises Keuchen, das einer sehnsüchtigen Bitte gleichkommt. Einer Bitte, die ich in diesem Moment so dringend erfüllen will.

Kurz blitzt der Gedanke in mir auf, dass ich noch immer nicht genau über Nils' Beziehungsstatus Bescheid weiß. Aber wenn er fest vergeben wäre, würde er nicht …? Oder doch?

Noch einmal schaue ich nach oben, in sein Gesicht, das von Erwartung und mühsam zurückgehaltener Erregung angespannt wirkt. Seine Lippen sind leicht geöffnet, atemlos begegnet er meinem Blick. Seine Unterlippe zuckt, er beißt hinein, als ich meine Hand um seine lege. Ihn gemeinsam mit ihm umfasse, gleich darauf seine Finger wegschiebe und seinen harten Schaft ganz in die Hand nehme.

Erst, als er leise stöhnt, senke ich den Blick. Sehe mir an, was genau ich da eigentlich in der Hand habe. Ein paar Mal bewege ich die Vorhaut über seine Eichel, beobachte fasziniert, wie die ersten Lusttropfen aus der Spitze perlen. Verreibe sie mit dem Daumen und genieße das erneute Stöhnen, das an meine Ohren dringt und mein Rückgrat hinabprickelt. Sich als sehnsüchtiges Brennen in meinem Unterleib ausbreitet.

Noch einmal flüstert Nils meinen Namen, so rau und flehend. Wischt damit die letzten unterschwelligen Zweifel aus meinen Gedanken fort. Bringt die wispernden Stimmen der Vernunft zum Verstummen.

Einen Herzschlag später umschließe ich seine Eichel mit meinen Lippen, erkunde die zarte, feuchte Haut mit meiner Zunge. Schmecke ihn und könnte zerspringen vor Geilheit. Mit der freien Hand packe ich durch den Stoff der Briefs hindurch meine eigene Erektion, gleite im selben Moment mit dem Mund an seinem Schaft entlang, lasse ihn tiefer in mich und schließe dabei die Augen. Blende aus, was uns umgibt und habe das Gefühl, den gesamten Rest der Welt zu vergessen.

Nils

Mein Sperma klebt warm und glitschig zwischen uns, als Erik mich mit sich aufs Bett zieht und ich nicht anders kann, als mich der Länge nach an ihn zu schmiegen. Seine unmittelbare Nähe fühlt sich so gut an. Beruhigt mich und wühlt mich gleichsam aufs Neue auf. Befriedigte Lust lässt meinen Körper träge werden und gleichzeitig kribbelt neues Verlangen durch mich, als ich Eriks Härte an meinem Oberschenkel spüre – mit eindeutig zu viel Stoff zwischen uns.

Doch ehe ich dazukomme, an den Bund seiner Pants zu greifen, umfängt er meine Hand mit seiner. Umschlingt meine Finger mit sanftem Druck und bringt mich so dazu, ihn anzusehen. Im Halbdunkel glänzen seine Augen verlangend. Auch ein wenig fragend.

Ich hingegen will nicht infrage stellen, was eben zwischen uns passiert ist. Noch immer passiert, wenn ich mich jetzt nicht zurückziehe, sondern stattdessen …

Ehe ich mir selbst das bewusste Einverständnis gegeben habe, lege ich meine Lippen sanft auf seine. Es ist die falsche Reihenfolge, schießt es mir durch den Kopf, sich erst einen blasen zu lassen und dann einander zu küssen. Aber jetzt, nachdem ich selbst Druck abgebaut habe, kann ich Erik genießen. Mit allen Sinnen. Jetzt ist er derjenige, der drängelt. Gierig schiebt sich seine Zungenspitze zwischen meine Lippen, neckt und reizt mich. Eine Hand hält er an meinem Hinterkopf in meinem Haar verkrallt, die andere streichelt fahrig über meinen Hintern, greift in meine Backen, jagt neue Schauer über meinen Körper. Lässt mich halbsteif mein Becken gegen seines pressen.

Sein Stöhnen klingt unglaublich schön in meinen Ohren. Rau und dunkel. Fordernd und flehend in einem. Wie könnte ich nicht nachgeben?

Kurz löse ich mich aus dem Kuss, streife ihm mit flinken Fingern die Pants vom Körper. Flüchtig streift mein Blick über seinen Schwanz, der sich prall und schwer an seinen Bauch schmiegt, und weiter über seinen definiert-kräftigen Oberkörper. All das, was ich seit Wochen heimlich bestaune, darf ich jetzt endlich berühren. Ich kann und will mich nicht mehr bremsen.

Ein weiterer rascher Kuss, eigentlich zu kurz, um es zu genießen, ehe ich mich mit dem Mund über seinen Hals hinabbewege. Zart an der empfindlichen Haut knabbere und ihn zeitgleich umfasse. Mit trägen Bewegungen beginne ich, seinen Schaft zu massieren, schiebe dabei immer wieder die Vorhaut über seine Eichel, streife wie zufällig mit dem Daumen über seine feuchte Spitze.

»Oooh scheiße ... Nils ...« Seine Worte kommen abgehackt über seine Lippen, durchwoben von schwerem Atem und genüsslichem Stöhnen. So genießerisch, dass ich einfach kurz zu Erik aufsehen muss. Der Ausdruck in seiner Miene, die Art, wie er mich aus vor Lust dunklen Augen ansieht, schießt mir ins Innerste.

»So gut ...«, flüstert er mir rau zu, küsst meine Finger, die gedankenverloren über seine Lippen streifen. »Mach weiter ... Du ...« Er unterbricht sich selbst, indem er meinen Kopf im Nacken mit einem Ruck zu sich zieht. Mich stürmisch küsst. Und ich habe verdammt nochmal nichts dagegen. Weil seine Küsse perfekt sind. Gierig und sanft in einem. Ich weiß schon jetzt, dass ich sie immer wieder haben wollen werde.

An alles andere will und werde ich jetzt nicht denken.

Nicht, wenn Erik an meinen Lippen und in meinen Mund stöhnt. Sich unter mir windet und mir sein Becken entgegenbewegt, seinen Schwanz in meine Faust stößt.

Nicht. Jetzt!

Sein Griff in meinem Nacken wird schmerzhaft, macht im selben Moment ein Zurückweichen unmöglich. Er unterbricht den Kuss, ohne sich nennenswert zurückzuziehen. Seine Lippen liegen geöffnet an meinen. Heißer Atem, von Geilheit geleitetes Keuchen streifen meinen Mund. Ich wünschte, ich könnte die Laute mit der Zungenspitze von seinen Lippen lecken, aus seinen Mundwinkeln küssen. Ich versuche es, verpasse ihm damit offenbar den letzten Kick, den er braucht, um in meiner Hand zu kommen. Seinen Saft über seinen Bauch und seine Brust zu spritzen und so mit meinem zu vermischen. Der Gedanke elektrisiert mich. Ebenfalls leise keuchend verschließe ich seinen Mund mit meinem zu einem tiefen, lange andauernden Kuss.

So lange, bis die Bewegungen seines Beckens ruhiger werden, er seinen Schwanz nur noch träge durch meine locker geschlossene Faust bewegt. Der Kontakt unserer Haut ist dank glitschiger Feuchtigkeit nur zart. Sein Stöhnen verklingt in einem langgezogenen, zufriedenen Brummen, welches ein süßes Wummern in meiner Brust weckt. Er lockert den Griff in meinem Haar, lässt jedoch nicht zu, dass ich zurückweiche. Langsam und sinnlich spielen unsere Zungen miteinander. Schwer lasse ich mich auf ihn sinken, genieße seine Nähe und Wärme. Die Art, wie er beide Arme um mich schlingt. Besitzergreifend. Nicht bereuend.

Noch nicht …

Ich verstärke den Druck unserer Lippen und versuche zu ignorieren, dass es draußen graut, während es in mir drinnen düsterer wird. Ich realisiere. Und bereue?

›Bitte, nicht schon jetzt!‹

9. KAPITEL

Erik

Noch Sekunden, nachdem Roland durchs Treppenhaus verschwunden ist, stehe ich vor der Zimmertür und versuche, meinen Puls zu beruhigen. Gott sei Dank würde unser Truppführer niemals auf die Idee kommen, einfach so in ein Zimmer hineinzuschneien. Andernfalls hätte das Bild, von mir und Nils gemeinsam in einem Bett, sicher so einige Fragen aufgeworfen. Dank Rolands diskretem Klopfen hatte ich wenigstens Zeit, mir meine Boxerbriefs und ein T-Shirt anzuziehen, ehe ich die Tür gerade so weit geöffnet hatte, dass man *nicht* ins Zimmer hineinschauen konnte.

Am anderen Ende des Flurs wird eine Tür geöffnet und fällt wieder zu und ich beeile mich, zurück ins Zimmer zu kommen. Leise, um Nils nicht zu wecken, schließe ich die Tür hinter mir. In der Nacht hat keiner von uns daran gedacht, abzuschließen. Jetzt kann ich es mir auch sparen.

Einen Moment lang stehe ich unschlüssig inmitten des Zimmers. Mein Blick ruht auf Nils, ohne ihn dabei richtig anzusehen. In Gedanken hänge ich bei der vergangenen Nacht fest. Daran, wie er sich nach meinem Höhepunkt an mich geschmiegt hat. Daran, wie wir nebeneinander eingeschlafen sind.

Es ist gerade mal drei Stunden her, aber mit Rolands Besuch dazwischen fühlt es sich wie eine Ewigkeit an. Obwohl wir noch kein Wort miteinander gewechselt haben, liegt mit einem Mal eine unangenehme Distanz zwischen uns. Zu viel Ungesagtes schwebt im Raum.

Mein Blick klärt sich erst, als Nils sich mit einem Brummen zu rekeln beginnt. Die Bettdecke rutscht dabei vollends von seinem Körper, gibt seinen Unterleib frei, seinen Penis, der weich zwischen seinen Schenkeln, in einem Kranz aus getrimmten dunkelblonden Schamhaaren ruht.

Rasch zwinge ich meinen Blick, sich auf einen anderen Punkt zu heften. Auf Nils' Gesicht.

Genau in diesem Moment hebt er die Lider, blinzelt ein paar Mal träge. Und plötzlich werden seine Augen riesengroß. Er zuckt zusammen. Sieht sich einmal fahrig um, ehe er mich entgeistert anstarrt.

›*Guten Morgen und herzlich willkommen, peinliche Situation!*‹

Wenigstens widersteht er dem Reflex, beschämt seine Blöße zu bedecken. Wäre auch reichlich lächerlich, nachdem ich seinen Schwanz im Mund hatte.

»Hey«, murmelt er mit kratziger Stimme. »Was ist?«

Erst seine Frage lässt mich realisieren, dass ich ihn offenbar halb zynisch und halb amüsiert angrinse.

»Nichts. Sorry. Guten Morgen.«

Etwas Sinnvolleres fällt mir nicht ein.

»Morgen«, nuschelt dann auch Nils, setzt sich in meinem Bett auf und reibt sich ein wenig unsicher über den Nacken.

»Wie spät ist es denn?«

»Erst kurz nach acht.« Während ich ihm antworte, wende ich mich ab und gehe zum Schrank, wühle darin nach einem frischen Overall. Jede Beschäftigung, die mich davon abhält, ihn anzustarren, erscheint mir gerade willkommen. »Roland war eben kurz hier. Er wollte ...«

»Hier?«, echot Nils und klingt dabei tatsächlich ein wenig hysterisch, sodass ich ihn doch wieder anschaue, dabei die Brauen hochziehe.

»Nicht hier im Zimmer«, setze ich schief grinsend hinzu.

»Oh ... gut. Ich dachte schon ...« Statt den Satz zu beenden, wühlt er sich ebenfalls aus dem Bett und tappt zu seiner eigenen Schlafstätte hinüber, setzt sich dort und greift nach seinem Handy. All das, ohne sich irgendetwas anzuziehen. Scharf stoße ich die Luft aus und wende mich wieder dem Inhalt meiner Schrankseite zu.

»Was dachtest du?«

Ein kurzes Schweigen hinter mir.

»Dass ... na ja ... es vielleicht nicht so prickelnd wäre, wenn Hartmann uns zusammen im Bett erwischt.«

Seine Wortwahl lässt mich schmunzeln. Gleichzeitig steigt ein unwohles Gefühl in meinem Bauch auf.

Würde es ihn lediglich stören, weil es Getratsche geben könnte, oder steckt mehr hinter seiner Furcht, jemand könnte mitbekommen, was zwischen uns war?

»Was liegt heute an?« Unverfänglich versucht Nils, das Thema zu wechseln, doch es kommt mir erzwungen vor und schürt das flaue Gefühl in meinem Magen – auch wenn es das nicht sollte.

»Nichts weiter. Die Trupps, die gestern beim Einsatz waren, machen heute frei. Eventuell genehmigt Markus auch morgen noch frei. Ich geb dir Bescheid.«

Von Nils' Bett aus dringt ein Rascheln zu mir. Gleich darauf steht er direkt neben mir – viel zu nahe – und greift an mir vorbei nach einem Handtuch und Unterwäsche.

»Okay dann ... werd ich duschen und anschließend fahren. Und du?« Noch während er spricht, zieht er sich wieder von mir zurück, steht mir etwas unschlüssig gegenüber.

»Ich muss gleich zu Markus. Er will mit Roland und mir den gestrigen Einsatz besprechen.«

»Weißt du was von Lisa? Meldest du dich bitte, wenn du weißt, wie es ihr geht?«

»Natürlich.«

»Okay dann ... geh ich mal duschen.« Er geht an mir vorbei zur Tür. Mein Blick hängt wie gebannt auf seinem Rücken. In meinem Kopf versuche ich, Worte zu sinnvollen Sätzen zusammenzufügen; wir sollten wenigstens kurz über das sprechen, was passiert ist.

»Erik, was ... was war das heute Nacht?«

Seine Frage trifft mich unverhofft, sodass ich ihn einen Moment lang nur anstarren kann. Dasselbe könnte ich ihn fragen. Denn auch wenn ich den ersten Schritt gemacht habe, so hat er das Ganze doch initiiert. Gewissermaßen ... Oder auch nicht.

»Ich meine ... du bist verheiratet, du ...«

»Nur auf dem Papier«, unterbreche ich ihn schroffer als gewollt. An Layla habe ich in den letzten Stunden tatsächlich kein einziges Mal gedacht. »Layla und ich sind getrennt. Und das zwischen uns beiden ...«, mit einer vagen Handbewegung deute ich erst auf ihn, dann auf mich, »war kein Experiment oder so etwas, falls du das glaubst. Ich bin bi.«

Nils schweigt.

Lange.

So lange, dass ich einfach fragen muss: »Was ist mit dir?«

»Hmm?« Er blinzelt irritiert. »Ich bin schwul.«

»Das meine ich nicht. Du sagtest kürzlich, es gäbe da jemanden. Du sagtest, es sei kompliziert. Seid ihr zusammen?«

Wie in Zeitlupe kann ich dabei zusehen, wie seine Gesichtszüge entgleisen. Ganz offensichtlich habe ich einen wunden Punkt getroffen. Und dass es so ist, versetzt mir einen schmerzhaften Stich. Schmerzhafter, als es sein sollte.

»Nicht wirklich«, entgegnet Nils zögerlich und sieht dabei so aus, als hätte er selbst keine Ahnung, von was er da redet. »Wir sind kein festes Paar, wir sind nicht exklusiv miteinander, aber ...«

Wieder bricht er ab. Und wieder ist es genau dieses Schweigen, das mich gleichsam enttäuscht und zornig macht.

»Aber was?«, hake ich also nach und klinge dabei lauernder, als ich es wollte.

»Aber ich ... wir ... ich mag ihn. Ziemlich.«

Auch dieses stockende Bekenntnis trifft mich mehr, als ich erwartet hatte. Doch bevor ich darüber nachdenken kann, was genau das in Konsequenz bedeutet, fasse ich einen Entschluss.

»Okay, dann haken wir das von vorhin als einmalige Sache ab. Es muss niemand wissen, gibt nur Getratsche.«

Nils starrt mich an.

Und schweigt.

Wieder mal.

Ganz kurz bilde ich mir ein, so etwas wie Enttäuschung in seiner Miene flackern zu sehen, doch dann lächelt er. Gezwungen, aber auch irgendwie erleichtert, wie es mir scheint. Und er nickt.

Nils

Ich kann nicht sagen, was mich an diesem Abend häufiger vom Sofa hochtreibt und ruhelos durch die Wohnung tigern lässt: Dass ich das Gefühl habe, fremdgegangen zu sein und nicht weiß, wie ich es Patrick beibringen soll – oder dass es mir einen Stich versetzt, wie Erik unsere gemeinsamen Stunden einfach so als einmalige Nummer abgetan hat. Das grundlegende Problem ist nämlich, dass es für mich keine belanglose Sache war. Oder ist. Weder in Bezug auf Erik noch in Bezug auf Patrick. Erik bedeutet mir etwas. Ich bin nicht einfach nur scharf auf ihn. Ich mag ihn. Er beruhigt mich, wühlt mich im selben Moment auf. Aber Patrick ... liebe ich? Er fasziniert mich. Er treibt mich in den Wahnsinn. Ich vermisse ihn, fühle mich beschissen bei dem Gedanken, ihn zu verletzen und bin im selben Moment scheiß wütend. Weil er sich nicht meldet. Weil ich keine Ahnung habe, wo er steckt. Weil ich nicht mal weiß, ob es ihn überhaupt verletzten würde, zu wissen, was zwischen Erik und mir passiert ist. Und es macht mich rasend, dass ich nicht weiß, wann ich genau das werde herausfinden können. Denn ich habe ja keine Ahnung, wann der Herr van Hoeven sich mal wieder zu melden gedenkt.

»Fuck, fuck, fuuuck!« Mit bloßen Fäusten dresche ich auf den Boxsack ein, der zu Trainingszwecken in meinem Wohnzimmer hängt. Dabei haben meine unkontrollierten Schläge und Tritte gerade herzlich wenig mit sinnvollem Kickboxtraining zu tun. Ich muss einfach nur Energie loswerden. Wut und Enttäuschung. Über Patrick. Ein bisschen auch über Erik. Und am allermeisten über mich selbst. Ich muss ...

Das Schrillen der Türklingel stoppt abrupt meinen Ausbruch. Schwer atmend stehe ich vor meinem Boxsack und starre das dunkelrote Kunstleder an. Sekundenlang. Bis es noch einmal klingelt.

Mit plötzlich müden Gliedern drehe ich mich um und schlurfe quer durch den Raum und den Flur zur Wohnungstür. Bin schon versucht, einfach den Türöffner zu drücken, aber nehme dann doch erst den Hörer von der Sprechanlage.

»Ja?«

»Nils, hey ... Ich bin's, Patrick.«

›Ach. Du. Scheiße!‹

»Kann ich hochkommen?«

›Nein! Nein, nein, nein, nein, nein, bloß nicht!‹

»Ja«, würge ich hervor, habe plötzlich das Gefühl, die in mir tobenden Emotionen würden mir die Luft abschnüren.

Ich drücke den Summer. Öffne die Wohnungstür. Warte.

Lausche atemlos Patricks raschen Schritten im Treppenhaus. Er sprintet die Stufen nach oben. Ahnt er nicht, dass ihn ein Donnerwetter erwartet für sein kommentarloses, tagelanges Fortbleiben? Zumindest von meiner Irgendwie-Fremdgeh-Beichte kann er ja nichts wissen.

Dann steht er plötzlich vor mir und sieht … grandios aus. Wie immer. Verflixt aber auch!

Das halblange, dunkle Haar ist akkurat frisiert, aber auf eine so lässige Weise, dass ihm einige samtige Strähnen wie zufällig in die Stirn fallen und in mir unweigerlich den Wunsch entfachen, sie fortzustreichen. Ganz ungeachtet dessen, was zwischen uns steht.

Patrick tritt sich die teuren Lederschuhe von den Füßen, sieht mich dabei an und lächelt. Ich möchte gleichzeitig in das Lächeln hineinschlagen und ihn küssen. Doch statt irgendetwas davon zu tun, stehe ich einfach nur da, schaue blöd und klammere mich mit einer Hand an der noch geöffneten Tür fest.

Als auch seine Designerjacke, für die es eigentlich viel zu warm draußen ist, ihren Weg an meine Garderobe gefunden hat, überbrückt er den Abstand zwischen uns. Löst die Tür aus meinen verkrampften Fingern und lässt sie ins Schloss fallen. Ehe ich protestieren kann, ist er nahe bei mir und schlingt die Arme um meinen Nacken, schmiegt sich an mich.

»Sorry«, flüstert er mir ins Ohr, sodass sein warmer Atem meine empfindliche Haut streift. »Es tut mir leid. Du dachtest sicher …«

»Scheiße, Patrick!« Endlich bin ich wieder Herr über meine Reaktionen und schiebe ihn ziemlich unsanft von mir. »Ich hab mir Sorgen gemacht«, stoße ich hervor und realisiere im selben Moment, dass das nicht ganz stimmt. Dass das nicht der Hauptpunkt ist. »Nicht weil ich dachte, dir sei was passiert. Ist ja nicht das erste Mal, dass du so tust, als würdest du mich nicht kennen. Als sei ich nur ein nerviges Anhängsel, das du beiseitelegen und dann wieder hervorkramen kannst, wenn es dir passt. Du …«

Sein entsetztes Keuchen unterbricht mich.

»*Das* denkst du?«

»Natürlich denke ich das«, fahre ich ihn an und marschiere vor ihm her ins Wohnzimmer. Der Boxsack ist mein Ziel. »Was soll ich denn sonst denken, so wie du dich verhältst?«

Ehe ich auf den Boxsack einschlagen kann, drehe ich mich um. Patrick ist mir tatsächlich gefolgt, steht aufrecht, aber gleichzeitig ein wenig verloren mitten im Raum. Unschlüssig zieht er die Schultern hoch und sieht selbst bei dieser Geste noch irgendwie stilvoll aus. Ein Umstand, der mich gerade im selben Maße fasziniert und wahnsinnig aufregt.

»Ich wollte nicht … Du bist nicht … Scheiße, Nils, du bist kein Anhängsel für mich.«

»Was bin ich dann?« Die ultimative Drama-Frage! Und doch kann ich sie mir in diesem Moment nicht verkneifen.

Patrick öffnet den Mund. Schließt ihn wieder. Ich beschließe spontan, ihm ein bisschen auf die Sprünge zu helfen.

»Sind wir zusammen? Fest zusammen, meine ich.« Eine vermeintlich einfach zu beantwortende Frage und dennoch erhalte ich die Antwort erst nach einigem Zögern.

»Denke schon, ja.«

Es klingt nicht gerade überzeugend und es tut weh. Einerseits, weil ich mir eine klare Ansage erhofft habe. Andererseits, weil selbst dieses Herumgedruckse mein schlechtes Gewissen befeuert.

Der Sadist in mir will es genauer wissen.

»Sind wir exklusiv miteinander?«

Patrick zieht scharf die Luft ein. Starrt mich an. Sein fein gezeichnetes Gesicht mit den hohen Wangenknochen und den geschwungenen Lippen hart und schier ausdruckslos.

»Nils, wir … Ich hab darüber nicht nachgedacht, weil … Ich hatte lange nichts mit 'nem anderen, wenn es das ist, was du …«

»Ich schon.«

Wieder ein ersticktes Keuchen seinerseits, das die marternde Enge in meiner Brust noch fester zieht.

»Was?«

»Ich sagte, ich hatte was mit jemand anderem. Gestern Nacht.« Um genau zu sein vor gerade mal zehn Stunden in etwa. Immerhin liegen eine Dusche und Zähneputzen dazwischen.

»Okay, du ... War's in einem Club?«

»Nein. Ein Kollege.« Mein Vorgesetzter. Aber das werde ich ihm nicht sagen. Sicher nicht.

Patricks Schnauben klingt abfälliger, als ich erwartet hätte. Sein schönes Gesicht verzieht sich zu einer Maske der Abscheu.

»War klar«, presst er zwischen zusammengebissenen Zähnen hervor und entlockt damit wiederum mir einen genervten Laut.

»Was war klar? Dass ich mit einem Kollegen ficke, wenn du dich tagelang nicht meldest? Ich weiß, dass es keine Begründung ist, aber ich hab einen verdammt harten Einsatz hinter mir. Ich war durch den Wind, mir ging's beschissen. Ich hab tausend Mal versucht, dich zu erreichen, aber du warst nicht da und dann ...«

»... dann habt ihr euer schweres Schicksal geteilt, oder was? Macht ihr das öfter? Rumvögeln, um euren ach so schlimmen Job zu vergessen?«

»Arschloch!« Das Wort kommt nur gezischt über meine Lippen. Patricks Worte treffen mich schmerzhaft wie Messerstiche. Ebenso schwer wiegen meine eigenen. Es ist nicht fair, so zu tun, als hätte ich mich Erik nur hingegeben, weil ich verwirrt und traurig war. Denn das war verdammt nochmal nicht der Grund.

»Was, Arschloch?«, giftet Patrick zurück. »Hast du mit 'nem anderen gepoppt oder ich? War's der erste Bulle, der an deinem Arsch war?«

Der letzte Kommentar ist es, der mich endgültig zum Explodieren bringt.

»Was ist dein scheiß Problem? Hast du vergessen, dass du derjenige bist, der sich seit Monaten von *einem Bullen* in den Arsch ficken lässt? Wär's dir lieber gewesen, ich hätt's mit einem Junkie hinterm Bahnhof getrieben? Zum letzten Mal, Patrick: Was. Ist. Dein. Scheiß. Problem?«

Schwer atmend und mit so fest geballten Fäusten, dass meine Knöchel schmerzen, stehe ich ihm gegenüber. Starre ihn an. Es dauert Sekunden, doch dann senkt er den Blick. Zum allerersten Mal seit einem halben Jahr erlebe ich, dass Patrick van Hoeven Schwäche zeigt. Kapituliert. Sich zurückzieht. Und es bewegt irgendetwas tief in mir drinnen. Jeder Atemzug schmerzt.

»Es tut mir leid.« Er flüstert nur. So leise, dass ich ihn über meinen rasselnden Atem hinweg kaum verstehe. Blinzelnd hebt er den Kopf. In seinen dunklen Augen glitzert es verdächtig. »Es tut mir leid, was ich gesagt habe. Es tut mir leid, dass ich mich nicht gemeldet und dir das Gefühl gegeben habe, als wärst du … *nichts* für mich. Denn das stimmt nicht. Du … bist mir verdammt wichtig. Aber ich … bin irgendwie verkorkst, was *das* angeht.«

Ich zwinge mich dazu, einige Male tief durchzuatmen. Halbwegs zur Ruhe zu kommen, ehe ich nachhake: »Und was heißt das konkret? Für uns?«

Fest begegnet Patrick meinem Blick, doch es scheint ihn Überwindung und Mühe zu kosten. Zu gerne würde ich gerade in diesen verfluchten Kopf hineinschauen. Oder in sein Herz.

»Das heißt, dass … ich es schon als Beziehung sehe. Nur … Ich bin nicht der Typ dafür, jeden Abend gemeinsam auf dem Sofa zu sitzen. Ich hab manchmal die Momente, in denen mir alles zu viel wird. In denen ich Abstand brauche.«

»Und warum sagst du das nicht einfach?« Es hätte uns einigen Ärger erspart. Und mich vielleicht von einem verdammten Fehler abgehalten, den ich dennoch nicht richtig bereuen kann. Weil es sich zu gut angefühlt hat. Weil allein der Gedanke an Erik sich zu gut anfühlt und ich ihn auf keinen Fall als ›*Fehler*‹ ansehen will.

»Keine Ahnung. Vielleicht weil ich dachte, du würdest es nicht verstehen.«

»Aber ich verstehe es, wenn du tagelang wie vom Erdboden verschluckt bist?«

In einer fahrigen Geste reibt er sich übers Gesicht.

»Nein. Vielleicht … hab ich diesen Einlauf gebraucht. Was ist mit dir?«

Auch wenn es Monate gedauert hat, Patrick ein Statement zu unserem Beziehungsstatus zu entlocken, kommt es mir dennoch so vor, als sei er ehrlich. Endlich. Und ich bin nicht der Typ dafür, Spielchen zu spielen. Leider …

»Ich würde das mit uns gerne als Beziehung sehen. Ich mag dich nämlich verdammt gerne, Patrick van Hoeven. Auch wenn du manchmal ein riesiges Arschloch bist. Allerdings ... der Kollege, mit dem ich ... Ich war nicht nur mit ihm im Bett, weil ich wütend auf dich war. Oder enttäuscht von dir. Es ist ...«

»Es muss nicht exklusiv sein.«

»Was?« Ich hab mich gerade verhört, oder? Doch Patrick fixiert mich direkt. Steht aufrecht. Angespannt, aber überzeugt. Anscheinend meint er tatsächlich ernst, was er sagt.

»Wir müssen nicht exklusiv miteinander sein«, wiederholt er, als hätte ich ihn akustisch nicht verstanden. Dabei will mir nur der tiefere Sinn seiner Aussage nicht recht in den Kopf. »Es ist okay, wenn wir uns gegenseitig die Freiheit einräumen, uns für Sex auch anderweitig umzusehen. ›*Some playing around*‹, wenn du es so willst. Ich will nur nichts darüber hören, was du so mit anderen anstellst.«

Ich kann ihn nur anstarren und denken: ›*Es passt nicht zusammen!*‹ Es passt – verdammt nochmal – nicht zusammen, dass er erst ausrastet, von Fremdvögeln redet und dann das offizielle Einverständnis gibt. Wozu eigentlich? Zu einer offenen Beziehung?

»Nils ...« Seine Stimme ist mit einem Mal so viel weicher als Sekunden zuvor, dass ich schaudere und ihn schweigend dabei beobachte, wie er näher kommt. Direkt vor mir stehen bleibt.

»Ich hatte auch ein paar beschissene Tage«, murmelt er und erst jetzt erkenne ich den abgekämpften Ausdruck in seiner Miene. »Können wir ... den Streit begraben und ... einfach zusammen auf dem Sofa rumhängen? Ich ... brauch das jetzt. Bitte.«

Es ist das erste Mal, dass er mich um etwas bittet. Wirklich *bittet*, meine ich. Daher nicke ich nur und ziehe ihn mit mir herüber zum Sofa. Sekunden später liegen seine Lippen warm auf meinen. Sanfter als sonst. Weshalb die letzten Tage für ihn beschissen waren, verrät er mir allerdings nicht. Auch nicht, als wir spät in der Nacht vom Sofa ins Bett wechseln. Uns dabei langsam ausziehen und überall berühren. Und ehe ich ihn doch noch danach fragen kann, ist er neben mir, in meinen Armen, eingeschlafen.

10. KAPITEL

Nils

›*Es ist bescheuert*‹, rufe ich mir immer wieder ins Gedächtnis. ›*Es ist leichtsinnig und trotz allem nicht fair Patrick gegenüber.*‹ Aber manchmal bin ich ein Meister darin, die Stimme der Vernunft zu überhören oder vehement beiseitezuschieben.

Sekundenlang kreist mein Finger über dem grünen Hörersymbol, ich zögere, doch schließlich berühre ich das Touchdisplay und das Tuten bestätigt mir, dass die Verbindung aufgebaut wird. Erik allerdings nimmt nicht ab, sodass mein Handy gleich darauf mit einem frustrierten Schnauben zwischen den Sofakissen landet.

Möglicherweise ist Erik an unserem zweiten freien Tag doch in der BePo und hat keine Zeit, zu telefonieren. Oder aber er genießt die freie Zeit und hat schlichtweg keine Lust, mit mir zu reden. Ganz gleich jedoch, was der Grund ist, ich kann eigentlich froh darüber sein. Denn noch habe ich die Hoffnung nicht ganz aufgegeben, dass mein Verstand im Laufe des Tages über meine niedrigeren Triebe siegen wird und ich Erik aus meinem Kopf verbannen kann. Wenigstens auf diese Weise, wie er seit unserem Intermezzo darin herumgeistert.

Heute Morgen erst, nachdem ich neben Patrick aufgewacht bin, hat sich die Erinnerung an seine Küsse schamhaft heiß und gleichsam kuschelweich in meine Gedanken geschlichen. So intensiv, dass ich aus dem Bett geflüchtet bin. Mich mit dem Vorwand, dringend Kaffee zu brauchen, in der Küche verschanzt habe.

Weder Koffein noch eine schnelle Nummer mit Patrick unter der Dusche konnten etwas daran ändern, dass Erik, seine Küsse und sein Lächeln und die Art, wie er mir einem Fels in der Brandung gleich

Rückendeckung gibt, immer wieder durch meine Gedanken kreisen. Ich werde noch wahnsinnig und bekomme ernsthaft schlechte Laune, wenn das so weitergeht.

Die beste Ablenkung erscheint mir Sport zu sein. Also packe ich rasch meine Trainingssachen zusammen, schaffe es jedoch gar nicht erst aus der Wohnungstür, da sich mein Handy lautstark zwischen den Kissen meldet. Auf dem Display blinkt eine mir unbekannte Festnetznummer.

»Nils Lassner, hallo?«

»Hey, ich bin's, Erik. Du hast angerufen?«

Das hab ich allerdings und ich hatte fast schon gehofft, er würde nicht zurückrufen. Irgendwie verquer.

»Mhm, wollt dich nicht stören.«

»Tust du nicht. Ich war nur gerade mit Marley laufen und dachte, ich rufe zurück, wenn ich Zuhause bin.«

Ich vermute einfach mal, dass Marley sein Hund ist. Zumindest hat Erik irgendwann mal einen Hund erwähnt.

»Gab's was Wichtiges?«

Statt zu antworten, stoße ich hart die Luft aus. Wichtig oder nicht … kann man so und so sehen. Vermutlich wäre es besser, ich würde die Klappe halten.

»Wegen gestern …«, setze ich zögerlich an, »ist es ein Problem, dass du mein Vorgesetzter bist?«

Erik zögert einen Moment mit einer Antwort, scheint irritiert.

»Nein. Von meiner Seite aus nicht. Wie kommst du darauf? Ich dachte, wir hätten das geklärt.«

»Mhm schon, aber … denkst du, es wäre ein Problem für die anderen?«

»Wieso soll … Warte, hast du's jemandem erzählt?«

»Nein!« Meine Güte, was denkt er denn von mir? »Hab ich nicht. Werd ich auch nicht. Ich meine nur, es könnte ja sein, dass es jemand mitbekommt, wenn wir …«

»Wenn wir was, Nils?«

Ganz kurz halte ich den Atem an. Ich bin so bescheuert!

»Wenn es vielleicht … nochmal passiert?«

Erik schweigt.

Ziemlich lange.

Und ich tigere indessen mal wieder ruhelos durch mein Wohnzimmer.

»Also doch keine einmalige Sache?« Eriks Stimme dringt warm, dunkel und ein wenig rauer als gewöhnlich durch den Lautsprecher. Jagt mir einen Schauer das Rückgrat hinab.

»Nein?«, entgegne ich fragend. »Ich hätte ehrlich gesagt nichts gegen eine Wiederholung.«

»Und dein Freund?«

Ich habe mit genau dieser Gegenfrage gerechnet. Dennoch trifft sie mich. Vor allem, weil ich inzwischen nicht mehr behaupten kann, Patrick wäre *nicht* mein Freund. Ich will es auch nicht behaupten.

»Der hat nichts dagegen«, lasse ich Erik wissen und bin selbst überrascht, wie fest meine Stimme klingt.

Zur Antwort bekomme ich zunächst nur ein Schnaufen und dann: »Sorry, Nils, es geht mich nichts an, wie ihr eure Beziehung gestaltet, aber wenn ihr wirklich ein Paar seid, bin ich raus.«

Als wäre ich gegen eine Wand gelaufen, bleibe ich abrupt mitten im Zimmer stehen. In Sekundenschnelle ballt sich ein drückender Kloß in meiner Brust zusammen.

»Aber …«

»Nils, nein.« Erik klingt überzeugt. Verdammt überzeugt. »Es ist eure Sache, wir ihr Treue handhabt – oder auch nicht. Aber ich für meinen Teil hab im Moment wirklich genug privaten Wirrwarr. Da brauche ich nicht noch irgend so ein Dreierding. Schon gar nicht mit einem Kollegen. Das kann nur nach hinten losgehen.«

Er hat recht. Ich weiß, dass er recht hat. Wusste es im Grunde schon vor unserem Telefonat. Dennoch tut es überraschend weh, das leise Fünkchen irrationaler Hoffnung so vehement zerschlagen zu sehen.

»Verstehe«, würge ich hervor und meine es wirklich so. Ich verstehe es. Nur akzeptieren will ich es nicht.

»Ich hoffe, das …«, setzt Erik an, doch ich unterbreche ihn rasch, weiß genau, was er sagen will.

»Wird es nicht. Alles okay. Wirklich. Wir … sehen uns morgen im Dienst.«

Wieder eine kurze Stille, in der ich heimlich bete, Erik möge das Thema hiermit einfach ruhen lassen. Es reicht mir schon, wenn ich mich selbst in Gedanken tausend Mal ohrfeige.

»Okay. Dann bis morgen.«

»Bis morgen«, murmele ich, lege jedoch so schnell auf, dass ich mir nicht mal sicher bin, ob Erik es noch gehört hat. Mein Blick fällt auf meine Sporttasche, die fertig gepackt mitten im Flur steht. Ich sollte definitiv erst mal Frust am Boxsack rauslassen, ehe ich mit einem Sparringpartner in den Ring steige.

Erik

Bis zum Abend geistert das Gespräch mit Nils durch meinen Kopf, lässt mich nicht zur Ruhe, geschweige denn zu klaren Gedanken kommen. Ich würde mir nur allzu gerne einreden, dass mich dieser One-Night-Stand nur deshalb so durcheinanderbringt, weil ich einfach vollkommen aus der Übung bin, was belanglosen Sex angeht. Seit ich Layla kennengelernt habe, gab es das nicht mehr. Nie. Auch nicht in dem halben Jahr, das zwischen unserer Trennung und dem One-Night-Stand mit Nils liegt. Einem One-Night-Stand, der keiner sein soll – wenn es nach ihm geht.

Meine Meinung zum Thema habe ich heute Vormittag deutlich gemacht. Ihm gegenüber. Dumm nur, dass ich selbst nicht halb so überzeugt von meiner Aussage bin, wie ich es ihn und mich selbst gerne glauben machen würde.

Es stimmt, was ich gesagt habe: Ich habe keine Lust auf irgendein Dreierding. Worauf ich allerdings verdammt große Lust habe, ist Nils! Und dabei ist Sex nur die eine Sache.

Unser Intermezzo gestern war ziemlich heiß, ziemlich intensiv und gegen Ende auch ziemlich … zärtlich? Inniger jedenfalls, als es sich für einen reinen One-Night-Stand gehört. Zumindest wenn ich es mit dem vergleiche, was ich bislang an Abenteuern für eine Nacht hatte.

Wenn ich ehrlich bin, weiß ich sehr genau, dass es mir bei Nils nicht nur um das schnelle Vergnügen geht. Und irgendwo tief in mir drin glaube ich auch, dass er ähnlich empfindet. Doch das ändert nichts an der Tatsache, dass er einen Freund hat. Und egal ob die beiden eine offene Beziehung oder was auch immer führen, ich bin nicht der Typ, der sich irgendwo dazwischendrängt. Will es auch nicht sein.

Was mir aber darüber hinaus keine Ruhe lässt, ist, dass ich mich andauernd frage, wie Nils zu alledem steht. Er signalisiert deutlich, dass er Interesse an mir hat. Für Sex. Und vielleicht auch für mehr. In der Theorie konnte er mir durchaus auch begreiflich machen, dass das, was zwischen uns war – oder vielleicht noch sein könnte – in seinen Augen und in denen seines Freundes kein Fremdgehen ist. In meinen allerdings schon.

Ich kann akzeptieren, wenn andere Menschen offene Beziehungen oder sogar polyamouröse Partnerschaften leben. Jeder, wie er möchte, aber ich für mich könnte es nicht. Würde es nicht wollen. Und dass Nils damit anscheinend kein Problem hat, macht es nicht weniger, sondern um ein Vielfaches problematischer.

Noch sind wir nicht eng genug miteinander, als dass mich der Gedanke daran, dass er mit seinem Freund zusammen ist, wirklich stören würde. Aber ich weiß auch verdammt genau, dass ich nur allzu schnell an genau diesen Punkt kommen würde, ließen wir weiterlaufen, was zwischen uns begonnen hat.

Ich würde Nils nicht teilen. Weder in einer offenen Beziehung noch sonst wie. Ich hätte auch Layla niemals teilen wollen. Genauso wenig wie sie mich. Sie hat alleine der Gedanke rasend gemacht, ich würde mich nach Sex mit einem Mann sehnen, wenn wir zusammen sind. Und egal, ob diese Annahme vollkommen an den Haaren herbeigezogen war oder nicht, hat sie letztlich das Ende unserer Beziehung bedeutet. In dieser Hinsicht wären Nils und dieses Beziehungsmodell vermutlich der Jackpot. Ihn würde es nicht stören, wenn ich parallel andere Männer oder Frauen hätte.

Die Überlegung bringt mich dazu, genervt schnaubend mein Saftglas auf den Couchtisch zu pfeffern. Marley, die zu meinen Füßen auf dem Teppich gelegen hat, springt auf und fängt an zu bellen. Nicht wegen meiner Unruhe, wie ich realisiere. Draußen auf dem Hof geht das Außenlicht an, und als ich lausche, höre ich über das leise Dudeln der Jazzmusik im Hintergrund das brummende Geräusch eines Automotors.

Während Marley zur Wohnungstür trabt, gehe ich quer durchs Wohnzimmer und spähe aus dem Fenster. Was ich sehe, bringt meinen Puls für einen Moment ins Stolpern. Layla steigt aus ihrem Wagen, öffnet die hintere Tür. Doch statt unseres Sohnes holt sie eine XL-Handtasche heraus. Die Lichter des Audis blinken in der Dämmerung auf, als sie abschließt. Ihr Blick wandert nach oben, trifft meinen durch das Fensterglas hindurch. Kurz starren wir uns über die Distanz hinweg an, bis ein Ruck durch meinen Körper geht, ich mich vom Sims abstoße und in Richtung Flur gehe. In meinem Kopf hämmert wie blöd eine einzige Frage: ›*Was will sie hier?*‹

Der Antrag auf alleiniges Aufenthaltsbestimmungsrecht liegt bei Gericht. Der Termin für die Anhörung ist schriftlich festgesetzt. Seit das Schreiben ins Postfach meiner Anwältin trudelte, haben Layla und ich uns nicht mehr gesehen. Zwei Mal war Emilio in dieser Zeit bei mir, doch da habe ich ihn vom Kindergarten abgeholt und am nächsten Morgen wieder dorthin gebracht. Layla und ich hatten quasi keinerlei Kontakt, weder über unsere Anwälte noch privat. Also was zur Hölle will sie hier? Zu dieser Zeit!

Ich verkneife es mir, ihr genau diese Frage direkt entgegenzuschleudern, als sie das Haus betritt. Stattdessen lausche ich auf das Klackern ihrer Absätze auf der Holztreppe, die nach oben zu meiner Wohnung führt. Da von unten kein Mucks zu vernehmen ist, gehe ich davon aus, dass meine Eltern Marleys Bellen gehört haben, sich aber diskret zurückhalten. Morgen früh wird meine Mutter mich sicherlich ausfragen.

Kaum hat Layla den oberen Treppenabsatz erreicht, wird sie auch schon von Marley bestürmt. Meine Hündin hat Layla schon immer gemocht, für sie ist und bleibt sie ein guter Mensch. Für mich im Grunde auch. Ich kann diese Frau nicht hassen, schießt es mir durch den Kopf. Ich will es auch gar nicht. Ich will im Grunde nur, dass wir diesen verdammten Rosenkrieg beilegen, noch ehe er richtig begonnen hat. Um Emilios willen. Und auch um unseretwillen. Mehr denn je als Layla jetzt vor mir steht, mich sichtlich unsicher anlächelt, ihre braunen Augen warm in dem von seidig-dunklen Haaren umrahmten Gesicht schimmern. Gott, ich habe diese Frau jahrelang abgöttisch geliebt, schießt es mir durch den Kopf. Durchs Herz.

»Hallo, Erik.« Ihre Stimme klingt weich, ein wenig fragend und ich versuche fieberhaft in ihrem fein geschnittenen Gesicht zu lesen, ob es ihr genauso geht, wenn sie mich ansieht. Ob da noch irgendetwas ist, in ihr drinnen. Irgendetwas, das uns dazu bringt, Vernunft siegen zu lassen. Wobei *›Vernunft‹* aus meiner Sicht hieße, dass sie den Plan verwirft, nach Hamburg zu ziehen. Aus ihrer Sicht aber wohl, dass ich sie und unseren Sohn gehen lassen soll.

Es kann keine vernünftige Einigung geben.

Und diese Erkenntnis ist verdammt bitter.

»Hey, Layla. Wo ist Emilio?«

»Eine Babysitterin ist bei uns zuhause.«

Ich kann es mir nicht verkneifen, gleichsam überrascht fragend und missbilligend die Brauen zu heben. Zu Zeiten unserer Beziehung hat Layla sich immer gesträubt, Emilio bei jemand anderem zu lassen. Nun scheint es kein Problem mehr zu sein. Also könnte sie sich durchaus auch hier in der Gegend einen Job suchen.

All diese Überlegungen schlucke ich unausgesprochen hinunter. Es bringt nichts, jetzt darüber diskutieren zu wollen. Zumal mir meine Anwältin sowieso dazu geraten hat, vor der Verhandlung nur noch das Nötigste direkt mit Layla zu kommunizieren. Bis sie hier aufgetaucht ist, bin ich davon ausgegangen, sie würde es ebenso handhaben.

»Kann ich reinkommen?« Ihr Blick huscht an mir vorbei ins Wohnungsinnere. »Oder störe ich?«

Wieder einmal flackert Nils in meinen Gedanken auf. Gerne würde ich Layla sagen, dass mein neuer Kerl da ist und halbnackt auf meinem Sofa sitzt. Gleichzeitig bin ich froh, es nicht tun zu müssen und antworte stattdessen: »Nein, komm rein.«

Marley huscht an uns vorbei und ich folge Layla in den Flur, sehe stumm dabei zu, wie sie ihre Tasche abstellt, aus ihrer leichten Sommerjacke schlüpft. Beides so alltägliche Dinge, die ich so oft gesehen habe. Trotzdem berührt es mich in diesem Moment auf seltsame Weise, ihr noch einmal dabei zuzuschauen.

Unter der Jacke trägt sie nur ein leichtes, flattriges Kleid. Blütenprint. Aber nicht zu knallig, sondern in dezenten Pastellfarben. Es steht ihr. Im Grunde sieht sie in fast allem umwerfend aus. Ich zwinge den Blick höher, in ihr Gesicht.

»Ich hab eine Flasche Wein mitgebracht«, verkünden ihre Lippen, an denen meine Augen irgendwie kleben geblieben sind. »Hast du Lust?«

»Wein?«, echoe ich überrascht und auch ein wenig überfahren.

»Dein Lieblingswein.« Ihr Lächeln ist zaghaft. So hat sie mich bei unseren ersten Treffen immer angesehen.

›*Himmel …!*‹

»Warum bist du wirklich hier?« Meine Stimme klingt abweisender, als sie es tun müsste. Es ist der reine Selbstschutz, um mir und ihr in Erinnerung zu rufen, dass gemütlich miteinander Wein zu trinken wirklich nicht das ist, was wir jetzt tun sollten.

»Ich hatte gehofft, wir … könnten nochmal reden.«

Im Grunde eine löbliche Idee, nur leider der vollkommen unpassende Zeitpunkt und daher murre ich: »Kommt bisschen spät, oder?«

Layla nickt nicht, schüttelt aber auch nicht den Kopf.

»Nicht *zu* spät, hoffe ich.«

Es sind nicht ihre Worte, sondern die Art, wie sie sie ausspricht, die mich schließlich einlenken lassen. Gemeinsam setzen wir uns aufs Sofa, Marley zu unseren Füßen. Der Wein erscheint mir immer noch unpassend und Wasser lehnt Layla dankend ab. Es ist ihr deutlich anzusehen, dass sie nicht recht weiß, wie sie das Gespräch anfangen soll. Sie dreht eine dunkle Haarsträhne um ihre Finger, und als sie ihre Mähne zurückwirft, streift mich ein Hauch von ›*Flower by Kenzo*‹. In mir keimt die Frage auf, ob sie meinen Lieblingsduft absichtlich aufgelegt oder gelenkt durch ihr Unterbewusstsein dazu gegriffen hat.

»Ich wollte nicht, dass es so endet«, setzt Layla plötzlich an und zwingt meine Aufmerksamkeit damit zurück in ihre angespannte Miene. »Mir ist klar, dass du nichts dafürkannst, und dass das Hauptproblem in meinem Kopf liegt, aber … ich kann es einfach nicht abstellen, darüber nachzudenken, ob du … nicht vielleicht doch … etwas brauchst, was ich dir nicht geben kann und deswegen …«

»Stopp!«, unterbreche ich ihr Stammeln, »worüber reden wir hier?«

Irritiert blinzelt sie mich an. Ihre langen Wimpern sind von mehr Mascara umhüllt als üblich.

»Über ... einen Weg, wie wir ...«

»Es gibt kein *›wir‹* mehr.« Die Worte stolpern schneller aus meinem Mund, als ich sie aufhalten kann. Doch selbst als Layla scharf den Atem einzieht, sich ihre dunklen Augen merklich weiten, bereue ich sie nicht. »Du hast dich von mir getrennt, Layla, schon vergessen?«

»Weil ...«

»Du musst es mir nicht noch einmal vorbeten, okay?« Abrupt stehe ich vom Sofa auf. »Warum bist du hier? Augenscheinlich nicht wegen Emilio. Weshalb dann? Um zu versuchen, unsere Beziehung zu kitten?«

Layla schluckt merklich, erhebt sich ebenfalls. Kommt um den Couchtisch herum. Wieder hüllt mich ihr Duft ein. Erinnerungen fluten mich. Aber gleichzeitig scheinen Welten zwischen uns zu liegen.

»Vielleicht«, gibt sie leise zu. »Vielleicht hab ich einen Fehler gemacht und ...«

»Nicht.«

»Erik ...«

»Nein! Layla ... wir werden nicht ... *ich* werde nicht etwas zurückzuholen versuchen, was vor Monaten gescheitert ist.«

»Aber ich könnte ...«

»Nein, verdammt, könntest du nicht!«, fahre ich sie ungehalten an. Egal, was sie mir vorschlagen wird, ich will es nicht hören. Denn ich will mir weder weiterhin insgeheim unterstellen lassen, dass mich die Liebe eines Menschen alleine nicht glücklich machen kann, noch will ich einen Partner – oder eine Partnerin – den oder die *ich* nicht glücklich machen kann, weil ein verdammtes Hirngespinst zwischen uns steht.

Als ich des Schimmers in Laylas Augen gewahr werde, muss ich mich zusammenreißen, nicht die letzten beiden Schritte zu ihr zu überbrücken. Sie nicht an mich zu ziehen. Gottverdammt, diese Frau ist mir nicht egal. Wie könnte sie?

»Layla ...«, setze ich mit deutlich sanfterer Stimme an, »hör zu, denk nicht, dass unsere Trennung keine Spuren bei mir hinterlassen hat. Es gab Zeiten, da hätte ich dich ohne zu zögern genau in diesem Moment in meine Arme geschlossen und nie mehr losgelassen, und es ist nicht so, als würde ich nichts mehr für dich empfinden, aber …«

Ich komme nicht dazu, das *aber* auszuformulieren, konnte stattdessen bei jedem Wort beobachten, wie ihre Miene härter wird. Verletzter. Verschlossener. Ich will nach ihr greifen, doch im selben Moment weicht sie einen Schritt zurück. Ihre Lippen zittern.

»Dann lässt du mir keine andere Wahl, Erik.« Das ist alles, was sie sagt, ehe sie ohne ein weiteres Wort meine Wohnung und anschließend das Haus verlässt. Und ich lasse sie gehen. Ebenfalls ohne ein weiteres Wort.

Erst am nächsten Morgen realisiere ich wirklich, wie wenig Laylas Verhalten vom vergangenen Abend zu ihr passt.

Ich glaube ihr durchaus, dass ihre Gefühle für mich nicht verschwunden sind. Immerhin hat sie sich nicht von mir getrennt, weil wir lieblos aneinander vorbeigelebt hätten. Aber ich weiß auch zu gut, dass ihr Entschluss, die Beziehung zu beenden, keine Spontanentscheidung war. Layla ist niemand, die handelt, ohne nachzudenken. Sie trägt Gedanken tage- oder gar wochenlang mit sich herum, und wenn es so weit ist, dass sie sie in Worte fasst, dann aus Überzeugung. Egal, wie schwer es ihr fällt.

Layla ist emotional, keine Frage. Aber sie steht nicht aus einem Gefühlstiefpunkt heraus bei irgendjemandem vor der Haustür und bittet ihn, eine gegen die Wand gefahrene Beziehung aufzuwärmen. Was also sollte ihr Besuch gestern bezwecken?

Minütlich wächst der Drang in mir, sie anzurufen und zur Rede zu stellen. Aber ich muss kein Jurist sein, um zu ahnen, dass jedwede zu emotional geführte Diskussion irgendeinen Rattenschwanz nach sich ziehen kann. Ich will Layla und ihrem Anwalt keine Angriffsfläche bieten. Und am allerwenigsten will ich von ihr denken, dass sie irgendeines meiner Worte vor Gericht gegen mich benutzen könnte. Denn auch das ist Layla nicht: bösartig oder intrigant. Sie ist nur …

›*Vollkommen durch den Wind*‹, textet Bernd mir am Morgen. ›*Meint Sonja auch.*‹

Über den Zusatz muss ich schmunzeln. Als könnte Sonja in Laylas Kopf hineinsehen, nur weil sie dasselbe biologische Geschlecht teilen. Trotzdem muss ich Bernd recht geben: total durch den Wind – genau wie ich selbst.

›*Du solltest ein paar Tage frei nehmen*‹, erklärt mein Bester per WhatsApp. ›*Wir könnten übers WE Kanu fahren gehen.*‹ Es folgen noch zwei Daumen nach oben, was zusammengerechnet mit den Textnachrichten eine echte Höchstleistung für Bernd in Sachen geschriebene Kommunikation darstellt. Er muss sich wirklich Sorgen um mich machen …

Ich lasse meine Kollegen ungern im Stich und ich gebe es nicht gerne zu, aber ich bin ausgebrannt. Fühle mich gleichsam ausgelaugt und überreizt. Also wahrscheinlich wären zwei Tage mit Bernd im Allgäu wirklich eine verdammt gute Idee.

Es würde bedeuten, dass ich Emilio nicht sehen kann, aber nach dem Schlamassel vom vergangenen Abend wird Layla wahrscheinlich sowieso aus Prinzip etwas dagegen haben, wenn ich das Wochenende mit Emilio verbringe.

›*Okay*‹, tippe ich kurzentschlossen eine Nachricht an Bernd, ›*ich klär es mit Markus, ob ich bis einschließlich Montag frei machen kann.*‹

Wenn der Zugführer das Okay gibt, könnte ich Sonntagabend zurück sein und Emilio am Montag von der Kita abholen und mit ihm in den Zoo gehen.

Kaum habe ich die Message abgeschickt, bekomme ich von Bernd nochmal einen Daumen hoch zurück. Seufzend lasse ich mich rücklings aufs Sofa sinken. Die Aussicht auf ein Wochenende in der Natur, mit Männergesprächen und Bier am Lagerfeuer, hebt meine Laune tatsächlich ein winziges bisschen.

11. KAPITEL

Nils

Ich sehe Erik erst bei unserem nächsten Einsatz wieder, einem Heimspiel des VFB. Obwohl die Begegnungen zwischen unserem Heimverein und dem 1. FC Kaiserslautern in aller Regel friedlich ablaufen, wurden ein Zug BFE und eine Reiterstaffel angefordert. Doch außer ein paar kleinere Pöbeleien zu klären und einem Besoffenen zu sagen, er solle gefälligst nicht an parkende Autos pinkeln, haben wir kaum etwas zu tun. Wir werden sogar früher als geplant aus dem Dienst entlassen.

Als wir wieder im Mannschaftswagen sitzen und Richtung Göppingen fahren, darf ich bei einem Blick auf mein Handy feststellen, dass Patrick es dieses Mal tatsächlich fertiggebracht hat, sich zu melden.

›*Hab noch ein Meeting mit einem Stofflieferanten. Kann spät werden. Soll ich trotzdem noch vorbeikommen?*‹

Insbesondere die letzte Frage zaubert mir ein Lächeln aufs Gesicht und ich tippe rasch eine Antwort. Als ich wieder aufsehe, streift mein Blick den Eriks, der mir gegenüber auf der Bank hängt. Müde sieht er aus. Nicht wie einer, der ein entspanntes Wochenende hinter sich hat.

»Trinken wir in der BePo noch ein Feierabendbier?« Insgeheim will ich eigentlich nur Erik ansprechen, richte meine Frage aber an den ganzen Trupp. Tobias und Manja jedoch lehnen beide ab. Tobias brummt der Schädel, wie er sagt, und Manja hat Lisa versprochen, ihr einen Besuch abzustatten, wenn der Einsatz nicht so lange dauert. Lisa ist noch immer dienstunfähig, aber zum Glück auf dem Weg der Besserung. Bleibt nur zu hoffen, dass die Ausschreitungen bei der Demo keine tieferen Wunden unter der Oberfläche hinterlassen haben.

Ich hoffe, die beiden Mädels finden Zeit, in Ruhe miteinander zu quatschen und Lisa mögliche Ängste zu nehmen.

»Was ist mit dir? Bierchen?«, ruft Erik nach vorne ins Fahrerhaus, doch auch von Roland bekommen wir eine Absage.

»Ich muss heim. Meine Kurze hat Magen-Darm und ich will Heike baldmöglichst beim Kotzschüssel auswaschen ablösen.«

Unisono verziehen Erik und ich den Mund.

»Na, lass die Viren bloß in euren vier Wänden«, spricht Erik meine Gedanken aus. Einen Magen-Darm-Infekt will nun wirklich niemand haben!

»Ich geb mir Mühe.«

»Dann bleiben wohl nur wir beide«, stelle ich mit einem Seitenblick zu Erik fest und versuche, in seiner Miene zu lesen. Es wäre das erste Mal, dass wir seit unserer Nacht und dem darauffolgenden bescheuerten Telefonat unter vier Augen miteinander reden. Doch seine Gesichtszüge bleiben in erster Linie eines: müde.

Auch als wir uns einige Zeit später auf der Terrasse eines netten Italieners in der Göppinger Innenstadt gegenübersitzen, sieht Erik so als, als könnte er dringend Urlaub gebrauchen. Ich bin ganz froh, dass wir unser Feierabendbier hierher verlegt haben. Nicht nur, weil mein Magen knurrt und wir die letzten Sonnenstrahlen genießen können – ohne unter unseren Overalls förmlich zu zerfließen –, sondern in erster Linie, weil ich es mag, ungestört mit Erik zu sein. So ungestört zumindest, wie man es in einem Restaurant sein kann.

»Wie war dein Wochenendtrip?«, hake ich nach, als der Kellner unsere Bestellung aufgenommen und zwei Radler vor uns abgestellt hat.

»War schön, echtes Männerwochenende eben. Aber es ändert nichts dran, dass dieser Prozess durch meinen Kopf spukt.«

Ich habe nur am Rande mitbekommen, was momentan zwischen Erik und seiner Ex läuft, doch die wenigen Dinge, die er mir erzählt hat, reichen aus, um ansatzweise ahnen zu können, wie mies es ihm gehen muss. Ich selbst habe nie ernsthaft darüber nachgedacht, ob ich mal

Kinder haben will. Aber es muss schrecklich sein, nicht zu wissen, ob man den eigenen Sohn vielleicht bald nur noch zum Geburtstag oder zu Weihnachten sehen kann – übertrieben gesprochen. Wenn ich mir Eriks Miene jedoch so ansehe, scheint er genau das zu befürchten.

»Wann sagtest du, ist die Verhandlung?«

»In sechs Wochen.«

»Aber bis dahin kannst du Emilio sehen?«

»Theoretisch ja, klar. Aber zwischen Layla und mir ist es nicht gerade einfach, besonders nachdem …« Er stockt, greift zu seinem Radler und nimmt einen großen Schluck, als müsse er die ungesagten Worte hinunterspülen. Mich allerdings hat die Neugier gepackt.

»Gab's Stress?«

Er zögert einen Moment und ich frage mich zum wiederholten Mal, ob ich nicht viel zu oft die Grenzen zwischen mir und ihm übertrete. Aber schließlich schüttelt er den Kopf. »Kann man so nicht nennen. Layla war vergangene Woche bei mir und hat mir mehr oder minder deutlich zu verstehen gegeben, dass sie mich zurück will.«

Ich muss mich beherrschen, nicht zu offensichtlich scharf den Atem einzuziehen. Seine Worte treffen mich unerwartet schmerzhaft. Binnen Sekunden formt sich die Vorstellung in meinem Kopf, wie er mit ihr …

»Und?«, presse ich hastig hervor. »Gibt's eine Chance auf Versöhnung?«

Erik lächelt sichtlich gequält. Sein Kopfschütteln erleichtert mich ungemein und gleichzeitig schelte ich mich im Stillen, dass ich verdammt nochmal nicht das Recht dazu habe, mir zu wünschen, er und seine Ex mögen auch weiterhin getrennte Wege gehen.

»Nein, gibt es nicht. Das mit Layla und mir ist vorbei.«

»Weil zu viel passiert ist?«

»Auch«, entgegnet Erik ausweichend und mir brennt es auf der Zunge, nachzuhaken, weshalb noch er keine Chance mehr sieht. Ich darf einfach nicht hoffen, dass …

»Einmal *Prosciutto e Funghi* und einmal *Spinaci.* Bon Appétit!« Der Kellner und unsere zwei Pizzen halten mich davon ab, etwas zu erfragen, worüber ich mir gar keine Gedanken machen sollte.

12. Kapitel

Nils

Für das heutige Event hat Patrick sich für seinen Aston Martin Virage entschieden. Eine verdammt gute Wahl, wie ich finde, denn man muss schon zugeben, dass es ein ziemlich geiler Wagen ist. Als Patrick mir allerdings den Kaufpreis verrät, den er damals bezahlt hat, klappt mir die Kinnlade herunter. Mal abgesehen davon, dass ich niemals die Kohle dafür haben werde, würde ich es auch schlicht nicht einsehen, so viel Geld für ein Auto auszugeben. Da schlägt wohl der Schwabe in mir durch.

Nichtsdestotrotz regt sich in mir die leise Hoffnung, wir könnten nach der Bauenthüllung noch eine kleine Spritztour drehen. Wir könnten ins Grüne fahren, die Seele baumeln lassen und es vielleicht auf der Motorhaube der Luxuskarosse treiben.

»Verrat mir, welcher Film gerade in deinem Kopf abläuft?« Patricks Blick hängt unverwandt auf mir, obwohl er vielleicht besser auf den Verkehr achten sollte.

Ich grinse ihn vielsagend an, deute mit einer Hand nach vorne und er wendet seine Aufmerksamkeit tatsächlich wieder der Straße zu. Im selben Moment schiebe ich eine Hand auf seinen Oberschenkel, streichle höher und lasse sie genau an der Stelle liegen, an der sich die Anzugshose verführerisch wölbt.

»Ich hatte nur gerade so eine Vision«, raune ich ihm zu, »von dir auf der Kühlerhaube und …«

»Bist du wahnsinnig? Das gibt Macken im Lack!«

›*War klar …*‹ Ich schnaube spöttisch.

»Nicht, wenn du splitterfasernackt und schön anschmiegsam bist.«

Von der Seite trifft mich ein halb belustigter und halb vernichtender Blick.

»Das hättest du wohl gern …«

Hätte ich tatsächlich. Auf jeden Fall würde es mir mehr Vergnügen bereiten, als Patrick zu dieser Bauenthüllung zu begleiten. Mal abgesehen davon, dass ich wenig Lust habe, im Rampenlicht zu stehen, geht es mir schon aus Prinzip gegen den Strich, etwas zu bejubeln, was unter der Schirmherrschaft eines rechtsorientierten Politikers steht. Ich kann auch nicht so ganz nachvollziehen, weshalb Patrick sich überhaupt bei dem Event blicken lassen will. Er und sein Vater haben alles andere als ein gutes Verhältnis. Und ich bezweifle, dass Patrick die Publicity für seine Modelinie braucht. Ich vermute einfach, er hat irgendeine Abmachung mit seinem Vater laufen. Einmal im Jahr den präsentablen Sohn spielen oder so …

Seiner Miene, die direkt nach unserem Geplänkel wieder verbissen geworden ist, ist jedenfalls deutlich zu entnehmen, dass er selbst keine Lust auf die Veranstaltung hat. Meine Chancen, dass wir baldmöglichst wieder verschwinden und den restlichen Tag anderswie miteinander genießen, stehen also gut.

Als wir in die Bismarckstraße einbiegen, erkenne ich auf den ersten Blick, dass dort schon ordentlich Trubel herrscht. Schon vor einigen Wochen haben linke Aktivisten eine Demo beantragt, um gegen den Bau von Achim van Hoevens Luxusappartements zu wettern. Die Demo wurde nicht genehmigt, dennoch säumen einige Kollegen der Einsatzhundertschaft die Straße, um dafür zu sorgen, dass die Bauenthüllung ohne Zwischenfälle über die Bühne gehen kann. Der Bau ist immerhin alles andere als unumstritten. Eigentlich hätte auf dem ehemaligen Gelände des Olgakrankenhauses Wohnraum für Asylsuchende freigemacht werden sollen. Doch statt den Krankenhaustrakt umzubauen, wurde er komplett abgerissen. Und nun steht dort der Rohbau einer ganzen Reihe von Luxusappartements.

»Zwei der Appartements sind schon fertiggestellt«, meint Patrick, als er seinen Aston in eine Parklücke manövriert hat. »Werfen wir nachher mal einen Blick rein? Ich kann uns die Schlüssel besorgen.«

»Können wir machen.«

»Wenn's nicht mein Vater gebaut hätte, würde ich glatt einziehen ...«

Es ist wieder so ein Moment, in dem mir die Frage auf der Zunge liegt, ob irgendetwas Spezielles zwischen Patrick und Achim van Hoeven vorgefallen ist, oder ob ihm einfach nur die rechte Gesinnung seines Vaters gegen den Strich geht. Was ich gut verstehen könnte, bedenkt man, dass diese schon alleine im Hinblick auf Patricks Homosexualität so einiges an Zündstoff liefern dürfte.

Doch ich komme nicht dazu, nachzuhaken, denn schon ist Patrick aus dem Wagen gesprungen und steht an der Beifahrerseite. Mit einem übertriebenen Grinsen und einer angedeuteten Verneigung öffnet er mir die Tür.

»Wenn Sie bitte aussteigen würden, Monsieur.«

Schmunzelnd tue ich, wie gebeten. Patrick wirft die Tür hinter mir zu – sehr sanft natürlich, wie es sich für einen High-Class-Wagen gehört –, ehe er den letzten Schritt zwischen uns überbrückt. Er ordnet den Kragen meines Jacketts, wobei es eigentlich *sein* Jackett ist, denn er hat mich am vergangenen Tag exklusiv und kostenlos in seiner Boutique eingekleidet. Okay ... ›*kostenlos*‹ ist nicht ganz korrekt. Ich habe mich mit einem ausgiebigen Blowjob im Lagerraum revanchiert.

»Siehst toll aus«, raunt er mir mit samtiger Stimme zu, die warm mein Rückgrat hinabprickelt und sich heiß in meinen Lenden staut. Ihn an mich zu ziehen und zu küssen, traue ich mich jedoch nicht. Patrick ist out – schon seit Jahren. Aber Fotos von ihm und einem potenziellen Partner habe ich bislang kaum im Netz gefunden. Ich weiß also schlicht nicht genau, wie er zu Intimitäten in der Öffentlichkeit steht.

Die Frage erübrigt sich jedoch, als er wie selbstverständlich meine Hand ergreift und wir nebeneinander auf die Menschenmenge zuschlendern, die sich vor dem Luxusbauwerk versammelt hat. Auf den ersten Blick erkenne ich einige von van Hoevens Parteikollegen, zwei oder drei Sternchen aus Film und Fernsehen, denen High-Class-Wohnen offenbar wichtiger ist als die Frage, wer die Appartements erbaut hat und wer für deren Erbauung weichen musste. Die übrigen Gesichter kenne ich nicht, aber die teuren Uhren und die Art, wie Champagnergläser aneinanderklirren, sagen genug. ›*Herzlich willkommen in Stuttgarts Möchtegern-High-Society!*‹

Auch Patrick und mir wird je eine Champagnerflöte in die Hand gedrückt, ein Reporter von irgendeinem Klatschblatt baut sich samt Kameramann vor uns auf. Doch Patrick stellt mit einem höflichen, aber sehr distanzierten Lächeln klar, dass er heute keinerlei Fragen beantworten wird. Im Gegenzug schießen die Pressefuzzis ungefragt ein paar Fotos von uns.

Patrick lässt mich für einen kurzen Moment zurück, um seinen Vater zu begrüßen. Ich bin nicht gerade enttäuscht darüber, dass er mich Achim van Hoeven nicht vorstellt, und warte geduldig mit meinem prickelnden Gesöff, bis er wieder neben mir ist.

Ich kann nicht behaupten, dass ich mich wohlfühle, andererseits bin ich mir sicher, dass sich für mich niemand wirklich interessiert. Ich hänge an Patrick van Hoevens Hand, mehr aber auch nicht. Von mir aus sollen sie eines unserer Bildchen mit Untertitel ins Netz setzen.

Einige Minuten lang stehen wir dort inmitten des Getümmels, Patrick schüttelt hier und da ein paar Hände, betreibt Smalltalk. Ich halte mich dezent zurück, antworte nur, wenn ich direkt gefragt werde. Auch das macht mir nichts aus. Ich bin nicht gerade hoch amüsiert, aber irgendwie finde ich Gefallen daran, Patrick zu beobachten. Ich habe ihn damals in einem ganz normalen Schwulenclub kennengelernt, ohne zu wissen, wer er ist und ich bin auch weiß Gott keiner von denen, die sich einen geld- und einflussreichen Partner wünschen.

Dennoch übt es eine gewisse Faszination auf mich aus, Patrick inmitten dieser Upper-Class-Gesellschaft zu sehen. Er spricht anders – gehobener und gewählter –, als wenn er mit mir zusammen ist, und selbst seine Bewegungen und seine Mimik sind eine andere. Hier, in der Öffentlichkeit, ist er ganz der stilvolle Designer, der sich und seine Modelinie zu verkaufen weiß. Und es weckt ein warmes Gefühl in meinem Inneren, zu wissen, dass ich den echten, den privaten Patrick van Hoeven kenne. Auch wenn diese Beziehung manchmal alles andere als einfach ist …

Nach rund einer halben Stunde scheinen alle wichtigen Gäste eingetroffen zu sein. Achim van Hoeven tritt gemeinsam mit einer in ein knappes Kostüm gehüllten Frau ans Rednerpult, das vor dem Haupteingang des Luxustraktes aufgebaut worden ist. Ich habe keine

Ahnung, wer die Dame an seiner Seite ist. Patricks Mutter ist vor einigen Jahren verstorben. Ein Verlust, über den er nicht gerne spricht.

Wie aus Reflex drücke ich seine Hand, befürchte schon, er würde die Geste missverstehen, als er seine Finger aus meinen herauswindet. Ein Hauch Enttäuschung macht sich in mir breit und ich zwinge meinen Blick auf Achim van Hoeven, der soeben das Wort ergreift.

»Verehrte …«

Keine Ahnung, wen er anspricht, ich kann seinen Worten nicht folgen, denn Patrick ist halb hinter mich getreten und just in diesem Moment schleichen sich seine Finger um meine Hüften, über den Stoff der Anzugshose weiter nach vorne und direkt auf meinen Schritt. Überrascht schnappe ich nach Atem, gleich darauf flutet der Patricks warm über mein Ohr.

»Du siehst echt rattenscharf aus in diesem Anzug, weißt du das eigentlich?«

Nein, wusste ich bislang nicht, oder ich habe mir schlichtweg keine Gedanken darum gemacht. War viel zu sehr damit beschäftigt, festzustellen, wie gut Patrick in seinen maßgeschneiderten Stoffen aussieht. Und auch jetzt kann ich nicht darüber nachdenken, ob mir Anzüge stehen oder nicht. Ich bin viel zu abgelenkt von Patricks plötzlicher Nähe.

Hinter mir stehend drückt er sich eng an mich, der dünne Stoff zwischen uns lässt mehr als nur erahnen, was sich in seiner Hose abspielt. Halbsteif schmiegt sich sein Schwanz an meinen Hintern und mir kommt es vor, als könnte ich tröpfchenweise dem Blut nachspüren, das ohne Umwege in meinen eigenen Penis gepumpt wird.

Reflexartig sehe ich mich um, halte verstohlen Ausschau nach den Presseleuten, doch die Kameras klicken in diesem Moment allesamt in Richtung Achim van Hoeven. Dessen sonore Stimme hallt etwas blechern durchs Mikrofon über die Menge. Ich verstehe nach wie vor kein Wort. Bilde mir stattdessen ein, überlaut das sirrende Geräusch eines Reißverschlusses zu hören. Doch erst, als Patricks Fingerspitzen über den Stoff meiner Pants streifen, damit sengende Hitze durch meinen Unterleib schicken, registriere ich, dass es *meine* Hose ist, an der er sich zu schaffen gemacht hat.

Ich keuche auf. Versuche den Laut zu ersticken, indem ich mir hart in die Wange beiße. Patricks Lachen dringt ganz leise und so verflucht sexy an mein Ohr.

»Was meinst du«, wispert er hinein, »merkt es jemand, wenn ich dir hier einen runterhole?«

›Oh jaaa … ja, verdammt, DAS wird ganz sicher jemand merken!‹

Mit eisernem Griff umschließe ich sein Handgelenk, schaffe es jedoch nicht, seine Finger nennenswert von meinem Schritt fortzuziehen.

»Pat … nicht …« Meine Stimme ist kaum mehr als ein Flüstern. Ziemlich bemitleidenswert. Aber unter Patricks Streicheln werde ich gerade zu Wachs. Mehr noch, als er federleichte Küsse am Hemdkragen entlang auf meinen Nacken zu tupfen beginnt. Ergeben schließe ich die Augen, ringe verzweifelt um Fassung. Versuche mir in Erinnerung zu rufen, wo wir uns befinden, doch es ist mir in diesem Moment erschreckend egal.

»Wir könnten …«

Seine Stimme geht in einem aufgebrachten Raunen unter. Meine Augen fliegen auf. Nahezu panisch sehe ich mich um. Aber niemand der umstehenden Menschen schenkt uns beiden Aufmerksamkeit. Alle starren mit offenen Mündern und zutiefst empörten Mienen geradeaus auf das Gebäude.

Aufgeregtes Getuschel beginnt und Patrick zieht seine Hand zurück, löst sich einen Schritt weit von mir. Da endlich schaffe auch ich es, den Blick zu fokussieren und zu begreifen, was hier gerade passiert ist.

Das riesige Tuch, mit dem vor wenigen Sekunden noch der Eingangsbereich zu den Appartements verhangen war, ist gefallen. Dank Patricks Gefummel habe ich dezent die Bauenthüllung verpasst. Das eigentlich Spektakuläre ist jedoch deutlich zu erkennen. Die leuchtend roten Graffiti-Lettern sind nicht zu übersehen.

›Keine Chance dem Kapitalismus!‹

›Kein Mensch ist illegal!‹

›Mit van Hoeven geht die Politik vor die Hunde!‹

Und unter alledem prangt in leuchtendem Rot-Schwarz das Symbol der Antifa.

Mir bleibt die Luft weg. Abrupt drehe ich mich zu Patrick um, der reglos halb hinter mir steht. Seine Miene ist unbewegt. Abgeklärt. Seltsam kalt.

Um uns herum bricht Tumult aus. Die empörten Rufe aus dem Publikum nehmen zu, über das Mikrofon versucht Achim van Hoeven sich Gehör zu verschaffen. Einige Kräfte der Einsatzhundertschaft rücken heran, die Kollegen spüren die aufgebrachte Stimmung.

Ein lauter Knall lässt mich herumfahren. Augenblicklich mischen sich spitze, erschrockene Schreie hinein. Eine dünne Rauchfahne steigt nur einen oder zwei Meter neben dem Rednerpult auf. Nur ein Böller!

Binnen eines Herzschlages kann ich das Adrenalin spüren, das durch meinen Körper gepumpt wird. Aus Reflex huscht mein Blick zu den Kollegen. Nun steht keiner mehr von ihnen still.

Der nächste Böller fliegt. Landet dieses Mal inmitten der elitären Gesellschaft. Eine Frau knickt auf ihren hohen Hacken um, wird aber glücklicherweise von zwei umstehenden Männern gestützt. Mein nächster Blick gilt den oberen, noch unverglasten Fenstern der Appartements. Mehrere vermummte Personen drängen sich dort oben zusammen, schreien lautstark Parolen gegen van Hoeven und sein Bauprojekt und zünden weitere Brandsätze.

›Wie – zur Hölle – sind die unbemerkt dort hinaufgekommen?‹

Die ersten Kollegen der EHU stürmen bereits ins Treppenhaus, die übrigen geben sich alle Mühe, den Tumult unter Kontrolle zu bringen und die Leute zu beruhigen. Patrick indessen steht scheinbar seelenruhig neben mir. Ich will losstürmen, doch seine Hand umschließt fest meinen Arm.

»Warte. Lass uns gehen.«

»Was?« Einen Moment lang kann ich ihn nur entgeistert anstarren.

»Nicht dein Einsatz, Nils. Komm, wir fahren.«

»Sag mal, spinnst …«

»Ich. Fahre. Jetzt. Komm mit oder lass es bleiben.« Mit diesen Worten dreht er sich um und lässt mich eiskalt inmitten des Chaos stehen.

Einen winzigen Moment lang bin ich versucht, ihm zu folgen. Nur um ihn anzuschreien, was zur Hölle eigentlich mit ihm los ist, dass er jetzt einfach abhaut. Doch in mir regen sich Gewissen und Pflichtbewusstsein.

Abrupt drehe ich mich um und der panischen Menge zu. Die Kollegen versuchen die Leute halbwegs geordnet in Richtung der Einsatzwagen zu dirigieren. Raus aus der Gefahrenzone gewissermaßen, was mehr schlecht als recht funktioniert, da die Leute vollkommen hysterisch durcheinanderschnattern und so die Unruhen schüren. Außerdem hat offensichtlich kein Mensch mit einem derartigen Zwischenfall gerechnet. Es sind schlichtweg zu wenig Einsatzkräfte vor Ort.

Neben mir ist eine Frau in Tränen ausgebrochen, ihr Begleiter erscheint mir ähnlich hysterisch. Kurzerhand nehme ich die Dame am Arm, rede beruhigend auf sie ein.

»Ich bin Polizist, hören Sie? Folgen Sie mir bitte ein paar Meter abseits ...«

Indessen werfe ich immer wieder prüfende Blicke nach oben zur Fensterfront. Den Kollegen ist es gelungen, die Störer von dort wegzuzerren. Nur schemenhaft kann ich die Rangeleien im Inneren des Appartements verfolgen.

Es dauert sicher an die zehn oder fünfzehn Minuten, bis es uns gelingt, die Leute dazu zu bringen, geordnet am Straßenrand zu warten und somit halbwegs Ruhe in der Bismarckstraße einkehrt. Achim van Hoeven ist ins Gebäudeinnere verschwunden. Von den Störern und den Kollegen, die diese festgenommen haben, ist nichts mehr zu sehen. Stattdessen eilen weitere Einsatzkräfte herbei und springen in die Einsatzwagen. Vermutlich hat das Gebäude einen oder mehrere Hinterausgänge, an denen die Kollegen mit den Festgenommenen warten.

Ich selbst weiß nicht so recht, was ich tun soll. Jetzt, da die Lage anscheinend unter Kontrolle ist, gibt es eigentlich keinen Grund für mich, mich weiterhin in den Dienst zu versetzen. Einfach gehen will ich aber auch nicht. Da erleichtert es mich fast schon, als mich ein Beamter der Einsatzhundertschaft anspricht.

»Hallo, Polizeihauptmeister Dreßler. Du bist ein Kollege?«

Wir schütteln uns kurz die Hände.

»Ja, Nils Lassner, ich bin von der BFE Göppingen.«

Ich folge ihm ein paar Schritte die Bismarckstraße entlang, sodass nicht jeder unseren Wortwechseln mithören kann.

»Ich hoffe, es war okay, dass ich mich mal eben in den Dienst ...«

»Ja, klar.« Dreßler nickt bestätigend und sichtlich in Eile. »Hast du irgendwas beobachten können?«

Entschuldigend hebe ich die Schultern und hoffe inständig, dass meine Wangen nicht zu glühen beginnen.

»Nicht wirklich«, entgegne ich und setze im Stillen hinzu: ›*Ich war vielleicht ein klitzekleines bisschen abgelenkt.*‹ Laut erkläre ich: »Ich hab es auch erst registriert, als bereits der erste Böller flog, sorry.«

Dreßler winkt ab, auch wenn er sich vermutlich mehr von der Aussage eines Kollegen erhofft hat.

»Okay, danke für deine Mithilfe. BFE Göppingen hast du gesagt, richtig?«

»Ja, Zug 523, Trupp Delta.«

»Gut, eventuell melden wir uns nochmal. Wieso warst du überhaupt hier?« Die Frage klingt nicht wirklich wie ein Vorwurf, dennoch fühle ich mich plötzlich unwohl bei dem Gedanken, dem Event eines rechtsorientierten Bauherren beigewohnt zu haben.

»Ich war spontan mit einem Bekannten hier. Rein aus Interesse.« Eine wenig kreative Antwort, aber ich will auch nicht Patricks und meine Beziehung auf den Tisch packen und mir ausgehend davon weitere Fragen anhören. Letztlich ist es meine Privatsache, was ich hier mache.

Dreßler nickt nur wieder, sein Funk knackt.

»Okay, danke nochmal. Ich muss …«

Flüchtig schlagen wir noch einmal ein, ehe er in den Funk redend wieder in der Menge verschwindet. Ich selbst sehe mich noch einmal um. Die Kollegen brauchen meine Hilfe offensichtlich nicht mehr und so beschließe ich, mich endgültig vom Acker zu machen. Nur wohin? Zu Patrick?

Ein prüfender Blick die Straße entlang zeigt es mir deutlich: Der Aston Martin parkt nicht mehr an seinem Platz, Patrick ist tatsächlich ohne mich gefahren.

»Du bist immer noch sauer«, stellt Patrick mit einem prüfenden Blick über sein Weinglas hinweg fest. Ich schnaufe nur ungehalten, mein Pizzastück landet unsanft auf dem Teller.

»Wundert's dich?« Mehr als eine lasche Entschuldigung dafür, dass er mich stehen gelassen hat, ist bislang nicht über Patricks Lippen gekommen. Langsam ärgere ich mich über mich selbst, dass ich überhaupt mit der U-Bahn zu ihm gefahren bin.

Patrick seufzt tief, der Laut klingt jedoch vielmehr resigniert denn einsichtig.

»Wundert's dich, dass ich mit den Angelegenheiten meines Vaters nichts zu tun haben will?«, entgegnet er kühl. »Das hat mir der Tag heute nur wieder bestätigt.«

»Warum waren wir überhaupt dort?«

Patrick zieht die Schultern hoch, lehnt sich auf seinem Stuhl zurück. Ganz offensichtlich hat auch er nicht wirklich Lust auf Pizza, die wir eigentlich auch nur deshalb bestellt haben, weil wir mit uns nichts recht anzufangen wussten. Er kann meinen Ärger offenbar nicht verstehen und hält demnach auch eine Entschuldigung für unnötig. Ich wiederum bin nicht nur wütend auf ihn, sondern auch auf mich selbst. Eigentlich sollte ich aufstehen und gehen, aber ...

»Stell dir vor, manchmal hab auch ich meine sozial-familiären Anwandlungen«, murrt Patrick und nippt an seinem Wein. Ich kann über seine Antwort nur müde lächeln. Sozial-familiäre Anwandlung ... schon klar ... Ein Patrick van Hoeven geht nicht zum Familienfest, nur weil Daddy es gerne sehen würde. Wenn er mich verarschen will, sollte er sich eine bessere Story einfallen lassen. Abrupt erhebe ich mich und will schon das Jackett von der Stuhllehne greifen, verharre jedoch mitten in der Bewegung.

»Wie sind die Aktivisten überhaupt ins Haus gekommen?«

Patrick zögert, spült mit einem weiteren Schluck Wein nach.

»Was weiß ich ...«

Der Polizist in mir will so schnell keine Ruhe geben. Der Zwischenfall hallt in meinen Gedanken nach.

»Keine Idee?«

Zunächst schüttelt Patrick den Kopf, doch da ist etwas in seiner Miene, das mich ihn fragend fixieren lässt.

»In der Nacht von der Demo ... als du mich nicht erreicht hast ... In dieser Nacht wurde bei meinem Vater eingebrochen. Keine Ahnung, was genau mitgenommen wurde, aber vielleicht waren ja Schlüssel zu dem Gebäude dabei.«

Nachdenklich stütze ich mich auf die Stuhllehne und klammere die Finger darum. Es ist so typisch für Patrick, mir so etwas erst auf wiederholte Nachfrage zu erzählen.

»Normale Einbrecher stehlen keine Schlüssel zu irgendwelchen Häusern.«

»Es waren ja auch keine normalen Einbrecher. Schmuck, Uhren, Handys … das hat sie alles nicht interessiert. So hat es mir mein Vater zumindest gesagt.«

Mir liegt die Frage auf der Zunge, warum er es *mir* nicht früher schon mal gesagt hat. Aber ganz offenbar sieht er die Angelegenheiten seiner Familie nicht als meine Angelegenheiten.

»Ich hau ab. Muss morgen früh raus.«

Halb erleichtert und halb enttäuscht registriere ich, dass er nicht versucht, mich umzustimmen. Er nickt lediglich, murmelt ein »ich auch« und greift nach seinem Pizzastück. Kein »ich melde mich«, kein Kuss. Was verdammt nochmal ist das für eine Beziehung?

»Bis dann …«, würge ich noch hervor, obwohl ich nicht mal weiß, wann *›dann‹* wohl sein wird und verlasse eilig seine Wohnung. In *seinem* Anzug. Ich sollte ihn ihm zurückgeben.

13. Kapitel

Erik

Schweren Herzens habe ich Rolands und Bernds Drängen nachgegeben und mir doch noch einen längeren Urlaub genommen. Zwei Wochen – verordnet sowohl von meinem Vorgesetzten als auch von meinem besten Freund –, um einen klaren Kopf zu bekommen. Etwas, das nicht funktionieren wird, denn Urlaub hin oder her, der Gerichtstermin rückt unaufhaltsam näher.
Einerseits sehne ich ihn herbei, um die Fronten zu klären, andererseits habe ich wirklich Angst davor, was passieren wird, wenn der Familienrichter zu Laylas Gunsten entscheidet. Wenn er beschließt, dass sie einfach so mit Emilio nach Hamburg ziehen darf. Ich will nicht dran denken ...

Da es mir unmöglich erscheint, abzuschalten, lautet meine neuerliche Mission für den Urlaub: so viel Zeit wie möglich mit meinem Sohn verbringen. Natürlich muss ich mich dabei an die Absprachen mit Layla halten, aber zu meiner Überraschung hat sie nichts dagegen, dass ich Emilio an beiden Wochenenden zu mir nehme. Ob sie mich damit für den Gerichtstermin besänftigen will oder ob es ihr tatsächlich recht ist, wenn ich Papa-Sohn-Zeit tanke, kann ich nicht einschätzen. Und ich versuche, so wenig wie möglich darüber nachzudenken. Alles, was jetzt zählt, ist Emilio.

Wir haben den Samstagvormittag im Zoo verbracht und anschließend gemeinsam mit meinen Eltern Pfannkuchen gegessen. Nun fläzen mein Kleiner und ich auf einer Picknickdecke im Gras, neben der Kuhweide. Ich lese Emilio seit gefühlten Stunden aus einem seiner Kinderbücher vor und könnte schwören, dass er andauernd wegpennt.

Aber immer, wenn ich innehalte und das Buch zur Seite legen will, blinzelt er mich an und nuschelt: »Weiterlesen, Papa.«

Also lese ich weiter ... und weiter ... und ...

Mit einem Mal springt Marley, die neben uns im Gras gedöst hat, auf und rennt bellend in Richtung Hof. Natürlich ist auch Emilio augenblicklich wieder wach.

»Was hat Marley?«

Ich zucke mit den Schultern und lege das Buch zur Seite.

»Wahrscheinlich ist jemand auf den Hof gefahren.«

»Bekommst du Besuch, Papa?«

»Nein.« Lächelnd strubbele ich Emilio durch die dunklen Locken. »Du bist doch mein Besuch.« Erst als ich die Worte ausgesprochen habe, registriere ich, wie bitter deren Inhalt klingt. Er ist mein Sohn, verdammt. Er sollte nicht nur *›zu Besuch‹* bei mir sein. In diesem Moment bin ich erleichtert, dass Emilio noch zu klein ist, als dass er den tieferen Sinn meiner Worte begreifen würde. Oder zumindest hoffe ich, dass es so ist.

»Liest du weiter?«

Kurz lausche ich, vom Hof dringen ganz leise Stimmen zu uns herüber. Anscheinend hat meine Mutter wen auch immer empfangen und so widme ich meine Aufmerksamkeit wieder meinem Sohnemann und unserer Lektüre. Sobald ich wieder zu lesen beginne, kuschelt Emilio seinen Kopf auf mein Bein, seine Augen fallen schon wieder halb zu.

»Als der Igel schließlich den Laubhaufen erreichte, sah er wie ...«

»Hey ... Sorry, ich ... will euch nicht stören.«

Abrupt schaue ich auf. Und direkt in Nils' Gesicht. Ich bin nicht nur überrascht, ihn hier zu sehen, sondern kann gleichzeitig einer wohligen Wärme nachfühlen, die in meinem Bauch aufsteigt. Einfach nur, weil es schön ist, ihn zu sehen, und weil er toll aussieht, wie er da so vor mir steht. In schlichter Jeans und weißem Shirt, mit einem verlegenen Lächeln auf den Lippen.

»Papa, wer ist das?«, brabbelt Emilio neben mir und da erst begreife ich, dass ich Nils sekundenlang nur verträumt angestarrt habe.

»Ich bin Nils«, antwortet er an meiner statt und geht vor Emilio in die Hocke. »Und wer bist du?« Vorsichtig schüttelt er die kleine Hand meines Sohnes. Und der strahlt.

»Ich heiße Emilio und ich bin schon fast sechs Jahre alt.«

»Schon fast sechs? Wow! Wann hast du denn Geburtstag?«

Das Strahlen meines Sohnemanns wird noch breiter.

»Im Dezember. Wann, Papa?«

»Am achten«, entgegne ich wie aus Reflex. Nils zwinkert Emilio zu, und auch wenn die Geste nicht mir gilt, muss ich wirklich aufpassen, keine Schnappatmung zu bekommen. Gott, wer hätte gedacht, dass der Abstand zu Nils nur dafür sorgen würde, dass ich ihn umso atemberaubender finde, wenn ich ihn wiedersehe? Und überhaupt … seit wann finde ich ihn so umwerfend? Das war mir bislang irgendwie nicht klar. Nicht in diesem Maße.

»Bis zum achten Dezember sind es aber noch ein paar Wochen.«

Oder um genau zu sein, Monate … Aber diesen Umstand verschweigen Nils und ich gekonnt. Emilio schiebt dennoch schmollend die Unterlippe vor.

»Ich hab ja auch gesagt, *fast* sechs. Du musst besser zuhören.«

»Sagt dir das dein Papa immer, hmm? Dass du gut zuhören musst?«

Nun nickt Emilio fleißig, aber eigentlich habe ich immer noch nur Augen für Nils. Ich hatte keine Ahnung, dass er so gut mit Kindern kann. Und mein Kleiner scheint ihn sofort ins Herz geschlossen zu haben. Ahnt er, dass sein Papa gerade dabei ist, sich in diesen Kerl zu verlieben?

Ich räuspere mich vernehmlich und lenke damit Nils' Aufmerksamkeit auf mich.

»Ich wollte euch nicht überfallen, echt. Ich …« Doch er bringt nicht heraus, was er wirklich hier wollte. Oder will. Marley, die wie ein Flummi neben Nils auf und abzuspringen beginnt, ist es schließlich, die uns gewissermaßen rettet.

»Emilio, willst du Marley ein paar Stöckchen werfen gehen? Schau mal, sie will ganz dringend spielen.«

»Okay!« Und schon springt mein Sohnemann auf und tollt mit der Hündin in Richtung Hof davon. Direkt dahinter beginnt ein kleines Waldstück. Es ist ringsherum eingezäunt, sodass ich die beiden bedenkenlos ziehen lassen kann.

»Aber keine so großen Stöcke, ja?« Ich habe als Kind mit anschauen müssen, wie sich der Schäferhund unserer Nachbarn an einem Stock aufgespießt hat. Nur eine Not-OP konnte Alfi damals retten. Seitdem bin ich vorsichtig, was experimentelles Hundespielzeug angeht.

»Jaaa!«, flötet Emilio mir im Weglaufen zu. Marley hüpft begeistert kläffend neben ihm her.

»Echt süß dein Kleiner«, meint Nils, sein Blick hängt versonnen auf den beiden Chaoten.

»Mhm.« Von unten herauf mustere ich ihn, kann nicht verhindern, dass mein Herz dabei in meiner Brust rast. In den letzten Tagen geisterte andauernd Layla durch meine Gedanken. Nachdem sie mich spontan abends besucht hatte, gab es sogar Stunden, in denen ich ernsthaft infrage gestellt habe, ob es richtig war, ihren Annäherungsversuch so vehement abzublocken. Jetzt, da Nils vor mir steht, bin ich mir sicherer denn je: Abgesehen davon, dass es zwischen Layla und mir Differenzen gibt, die nicht zu kitten sind, ist das, was ich für sie empfinde, nicht mehr die Art von Liebe, auf die man eine Beziehung bauen könnte. Nils hingegen ...

Ich schlucke trocken.

... ist mit Patrick zusammen. Und wir kennen uns eigentlich kaum.

Dennoch rast mein Puls, wenn er in meiner Nähe ist.

»Willst du dich setzen?« Ich deute neben mich auf die Picknickdecke.

»Ich wollte euch wirklich nicht stören.«

»Tust du nicht.« Ohne ihn noch einmal aufzufordern, sich zu mir zu gesellen, packe ich ihn dort, wo ich ihn gerade am besten erreiche: am Hosenbund. Mit einem Ruck ziehe ich ihn neben mich auf die Decke, wobei er ziemlich unsanft und ziemlich schief auf dem Hintern landet und halb gegen mich fällt. Für einen kurzen Moment ist er mir so nahe, dass ich den Geruch seines Aftershaves erschnuppern kann. Ein wenig riecht er auch nach Minzbonbons. Wie gern ich jetzt ...

»Verdammt, Erik ...« Nils' Finger finden einen Weg in meinen Nacken. In mein Haar. Er lehnt seine Stirn seitlich an meine Schläfe, zieht scharf die Luft ein. Inhaliert mich. Meine Hand ist noch immer hinten in seinem Hosenbund verhakt. Es wäre so leicht, sie ein wenig weiter und in den Bund hineinwandern zu lassen. Ich würde es tun, wenn er mich jetzt küssen würde.

Doch er tut es nicht. Lehnt einfach nur halb an mir. Sekundenlang.

»Nils, was … Warum bist du hier?«

»Weil …« Abrupt löst er sich von mir, rückt ein Stück weg. In seiner Miene liegt mit einem Mal ein zutiefst getriebener Ausdruck. Er weicht meinem Blick aus.

»Ich weiß, dass es Schwachsinn ist. Du hast mir deinen Standpunkt mehr als deutlich klargemacht und ich verstehe dich, ich verstehe, dass du nicht … Aber das mit Patrick … Ich … Scheiße, Erik, ich glaube, wir lügen uns was vor. Er mir genauso wie ich ihm. Er ist mir nicht egal, aber er … Aber du … Fuck!« In einer zutiefst resignierten Geste vergräbt er das Gesicht in den Händen. Reibt sich über die Augen und als er den Kopf wieder hebt, dreht er sich mir zu. Zum ersten Mal an diesem Tag geht sein Blick direkt in meine Augen.

»Ich bin nicht glücklich mit ihm«, gibt er unumwunden zu und ich kann nicht verhindern, dass mein Herz in genau diesem Moment wie verrückt zu rasen beginnt. »Ich kann es gar nicht sein, weil … Scheiße, Erik … weil ich die ganze Zeit an dich denken muss und nicht damit aufhören kann, mich zu fragen, was wäre, wenn …«

Ich neige mich vor und küsse ihn.

Einfach so.

Ich kann nicht anders. Kann nicht anders, als meine Lippen fest auf seine zu pressen. Kann nicht anders, als die Augen zu schließen und mir zu wünschen, der letzte Teil seines Geständnisses würde alles andere nichtig machen.

Wenn es Patrick nicht gäbe …

Wenn Layla mir vollkommen egal wäre …

Wenn wir nicht im selben Trupp und ich nicht sein Vorgesetzter wäre …

Wenn das alles keine Rolle spielen würde, würde ich Nils hier und jetzt an mich ziehen. Ausziehen. Und dann … lieben?

»Erik«, flüstert er noch einmal, ganz dicht an meinen Lippen. Kommt mir entgegen und erwidert den Kuss. Ganz sanft. Gleichsam drängend.

»Ich sollte gar nicht hier sein«, nuschelt er, als wir uns ein weiteres Mal lösen. Nur Zentimeter. »Es ist …«

»Du bist gerade verdammt richtig hier.«

Habe ich das eben wirklich gesagt?

Offenbar schon, denn Nils rückt weiter von mir weg, sieht mich erstaunt an und dann formt sich ein wunderbar weiches Lächeln auf seinen Lippen.

»Sicher?«

Ich schüttle den Kopf. Grinse verlegen.

»Nein. Ganz und gar nicht. Ich würde mich trotzdem freuen, wenn du noch eine Weile bleibst. Zum Abendessen vielleicht?«

Nils öffnet den Mund, kommt jedoch nicht dazu, mir zu antworten, denn genau in diesem Moment taucht Emilio neben uns auf. Seine runden Wangen sind gerötet und neben ihm steht eine hechelnde Marley.

»Was gibt's zum Abendessen?«

Mit Mühe reiße ich den Blick endgültig von Nils los.

»Ich weiß noch nicht. Hast du überhaupt schon wieder Hunger nach all den Pfannkuchen?«

»Wenn es Würstchen gibt, hab ich Hunger.«

Das war klar!

»Okay, was haltet ihr davon, wenn wir den Grill anwerfen?«

»Jaaa!« Emilio ist Feuer und Flamme und auch von Nils bekomme ich ein zustimmendes Lächeln. Ein wahnsinnig schönes Lächeln, um genau zu sein.

Nils

Der restliche Nachmittag und der Abend ziehen wie in eine weiche Wattewolke gehüllt an mir vorbei. Einerseits realisiere ich kaum, dass ich tatsächlich hier bin, dass ich mit Erik und seinem Sohn und Eriks Eltern auf dem Hof sitze, mit Geflügelwürstchen, hausgemachtem Kartoffelsalat und alkoholfreiem Weizen. Und andererseits fühlt es sich an, als sei es das Selbstverständlichste und Schönste, genau hier zu sein. Mit Erik. Mit dem Geruch von Holzkohle und Sommerwind in der Nase.

Es ist perfekt.

Und ich will nicht daran denken, dass sich die watteweiche Wolke, in der wir schweben, spätestens in der nächsten Stunde, wenn es dunkel wird und ich nach Hause fahren sollte, auflösen wird und ich knallhart auf dem Boden der Tatsachen aufprallen werde.

Ich will nicht.

Ich will einfach nicht, dass es aufhört.

Nicht in der nächsten Stunde und überhaupt niemals.

Doch schließlich verabschieden sich Eriks Eltern. Sein Vater bekundet, er würde sich freuen, wenn ich bald mal wieder zu Besuch kommen würde und seine Mutter wirft uns im Hineingehen einen vielsagenden Blick über die Schulter hinweg zu.

›*Verdammt, verdammt, verdammt …!*‹

»Ich werd mal Emilio ins Bett bringen«, meint Erik und erhebt sich. Reißt mich damit endgültig und ziemlich schmerzhaft von der Wattewolke herunter.

Wie versteinert sitze ich auf der Holzbank vor dem Haus und kann und will mich nicht rühren.

Seinen schon halb schlafenden Sohn auf dem Arm haltend, sieht Erik auf mich herab. Sein dunkles Haar leuchtet im Schein der Hoflaternen. Um seine Augen liegen kleine Fältchen, die mir ein wenig tiefer und sorgenvoller erscheinen als am Nachmittag. Meine Kehle wird eng.

»Kommst du noch mit hoch?«

Ich öffne den Mund, bringe jedoch vor Erleichterung über die Frage zunächst kein Wort heraus. Stattdessen pocht die Stimme der Vernunft mit Eisenhämmern von innen gegen meinen Schädel.

Herz über Kopf.

»Gerne«, würge ich hervor und verliere mich in Eriks Lächeln, das weich seine Lippen umspielt.

»Dann komm.«

Keine Ahnung, wie ich noch zu einer solch geistesgegenwärtigen Handlung fähig bin, doch ich schnappe mir rasch die letzten leeren Bierflaschen und Emilios Glas vom Tisch und folge Erik hinein in das urige Bauernhaus. Die Treppen ins Obergeschoss knarzen leise unter unseren Schritten. Im Vorbeigehen erhasche ich flüchtige Blicke auf Dutzende Fotos, die in robust wirkenden Holzrahmen die Wände säumen. Irgendwann, so nehme ich mir fest vor, muss ich Erik fragen, wer all diese Leute sind. Aber nicht mehr heute.

Während Erik mit Emilio zuerst im Bad und dann in einem angrenzenden Raum – einem Gäste- oder Kinderzimmer – verschwindet, sehe ich mich im Wohnzimmer um. Ich mag den Charme des alten Bauernhauses unheimlich gerne, empfinde es aber gleichzeitig auch als sehr angenehm, dass Erik sich bei der Einrichtung doch eher für Moderne statt Tradition entschieden hat. Esstisch, Stühle, eine Kommode und das Sideboard für den großen Flachbildschirm sind allesamt aus hellem Holz, bei der Vitrine rechts neben der Balkontür und beim Couchtisch dominieren Glas. Das Sofa selbst ist schick dunkelgrau, die Kissen darauf grün. Neben wenigen ausgesuchten Dekoelementen und einigen Pflanzen sind sie die einzigen Farbtupfer im Raum. Ich mag die schlichte Eleganz und finde, sie passt zu Erik. Der Raum sagt alles aus, was gesagt werden muss. Genau so ist Erik auch. Er redet nicht viel, aber wenn er etwas sagt, dann meint er es auch so.

Ein Geräusch in meinem Rücken veranlasst mich dazu, mich umzudrehen. Erik schließt gerade die Tür zu Emilios Zimmer hinter sich, nicht ohne sich vorher zu vergewissern, dass das kleine Nachtlicht in der Steckdose leuchtet.

»Na, schläft der Kleine?«, erkundige ich mich mit gedämpfter Stimme, als Erik auf leisen Sohlen – oder eher Socken – zu mir herüberkommt.

»Ja, wie ein Stein. Du kannst ruhig normal laut reden. Willst du was trinken?«

»Gern, wenn du auch noch was trinkst?«

»Wein?«

Mit einem Mal ist meine Kehle wieder trocken. Trotz der vertrauten Stimmung den Abend über war ich mir nicht sicher, wie der Tag heute enden würde. Jetzt ist es offensichtlich. Mit Wein läutet man keinen baldigen Rauswurf ein.

Ich nicke nur und sehe Erik nach, wie er in die Küche geht, zuerst den Wein und dann noch zwei passende Gläser aus der Vitrine holt.

Gleich darauf sitzen wir nebeneinander auf dem Sofa. Zu nahe, als dass irgendein Zweifel daran bleiben könnte, wie dieser Abend enden wird.

Während er einschenkt, erkundige ich mich leise: »Wie oft ist Emilio bei dir?«

Erik grinst, als er mir ein halbvolles Glas in die Hand drückt und seines klirrend dagegenstößt.

»Nochmal: Du kannst normal laut reden. Wenn Emilio einmal schläft, dann schläft er. Wir haben extra nachgeschaut, dass keine Monster unter dem Bett sind.«

»Okay, also nochmal in Zimmerlautstärke: Ist er jedes Wochenende bei dir?«

»Nein, eigentlich ziemlich unregelmäßig. Durch den Dienst kann ich ja nie genau planen, wann ich genug Zeit habe. Bislang lässt Layla ihn mich noch sehen, so oft es eben passt, aber …« Statt weiter zu reden, reibt Erik sich einmal über die Wange. »Lass uns das Thema wechseln, ja? Ich hab dank deines Besuchs den Abend über nicht an den Gerichtstermin gedacht. Das würde ich gerne beibehalten.«

»Okay, klar, und was machen wir stattdessen?« Erst als ich die Frage ausgesprochen habe, wird mir klar, wie dämlich sie im Kontext unseres Beisammenseins bei Wein und gedimmtem Licht klingt. Ich grinse schief, fange Eriks sanftes Lächeln ein, das im selben Moment ein wenig gequält wirkt.

»Wenn ich dich jetzt nicht rausschmeiße, wird es morgen früh verdammt schmerzhaft werden.«

Die Ehrlichkeit seiner Worte berührt mich. Tut tief drinnen in meinen Eingeweiden weh. Und im Herzen.

»Erik, ich …«

»Was ist das mit uns, Nils? Was ist das mit Patrick?«

Ich kann nur hilflos die Schultern heben und möchte mich gerne dafür ohrfeigen.

»Ich weiß nicht, ich … weiß nur, dass … ich nicht aufhören kann, an dich zu denken. An uns. An … das hier!«

Mit einem Klirren landet mein Glas auf dem Tisch. Möglich, dass auch ein wenig Wein überschwappt. Es ist mir im Moment egal. Alles, was ich wahrnehme, sind Eriks vor Überraschung weit geöffnete

Augen. Sein perplexes Atemholen. Und dann seine Lippen, die weich und warm unter meinen liegen. Die mich willkommen heißen und die nach Rotwein schmecken. Ein wenig noch nach Würstchen und ganz viel nach mehr.

Es dauert einen Moment, dann kommt Erik mir entgegen. Wie am Mittag meine Hand, findet nun die seine ihren Weg in mein Haar. Verkrampft sich dort auf wunderbar sanft-gierige Weise und zieht mich noch näher. Sein Mund öffnet sich unter meinem und ich kann der Versuchung auf gar keinen Fall widerstehen und lasse meine Zungenspitze zwischen seine Lippen gleiten. Fühle gleich darauf seine, steige auf sein neckendes Spiel ein und muss atemlos und hilflos erkennen, dass ich hoffnungslos verloren bin. Verloren in Erik. Und in allem, was da noch passieren mag.

Jetzt.

Nachher.

Irgendwann.

Für hoffentlich noch ganz lange.

Erik

Unter Küssen, leisem Lachen und Stolpern schaffen wir es quer durchs Wohnzimmer. Nicht ganz unfallfrei, denn irgendwo unterwegs habe ich Wein verschüttet. Ein weiterer Unfall passiert, als ich Nils rücklings gegen die geschlossene Schlafzimmertür drücke und sich die Türklinke dabei auf vermutlich recht schmerzhafte Weise in seinen Rücken bohrt. Zumindest deutet sein keuchendes Nachluftschnappen darauf hin. Oder aber es ist dem Umstand geschuldet, dass ich im selben Moment meine Hand über seine von der Jeans verhüllten Erektion wölbe.

»Erik …«

›Gott, ich liebe es, wenn er meinen Namen raunt! So atemlos. So sehnsüchtig.‹

»Was ist … wenn Emilio …?«

»Wird er nicht.« Das stimmt nicht ganz. »Wenn er aufwacht und aufsteht, wird Marley bellen.« Wird sie ganz sicher, denn sie hat es sich wie immer, wenn mein Sohn bei mir übernachtet, vor dessen Tür gemütlich gemacht. Von dort wird sie unter keinen Umständen weichen.

»Sicher?«

»Ja, verdammt! Jetzt halt die Klappe!« Weitere Worte untersage ich ihm, indem ich meinen Mund wieder auf seinen lege. Ich bekomme nicht genug von seinen Küssen. Von der Art, wie seine Hände ruhelos über meinen Körper wandern. Mal auf meinen Klamotten, mal darunter. Es wird Zeit, dass wir jedes einzelne Stück Stoff loswerden. Dringend!

Gefangen in weiteren Küssen und zarten Bissen in meine Lippen, mit denen Nils mich rasend macht, schaffe ich es irgendwie, die Tür zu öffnen, uns hindurch und in Richtung Bett zu dirigieren. Doch ehe ich Nils darauf niederdrücken kann, löst er sich von mir. Erst verwirrt, dann amüsiert beobachte ich, wie er bedächtig die Schlafzimmertür schließt. Seine Sorge, Emilio könne uns hören, lässt mein Herz träge wummern.

Kaum ist die Tür zu, umfängt uns Dunkelheit. Nur das fahle Licht der Hoflaternen, die die ganze Nacht über brennen, dringt von unten spärlich durch das Fenster.

»Darf ich?«

Schemenhaft erkenne ich, dass Nils auf den Lichtschalter neben der Tür deutet. Aha, da will also einer gerne sehen, womit er sich beschäftigt.

»Gegenvorschlag …« Rasch bin ich um mein Bett herumgelaufen und knipse die Nachttischlampe an. Ihr Schein ist weniger penetrant als die große Deckenleuchte und trotzdem hell genug, dass wir den anderen eingehend werden betrachten können.

»Okay so?«

Nils lächelt mir zu, nickt und kommt wieder zu mir. Schmiegt sich sofort an mich und beginnt, meinen dünnen Pullover nach oben zu schieben. Streichelt mich dabei und jagt mit seinen sanften Berührungen tausend Schauer über meinen Körper.

»Wir haben uns beim letzten Mal viel zu wenig Zeit genommen«, nuschelt er an meinen Lippen, gleitet weiter über meinen Kiefer und meinen Hals hinab. Seine Küsse kribbeln, lassen mich leise stöhnen und fachen meine Lust auf ihn weiter an. Hart bin ich längst, aber nun wird der feste Stoff meiner Jeans eindeutig unangenehm, und ich keuche erleichtert auf, als Nils sich am Reißverschluss zu schaffen macht. Kurz reibt er über mein Glied, berührt mich genau dort, wo sich ein kleiner, feuchter Fleck auf meiner Boxerbriefs abzeichnet.

»Ich hab wahnsinnig Lust auf dich«, flüstert er gegen meinen Hals, küsst die empfindliche Haut dort und leckt sich einen Weg bis zu meiner Schulter. Seine Finger schiebt er weiter nach hinten und in den Bund meiner Hose und der Briefs hinein, bis er mit beiden Händen meine Pobacken umschließen kann. Begierde pulsiert heiß durch meinen Unterleib, stöhnend kralle ich mich in seinem Shirt fest, wünschte dabei, ich hätte es ihm längst ausgezogen.

Ein paar Mal knetet Nils meine Backen, knabbert dabei an der Haut am Übergang zwischen Schulter und Hals. Macht mich damit zu Wachs in seinen Händen.

»Magst du's anal?« Wieder ist es nur ein Flüstern.

»Ja.«

Ich suche seine Lippen. Küsse ihn sanft. Kann dabei nicht aufhören, ihn zu berühren, nachdem ich endlich wieder fähig bin, mehr zu tun als nur dazustehen und zu genießen, was er mit mir macht.

In einer raschen Bewegung ziehe ich ihm sein Shirt aus, lasse es achtlos zu Boden fallen und bin nun derjenige, der Küsse auf seinem Hals verteilt.

»Lieber passiv oder aktiv?«

Er hält den Atem an, als ich kurz zögere. Still liegen meine Lippen auf seiner Haut. Ein so vertrauter Moment. Es fällt mir schwer, mich von ihm zu lösen, auch wenn es nur Zentimeter sind, bis ich ihn ansehen kann.

»Prinzipiell … beides.«

»Heißt konkret?«

»Dass mein letztes Mal mit einem Mann ziemlich lange her ist.«

»Wie lange?«, hakt Nils sofort nach, hört dabei nicht auf, mit seinen Daumen kleine Kreise oberhalb meiner Pobacken zu malen.

»Über sieben Jahre.«

»Wow … das ist … lange. Aber du … hast schon mal …?«

Nun muss ich lachen. Einfach so ganz befreit lachen.

»Gott, ja. Ich bin neun Jahre älter als du. Ich hatte schon Sex mit Männern, da hast du gerade Mal herausgefunden, dass aus deinem besten Stück nicht nur Pipi rauskommt.«

Nils stimmt in mein Lachen ein, verdreht die Augen.

»Und das soll mir was genau sagen?«

»Dass du von mir noch was lernen kannst, was Sex angeht.«

Er gluckst leise, beißt mir spielerisch in die Schulter und krallt gleichzeitig seine Finger in meine Pobacken, jagt eine neuerliche Hitzewelle in meinen Unterleib.

»Lass die Macho-Sprüche, die stehen dir nicht.« Es ist kein Tadel, seine Stimme klingt einfach nur … liebevoll? Als er mich wieder direkt ansieht, liegt eine unglaubliche Hingabe in seiner Miene. Eine Sehnsucht, die seit Tagen … nein, seit Wochen … auch in mir schwelt. Ich kann nicht anders, ich muss mich ihr hingeben heute Nacht. Mit Nils.

Der nächste Kuss, den er auf meine Lippen drückt, ist innig, drängend und sanft in einem. Er zieht seine Hände aus meiner Jeans, legt sie stattdessen an meine Wangen. Umfängt mein Gesicht, bohrt seinen Blick in meinen.

»Schlaf mit mir, Erik. Ich will dich in mir.« In seiner Stimme schwingt ein Klang mit, der mich innerlich zu zerreißen versucht. Und gleichzeitig umhüllt mich seine Nähe so warm, so weich und fest zugleich, dass ich schwören könnte, dass mich nie wieder irgendetwas wird verletzen können. Nicht, wenn Nils bei mir ist. Nicht, wenn nicht er derjenige ist, der mir das Herz herausreißt.

14. Kapitel

Nils

Es dauert lange, bis wir wieder zu Atem kommen, und noch länger, bis ich bereit bin, Erik loszulassen. Oder vielleicht bin ich es auch gar nicht.

Er allerdings regt sich irgendwann auf mir, stemmt sich halb hoch, wird aber von meinen in seinem Nacken verschränkten Armen und in seinem Haar vergrabenen Händen aufgehalten. Sein Atem streift warm mein Ohr, als er leise lacht.

»Es wäre nett, wenn du mich für einen Moment loslassen würdest …«

Ich brumme unwillig, löse dann aber doch schweren Herzens meine Umklammerung. Seufze leise, als Erik sich hinkniet und sein weicher Penis dabei vollends aus mir rutscht. Sofort macht sich eine seltsame Leere in mir breit und ich beginne zu frösteln. Ganz offensichtlich bin ich binnen der letzten Stunde süchtig nach seiner Wärme geworden. Und nicht nur nach der …

Stumm sehe ich ihm dabei zu, wie er aufsteht, sich das Kondom abstreift und quer durchs Zimmer zu seinem Kleiderschrank läuft, eine frische Pants herauskramt. Die ganze Zeit über sieht er mich nicht an, und als er schließlich vor der Tür steht und seine Hand die Klinke berührt, wird mir kalt. Eiskalt.

»Erik …«

Anscheinend überrascht aufgrund des flehenden Klangs meiner Stimme, sieht er endlich zu mir. Sein Lächeln erdet mich binnen Sekunden.

»Ich schau nur schnell nach Emilio.«

Leise schleicht er sich aus dem Raum. Erst als er draußen ist, entlasse ich in einem zischenden Atemzug die Luft aus meinen Lungen, sinke zurück ins Kissen. Begreife erst in diesem Moment so richtig, dass ich mich aufgesetzt habe, in der plötzlichen Furcht, er könnte gehen.

›*Gott, Nils …*‹ Ich schlage mir die Hände vors Gesicht, bin gefangen zwischen der Verzweiflung darüber, wie nahe mir dieser Kerl geht, und dem Drang, über mich selbst lachen zu müssen. Seit wann bin ich so ein Klammeräffchen und wohin sollte Erik schon gehen? Es ist seine Wohnung. Wenn, dann würde er mich rauswerfen.

Doch das tut er nicht.

Wenige Minuten später steht er wieder im Schlafzimmer, neben dem Bett, und hält mir einen feuchten Waschlappen hin. Eigentlich gefallen mir die Spuren meiner Lust auf meinem Bauch ganz gut. Noch mehr würde es mir gefallen, wenn er wieder zu mir kommen und mich in den Arm nehmen würde. Und das geht dann doch besser ohne klebrige Körperflüssigkeiten zwischen uns. Also wische ich mich notdürftig sauber, lege den Waschlappen auf den Nachtschrank und warte.

Erik steht noch immer neben dem Bett. Nimmt einen großen Schluck aus einer Wasserflasche. Sieht mich an. Trinkt noch einmal.

»Soll ich … lieber gehen?« Die Worte auszusprechen, fällt mir wahnsinnig schwer. Aber ebenso bitter ist es, nackt auf Eriks Bett zu sitzen und das Gefühl zu haben, er würde Zeit schinden und dabei überlegen, wie er mich am besten hinauskomplimentieren kann.

Zwischen seinen Augen hat sich eine nachdenkliche Falte gebildet. Älter sieht er damit aus. Nicht wie Mitte dreißig. Erst jetzt wird mir wirklich bewusst, was es bedeutet, dass fast zehn Jahre zwischen uns liegen. Erik hat Familie – auch wenn seine Ehe gescheitert ist. Er hat ein Kind. Er weiß, wo er im Leben steht. Weiß vermutlich auch sehr genau, was er will. Und das ist sicher kein 24-Jähriger, der sich nicht zwischen ihm und seinem Mehr-oder-weniger-Freund entscheiden kann. Oder will.

»Willst du denn gehen?«

Ich merke, wie meine Augen groß werden und ich ihn anstarre. Wie kann er mich das denn fragen?

»Nein!« Ich schreie das Wort fast. Leiser versichere ich: »Nein, eigentlich nicht.«

Die Falte zwischen seinen Augen verschwindet, als hätte meine Antwort sie fortgestreichelt.

»Dann bleib. Ich würde dich gerne bis morgen früh hierbehalten.«

Zunächst liegt mir ›*Warum nur bis morgen früh?*‹ auf der Zunge, doch ich wage es nicht, das zu fragen. Habe zu viel Angst vor seiner Antwort. Und vor meiner eigenen sowieso.

Stattdessen hake ich mit schiefem Grinsen nach: »Würd' ich gerne. Und um was genau zu tun?«

Auch über Eriks Gesicht huscht ein Schmunzeln. Entweder ihm ist entgangen, dass ich abzulenken versuche, oder er überspielt verdammt gut, dass er es keineswegs überhört hat. Unachtsam landet die Wasserflasche neben dem Waschlappen, Erik neigt sich über mich. Streicht mir zärtlich ein paar verschwitzte Haarsträhnen aus der Stirn.

»Fürs Erste würde ich einfach gerne mit dir daliegen und dich festhalten. Und dann ... nachher ... könntest du mir dabei helfen, ein paar Erinnerungen aufzufrischen.« Beim letzten Teil des Satzes fährt er mit den Lippen über meine Stirn, küsst meine Schläfe. Ich könnte schwören, er kann dabei hören, wie laut mein Herz hämmert und wie meine Gedanken in meinem Schädel rasen.

»Erinnerungen woran?«, murmele ich und rutsche ein Stück zur Seite, um ihm Platz zu machen. Kaum liegt er neben mir, zieht er mich an sich und die Kühle, die sich bis eben noch in meinen Gliedern eingenistet hatte, verfliegt.

»Erinnerungen daran, wie es sich anfühlt, Sex mit einem Mann zu haben.«

Mir entweicht ein amüsiertes Glucksen, spielerisch boxe ich ihm in die Seite.

»Was genau war das eben für dich, wenn nicht Sex mit einem Mann?«

Nun lacht auch Erik – leise und warm und so schön.

»Du weißt, was ich meine«, nuschelt er in mein Haar und zieht mich so, dass ich mit dem Kopf auf seiner Brust liege.

Natürlich weiß ich, was er meint. Und der Gedanke daran, nochmal mit ihm zu schlafen, dieses Mal in ihm zu sein, lässt meinen Atem unweigerlich beschleunigen. In meinem Unterleib kribbelt es schon wieder erwartungsvoll, aber für einen weiteren Moment will ich einfach nur daliegen und das vertraute Beisammensein genießen. Etwas, das ich mit Patrick nur sehr selten hatte und wenn überhaupt ...

›Fuck!‹

Ich kneife die Augen zusammen, versteife mich bei dem Gedanken an ihn. Erik merkt es natürlich, seine Finger, die eben noch kleine Kreise auf meinen Oberarm gemalt haben, halten plötzlich inne.

›Frag nicht. Frag. Bitte. Nicht!‹

Doch er tut es: »Was ist?«

Erzwungen langsam stoße ich den Atem aus, will mich aufrichten, aber bin mir im selben Moment sicher, dass ich es jetzt nicht schaffen werde, ihn anzusehen. Also bleibe ich liegen. An ihn geschmiegt. Seine Wärme spürend. Und gleichzeitig hart wie ein Brett.

»Ich … Das mit uns …«, beginne ich stockend, »wird das … nochmal passieren, wenn ich weiter mit … mit Patrick zusammen bin?«

›Scheiße, echt! Nils, du Idiot!‹

So wollte ich es ganz sicher nicht formulieren!

Erik hält für einen Moment den Atem an. Ich warte jede Sekunde darauf, dass er mich von sich schiebt. Doch er tut es nicht.

»Es hat sich nichts daran geändert, dass ich nicht Teil irgendeiner Dreiecksgeschichte sein will«, erklärt er langsam und bedacht und treibt mir damit wortwörtlich eine Messerklinge ins Herz. Ich hatte ja keine Ahnung, wie tief ich inzwischen drinstecke!

»Nur raushalten kann ich mich auch nicht. Nicht mehr. Dazu bedeutest du mir zu viel.«

Hinter meine Lider schleicht sich ein Brennen, und ich kneife erneut die Augen zusammen. Mehr noch, als Erik leise, aber bestimmt weiterspricht: »Scheiße, Nils, ich bin nicht besonders eifersüchtig, aber ich kann auch nicht damit leben, dass es da noch einen anderen gibt.«

Sekunden vergehen.

Lange, quälende Sekunden, in denen Erik sicher genauso schmerzlich auf meine Entgegnung hofft, wie ich selbst Worte dafür suche.

»Ich auch nicht«, gebe ich schließlich nur flüsternd zu. »Ich kann das auch nicht mehr, ich … werd' mich trennen. Von Patrick, meine ich. Das …« Abrupt richte ich mich auf, sehe Erik direkt ins Gesicht. Lese darin Schmerz und eine winzige, bittersüße Hoffnung.

»Ich will dich, Erik«, bringe ich etwas lauter und deutlicher hervor. »Und ich will dich nicht nur für heute Nacht und morgen früh.«

Um seinen Mund spielt der Anflug eines Lächelns. Seine Finger kehren auf meinen Arm zurück, beginnen mich von Neuem zu streicheln.

»Das trifft sich gut. Ich will dich auch für eindeutig länger als das, aber …« Er zögert. Ich taumle innerlich.

»Aber ich will mich nicht irgendwo dazwischendrängen und von dir verlangen, dass …«

»Das tust du nicht!« Endlich habe ich die Festigkeit in meiner Stimme wiedergefunden. »Du drängst mich zu nichts. Ich will das hier. Das mit uns. Ich rede mit Patrick. Versprochen.«

Kurz scheint es, als wolle er mir versichern, dass er kein Versprechen von mir braucht. Aber er tut es nicht und ich hätte es ihm ohnehin nicht abgenommen. Erik will Sicherheit. Und in diesem Moment kann ich es verdammt gut verstehen.

Einen langen Moment halten wir den intensiven Blick, mit dem wir uns in die Augen sehen. Dann zieht Erik mich zu sich. Nahezu gleichzeitig öffnen sich unsere Lippen, unsere Zungenspitzen finden und umkreisen sich träge. Binnen weniger Atemzüge facht der sinnliche Kontakt neue Lust an. Mein Schwanz drückt sich halbsteif gegen Eriks Oberschenkel, und als ich mit einer Hand über seinen Bauch abwärts streichle, spüre ich sofort, dass auch er bereits wieder erregt ist. Zärtlich umfasse ich ihn, genieße es zu spüren, wie sein Penis sich in meiner Hand weiter aufrichtet und hart wird.

»Darf ich deiner Erinnerung jetzt ein bisschen auf die Sprünge helfen?«, flüstere ich gegen seine Lippen, küsse das leise Lachen von ihnen fort.

»Darfst du«, entgegnet er, als ich ihn freigebe und ihn von oben herab ansehe.

Ich rutschte von ihm herunter, dirigiere ihn in eine seitlich liegende Position, sodass ich mich von hinten an ihn drängen kann. Während ich seinen Schwanz weiter streichle, küsse ich mir einen Weg über seine Kinnlinie, seinen Nacken, bis hin zwischen seine Schulterblätter. Rücke dann ein wenig von ihm ab, um besser hantieren zu können. Im selben Moment greift Erik ein Kondom und Gleitgel vom Nachttisch und lässt es hinter sich und zwischen uns fallen. Er wirkt dabei ruhig und entspannt, doch als ich meine Hand von seinem Unterleib zurückziehe und nach der Geltube greife, trifft mich ein nervöser Blick über seine Schulter hinweg.

»Es ist wirklich einige Zeit her, dass ...«

»Shhh, ich weiß. Ich bin vorsichtig, okay?«

Er nickt sofort und lässt seinen Kopf zurück aufs Kissen sinken. Schließt die Augen und ruckelt mir mit dem Arsch sogar ein Stückchen entgegen, als ich eine Hand an seine Hüfte lege und ihn zu mir ziehe.

15. KAPITEL

Erik

Der nächste Morgen kommt viel zu schnell, aber glücklicherweise weniger schmerzhaft, als ich befürchtet hatte. Wie immer erwache ich bereits beim Morgengrauen, was im Sommer doch ziemlich früh ist. Wenn Emilio bei mir ist, bin ich doppelt hellhörig und nun, da Nils neben mir liegt, ist an Schlaf sowieso nicht mehr zu denken.

Von meinem Sohnemann ist noch nichts zu hören. Der vergangene Tag hat ihn offenbar so platt gemacht, dass er sich selbst in der Nacht kein einziges Mal gemuckst hat. Auch Marley ist ruhig draußen im Wohnzimmer, und so bleibe ich einfach noch einen Moment liegen und schaue Nils beim Schlafen zu.

Friedlich sieht er aus. Mit dem verstrubbelten Haar sogar noch ein wenig jünger, als er eigentlich ist. Er liegt auf dem Bauch, das Gesicht mir zugewandt. Das Morgenlicht, das durch das Fenster hineinfällt, verleiht seiner Haut einen weichen Schimmer. Bis zum Rand der Bettdecke gleitet mein Blick, ich kann gerade noch die Wölbung seines Hinterns erahnen, der Rest ist zugedeckt. Unter der Decke schiebe ich einen Fuß zu ihm und streiche an seinem Bein entlang, beobachte lächelnd, wie sich seine Lippen verziehen und er ein winziges Murren von sich gibt.

Mein Herz poltert und ich komme zu der banalen Feststellung, dass er toll aussieht, wie er da in meinem Bett liegt. Genau so, als würde er nirgendwo anders hingehören. Der Gedanke ist gleichsam wundervoll wie schmerzhaft.

Und da haben wir ihn: Den zu erwartenden Herzschmerz am Morgen danach.

Denn wenn ich ehrlich bin, weiß ich nur zu gut, dass Nils eben nicht nur hierher gehört. Wenigstens noch nicht.

Ich glaube ihm, dass ihm das mit uns nahe geht. Dass es ihm wichtig ist. Dass *ich* ihm wichtig bin.

Aber ich sehe ihm, wenn er davon spricht, auch an, wie sehr er an Patrick hängt. Auch wenn ich nicht nachvollziehen kann, worin die Grundfeste ihrer Verbindung besteht. Ich will mich allerdings auch nicht damit herumschlagen. Ich will nur, dass ...

Tja, dass Nils sich von Patrick trennt? Meinetwegen?

Ja, verflucht, *genau das* will ich, und gleichzeitig ist es das, was ich *nie* von *irgendjemandem* verlangen wollte.

Seufzend rolle ich mich auf die andere Seite und werfe einen prüfenden Blick auf meinen Funkwecker. Inzwischen ist es kurz nach sechs. Für einen Sonntag noch früh, aber mit Sicherheit wird Emilio bald das erste Mal wach werden und ich will wirklich vermeiden, dass er Nils und mich gemeinsam in einem Bett sieht.

Ich bin mir sehr sicher, meinen Sohn bislang zu Toleranz erzogen zu haben. Aber meine Güte, er ist nicht mal sechs und seine Eltern haben sich erst vor rund acht Monaten getrennt. Was also sollte er denken, wenn er seinen Papa und einen Mann gemeinsam im Bett sieht. Morgens. Nackt!

»Nils ...« Ich murmele ihm seinen Namen ins Ohr, drücke einen sanften Kuss auf seine Ohrmuschel und reibe meine Nase an seiner Schläfe. Will ihn inhalieren und am liebsten in ihn hineinkriechen.

»Hey ... aufwachen ...«

Wieder dringt ein leises und unheimlich schönes Murren aus seinem Mund. Ich stütze mich neben ihn auf einen Ellbogen und sehe dabei zu, wie er langsam wach wird. Die Nase krauszieht, sich ein wenig rekelt und dann blinzelnd die Augen öffnet. Einen winzigen Moment lang wirkt er irritiert, doch dann formt sich ein wunderschönes Lächeln auf seinen Lippen und seine Augen beginnen trotz Müdigkeit zu strahlen.

»Hey«, nuschelt er und genießt es sichtlich, wie ich die freie Hand, die nicht damit beschäftigt ist, meinen Kopf zu stützen, an seine Wange lege, mit dem Daumen darüber streichle.

»Wie viel Uhr?«

»Erst kurz nach sechs. Aber ich fürchte, mein Sohnemann wird bald wach.«

»Oh. Wäre nicht so gut, wenn er hier reinplatzt, hmm?«

»Nein, ich bin schon froh, dass er nicht heute Nacht auf der Matte stand.« Bei dem Anblick, wie Nils' Wangen zu glühen beginnen, muss ich schmunzeln. Noch vor wenigen Stunden kam er mir alles andere als schüchtern vor. Ich erinnere mich sehr deutlich an ein paar sehr dreckige Sachen, die er mir ins Ohr geflüstert hat, während er in mir war.

Aber ich kann ihn verstehen. Vor einem Kind will man wirklich nicht in eine solch brenzlige Situation kommen.

»Weiß Emilio, dass sein Papa auch Männer liebt?«

Die Frage bringt mich zum Lachen.

»Nils ... er ist fünf. Nein, weiß er nicht. Stand ja in den letzten Jahren auch nie zur Debatte, aber ... tja, vielleicht werde ich es ihm demnächst mal erklären müssen.«

Nils schluckt sichtbar, sieht mich jedoch weiter unverwandt an.

»Irgendwie hab ich das Gefühl, dass das Gespräch zwar unangenehm werden könnte, aber weit weniger unangenehm, als das, das mir bevorsteht.«

Nun bin ich derjenige, der schlucken muss. Aus Reflex ziehe ich meine Hand zurück. Und bereue es gleich darauf wieder bei dem Blick, mit dem Nils mich auf einmal ansieht.

»Dann meinst du es auch heute Morgen noch ernst?« Ich kann es mir einfach nicht verkneifen, das zu fragen.

»Ja, ich werd mit Patrick reden. Außer du ... siehst das mit uns inzwischen anders?«

Ich will schon den Mund öffnen, doch Nils unterbricht mich, setzt sich abrupt im Bett auf.

»Falsch«, stößt er gepresst hervor. »Ich würde auch mit Patrick reden, wenn du das mit uns gedanklich begraben hättest. Das mit ihm und mir ... Es macht keinen Sinn, es ... macht mich nicht glücklich. Du hingegen ...«

Sein Blick sucht meinen. Fragend, ein wenig furchtsam und hoffnungsvoll in einem.

»Ich glaube wirklich, dass es passen könnte mit uns«, meint er leise. »Was denkst du?«

»Ich bin mir sicher, dass es passt«, entgegne ich sofort. »Auch wenn die äußeren Umstände nicht gerade die besten sind.«

Über seine Lippen huscht ein schiefes Lächeln.

»Layla ... der Prozess ...«, fängt er an aufzuzählen und ich mache munter weiter: »Meine Position als dein Vorgesetzter ... die Kollegen ...«

»Du denkst also doch, dass das ein Problem sein könnte?«

»Nicht für mich. Für andere vielleicht schon.« Ich schnaufe einmal durch. »Egal«, beschließe ich dann, »für alles finden sich Mittel und Wege, wenn man es nur will, und ich will definitiv.«

Nun ist sein Lächeln breiter. Aufrichtig.

»Ich auch«, murmelt er, ehe er sich zu mir neigt und mich küsst. Kurz nur, ehe er verkündet: »Dann lass uns aufstehen. Ich will deinem kleinen Racker ja keinen morgendlichen Schock verpassen.«

Nils

Den Hof und damit Erik zu verlassen, fällt mir schwer. Sehr viel schwerer, als ich geglaubt hatte. Es liegt nicht nur alleine daran, dass ich nicht genau weiß, wann und unter welchen Umständen wir uns wiedersehen, sondern vor allem an dem Wissen, dass mir ein verdammt ungemütliches Gespräch bevorsteht. Heute noch!

Ein Blick in den Rückspiegel erinnert mich jedoch noch einmal daran, weshalb ich das tun werde.

Erik steht auf dem Hof, nur in Jogginghose und T-Shirt und winkt mir nach. Hinter ihm wetzt Marley in Richtung Felder, um ihren allmorgendlichen Patrouillengang zu unternehmen. Emilio schläft noch. Wir haben relativ schnell beschlossen, dass es besser ist, wenn ich gleich fahre und nicht noch zum Frühstück bleibe – auch wenn ich genau das verdammt gerne getan hätte.

Stattdessen steuere ich meinen Wagen aus Bad Dietzenbach hinaus und auf die B10 in Richtung Göppingen, Esslingen am Neckar und schließlich nach Stuttgart hinein. Ich kann mir den Versuch sparen, Patrick von unterwegs aus anzurufen. Um diese Uhrzeit wird er an einem Sonntag sicher nicht ans Handy gehen. Scheißegal, ob er meine Nummer erkennt oder nicht.

Überhaupt war unser Kontakt in den letzten Tagen wieder mal nur sehr sporadisch, was sicher nicht an mir gelegen hat und was einer der Punkte ist, weswegen ich tatsächlich überzeugt von dem bin, was ich Erik gesagt habe: Patrick macht mich nicht glücklich. Und er wird es auch weiterhin nicht tun. Ganz unabhängig davon, ob ich etwas für Erik empfinde oder nicht.

Dennoch quält mich der Gedanke, Patrick reinen Wein einzuschenken und zu beenden, was auch immer das zwischen uns war, schon jetzt. Ich fühle etwas für diesen Scheißkerl. Mehr noch, vielleicht ist es sogar Liebe. Oder war es zumindest.

Patrick ist nicht nur ein egoistischer Idiot. Wir hatten geile Zeiten miteinander. Schöne Zeiten. Vertraute Momente. Aber sie waren rar und auf diese wenigen Minuten, in denen er den echten, gewissermaßen den ungeschminkten Patrick van Hoeven durchblitzen ließ, folgte jedes Mal ein Dolchstoß in den Rücken. Bildlich und pathetisch gesprochen zumindest.

Patrick ist kein Beziehungstyp. Oder zumindest will er nicht diese Art von Beziehung, die ich mir auf die Dauer wünsche. Auch wenn ich lange gebraucht habe, um das zu verstehen. Und um es mir *einzugestehen.*

Bei Erik hingegen werde ich genau das finden, dessen bin ich mir sicher. Und ich will, dass er dasselbe bei mir finden kann.

Also muss ich einen Schlussstrich unter Patrick und mein gemeinsames Kapitel ziehen. Am besten so schnell wie möglich.

Aber natürlich macht er nicht auf, als ich vor seiner Wohnung stehe und nein, natürlich reagiert er auch nicht auf meine Anrufe, als ich dann doch versuche bei ihm durchzuklingeln. Ich ahne, dass ich es mir sparen kann, schreibe ihm aber dennoch eine WhatsApp.

›Melde dich bitte. Ist dringend.‹

Als ich schließlich nach zwanzig Minuten vergeblichen Klingelns und Wartens wieder von seiner Wohnung fortfahren, brodelt der Zorn in mir. Ich hätte gute Lust, die ganze Sache einfach per Chatnachricht zu beenden. Aber die Blöße will ich mir nicht geben. Es wäre zu feige. Würde sich zu wenig endgültig anfühlen.

Also bleibt mir wohl nichts anderes übrig, als zu warten, bis Herr von und zu Hoeven sich erbarmt, mit mir zu kommunizieren.

16. Kapitel

Erik

Bis zum späten Sonntagabend höre ich nichts von Nils, bin aber selbst auch zu sehr mit Emilio beschäftigt, als dass ich großartig Zeit hätte, mich bei ihm zu melden. Als ich meinen Sohnemann jedoch zu Layla nach Weil der Stadt zurückgebracht habe und gegen spätabends nach einem kurzen Zwischenstopp bei Bernd und Sonja wieder Zuhause bin, kann ich nicht mehr warten. Mein Finger kreist schon über dem Telefonbuchbutton, da springt das Display plötzlich um. Groß und fett erscheint dort: *›Nils Lassner ruft an.‹*

Alleine die Tatsache, dass er wohl auch an mich denken musste, lässt wohlige Wärme in meinem Bauch aufsteigen. Die Nachricht, dass er Patrick den ganzen Tag über nicht erreicht hat, verpasst mir einen Dämpfer. Einen gewaltigen, um ehrlich zu sein. Andererseits zeigt Patricks Verhalten nur, was ich ohnehin vermutet habe: Er ist ein Idiot, der Nils nicht verdient hat.

Ob ich das habe, ist eine ganz andere Frage, aber wenn ich Nils und Bernd und Sonja Glauben schenken darf, dann habe ich das wohl.

»Wir sehen uns morgen?«, will Nils gegen Ende des Telefonats wissen.

»Klar, mein Urlaub ist vorbei.«

»Okay. Uhm ... wird merkwürdig, sich wieder in der BePo zu begegnen.«

Da muss ich ihm recht geben und ich habe auch nicht vor, das zwischen uns direkt an die große Glocke zu hängen. Erst mal soll er die Sache mit Patrick klären. Erst mal will ich ein wenig mehr Zeit mit ihm alleine verbringen. Verleugnen werde ich das, was zwischen uns ist, allerdings auch nicht, wenn mich jemand direkt darauf ansprechen sollte.

Das sage ich Nils auch genau so, und wenn ich seine Reaktion – ein Luftholen und gleich darauf ein Seufzen – richtig deute, gefällt ihm diese Aussicht.

»Okay, dann … bis morgen.« Seine Stimme klingt weich, müde und auch ein wenig sehnsüchtig. Genau so, wie ich mich fühle.

»Ja, bis morgen. Schlaf gut.«

»Du auch. Tschüss, Erik.«

Als wir auflegen, lächle ich immer noch in mich hinein.

Selbst als ich am nächsten Morgen meinen Wagen auf dem Parkplatz der BePo abstelle, bemerke ich bei einem flüchtigen Blick in den Rückspiegel, dass der Hauch des Lächelns geblieben ist. Ich schaffe es auch nicht, es gänzlich von meinem Gesicht zu wischen, als ich wenig später an die Tür von Markus' Büro klopfe.

»Erik, grüß dich! Bist du also wieder da?«

»Markus, hey, ja, Urlaub vorbei.«

»Und? Ein wenig erholt?« Er mustert mich mit einem Blick, der offenbart, dass auch ihm meine zufriedene Miene nicht entgangen ist.

»Soweit schon, ja.«

»Irgendwas Neues im Sorgerechtsstreit?«

Mir liegt schon auf der Zunge, dass es kein echter Streit ums Sorgerecht ist – wenigstens *noch* nicht –, aber ich habe in diesem Moment weder Lust, zu intensiv über den bevorstehenden Gerichtstermin nachzudenken, noch mit meinem Vorgesetzten darüber zu sprechen. Markus weiß Bescheid, das reicht erst mal, und ich rechne es ihm hoch an, dass er mich so spontan in Urlaub hat gehen lassen.

»Nichts Neues, der Gerichtstermin ist in gut drei Wochen, bis dahin kann ich nur abwarten. Liegt was an? Ist Roland schon da?« Tatsächlich habe ich gar nicht darauf geachtet, ob das Auto meines Truppführers auf dem Parkplatz stand. Vielmehr habe ich Ausschau nach Nils' Wagen gehalten. Aber da der offizielle Dienstbeginn für den 523 heute erst um acht ist, ist es kein Wunder, dass von Nils noch keine Spur zu sehen war.

»Roland ist da, er wollte im AZT-Raum ein paar Sachen vorbereiten. Mir wäre es recht, wenn ihr heute und morgen nochmal ein Zusatztraining ›*Festnahme aus dem Block*‹ durchführt. Der 523 ist für kommendes Wochenende wieder für eine Demo aufgerufen.«

Davon wusste ich tatsächlich noch nichts.

»In Stuttgart?«

»Ja, die Linken haben doch noch eine Demo gegen van Hoevens Bauprojekt genehmigt bekommen. Die KI 6 ist an ein paar Ermittlungen dran«, führt Markus weiter aus. »Mal sehen, ob sie bis zur Demo ein paar Gesichter zur Festnahme liefern können.«

Dann hätte der bevorstehende Einsatz glatt etwas Gutes. Seit den Eskalationen bei der Demo vor rund drei Wochen fahndet der Staatsschutz auf Hochtouren nach den Antifa-Idioten, die es sich zum Spaß gemacht haben, uns mit Molotowcocktails zu bewerfen. Was mich daran erinnert, dass ich nachher dringend bei Manja nachhaken sollte, ob sie weiß, wie es Lisa inzwischen geht.

»Okay, Markus, ich bespreche das mit Roland, damit wir noch eines oder zwei Zusatztrainings machen. Ansonsten sind die Trupps ja inzwischen alle fit.«

»Ja, ich habe gehört, Nils Lassner macht sich sehr gut. So zumindest hat Roland es mir gesagt.«

Nur mit Mühe kann ich verhindern, dass sich bei Markus' Worten erneut dieses leicht dümmliche Grinsen auf meinen Lippen formt. Nils schlägt sich gut. Ganz fantastisch sogar. Und das nicht nur bei Demoeinsätzen.

»Gibt's sonst noch was?«

»Nein, danke dir, Erik.«

Ein wenig fluchtartig verlasse ich Markus' Büro, ehe er mir doch noch meine Verliebtheit an der Nasenspitze ansehen kann.

Verliebtheit …

Seufzend schüttle ich den Kopf und beschleunige meine Schritte durch die Flure.

Ist es das? Bin ich verliebt in Nils?

Gott, was für eine hirnrissige und vollkommen überflüssige Frage!

Ich *bin* verliebt. Definitiv. Mehr als nur ein bisschen.

Alleine der Gedanke an Nils lässt mich innerlich ganz kribbelig werden. Ein Gefühl, mit dem ich so kurz nach dem Scheitern meiner

Ehe nicht gerechnet hätte. Aber es fühlt sich gut an. So verdammt gut. Wäre da nicht der ständige Gedanke daran, dass Nils noch etwas klären muss.

Ich will ihn nicht drängen. Will keine Entscheidung von ihm fordern, von der ich tief in mir drinnen hoffe, dass er sie längst getroffen hat.

Nils

Ich habe inzwischen keine Ahnung mehr, wie oft ich in den letzten 24 Stunden versucht habe, Patrick zu erreichen. Vergeblich, versteht sich. Dieser Kerl ist mal wieder wie vom Erdboden verschluckt, und dieses Mal mache ich mir nicht die geringsten Sorgen, ihm könnte etwas passiert sein. Ich bin einfach nur stinkwütend.

Dass man mit Patrick keine normale Beziehung führen kann, habe ich ja inzwischen begriffen. Aber dass man mit diesem Kerl nicht mal auf normalem Wege Schluss machen kann, das ist echt der Knaller!

Ich war am Morgen schon versucht, in der BePo anzurufen und mich krankzumelden, einfach nur, damit ich pünktlich um zehn zur Ladenöffnungszeit vor Patricks Geschäft stehen kann. Denn auch wenn er seinen Freund – das bin ich ja vermutlich noch mehr oder weniger – einfach mal so ignorieren kann, er würde niemals seinen Laden geschlossen halten.

Der Grund, weshalb ich mich doch gegen das Krankfeiern entschieden habe, ist Erik. Kein ganzer Tag ohne ihn und schon vermisse ich ihn. Vollkommen bescheuert, ein wenig verwirrend und gleichzeitig so ein schönes Gefühl.

Mir ist klar, dass ich ihm in der BePo nicht zur Begrüßung um den Hals fallen kann, dennoch beginnt mein Herz wie verrückt zu rasen, als er gemeinsam mit PHM Hartmann den AZT-Raum betritt.

Hätte ich nicht schon gefühlte hundert Mal festgestellt, wie umwerfend Erik im Overall aussieht, hätte ich es bestimmt nun getan. Und dass ich inzwischen ganz genau weiß, wie er *ohne* Dienstkleidung aussieht, wie sich seine nackte Haut anfühlt, wenn er sich an mich drängt, trägt nicht gerade dazu bei, meinen Puls zu beruhigen. Im Gegenteil. Ich pumpe, als wäre ich eben noch eine Morgenrunde joggen gewesen, und es fällt mir verdammt schwer, mich auf Hartmanns Worte zu konzentrieren. Am Rande bekomme ich mit, dass uns eine Runde Festnahmetraining bevorsteht, doch während Hartmann spricht, hängt mein Blick nur auf Erik.

Er schaut stur geradeaus und an mir vorbei und ich habe schon das Bedürfnis, ihm zu seiner Selbstbeherrschung zu gratulieren. Aber als Hartmann die Trupps des 523ers per Durchzählen in zwei Gruppen aufteilt und ich brav »eins« sage, als ich an der Reihe bin, huscht Eriks Blick dann doch zu mir.

Und … oh heilige Scheiße … was für einen Blick er mir zuwirft!

Einen, der dafür sorgt, dass mir binnen Sekunden Hitze in die Wangen und in tiefere Regionen schießt. Mit einem Mal bin ich ziemlich dankbar für den vergleichsweise weiten Schnitt des Overalls, ebenso wie für die engen Briefs, die ich darunter trage. Ich bin mir ziemlich sicher, dass keiner meiner Kollegen registriert, was in mir vor sich geht. Keiner … außer Erik. In seinen Augen blitzt es verräterisch, und als ich mich dazu anschicke, mich mit meiner Gruppe zur anderen Seite der kleinen Halle zu begeben, tritt er wie zufällig ein paar Schritte zur Seite, sodass ich direkt an ihm vorbei muss.

»Na, gut geschlafen?« Er raunt mir die Worte im Vorbeigehen zu. Kurz meine ich sogar, seine Finger zu spüren, die sich für einen Sekundenbruchteil hauchzart um meine winden. Doch schon ist der Moment wieder verflogen und ich trotte wie ferngesteuert hinter meinen Kollegen her. Wir sind nur zu elft, während die andere Gruppe zwölf Mann – beziehungsweise Frau – zählt.

»Bei euch ist einer zu wenig, oder?«, ruft Hartmann da auch schon zu uns herüber. »Dann wird Erik eure Gruppe auffüllen.«

Mein Herz poltert und ich schaffe es halbwegs unauffällig, mich so beim Bilden der Zweierteams rauszuhalten, dass ich am Ende übrig bleibe und zwangsweise mit Erik trainieren muss. Für ihn sicher mehr als auffällig, für meine Kollegen hoffentlich nicht.

»Wir machen ein paar Durchgänge zum Warmwerden im Overall, nachher geht's in KSA weiter«, hallt Hartmanns Stimme durch den

Raum. »Spielt verschiedene Festnahmetechniken durch, die euch am besten liegen, und achtet dabei auf eine saubere Ausführung.«

Alles, worauf ich in diesem Moment achten kann, ist Erik. Äußerlich ruhig warte ich, bis er sich aus einem kurzen Wortwechsel mit Hartmann losreißt und auf mich zukommt. Innerlich bin ich alles andere als entspannt und ich könnte schwören, dass Erik es mir ansehen kann. Das schalkhafte Aufblitzen in seiner Miene verrät ihn. Natürlich weiß er, dass ich gleich versuchen werde, ihn aufs Kreuz zu legen. Sein wissender, provozierender Blick macht es überdeutlich. Und es sind genau diese Momente, in denen ich einfach zu ihm gehen, ihn an mich ziehen und küssen möchte.

Im Dienst habe ich Erik bislang fast ausschließlich ernst erlebt. Sehr konzentriert. Immer darauf bedacht, gerade die unerfahreneren Kollegen im Blick zu behalten. Ihnen im Notfall den Rücken zu stärken. Genau so, wie er es bei mir während der Demo getan hat.

Dass er nun für einen winzig kurzen Moment die Ernsthaftigkeit aufgibt, mir sogar einmal zublinzelt, bringt mein Herz dazu, nur noch mehr zu rasen. Und sorgt dafür, dass ich beinahe Hartmanns weitere Anweisungen überhöre. Während meine Kollegen neben mir schon fleißig dabei sind, sich gegenseitig in den Schwitzkasten oder runter auf die Matte zu bekommen, stehe ich immer noch da und starre Erik an. Kurz jedoch nur, ehe ich mich besinne, und ebenfalls beherzt auf ihn zugehe.

Er setzt sich ganz ordentlich zur Wehr. Verpasst mir im Gerangel einen heftigen Tritt gegen das linke Schienbein. Für einen Moment blende ich aus, dass es sich bei meinem *›Gegner‹* um Erik handelt. Ziemlich grob, aber nicht so rücksichtslos, dass man mir im Ernstfall einen Strick daraus drehen könnte, packe ich ihn im Nacken und am Arm. Zwinge ihn mit einer hebelnden Bewegung vornüber und schicke ihn Gesicht voran auf den mit dünnen Matten gepolsterten Boden, indem ich ihm die Beine unter dem Körper wegziehe.

Ein kurzes Aufbäumen, doch schon drehe ich ihm einen Arm auf den Rücken. Mit einem Knie zwischen seinen Schulterblättern fixiere ich Erik auf dem Boden, während ich seinen Arm fest im Klammergriff habe.

Aus dem Augenwinkel versichere ich mich, dass die meisten unserer Kollegen in das Training vertieft sind und auch Hartmann beschäftigt ist. Ich beuge mich zu Erik hinunter und raune ihm leise ins Ohr: »Sie sind festgenommen wegen des Verdachts, Polizeimeister Lassner unsittlich berührt zu haben. Sie haben das Recht, die Aussage zu verweigern. Aber in jedem Fall müssen Sie mit Sanktionen rechnen.«

Keuchend atmet Erik aus. Er stemmt sich so weit gegen meinen Griff, dass er mich über die Schulter hinweg ansehen kann. Wieder ist da dieses Blitzen in seinen Augen, welches das Blau ein wenig dunkler erscheinen lässt.

»Ich glaube, Polizeimeister Lassner verwechselt da ein paar Dinge. Sagen Sie ihm, ich will ihn nachher auf seinem Zimmer sprechen, um seinen Erinnerungen auf die Sprünge zu helfen.«

Nun bin ich derjenige, der nach Luft schnappt. Für eine Entgegnung fehlt mir allerdings die Zeit. Und ich habe mit einem Mal zu viel Schiss, unser Geplänkel könnte doch noch auffallen. Also schenke ich Erik nur ein verheißungsvolles Lächeln, verlagere mein Gewicht von ihm herunter und ziehe ihn mit mir auf die Füße, fixiere ihn dabei noch immer mit festem Griff, als würde es sich hierbei um eine richtige Festnahme handeln. Lediglich die Handschließen spare ich mir. Ich bin mir auch so ziemlich sicher, dass dieser Mann mir nicht so schnell davonlaufen wird.

Erik

Wie nach einem vierzehntägigen Urlaub zu erwarten, ist mein erster Arbeitstag vollgepackt. Zwischen Festnahmetraining und KSA-Lauf habe ich eine Besprechung mit Roland und den anderen Truppführern des 523. Zwischendurch muss ich versuchen, einen Kollegen von der KI 6 zu erwischen, um schon mal nachzuhaken, ob es konkrete Zielpersonen für mögliche Festnahmen bei der Demo gibt. Da ich selbst während meiner Zeit bei der BFE eine Weile beim Zivilen Aufklärungstrupp gearbeitet habe, bin ich nach wie vor die Bindestelle zum Staatsschutz.

Glücklicherweise erreiche ich den zuständigen Ermittler am frühen Abend, sodass ich anschließend nochmal ein paar abstimmende Worte mit unserem Zugführer wechseln kann. Gegen halb sieben entlässt Markus mich dann ganz offiziell in meinen Feierabend. Er selbst will mit Sicherheit auch endlich heim zu seiner Frau und seinen beiden Kids.

Nils habe ich den Tag über – ganz entgegen meiner Androhung – kein einziges Mal abseits unserer Kollegen, geschweige denn in unserem Zimmer, sprechen können. Der Trupp hat seit über einer Stunde Dienstschluss, sicher ist Nils längst heimgefahren. Oder zu Patrick.

Mir entkommt ein Schnauben, während ich über den Flur stapfe, was mir einen mitleidigen Blick eines Kollegen einbringt. Na, wenn der wüsste, dass meine Nerven nicht wegen eines dienstlichen Vorkommnisses flattern …

Im Grunde könnte ich mich ja freuen, dass Nils und Patrick aktuell keinen Kontakt haben – oder wenigstens keinen wechselseitigen. Bin ich aber nicht. Zum ersten Mal nervt Patrick mich gewaltig mit seiner Abwesenheit. Ich frage mich wirklich, weshalb Nils diesen Zirkus so lange mit sich hat veranstalten lassen. Aber tja … Liebe verzeiht ja bekanntlich viel …

Abrupt bleibe ich vor der Zimmertür stehen.

Liebe …

Ist es das, was Nils für Patrick empfunden hat? Vielleicht immer noch zu einem Teil empfindet?

Und was ist es, das uns verbindet?

Wenn ich so an das kurze Zwischenspiel beim Festnahmetraining denke, ist die körperliche Anziehung zwischen uns nicht zu leugnen. Aber ich bin mir auch verdammt sicher, dass da mehr ist. Sehr viel mehr. Auch von Nils' Seite aus.

Mit einem Stoßseufzer drücke ich die Klinke hinunter und betrete den Raum. Bleibe gleich darauf wieder wie angewurzelt stehen, dieses Mal im geöffneten Türrahmen.

»Hey … ich dachte, du bist längst gefahren.« Vom Tisch aus blinzelt Nils mir zu, legt sein Smartphone beiseite und erhebt sich dann.

»Wie du siehst, bin ich noch da. Dachte, ich warte, bis du Feierabend machst, und sehe mal, ob du vorhast, in der BePo zu übernachten.«

Leise schließe ich die Tür hinter mir, gehe weiter ins Zimmer hinein. Anscheinend hat Nils schon geduscht, er trägt seine Alltagsklamotten – ein schlichtes Shirt und kurze Cargohosen – und seine Haare wirken noch ein wenig feucht. Es ist gleichsam schade und beruhigend, dass wir uns noch nie in den Gemeinschaftsduschen begegnet sind.

»Willst du nicht nach Hause heute Abend?«

Nils zuckt mit den Schultern. »Was soll ich denn da?«

Mir liegt *›mit Patrick reden‹* auf den Lippen, aber schon winkt Nils mit leicht genervter Miene ab.

»Sag nichts. Ich hab's an die 20 Mal versucht, ich erreiche den Kerl nicht. Wir fangen morgen erst um elf an, richtig?«

Kurz irritiert über den vermeintlichen Themenwechsel nicke ich nur.

»Gut. Kann sein, dass ich ein paar Minuten später komme. Ich werde morgen früh bei ihm im Laden vorbeischauen. Hab echt keinen Bock mehr. Ich will das endlich geklärt haben.«

Ich hoffe inständig, dass er mit *›geklärt‹* tatsächlich *›getrennt‹* meint. Der Gedanke beschert mir latente Bauchschmerzen. Ich hätte nie gedacht, dass ich mal an einen Punkt kommen würde, an dem ich mir wünschen würde, der Grund für das Ende einer Beziehung zu sein.

»Hey …« Nils' Stimme klingt mit einem Mal wahnsinnig sanft. Mit dem Po an die Tischkante gelehnt, schaut er zu mir herüber und streckt beide Hände nach mir aus. »Meine Entscheidung steht. Das mit Patrick und mir macht keinen Sinn, vollkommen unabhängig davon, was das zwischen uns ist.«

Ich komme seiner stummen Aufforderung nach, verflechte unsere Finger und lasse mich weiter zu ihm ziehen.

»Für mich«, nuschelt Nils an meinem Hals, tupft zwei oder drei kleine Küsse darauf, »ist es übrigens verdammt viel. Das ist mir vorhin klargeworden.«

Mir entkommt ein leises Glucksen. Einfach, weil mich seine Worte in diesem Moment so verflucht glücklich machen.

»*Wann genau* ist dir das klargeworden?«, hake ich leise nach, befreie eine Hand und lasse meine Fingerspitzen hauchzart am T-Shirt-Rand entlang über seinen Nacken tanzen. »Als du mich auf der Matte festgepinnt hast?«

Zu meiner Überraschung schüttelt Nils sofort den Kopf.

»Nein, schon vorher. Als ich dich neben Hartmann hab stehen sehen und festgestellt habe, dass ich dich in den letzten 24 Stunden vermisst hab.«

Die selbstverständliche Aufrichtigkeit, mit der er das sagt, berührt mich. Tief drinnen. Lächelnd senke ich meinen Mund auf seinen. Beginne einen zärtlichen Kuss, der jedoch mit jedem neckenden Kontakt unserer Zungenspitzen intensiver wird. Immer fordernder küssen wir uns, immer enger drängen wir uns aneinander. So lange, bis Nils den Reißverschluss meines Overalls aufzieht und sich gleichsam mit einem heißen Kribbeln in meinem Unterleib auch mein Verstand wieder einschaltet.

»Warte kurz …« Schweren Herzens löse ich mich von ihm. Bin in Rekordzeit einmal quer durchs Zimmer geeilt und habe die Tür abgeschlossen, ehe ich wieder vor Nils stehe. Einen langen Moment sehen wir uns nur an. In seinem Gesicht spiegeln sich in diesem Moment so viele Emotionen. Aufregung, Zuneigung, Lust … Ich kann mich kaum sattsehen an seinem Mienenspiel, aber noch hungriger bin ich nach seinen Berührungen. Nach seinen Küssen.

Beides gibt er mir anscheinend nur allzu gerne. Während sich unsere Zungen gierig umkreisen, schlüpft er mit warmen Händen in meinen Overall. Streichelt über meine Seiten, über meine Brust und grinst an meinen Lippen, als ich mit einem scharfen Atemholen auf seine Finger an meinen Nippeln reagiere. Jede einzelne seiner Berührungen lässt mehr und mehr die Erregung in mir aufsteigen. Wenn er so weitermacht, werde ganz sicher ich derjenige sein, der ihn gleich aufs Kreuz legt. Oder quer über den Tisch.

Als hätte er meine Gedanken erraten, löst er sich für einen kurzen Moment von mir, nur um sich auf die Tischplatte zu setzen und mich gleich darauf zwischen seine geöffneten Beine zu ziehen. Dabei grinst er mich vielsagend an, lässt aber nicht zu, dass ich ihm zu nahe komme, sondern verdammt mich nur durch seine Blicke zu Tatenlosigkeit. Stumm und atemlos sehe ich dabei zu, wie er mir den Overall von den Schultern und schließlich ein Stück über die Hüften schiebt. Den Bund meiner Briefs zieht er ein Stück von meiner Haut weg, gerade so weit, dass sich meine Schwanzspitze daraus hervorstehlen kann.

Ich weiß nicht, was mich in diesem Moment mehr anmacht: Die Art, wie Nils ganz sacht mit dem Daumen über meine Eichel fährt, die erste Feuchtigkeit verreibt, oder wie er mich dabei beobachtet. So intensiv, als wolle er sich jede winzige Veränderung meiner Mimik einprägen.

Als er schließlich mit einer Hand in meine Briefs fasst und meinen Schaft umschließt, entkommt mir ein leises Stöhnen. Gleich darauf beiße ich fest die Kiefer aufeinander. Die Wände hier im Wohntrakt der BePo sind nicht gerade aus Papier, aber auch alles andere als gut schallisoliert. Nils und ich wären weiß Gott nicht die ersten, die es hier miteinander machen, aber ich will definitiv nicht zu denjenigen gehören, denen die Kollegen beim Vögeln zuhören können. Auf die passenden Gratulationen zur heißen Nacht beim nächsten Feierabendbier kann ich auch dankend verzichten.

Nils scheint da weniger Hemmungen zu haben, denn als ich meinerseits mit Druck über den Schritt seiner Cargoshorts streiche, lässt er mit einem eindeutig zustimmenden Laut den Kopf in den Nacken fallen. Ich zögere einen kurzen Moment, öffne dann aber doch mit leicht zittrigen Fingern die Knöpfe und kann mir selbst ein leises Keuchen nicht verkneifen.

Nils trägt nichts drunter!

Sein steifer Schwanz schmiegt sich sofort an meine Handfläche, wie berauscht streichle ich über die weiche Haut, was Nils im nächsten Atemzug mit einem keineswegs gedämpften Stöhnen quittiert. »Shhh …« Ich neige mich über ihn, küsse ihm die Laute von den Lippen, ernte einen sanften Biss in selbige und spüre Nils' Grinsen an meinem Mund.

»Was … shhh? Schiss, dass jemand mitkriegt, was du auf deinem Zimmer treibst?«

Der Blick, den ich auf ihn abfeuere, ist leider nicht annähernd so tadelnd, wie er hätte sein sollen.

»Ja«, bekräftige ich sofort, »*was* ich tue und *mit wem*.«

Nils seufzt, zieht eine Schnute, hört dabei jedoch nicht auf, an meinem Schwanz herumzuspielen, was nicht gerade dazu beiträgt, mir einen klaren Kopf für eine ernste Konversation zu bescheren.

»Ernsthaft …«, setze ich erneut an und nehme meine Hände gänzlich von ihm, will schon zurückweichen, doch seine Beine, die er blitzschnell um meine Hüften wickelt, lassen mich nicht. »Es sind nicht alle Kollegen so tolerant und außerdem will ich nicht, dass Markus oder ein anderer Vorgesetzter …«

»Ich weiß«, unterbricht Nils mich mit einem weiteren Seufzer, flüstert leiser: »Ich weiß, okay? Ich hab nur einfach unglaublich Lust auf dich.«

Als müsse er mich von der Ehrlichkeit seiner Worte überzeugen, umfasst er meinen Schaft in diesem Moment fester, wölbt seine Handfläche über meiner feuchten Spitze.

»Nils …« Sein Name von meinen Lippen ist nur noch ein Flüstern. Ein ziemlich zittriges Flüstern. Ich bebe am ganzen Körper. Sehnsüchtige Lust brennt in meinem Inneren. Und Nils nutzt das in diesem Moment schamlos aus, packt mit der freien Hand meine und führt sie zurück in seinen Schritt.

»Mach's mir … bitte, Erik.« Seine Lippen streifen sacht über meine. »Ich verspreche auch, ich bin ganz leise.« In seiner Stimme schwingen Geilheit und ein schelmisches Lachen gleichermaßen mit. Eine Mischung, der ich unmöglich widerstehen kann. Nicht jetzt. Nicht bei Nils.

Mit einem halb unterdrückten Laut aus meiner Kehle, der mehr Erregung denn Resignation geschuldet ist, gebe ich nach. Umfasse seine Härte, beginne sie im selben Rhythmus zu massieren, wie er es bei meiner tut.

»Oh jaaa …«, haucht Nils noch leise, ehe sich unsere Lippen finden. Wir unseren abgehackten Atem, durchwoben von kleinen Lustlauten, in unseren Küssen ersticken.

17. Kapitel

Nils

»Das ist nicht dein Ernst? Das ist einfach *nicht* dein Scheiß Ernst!« Vollkommen entgeistert starrt Patrick mich an.

Ich habe meinen Plan tatsächlich wahr gemacht und ihn kurz vor zehn Uhr vor dem Hintereingang seines Ladens abgepasst. Etwas, womit er offenbar nicht gerechnet hat.

Ich hingegen habe nicht damit gerechnet, dass ihn meine Nachricht, ich würde unsere … *Beziehung* … beenden wollen, so treffen würde. Mit Wut habe ich gerechnet. Ebenso mit einem geknickten Ego und daraus resultierenden Anfeindungen. Aber nicht damit, mit jeder Sekunde, in der er mich ansieht, mehr und mehr dieses verräterische Glänzen in seinen Augen zu sehen.

Ich beiße die Zähne aufeinander. Ringe um Fassung.

›*Gott, Patrick … hör auf damit. Hör auf, mich so anzusehen!*‹

»Hör zu, ich …«, setze ich ein wenig hilflos an, »ich weiß, das klingt wie ein dummer Spruch, aber … ich hatte gehofft, dass wir …«

»Was? Freunde bleiben? Fick dich, Nils, echt …« Seine Stimme bebt. Abrupt wendet er sich von mir ab, hantiert mit irgendetwas auf der Ablage neben der Kasse herum. Kann damit jedoch weder von seinen zitternden Händen noch von der Anspannung ablenken, die seinen ganzen Körper zu versteifen scheint.

Nur schwer widerstehe ich dem Drang, näher zu ihm zu treten, eine Hand auf seine Schulter zu legen.

»Nein, das wollte ich nicht sagen«, lenke ich ein und gebe mir alle Mühe, meine Stimme sicher klingen zu lassen. Mein Entschluss steht fest. Patricks Reaktion wird daran nichts ändern. Sie darf es nicht!

»Ich wollte sagen, ich hatte gehofft, dass wir das in Ruhe klären können.«

»Was willst du denn bitte noch klären?«, faucht er mich an, fährt im selben Moment wieder zu mir herum. Und nun kann er es nicht mehr verbergen: In seinen Augenwinkel glitzern Tränen.

Der Anblick schnürt mir kurzzeitig die Luft ab. Mit allem hatte ich gerechnet. Aber nicht damit, dass Patrick van Hoeven weinen würde. Meinetwegen!

»Ich würde dir wenigstens gerne erklären, warum …« Mit einem Mal tut es weh, es auszusprechen. Viel mehr als noch Sekunden zuvor. »Warum ich Schluss mache.«

Patricks Schnaufen kratzt nahe am Schluchzen. »Spar's dir …«

»Patrick, du …«

»Nein! Komm schon, hau einfach ab, Nils. Lass mich in Frieden und …«

»Lass uns das klären, bitte, ich …«

»NEIN, VERDAMMT! Verpiss dich einfach …« Seine Stimme bricht. Die letzten Worte sind nur noch ein Flüstern.

›Gott, wenn ich gewusst hätte, was ich anrichte …‹

Doch ich verbiete es mir, den Gedanken zu Ende zu bringen. Es wäre nicht fair Erik gegenüber, mir einzureden, dass ich den Schlussstrich nicht gezogen hätte, hätte Patrick sich in den letzten Wochen anders verhalten.

Ich will Erik.

Mit allem, was dazugehört.

Ich … ja, verflucht … ich liebe ihn.

Und Patrick …

Für einen Moment schließe ich die Augen.

Als ich sie wieder öffne, steht er noch immer vor mir. Weinend. Verletzt. Aber gleichsam mit diesem abgrundtiefen Zorn und einer für mich erschreckenden Abscheu im Gesicht. Seine Stimme ist leise, lauernd, als er fragt: »Wie oft habt ihr gefickt?«

Keuchend bringe ich nur ein »Was?« hervor.

»Wie oft ihr gefickt habt, will ich wissen! Es ist doch wegen deines *Kollegen*?« Das letzte Wort spuckt er mir regelrecht vor die Füße. Ich weiche zurück. Erkenne ihn in diesem Moment kaum wieder.

Ich kannte den unnahbaren, ein wenig zu kühlen und so unglaublich unzuverlässigen Patrick van Hoeven. Ich bildete mir ein, seine sanfte, seine zärtliche und aufrichtige Art zu kennen. Aber das ... diese Abscheu ... habe ich bislang nie in seinem Blick gesehen. Und sie ist es, die mich letztendlich innerlich die Barrikaden hochfahren lässt.

»Ja«, entgegne ich fest und mit einem Mal für mich selbst überraschend kühl. »Ja, es ist wegen Erik. Aber nicht nur seinetwegen. Hast du eigentlich nie bemerkt, wie du mich behandelt hast?«

Eine Antwort bekomme ich darauf nicht. Lediglich einen letzten, eisigen Blick, ehe Patrick sich wieder umdreht. Sich seinen Unterlagen widmet, die neben der Kasse liegen.

»Wenn du dann bitte gehen würdest ... Ich muss gleich den Laden öffnen.«

Seine Worte hallen in meinem Kopf nach.

Das war es also? Das ist das Ende von dem, was auch immer zwischen uns war?

Obwohl Patrick es nicht sehen kann, nicke ich langsam. Drehe mich meinerseits um. Und gehe. Aus seinem Laden und anscheinend auch aus seinem Leben.

Ich hatte nicht damit gerechnet, dass es so weh tun würde.

Erik

Ich habe eine schlaflose Nacht hinter mir. Schuld daran ist Marley. Nachdem sie am vergangenen Abend beim Spaziergang noch herumgerannt und Bälle gejagt hat wie eine Bekloppte, ging irgendwann kurz nach Mitternacht die Kotzerei los. Sicher fünf oder sechs Mal war ich mit ihr auf dem Hof draußen, ganz zu schweigen von den Unfällen, die in meiner Wohnung und im Treppenhaus passiert sind. Nachdem auch gekochter Reis und Magentropfen keine Besserung gebracht haben, bin ich am Morgen mit ihr zum Tierarzt gefahren.

Gutes Karma oder schlichter Vorführeffekt, ich weiß es nicht. Aber kaum hatten wir die Praxis betreten, waren Erbrechen und Durchfall

Geschichte. Eine Untersuchung gab es dennoch und ein paar Tabletten zum Magenschleimhautschutz. Außerdem die Anweisung, zwei oder drei Tage lang nur Schonkost zu füttern, was für meine Hündin nicht wirklich ein Opfer bedeutet. Sie liebt gekochtes Hühnchen und Reis.

Natürlich bin ich froh, dass der Tierarzt keine Vergiftung feststellen konnte, und so habe ich Marley halbwegs guten Gewissens bei meinen Eltern zurückgelassen. Dank Stau auf der B10 habe ich es dann wie erwartet nicht mehr rechtzeitig zu Dienstbeginn nach Göppingen geschafft. Als ich die Schranke zum Polizeigelände passiere, joggt gerade der komplette 523er in Körperschutzausstattung an mir vorbei. Offenbar hat Roland es sich in den Kopf gesetzt, seine fixe Idee vom Vortag umzusetzen und wird die nächsten Stunden damit zubringen, die Trupps beim Geländelauf zu drillen. Bei über 25 Grad im Schatten um kurz nach 11 Uhr nun wirklich keine schöne Aussicht.

Irritiert blinzle ich in den Rückspiegel. In KSA sehen wir natürlich erst mal alle gleich aus, aber ich bin mir sicher, ich würde Nils erkennen, wäre er dort unter den Kollegen. Doch auch von seiner Dienstnummer ist nichts zu sehen, und als ich mich auf dem Parkplatz umsehe, kann ich auch sein Auto nirgends entdecken.

In meinem Magen beginnt es zu rumoren. Am vergangenen Abend war Nils noch fest dazu entschlossen, Patrick heute in seinem Laden abzupassen und Klartext zu reden. Ist es nun ein gutes oder ein schlechtes Zeichen, dass er anscheinend bislang nicht zum Dienst erschienen ist?

Mein erster Weg führt mich in Markus' Büro, wo dieser mir bestätigt, was ich schon fast befürchtet hatte: Nils hat sich krankgemeldet.

»Für wie lange?«, hake ich nach und hoffe, dass mein Chef mir die innere Unruhe nicht ansehen kann. Wenn es an der Zeit ist, werde ich Markus sicher über Nils und mich in Kenntnis setzen. Aber nicht heute. Nicht, wenn ich mir nicht mal ganz sicher bin, was denn nun der Status quo ist.

»Erst mal nur für heute und morgen. Er geht davon aus, dass er bis zum Einsatz am Wochenende wieder fit ist.«

Ich spare mir die Frage, ob Nils gesagt hat, weswegen er nicht zum Dienst erscheinen kann. Die Wahrheit wird er unserem Zugführer sicher nicht gesagt haben.

»Ach, Erik …«

Notgezwungen lenke ich meine Aufmerksamkeit zurück auf Markus.

»Du sollst dich bitte nochmal beim Kollegen Brzoska von der KI 6 melden.«

»Okay, ich ruf ihn gleich an. Ich bin in Rolands Büro.«

Über seinen Schreibtisch hinweg nickt Markus mir zu, erklärt den kurzen Wortwechsel damit stumm als beendet.

Während ich durch den Flur des Verwaltungsgebäudes eile, verweilen meine Gedanken statt bei den geplanten Festnahmen bei Nils. Kaum fällt die Bürotür hinter mir ins Schloss, ziehe ich mein Handy hervor, bin schon versucht, ihn anzurufen, stocke dann aber doch. Sekundenlang starre ich das Smartphone in meinen Händen an, ehe ich es mit einem frustrierten Seufzen auf Rolands Schreibtisch pfeffere, nur um es dann wieder anzustarren.

In meinem Hirn debattieren lautstark Engelchen und Teufelchen. Das Engelchen sinnt nach Frieden, will wissen, woran es ist und hofft, dass Nils sich tatsächlich getrennt und die Funkstille nichts zu bedeuten hat. Das Teufelchen hingegen wispert bösartig, ich solle mich nicht so anstellen und ihm schon gar nicht hinterhertelefonieren, außer ich sei besonders scharf darauf, mir eine Abfuhr einzuholen.

Heute bin ich eindeutig Team Engelchen.

Ich strecke gerade meine Hand nach dem Smartphone aus, als selbiges auf der Tischplatte zu vibrieren beginnt.

›*Nils ruft an.*‹

Sofort flötet das Engelchen in meinem Kopf los: ›*Geh ran, das ist er, looos, geh schon ran!*‹ Das Teufelchen hingegen setzt sich heftig zur Wehr und macht auf unnahbar. ›*Tu so, als würdest du's nicht hören. Oder lass es wenigstens noch ein paar Mal kli …*‹

Scheiß auf den Teufel!

»Nils?«

Kurz ist es still, dann ertönt seine Stimme gedämpft durch den Lautsprecher: »Erik … hey … störe ich? Kannst du kurz reden?«

»Nein. Ich meine, ja. Du störst nicht. Ich bin zu spät in die BePo gekommen, von daher …« Himmel, was rede ich denn? »Wie geht's dir? Markus sagte, du hättest dich krankgemeldet.«

»Mhm.« Der Laut klingt ziemlich zerknirscht. »Sorry, ich ... Du kannst dir ja denken, dass ich nicht ... na ja ... nicht wirklich krank bin. Ich hoffe, du verpfeifst mich nicht.«

›*Nur wenn du ...*‹

›*Ach, Klappe, Teufelchen!*‹

»Quatsch, wieso sollte ich? Alles okay?«

Als Antwort dringt ein Seufzen an mein Ohr.

»Nicht wirklich. Ich ... hab mit Patrick geredet. Gerade eben.«

»Oh.« Etwas Kreativeres fällt mir in diesem Moment nicht ein. »Und?«

Die wenigen Sekunden, in denen er schweigt, zerren an meine Nerven, als würde ich stundenlang auf seine Antwort warten.

»Ich hab mich von ihm getrennt.«

Im ersten Moment möchte ich spontan jubeln, im zweiten jedoch fällt mir auf, wie niedergeschlagen Nils klingt.

»Das ist ... gut. Ich meine, ich find's gut, dass du für Klarheit sorgst.«

Hat er das wirklich? Die Trennung von Patrick ist noch lange kein Freifahrtschein für uns ins Glück.

»Mhm ... ja, ich ... ich auch. Wirklich. Ich muss nur ... nachdenken, ich ... Ist es okay, wenn ich mich heute Abend oder morgen melde?«

Heute Abend wäre mir definitiv lieber, aber ich verstehe auch, dass Nils die Trennung nicht kaltlässt. Im Grunde spricht es ja sogar für ihn, dass er einen Ex nicht mal eben so innerhalb weniger Stunden oder gar Minuten gedanklich abhakt.

»Klar«, presse ich also hervor. »Meld dich einfach, wenn du ...«

... was auch immer.

»Okay, dann ... bis dann.« Das ist alles. Mehr sagt er nicht. Und der Umstand tut überraschend weh. Bringt mich innerlich ins Schwanken.

Schwer lasse ich mich auf Rolands Bürostuhl sinken. Versuche das Chaos in meinem Kopf zu ordnen, schaffe es jedoch nicht ansatzweise.

Ich schrecke aus meiner in mich zusammengesunkenen Position auf, als das Handy erneut vibriert und dabei ein paar Millimeter über die Tischplatte wandert. Eine WhatsApp-Nachricht ist eingetrudelt. Von Nils.

›*Erik?*‹

Mehr steht da nicht, also tippe ich lediglich: ›*Ja?*‹

Im oberen Bereich des Chatfensters erscheint die Info ›*Nils schreibt*‹. Sie blinkt lange auf. Immer wieder. Zwischendurch wird nur sein Online-Status angezeigt, ehe er erneut tippt. Eine Nachricht kommt allerdings nicht an.

Offensichtlich verfasst er entweder einen ganzen Roman oder – und das halte ich für sehr viel wahrscheinlicher – er löscht andauernd das Geschriebene, um es neu zu formulieren.

Geschlagene acht Minuten geht das so. Irgendwann kommt es mir vor, als würde mein Herzschlag gleich meinen Brustkorb sprengen. Hastig schicke ich eine kurze Nachricht ab: ›*Sag's einfach!*‹

Wieder erscheint sein Online-Status und ich kann Nils regelrecht vor mir sehen, wie er sein Handy anstarrt, es hypnotisiert, und sich dabei eine kleine, steile Falte zwischen seinen Augenbrauen bildet, halb verdeckt von ein paar Haarsträhnen.

›*Oh Nils … wenn du wüsstest …*‹

Wieder blinkt kurz ›*Nils schreibt*‹ auf, nur wenige Sekunden, ehe endlich eine neue Nachricht im Chatfenster aufpoppt.

›*Okay … ^^ Dass ich ein bisschen Zeit für mich brauche, hat nichts damit zu tun, dass ich mir das mit uns anders überlegt hätte. Wollte nur, dass du das weißt.*‹

Selten zuvor hat mich eine Nachricht so erleichtert und gleichzeitig zu einem so dämlichen Grinsen verleitet, wie diese.

Zu meiner Enttäuschung meldet Nils sich nicht noch am selben Abend. Doch ich klammere mich relativ erfolgreich an der Nachricht vom Vormittag fest und rede mir ein, dass er einfach nur ein bisschen Zeit braucht, um eine Trennung zu verdauen, ehe er vollkommen bereit für etwas Neues ist.

Etwas Neues mit mir.

Und tatsächlich scheint der gute, alte Ratschlag ›*schlaf mal 'ne Nacht drüber*‹ auch bei solchen Beziehungsdingen zu helfen. Denn direkt am nächsten Morgen, als ich auf dem Weg in die BePo bin, trudelt eine Nachricht von ihm ein. Eine ziemlich lange sogar, die ich erst lesen kann, als ich mein Auto endlich auf dem Parkplatz abgestellt habe.

›Guten Morgen, Erik! Sorry, dass ich mich gestern nicht mehr gemeldet hab. War irgendwie down und hatte den Kopf so voll. :-(Aber hab eben mit PHK Bechtel telefoniert und Bescheid gesagt, dass ich morgen wieder in den Dienst komme. Hast du heute Abend schon was vor? Meinst du, ein »Krankenbesuch« wäre drin? :-)‹

Und wie er das wäre!

Mit einem breiten Lächeln auf den Lippen und klopfendem Herzen tippe ich eine Antwort.

›Lass das bloß nicht deinen Vorgesetzten wissen … ;-) Ernsthaft: sehr gerne. Soll ich zu dir kommen?‹

Die Nachricht ist bereits abgeschickt, als mir noch etwas einfällt.

›Kenne deine Wohnung ja noch gar nicht.‹

Zunächst trudelt ein Emoji mit weit aufgerissenen Augen ein.

›Stimmt ja. Ich würde mich freuen, wenn du herkommst! Schreib mir einfach, wenn du in Göppingen losfährst.‹

Kaum habe ich die Nachricht gelesen, huscht mein Blick schon sehnsüchtig zur Zeitanzeige im oberen Eck des Displays. Als ob ich annähernd bald Feierabend hätte …

›Mach ich. Soll ich Pizza oder sowas mitbringen?‹

Während ich auf Nils' Antwort warte, steige ich schon mal aus meinem Wagen und verriegle ihn, bleibe aber lieber noch einen Moment auf dem Parkplatz stehen. Nicht dass ich vor lauter blödem Grinsen und Tippen in einen Kollegen hineinrenne, wenn ich mich jetzt über den Hof bewege.

›Nöö. Ich koche was, bis du kommst.‹

Gut, dass ich nicht losgelaufen bin, sondern seitlich an meinem Auto lehne. Ansonsten hätte mich diese Nachricht vermutlich aus den Schuhen gehauen. Nicht, dass es so ungewöhnlich wäre, für den Partner zu kochen, bis dieser nach Hause kommt, aber von Nils hätte ich es nicht erwartet. Nicht jetzt schon. Denn scheißegal, ob es nur Nudeln mit Tomatensoße oder ein Drei-Gänge-Menü sein wird, die Geste hat etwas unheimlich … Partnerschaftliches an sich. So zumindest empfinde ich es.

›Freu mich!‹, antworte ich per Chat und schicke noch drei Smileys hinterher. Den mit den Herzchenaugen verkneife ich mir.

18. KAPITEL

Erik

Aus Nils' und meinem gemeinsamen Abend wird nichts. Statt um kurz nach 19 Uhr wie geplant vor seiner Tür zu stehen, jage ich mein Auto die Auffahrt zum Hof meiner Eltern hinauf. Bereits von Weitem sehe ich Laylas Wagen. Daneben steht sie mit Emilio an der Hand.

Je näher ich den beiden komme, desto deutlicher kann ich den schmerzlichen und gleichsam zornigen Zug um Laylas Mund sehen. Und die Tränen auf Emilios Wangen.

Der Anblick schnürt mir die Kehle zu. Mehr noch, als Emilio sich von Layla losreißt und mir entgegenläuft, kaum dass ich aus meinem Auto ausgestiegen bin.

»Hey, Großer ...« Ich hebe ihn hoch und drücke ihn fest an mich, spüre, wie sein kleiner Körper in meinen Armen bebt. Er schluchzt an meiner Schulter. Über die seine hinweg trifft mein Blick den Laylas.

Sie kommt auf mich zu, bleibt aber in gebührendem Abstand zu mir stehen. Die Arme vor der Brust verschränkt. Der Blick aus ihren dunklen Augen hart. Distanziert.

Wann genau ist diese unüberbrückbar erscheinende Kluft zwischen uns entstanden?

Noch vor der Trennung? Oder als sie mir sagte, mit Emilio wegziehen zu wollen?

Ich weiß es nicht. Ich weiß nur, dass es schmerzt, uns so zu sehen. Und es tut doppelt weh, Emilio in meinen Armen weinen zu spüren.

»Er wollte unbedingt zu dir.« Auch Laylas Stimme ist kühl, eine regelrecht greifbare Mauer zieht sich binnen Sekunden zwischen uns hoch. Auf meinen Armen halte ich den Schutzschild, der gleichsam das letzte Bindeglied zwischen uns ist. Niemals sollte eine solche Last auf den Schultern eines Kindes ruhen.

»Ich konnte ihn einfach nicht beruhigen. Er hat nur geheult und geschrien, dass er heute Nacht bei dir sein möchte.«

An meiner Schulter brabbelt Emilio etwas, doch unter seinen Schluchzern ist es kaum zu verstehen. Beruhigend streichle ich ihm über den Rücken. Immer wieder.

»Ist was passiert?«, will ich von Layla wissen. Für einen Sekundenbruchteil weicht sie meinem Blick aus, ehe der ihre noch härter wird.

»Ich habe ihm gestern gesagt, dass wir wegziehen werden.«

»Was?« Ich muss mich beherrschen, nicht zu schreien. Halte aus Reflex eine Hand über Emilios Ohr. Als ob das irgendetwas nützen würde. Als ob er nicht begreifen würde, dass Mama und Papa sich nicht mehr lieb haben. Auch wenn das nicht ganz stimmt …

»Wir wollten gemeinsam mit ihm sprechen«, erinnere ich Layla überflüssigerweise. »Erst nach der Verhandlung, wenn klar ist, ob …«

»Es *ist* klar«, fällt sie mir fauchend ins Wort. Ich kann sie nur anstarren. Mich innerlich verzweifelt fragen, wo die Frau hin ist, die ich noch vor Monaten so abgöttisch geliebt habe. Ich erkenne Layla kaum wieder.

»Also, was ist? Kann er heute Nacht bei dir schlafen?«

»Natürlich, aber …«

»Bringst du ihn morgen früh vor dem Dienst in die Kita?«

»Ja, ich …«

»Ich hole ihn dann ab. Entschuldige bitte die Umstände.« Mit diesen Worten dreht sie sich um und geht. Geht einfach zu ihrem Auto.

Zum Glück kommt genau in diesem Moment meine Mutter auf den Hof.

»Erik, was …? Hallo, Emilio, mein Sonnenschein!«

Er schaut hoch. Sein Schluchzen ebbt ab. Martina hatte schon immer eine faszinierend aufheiternde Wirkung auf Kinder.

»Mam … ganz kurz …«

Sie versteht. Nimmt wortlos Emilio aus meinen Armen entgegen und schlendert mit ihm über den Hof in Richtung Haus. Marley kommt angerannt und springt bellend um sie herum. Für einen kurzen Moment scheint mein Sohnemann abgelenkt.

Ich erreiche Layla gerade noch, als sie bereits im Auto sitzt und losfahren will. Ohne Vorwarnung reiße ich die Fahrertür auf.

»Stell den Motor ab.«

Sie tut es. Wir durchbohren uns mit Blicken. In ihrem liegen so viel Schmerz und Zorn. Weshalb und auf wen genau, vermag ich in diesem Moment nicht zu sagen.

»Was soll das, hmm?«, hake ich mit gedämpfter Stimme nach. »Wir wollten gemeinsam mit ihm reden. Geschenkt! Aber du kannst nicht einfach …«

»Was? Deinen Sohn zu dir bringen? Entschuldige bitte, Erik, wenn wir dir den Abend verderben. Ich kann ihn auch wieder …«

»Herrgott«, brause ich auf, zwinge mich mühsam zu einem leiseren Tonfall, »darum geht es doch nicht.«

»Doch, genau darum geht es, Erik. Ich weiß nicht, ob das irgendeine Racheaktion oder Ähnliches von dir ist, weil ich mit Emilio zurück nach Hamburg will. Aber er ist *dein* Sohn! *Du* warst derjenige, der so viel Zeit wie möglich mit ihm verbringen wollte. Also tu das auch und schieb ihn nicht für deinen neuen Lover aufs Abstellgleis.«

Mit bleibt der Mund offenstehen. *Das*, zur Hölle, kann Layla unmöglich so meinen! Und woher weiß sie überhaupt von Nils?

Wenigstens ein Bruchteil unserer innerehelichen Gedankenübertragung scheint noch zu funktionieren, denn ehe ich nachhaken kann, führt Layla giftig fort: »Ja, schau nicht so. Ich weiß, dass du mit einem Mann rumvögelst. Emilio hat es erzählt.«

Augenblicklich fahre ich herum, doch meine Mam ist bereits mit Emilio im Haus verschwunden. Mein Blick gleitet zurück zu Layla. Von unten herauf fixiert sie mich mit diesem Ausdruck in den Augen, den ich nie zuvor bei ihr gesehen habe. Sie klammert sich am Lenkrad fest.

»Jetzt hör mir mal zu, ich schiebe Emilio nicht aufs Abstellgleis. Das habe ich nie getan und werde es nie tun, und das solltest du eigentlich wissen. Das mit Nils ist …«

»Lass es, Erik! Ich will es nicht hören, okay? Ich will nicht wissen, mit wem du ins Bett gehst. Ich bitte dich lediglich, wenigstens heute Abend für deinen Sohn da zu sein. Den Rest werden unsere Anwälte und das Familiengericht klären. Und jetzt möchte ich gerne fahren.«

Noch während sie die letzten Worte ausspeit, startet sie den Motor. Meine Hand gleitet vom Türrahmen, gleich darauf knallt sie die Fahrertür zu. Ich trete zurück. Der Motor heult auf, die Reifen drehen auf dem Kies durch.

Ich sollte sie in diesem Zustand gar nicht fahren lassen, geht mir noch durch den Kopf, doch da schießt der Audi bereits die Hofauffahrt hinunter, zieht dabei eine beachtliche Staubwolke hinter sich her. Ich starre dem Auto hinterher, kann nicht fassen, was Layla mir eben an den Kopf geworfen hat.

›Den Rest werden unsere Anwälte und das Gericht klären ... Ja, verdammt!‹

Mit einem mühsam unterdrückten Fluch auf den Lippen drehe ich mich um und gehe zum Haus hinüber. Mein erster Weg führt mich in die Wohnung meiner Eltern. Marley kommt mir an der Tür entgegen und läuft vor mir her in die Küche.

An dem rustikalen Echtholztisch meiner Eltern wirkt Emilio fast ein wenig verloren. Seine runden Wangen sind blass, seine Augen rot, aber wenigstens weint er nicht mehr. Stattdessen umklammert er eine große Tasse, aus der ein verführerischer Duft nach Schokolade aufsteigt.

»Ist Mama weggefahren?«

Ich nicke und zwinge mich zu einem Lächeln. Meine Mutter drückt im Hinausgehen meine Hand, ein stummes Zeichen, das mir wohl sagen soll: *›Ich bin da, wir reden später.‹*

»Ja, Mama ist nach Hause gefahren. Schläfst du heute Nacht bei mir?«

Emilio nickt eifrig, schiebt mir seine Tasse entgegen.

»Kannst du pusten?«

Ich rutsche neben ihn auf die gepolsterte Holzbank und puste ein paar Mal in seinen Kakao, obwohl ich mir sicher bin, dass meine Mutter die Milch nur lauwarm gemacht hat. Emilio beobachtet mich dabei aus seinen großen, dunklen Augen. Laylas Augen.

Ihm drückt etwas Zentner schwer auf sein kleines Herz, das ist ihm überdeutlich anzusehen.

»Warum will Mama nach Hamburg ziehen?«

Ich stocke einen Moment, puste dann noch einmal, ehe ich die Tasse wieder zu Emilio schiebe.

»Jetzt kannst du trinken. Hat Mama dir das nicht erklärt?«

Er schüttelt erst den Kopf. Nickt dann. Seine Stirn liegt in tiefen Falten.

»Mama hat gesagt, wir müssen zu ihrer Mama ziehen, weil sie wieder arbeiten will. Also Mama will wieder arbeiten und dann hat sie weniger Zeit für mich. Dann soll Oma auf mich aufpassen. Aber warum passt du nicht auf mich auf?«

›Das würde ich gerne. Oh, Schatz, das würde ich so unglaublich gerne tun.‹

»Ich muss doch auch arbeiten und außerdem …«

»Aber warum kann Mama nicht hier arbeiten?«

Wie immer trifft Emilio den Nagel auf den Kopf.

»Weil es die Arbeit, die Mama machen will, nur in Hamburg gibt.«

»Was will sie denn arbeiten?«

»Sie will in der Firma ihres Papas arbeiten. Im Büro. Beim Telefonieren helfen und solche Sachen.«

Ich kann regelrecht sehen, wie es in seinem Kopf rattert. Seinen Kakao scheint er darüber vollkommen vergessen zu haben.

»Und warum kommst du nicht mit nach Hamburg?«

»Na, weil ich hier arbeite.«

»Aber in Hamburg gibt es auch Polizisten, oder?«

›Oh Himmel … schlaues Kerlchen!‹ Ich muss einfach lächeln. Und das, obwohl ich in diesem Moment so stinkwütend auf Layla bin. Alleine schon, weil ich nun dieses verfluchte Gespräch mit Emilio führen muss. Weil *ich* ihm erklären muss, weshalb seine Mutter einen Egotrip durchzieht. Als etwas anderes kann ich es in diesem Moment nicht betrachten, so leid es mir tut. Ich bin einfach nur so wütend. So enttäuscht. Verstehe nicht, warum Layla anscheinend auf Teufel komm raus ihren Plan durchziehen muss. Sieht sie nicht, wie unser Kleiner darunter leidet?

»Ja, in Hamburg gibt es auch Polizisten. Aber ich glaube, es gibt dort schon genug. Ich kann mir nicht einfach aussuchen, wo ich arbeite.«

»Hast du denn schon nachgefragt?«

Habe ich nicht. Und die Erkenntnis, dass ich tatsächlich bislang nicht ernsthaft darüber nachgedacht habe, versetzt mir nun, mir Emilios traurigem Gesicht vor mir, einen Stich.

»Ich muss erst mal abwarten, ob Mama und du wirklich nach Hamburg ziehen«, entgegne ich zögerlich. Ich will ihn weder anlügen, noch ihm falsche Hoffnungen machen.

»Ich will nicht nach Hamburg ziehen«, verkündet Emilio entschlossen, zieht dabei einen Schmollmund. In seinen Augen glitzert es schon wieder verdächtig.

»Ich weiß«, murmele ich mit plötzlich enger Kehle und nehme ihn in die Arme, ziehe ihn an mich. *›Ich will auch nicht, dass sie mit dir wegzieht!‹*

»Ich rede nochmal mit Mama, okay?«

An meiner Schulter spüre ich ihn nicken, seine kleinen Hände klammern sich an meinem Shirt fest. Lange Sekunden, vielleicht sogar ein paar Minuten, sitzen wir so da. Bis ich schließlich merke, dass Emilio in meinen Armen weicher wird. Sich langsam entspannt. Als ich ihn ein wenig von mir schiebe, um ihn ansehen zu können, sind seine Augen ganz klein, seine Lider schwer.

»Hast du schon Abend gegessen?«

Er nickt.

»Okay. Dann gehen wir jetzt hoch. Soll ich dich tragen?«

Wieder ein Nicken. Das war klar.

»Und den Kakao nehmen wir mit?«

Und nochmal nickt er, auch wenn ich mir nicht so sicher bin, ob er die Tasse überhaupt noch anrühren wird.

Emilio auf dem einen Arm, die Tasse in der anderen Hand und Marley dicht auf meinen Fersen, verlasse ich die Küche. Meine Eltern sitzen im Wohnzimmer und schauen Nachrichten. Leise klopfe ich mit der Fußspitze gegen die halb offen stehende Tür.

»Wir sind oben. Emilio schläft mir fast im Sitzen ein. Wir reden morgen früh, ja?«

Mein Vater nickt mir zu, seine Miene ist verkniffen.

Von meiner Mam erhalte ich einen mitfühlenden Blick. Ich weiß, wie gerne beide Layla stets hatten. Doch ihr derzeitiges Verhalten nagt an uns allen.

Während ich Emilio die schmale Treppe zu meiner Dachgeschosswohnung hinauftrage, vibriert mein Handy in meiner Hosentasche. Ganz sicher entweder Layla oder Nils. Gerade bei ihm sollte ich mich dringend noch melden. Bald! Nach Laylas Anruf habe ich ihn nur knapp per WhatsApp wissen lassen, dass ich nicht wie versprochen zu ihm kommen kann, weil irgendetwas mit Emilio ist. Ich hoffe, er ist nicht sauer und macht sich nicht zu viele Sorgen. Ich würde ihm gerne antworten, aber im Moment ist mein Sohnemann das Wichtigste.

In meiner Wohnung angekommen verschwinden wir erst mal gemeinsam im Badezimmer, eine Runde Pipi machen und Schlafanzug anziehen. Eine ausreichende Auswahl an Klamotten lagert stets in Emilios Kinderzimmer. Eigentlich ein Gästezimmer, aber ich will es nicht mehr als solches betiteln. Auch wenn Emilio nicht bei mir wohnt, soll er doch das Gefühl haben, es sei sein eigenes Reich.

Anschließend kuscheln wir uns gemeinsam aufs Sofa. Obwohl Emilio todmüde ist und die Uhr meint, er müsse längst im Bett sein, kann ich es ihm nicht abschlagen, noch eine Weile mit mir wach zu bleiben. Während ich ihm gedankenverloren durchs Haar streichle, nippt er an seinem Kakao, der natürlich längst kalt ist.

Während Emilios dringendste Fragen fürs Erste geklärt zu sein scheinen, brennt mir etwas feurig drängend auf der Zunge.

»Emilio«, murmele ich in sein Haar, nicht sicher, ob er inzwischen eingeschlafen ist. Doch er schaut prompt zu mir hoch, auch wenn er ziemlich müde aussieht. »Hast du Mama von Nils erzählt?«

Kurz scheint er zu überlegen. Allzu geschockt kann er also nicht gewesen sein, wenn er erstmal nachdenken muss, wer Nils nochmal war. Mit einem Mal hellt sich seine Miene auf.

»Ja, ich hab ihr gesagt, dass Nils mit uns Würstchen gegessen hat. Und dass er bei dir übernachtet hat.«

›Bingo, Volltreffer und versenkt!‹

Ehe ich mir überlegen kann, wie ich mich am besten weiter behutsam vortaste, hakt Emilio nach: »Warum kann Mama Nils nicht leiden?«

Die Antwort ist mehr als offensichtlich. Aber eben nicht für einen Fünfjährigen.

»Mama kennt Nils gar nicht. Wieso denkst du, dass sie ihn nicht mag?«

»Weil sie wütend geworden ist, als ich ihr von Nils erzählt hab.«

»Was hast du ihr denn genau erzählt?«

Automatisch halte ich den Atem an. Emilio blinzelt verwirrt.

»Na, hab ich doch gesagt. Das mit den Würstchen …«

Es ist offensichtlich, dass Emilio nur das gemeinsame Grillen meint. Dennoch verursachen mir *›die Würstchen‹* ein übles Kopfkino.

»Woher weißt du denn, dass Nils bei mir übernachtet hat? Er war doch schon weg, als du aufgestanden bist.«

Emilio schaut mich nur aus fragenden Augen an. Ganz offensichtlich hat er keinen blassen Schimmer, was genau sein Papa gerade von ihm will.

»Bist du in der Nacht mal aufgewacht?«

»Wann?«

Die Müdigkeit schlägt offenbar zu.

»In der Nacht, als Nils bei mir geschlafen hat. Bist du da mal aufgewacht?«

»Nöö.«

»Und morgens? Bist du da schon früh aufgewacht?«

Nun nickt er heftig.

»Ja. Deswegen weiß ich, dass Nils da geschlafen hat. Ich hab euch gehört, als du gesagt hast, dass er jetzt gehen muss. Warum hat er nicht mit uns gefrühstückt?«

Angesichts des Geröllberges, der gerade von meinem Herzen poltert, muss ich erst mal durchatmen, ehe ich antworten kann.

»Nils musste zur Arbeit.«

»Was arbeitet er?«

»Er ist Polizist.«

»Genau wie du?«

»Ja, genau wie ich.«

Emilio strahlt, doch die Geste verliert sich in einem herzhaften Gähnen.

»Soll ich dich ins Bett bringen?«

»Mhm.«

»Und schauen, ob Monster unter dem Bett sind?«

»Mhm.«

Ich raffe mich vom Sofa auf und trage Emilio rüber in sein Zimmer. Ein eingehender Blick unter das Bett zeigt es deutlich: Keine Monster weit und breit.

»Kann Nils auch Monster verjagen?«

»Na klar, alle Polizisten können das.«

»Schläft er mal wieder hier?«

Die Bettdecke bis ans Kinn hochgezogen, schaut Emilio zu mir auf. Wie schafft er es eigentlich immer, in seiner kindlichen Unbefangenheit so treffsicher die richtigen Fragen zu stellen.

»Fändest du es okay, wenn er öfter hier schläft?«

»Ja. Dann kann er auch mal mit mir Monster verjagen.«

Genau genommen verjagt Emilio nie eigenhändig irgendwelche Monster, sondern kuschelt sich unter die Decke, bis *ich* die Monster unterm Bett verjagt habe. Aber was soll's ...?

»Das macht er bestimmt.« Ich zögere einen Moment, setze mich auf die Bettkante und streichle einmal durch Emilios Haar, ehe ich leise nachhake: »Magst du Nils denn?«

»Mhm.« Seine Augen fallen schon wieder halb zu.

»Ich mag ihn auch gerne.«

Emilio blinzelt mühsam.

»Wie gerne?«

»Ziemlich gerne.«

Mit geschlossenen Augen tastet er nach seinem Krokodil, drückt das Plüschtier an sich.

»Von der Erde bis zum Mond und wieder zurück ... so gerne?« Er nuschelt nur noch. Ganz leise. Ich streichle durch seine dunklen Locken und nicke. Bin mir ziemlich sicher, dass er meine Antwort nicht mehr mitbekommt, und murmele dennoch: »Ja, genau so. Und vielleicht sogar noch ein bisschen mehr.«

Nils

Lustlos stochere ich auf meinem Teller herum, vermische Geschnetzeltes und Reis, nur um Letzteren dann wieder Körnchen für Körnchen aus der Soße und zwischen dem Fleisch hervorzupulen. Mein Magen knurrt, aber alleine schmeckt das Essen, das eigentlich für zwei gedacht war, nicht annähernd so gut.

Seufzend schiebe ich den Teller von mir, schiele auf mein Handy, ehe sich mein Blick nachdenklich auf einen unbestimmten Punkt auf der

Tischplatte heftet. Seit Erik mich hat wissen lassen, dass unser Abend ins Wasser fällt, habe ich nichts mehr von ihm gehört. Und ich will ihn auch nicht mit Nachrichten nerven, denn wenn es wirklich etwas Ernstes mit Emilio ist, hat er im Moment sicher andere Sorgen. Dennoch hoffe ich insgeheim, dass er sich bald meldet. Alleine schon, weil ich auch gerne wissen würde, was mit seinem Kleinen los ist. Und weil ich Erik vermisse. Mehr als ich ihm gesagt habe. Sehr viel mehr!

Ich bin eigentlich kein Typ, der dauernd Bespaßung und Aufmerksamkeit braucht. Zwar bin ich gerne unter Leuten, aber ich genieße auch mal einen ruhigen Abend auf der Couch. Und wenn mir doch der Sinn nach mehr Action steht, kann ich mich auch gut alleine beschäftigen, sei es durch Sport. Doch seit Erik mir abgesagt hat, weiß ich nichts mit mir anzufangen. Ich habe Hunger, aber keinen Appetit, bin hibbelig und gleichsam zu lustlos, um mich für ein Abendtraining aufzuraffen. Zwei meiner besten Kumpels verbringen die Abende unter der Woche in aller Regel mit ihren Freundinnen, ich brauche sie also gar nicht erst anzurufen. Und auf meinen übrigen Bekanntenkreis habe ich schlichtweg keine Lust.

Ich will Erik!

Jetzt.

Hier.

Will mit ihm essen und ihn dabei ansehen. Seine Stimme hören und es genießen, wenn er mich an sich zieht. Stattdessen hocke ich hier alleine und starre Löcher in die Tischplatte. Bin so vertieft in dieses Nichtstun, dass ich heftig zusammenzucke, als sich die Türklingel lautstark zu Wort meldet.

Einen Moment lang sitze ich wie festgetackert, doch dann springe ich auf und haste durch den Flur. Die plötzliche Hoffnung, es könnte Erik sein, der da vor dem Haus steht, lässt mein Herz freudig losrasen. Ohne die Sprechanlage zu betätigen, drücke ich den Türöffner, reiße die Wohnungstür auf und lausche auf die Schritte im Treppenhaus. Mit jedem dumpfen Klang von Schuhen auf Stein wird das erwartungsvolle Grinsen auf meinen Lippen breiter – so zumindest kommt es mir vor. Doch dann entgleisen mir förmlich die Gesichtszüge. Denn es ist nicht Erik, der den obersten Treppenabsatz betritt.

»Oh … du?«

»Hey, Nils.« Patrick lächelt zaghaft, bleibt einen Meter von mir entfernt stehen. Und ich kann nichts anderes tun, als festzustellen, dass ich nicht darauf vorbereitet bin. Nicht darauf, dass er so plötzlich und unerwartet vor mir steht. Und schon gar nicht darauf, dass es mich dermaßen sprachlos macht und aus dem Konzept bringt, dass er hier ist.

»Hast wohl nicht mit mir gerechnet.«

Das ist leicht untertrieben.

»Kann ich trotzdem kurz reinkommen? Wenn es dir nichts ausmacht …«

Es macht mir etwas aus. Am allermeisten der Umstand, *dass* es mir so viel ausmacht.

»Was … Warum?«

»Ich hatte gehofft, wir könnten nochmal reden? In Ruhe?«

Die Art, wie er den Kopf leicht schief legt und mich dabei bittend und hoffnungsvoll ansieht, reißt mich irgendwie aus meiner Starre.

»Auf einmal? Gestern Morgen warst du nicht besonders erpicht darauf, mir zuzuhören.«

Bei meinen letzten Worten wird der Zug um seinen Mund härter.

»*Gestern* hast du mich abserviert.« Seine Antwort ist fast ein Schnauben. »Vielleicht verständlich, dass ich da wenig Lust auf Reden hatte.« Noch während er spricht, schiebt er sich an mir vorbei in meine Wohnung. Mir ist durchaus bewusst, dass ich wütend über dieses Verhalten sein müsste, aber auf merkwürdige Weise ist es eher beruhigend, wieder den Patrick van Hoeven vor mir zu haben, den er mir gegenüber so oft zur Schau gestellt hat.

Mit einem Schnaufen drehe ich mich um und knalle die Wohnungstür hinter mir zu, folge Patrick ins Wohnzimmer. Laufe allerdings fast in ihn hinein, da er wie angewurzelt mitten im Raum steht. Den Blick starr auf die Essecke gerichtet. Auf den Tisch, der für zwei eingedeckt ist. Mit Teelichtern in einer großen Wasserschale. Nicht gerade mein alltägliches Abendessensambiente.

Sekunden vergehen, in denen wir nur dastehen. In denen Patrick den Tisch anstarrt und ich wiederum ihn anstarre. Schweigend. Eine eisige Mauer zwischen uns.

Den Umstand, dass nur einer der beiden Teller benutzt und das Essen darauf längst kalt ist, scheint Patrick geflissentlich zu übergehen. Seine Kiefer sind fest aufeinandergepresst, ebenso seine Lippen. Ich könnte in diesem Moment nicht sagen, ob er näher daran ist, wutentbrannt die Tischdecke samt Gedeck vom Tisch zu reißen, oder ob er mit den Tränen der Enttäuschung kämpft. Verstehen könnte ich beides. Aber nur mit einem könnte ich umgehen.

»Wie ich sehe, hätte ich mir den Weg sparen können«, presst er schließlich hervor. »Manchmal sagen gedeckte Tische wohl mehr als hundert Worte. Hätte nicht gedacht, dass es doch so ernst ist mit euch.« Bei den letzten Worten wendet er sich mir zu. Fixiert mich und ich kämpfe innerlich, um seinem Blick standzuhalten.

»Ja, es ist ernst«, bringe ich mit Mühe über meine Lippen. »Aber ich habe mich nicht wegen Erik von dir getrennt. Nicht nur.«

Wieder vergehen Sekunden, in denen wir schweigen. Uns nur ansehen. Bis Patrick noch einmal zum Tisch sieht. »Und wo ist er?«

Es ist ihm also doch aufgefallen.

»Verspätet sich«, gebe ich knapp zur Antwort, gehe an Patrick vorbei in Richtung Küche. Himmel, warum kann Erik nicht genau jetzt vor meiner Tür stehen?

»Tja dann …« Mit einem Mal ist die Härte aus Patricks Stimme gewichen. »Gibst du mir ein paar Minuten?«

»Mhm. Willst du was trinken?« Ohne auf seine Antwort zu warten, öffne ich einen der Hängeschränke, nehme ein Glas heraus, dann eine Flasche Wasser aus dem Kühlschrank. Ich höre, wie Patrick sich hinter mir bewegt, zu mir in die Küche kommt. Eine Antwort bekomme ich jedoch nicht. Weshalb auch, auf eine so banale Frage …

»Ob du was tri…« Die Worte bleiben mir sprichwörtlich im Hals stecken, als Patrick plötzlich von hinten die Arme um mich schlingt. Ich kann nicht sagen, ob es mehr das Unerwartete der Berührung oder die Nähe an sich ist, die mich so vollkommen überrumpelt, dass ich mich nicht rühren kann. Dass ich nur die Luft anhalte und zulasse, dass Patrick sich näher an mich schiebt. Viel näher. Dass ich nichts gegen diesen Überfall unternehme, nicht einmal, als er mit der Nasenspitze über meinen Nacken streicht. Gleich darauf die Lippen auf meine Haut presst.

»Ich will nichts trinken«, flüstert er leise und mit einer solchen Zerbrechlichkeit in der Stimme, dass es mir heiß und kalt zugleich den Rücken hinabrinnt. »Ich will *dich*, Nils. Hörst du? Es tut mir leid, ich ... Du hast das nicht verdient. Dass ich dich so behandle, aber ... Bitte, ich ... Gib uns noch eine Chance. Bitte ...«

Während er an meinem Nacken wispert, seinen Mund über meine Haut bewegt, jeden einzelnen Wirbel küsst, gleiten seine Hände über meinem Shirt an meinem Körper entlang. Über meine Brust. Meinen Bauch. Und tiefer.

»Pat ... du ...«

»Gott, Nils ...« Er vergräbt seine Nase in meinem Haar. Inhaliert mich. Etwas, das er nur selten getan hat. Zu selten. Genau diese Gesten, genau dieses Gefühl, hätte ich öfter ... so verdammt viel öfter von ihm gebraucht.

Aber nicht mehr jetzt.

Jetzt ist Erik derjenige, der mir das Gefühl gibt, alles zu sein.

Bebend schließe ich die Augen.

»Nils, bitte ...« Patrick flüstert ganz leise. Seine Hände verharren am Bund meiner Jeans. »Ich ... liebe dich.«

Meine Augen fliegen auf. Das Glas, das ich bis dahin umklammert gehalten habe, landet mit vernehmbarem Klirren auf der Arbeitsplatte. Meine Finger zittern, als ich sie über Patricks lege, doch mein Griff ist fest. Bestimmend schiebe ich seine Hände von meinem Körper.

»Tut mir leid«, entgegne ich leise, aber ohne ein Beben in der Stimme und winde mich dabei aus seiner Umarmung. Um ihn ansehen zu können, benötige ich einen Moment. Schließlich treffen sich unsere Blicke.

»Tut mir leid«, wiederhole ich und meine es wirklich ehrlich. »Hast du eine Ahnung, wie oft ich mir heimlich gewünscht habe, dass du das zu mir sagst? Oder es mir zeigst? Dass du mir das Gefühl gibst, dir wirklich etwas zu bedeuten?«

Wieder kneift Patrick die Lippen zusammen. Er entgegnet nichts, doch an seiner Miene erkenne ich, dass er verstanden hat.

»Du hast mir verdammt viel bedeutet, weißt du das eigentlich?« *›Und vielleicht tust du es immer noch.‹* »Und es tat scheiße weh, einzusehen und mir selbst einzugestehen, dass mich das, was wir hatten, nicht glücklich machen konnte. Es ist nicht mal deine Schuld. Ich dachte eine Zeit lang wirklich, dass das mit dir genau das ist, was ich wollte. War es aber nicht. Von Anfang an nicht und dann …«

›Dann kam Erik und hat mir gezeigt, was ich wirklich will.‹

Das jedoch spreche ich nicht aus. Ich mag Patrick. Mag ihn wirklich. Immer noch. Und genau deshalb will ich kein Salz in die Wunde kippen. Er ist verletzt genug. Und ich bin es auch.

Gleichzeitig jedoch wird es alleine beim Gedanken an Erik warm in meinem Bauch. Und das selbst jetzt, während Patrick vor mir steht.

Wieder huscht sein Blick kurz in die Essecke und zu dem gedeckten Tisch. Auch wenn ich bezweifle, dass Patrick mir meine Behauptung, Erik würde sich nur verspäten, abgenommen hat, scheint der Anblick wie ein Mahnmal auf ihn zu wirken.

»Ich schätze mal, es gibt keine Chance mehr, dir zu beweisen, dass es auch anders ginge? Das mit uns …«

Zu meiner Erleichterung bringen mich seine Worte nicht ins Wanken. Ganz egal, ob Erik gerade hier ist oder bei Emilio oder sonst wo … Ich bin mir sicher, wohin ich gehöre.

»Nein«, entgegne ich daher fest. »Nein, gibt es nicht.«

19. Kapitel

Nils

Auch wenn ich mir Mühe gebe, es zu verbergen, kann ich es vor Erik nicht leugnen: Ich bin nervös. Muss mich beherrschen, nicht unruhig auf der Bank des Mannschaftswagens herumzurutschen.

Es ist nicht nur dieses hibbelige Aufgeregtsein vor einer neuen Situation, sondern unterschwellig auch Furcht. Ich hatte wirklich gedacht, ich hätte meine erste und letzte Demo gut weggesteckt. Aber offensichtlich haben sich die Bilder doch tiefer in mein Gedächtnis eingebrannt, als ich angenommen hatte.

Bilder von Demonstranten, die Flaschen, Steine und Böller auf mich und meine Kollegen werfen.

Bilder von zu Boden gerissenen Hamburger Gittern, zwischen denen Brandsätze in Flammen aufgehen.

Das Bild von Lisa, wie sie am Boden liegt und mit Angst in den Augen zu mir hochschaut.

Es sind Bilder, die jedem von uns im Gedächtnis bleiben. Von denen wir uns nicht einschüchtern lassen sollten. Aber das ist leicht gesagt …

Zum wiederholten Mal streift Eriks Hand meinen Arm, legt sich für wenige Sekunden darauf. Übt sanften Druck aus. Erdet und beruhigt mich und lässt mich im selben Moment zu unseren Kollegen schielen. Aber entweder sie bemerken wirklich nicht, wie viel Aufmerksamkeit er mir widmet, oder sie ignorieren es gekonnt.

Ich jedenfalls bin froh, dass Erik in diesem Moment neben mir ist. Wir hatten in den letzten Tagen kaum Zeit miteinander. Am Tag nach unserer geplatzten Verabredung war ich zwar wieder in der BePo und wir haben die Mittagspause genutzt, um bei einer gemeinsamen Pizza zu reden, aber abgesehen davon gab es kaum Zweisamkeit. Noch am selben Abend hatte Erik einen Termin mit seiner Anwältin, sodass wieder keine Zeit für uns blieb – was ich absolut verstehen kann; schade war es dennoch. In der Nacht von Freitag auf Samstag haben wir beide in der BePo übernachtet. Absichtlich! Wir haben uns gemeinsam in eines der beiden Betten gekuschelt. Wenige kostbare Stunden, ehe wir eingeschlafen sind. Eine Nacht, die mir noch einmal deutlich vor Augen geführt hat, dass ich die richtige Entscheidung getroffen habe: gegen Patrick und für Erik. Für uns. Aber auch eine Nacht, die meine Sehnsucht nach ihm nur noch weiter befeuert hat. Emotional wie körperlich. Vor allem aber körperlich, denn außer intensiven Küssen und zärtlichen Berührungen ist in dieser Nacht nichts passiert. Wir beide wollen unsere Beziehung nicht verheimlichen, aber gerade Erik hat im Moment genug Stress, sodass wir beschlossen haben, dass es besser ist, uns noch eine Weile bedeckt zu halten. Und Sex in der BePo läuft nicht gerade unter *›bedeckt halten‹*, vor allem nicht nachts, wenn es auf den Fluren still ist und die Zimmer dafür umso hellhöriger sind.

Selbst jetzt, auf der Fahrt zum Einsatz nach Stuttgart, muss ich daran denken, wie sehr ich mich darauf freue, endlich wieder Zeit alleine mit Erik verbringen zu können. Ich will ihm meine Wohnung zeigen, mit ihm gemütlich zu Abend essen und dann …

Aber das muss warten. Erst mal müssen wir dafür sorgen, dass die bevorstehende Demo gegen Achim van Hoeven, seine Bauunternehmen und seine Politik friedlich verläuft. Unser Job und mein persönliches Anliegen. Zustände wie bei der Demo vor wenigen Wochen muss ich so schnell nicht wieder miterleben. Sie gehören zum Job, das ist mir klar. Und ich zweifle keinen Moment daran, dass es die richtige Entscheidung war, nach der Ausbildung zur BFE zu gehen. Dennoch gibt es gewisse Dinge, auf die man gut und gerne verzichten kann und die einem Magenschmerzen bescheren.

Ich bin mir nicht sicher, ob es Erik genauso geht. Äußerlich wirkt er ruhig und souverän wie immer. Auch noch, als wir in einer Seitenstraße zum geplanten Demonstrantenaufmarsch ankommen und aus dem Mannschaftswagen steigen. Dieses Mal ist eine ganze BFHU vor Ort, zusätzlich Kollegen von der EHU. Es scheint, als hätte die Einsatzleitung aus den vergangenen Wochen gelernt. Achim van Hoeven und seine Partei sorgen für Zündstoff, ich bezweifle, dass die Demo am heutigen Tag friedlich ablaufen wird. Aber ich glaube – und hoffe – dass dieses Mal genügend Einsatzkräfte vor Ort sein werden, um größere Eskalationen zu verhindern.

Während PHM Hartmann Erik kurz zur Seite nimmt, um eine letzte Lagebesprechung durchzuführen, stehe ich mit Manja und Tobias zusammen neben dem Mannschaftswagen, überprüfe nochmal den Sitz meiner KSA und des Oberschenkelholsters.

»Ich soll euch von Lisa grüßen«, meint Manja, während sie an ihrem Helmvisier herumfummelt.

»Oh, wie geht's ihr denn? Ich hab letzte Woche mal kurz mit ihr getextet, da war sie noch etwas angeschlagen.«

»Besser«, antwortet Manja mir lächelnd. »Ich war gestern bei ihr. Wie es aussieht, kommt sie gegen Ende nächster Woche wieder in den Dienst.«

Es erleichtert mich, das zu hören. Auch wenn ich Lisa während unserer gemeinsamen Ausbildung an der Polizeischule als ziemlich taff erlebt habe, war ich mir nicht sicher, ob der Zwischenfall bei der Demo sie nicht doch sehr aus der Bahn werfen würde. Aber wie auch mir schon per WhatsApp, hat sie anscheinend auch Manja versichert, dass sie nicht darüber nachdenkt, der BFE den Rücken zu kehren. Es wäre auch wirklich schade um eine tolle Kollegin gewesen!

»Nils, kommst du mal kurz?« Erik winkt mich zu sich hinüber, gerade hat er seine Besprechung mit Hartmann beendet, der nun mit dem Einsatzleiter der EHU funkt.

»Was gibt's denn?«, frage ich möglichst unverfänglich und stelle wieder einmal fest, dass es mir zunehmend schwerfällt, den dienstlich nötigen Abstand zu Erik zu wahren.

»Roland und ich haben eben die Bestätigung von der KI 6 bekommen, dass bei der Demo wenn möglich einige Festnahmen durchgeführt werden sollen. Ich möchte, dass du in meiner Nähe bleibst, okay?«

Eriks Worte lassen mich schlucken. Ich bilde mir nicht ein, Erik würde das nur sagen, um mich in dem Gefühl zu wiegen, ich könnte eine besondere Hilfe für ihn sein. Mir ist schon klar, dass er auf mich ein größeres Augenmerk haben muss als auf Manja und Tobias. Aber ich bin bereit, ihm und Hartmann zu beweisen, dass auf mich Verlass ist – auch in brenzligen Lagen.

»Okay. Weiß man schon Konkreteres?«

»Nein.« Erik zieht sich die flammenhemmende Haube auf, zupft sie so zurecht, dass er noch gut Luft bekommt. Durch die dunkle Haube fallen seine hellen blauen Augen noch mehr auf. Fest sieht er mich an. »Unser Ziviler Aufklärungstrupp ist im Block und gibt Bescheid, wenn relevante Personen auftreten. Im Idealfall können wir diese dann direkt festnehmen.«

Ich spare es mir, nachzuhaken, wie der ›*worst case*‹ aussieht. Erik hat Erfahrung. Er wird mir zu verstehen geben, was zu tun ist.

Erik

Der Demoaufmarsch und die anschließende Kundgebung vor van Hoevens Luxusbunkern verlaufen überraschend friedlich. Zwar befinden sich seit Veranstaltungsbeginn einige wenige Vermummte unter den Demonstranten, aber unsere Führung hat beschlossen, niemanden aus dem Pulk zu ziehen, insofern alles ruhig bleibt. Die richtige Entscheidung, wie ich finde. Wir müssen auf einen günstigen Moment warten, um die Festzunehmenden herauszuziehen. Es macht keinen Sinn, eine friedliche Demo frühzeitig zu sprengen, um Festnahmen durchzuziehen. Daher warten wir die Kundgebung ab. Im Idealfall können wir die Zielpersonen festsetzen, sobald sich die Versammlung langsam auflöst. Das ist in den meisten Fällen einfacher und weniger konfliktreich, als würden wir mitten in einen geschlossenen Block hineingehen.

Was mich allerdings beunruhigt ist der Umstand, dass unsere Kollegen vom ZAT bislang nur eine der Zielpersonen markiert haben. Meines Wissens sollen insgesamt acht oder neun Linksradikale festgenommen werden. Der Vorwurf an sie: schwerer Landfriedensbruch. Die Führungsspitze war sich sicher, dass besagte Personen auch zur heutigen Veranstaltung aufschlagen würden. Doch bislang fehlt von ihnen anscheinend jede Spur.

Zum wiederholten Mal funkt Roland den Einsatzleiter der EHU an. Ein Teil deren Hundertschaft hat sich auf der Rückseite des Gebäudes positioniert, um sicherzustellen, dass die Lage nicht wieder eskaliert wie bei der Bauenthüllung vor rund zwei Wochen. Meines Wissens wurden damals insgesamt sieben linke Aktivisten festgenommen. Zweien von ihnen konnte auch die Mittäterschaft bei den Randalen der letzten Demo nachgewiesen werden.

Die Kundgebung ist inzwischen beendet, ganz langsam beginnen sich die Menschenmassen aufzulösen. Der Funk knackt in meinem Ohr.

»Vermummte Personen am Eck Bismarckstraße/Senefelderstraße.« Es ist der Truppführer von Alpha, der funkt. Ich sehe mich in die angezeigte Richtung um. Tatsächlich hat sich dort in Windeseile ein überschaubarer schwarzer Block gebildet. Es ist eine fast schon alltägliche Situation für uns. Binnen Sekunden verschwinden vermeintlich friedliche Demonstranten hinter einer Häuserecke, aus ihren Taschen oder Rucksäcken tauchen Sturmhauben, Mützen und Schals auf. Im nächsten Moment stehen sie dir als offensive Polizeifeinde gegenüber. Ein abstruses System, das mir vertraut ist und mich dennoch jedes Mal aufs Neue erschreckt.

Auf Rolands Zeichen hin bewegen wir uns langsam in Richtung des Blocks. Bislang eine reine Vorsichtsmaßnahme. Doch wenig später bekommen wir über Funk weitere Infos zu den markierten Personen. Drei von ihnen kann ich auf den ersten Blick ausmachen. Weitere Zielpersonen befinden sich anscheinend in den Seitenstraßen rund um den Komplex. Noch ist unklar, wann sie sich ebenfalls zu den Demonstranten auf der Bismarckstraße mischen werden. Notfalls werden sie eben wenig später in den Seitenstraßen festgenommen, sobald wir genügend Einsatzkräfte dorthin freimachen können.

Ich tausche einen kurzen Blick mit Nils. Für mich ist das hier Standard: markierte Personen ausmachen; eine kurze Absprache, welcher Trupp für welche Festnahme zuständig ist; rein ins Getümmel. Doch für Nils ist es Neuland – wenigstens in der Praxis. Mit einem Nicken zeigt er mir, dass er verstanden hat. Er weiß, welche unsere Zielperson ist.

Die Festnahme an sich verläuft wie im Idealfall vergleichsweise schnell und für uns unspektakulär. Wie Pac-Man bahnen wir uns einen Weg durch die Demonstranten, kesseln die Zielperson ein. Während

Roland und Manja den Vermummten zu Boden ringen und ihm Handschließen anlegen, verstellen Nils, Tobias und ich den anderen Demonstranten den Zugang, sodass keiner die Festnahme stören kann. Durch eine Schneise, die wir uns bahnen, bringen wir den Kerl in Schließen aus der Gefahrenzone. In der Hasenbergstraße stehen Kollegen der EHU bereit, um die Festgenommenen in Gewahrsam zu nehmen und sie schließlich für die weiteren Ermittlungen der KI 6 zu übergeben.

Noch während Roland und Manja unsere Zielperson abführen, knackt erneut der Funk.

»Schwarzer Block an der Gebäuderückseite, kommend von Breitscheidstraße. Markierte Personen darunter. Verstärkung bitte kommen!«

Ein kurzer Blick zeigt, dass die Trupps Alpha und Gamma noch mit Festnahmen beschäftigt sind. Von Beta kann ich auf die Schnelle nur zwei Kollegen ausmachen. Kurzentschlossen betätige ich meinen Funk.

»523 Delta unterstützt.«

Schon setzen wir uns in Bewegung. Nils und Tobias sind dicht neben mir, als wir um den Bunker aus neu erbauten Luxusappartements herumhasten. Unsere stiefelbesetzten Schritte hallen dumpf auf dem Asphalt.

Kaum haben wir die Gebäuderückseite erreicht, stehen wir inmitten eines Tumults aus vermummten Linken, die sich ein heftiges Handgemenge mit den Kollegen der Einsatzhundertschaft liefern. Offenbar haben die Störer versucht, an den Einsatzkräften vorbei in die Nähe der Appartements oder sogar hineinzugelangen. Vereinzelte Farbbomben haben die einst reinweiße Hauswand hübsch verziert, Achim van Hoeven wird nicht begeistert sein.

Links neben uns liegen zwei EHU-Beamte halb auf einem Vermummten, der sich nach Leibeskräften zur Wehr setzt. Mein nächster Blick allerdings gilt einem Kerl, der direkt auf den am Boden liegenden und die Kollegen zusteuert. In der rechten Hand hält er eine abgebrochene Glasflasche. Ohne Zögern gehe ich frontal auf ihn zu.

»Lassen Sie die Flasche fallen.«

Ein winziges Stocken in seinen Bewegungen, doch der Ausdruck in der bis auf die Augen vermummten Miene ist entschlossen.

»Was willst du, Scheißbulle?«

Innerlich seufze ich und verdrehe die Augen. Sprüche wie diese kümmern mich längst nicht mehr.

»Legen Sie die Flasche …«

Aus dem Augenwinkel sehe ich jemanden auf mich zustürmen, doch ehe der Kerl mir zu nahe kommen kann, verpasst einer meiner Kollegen ihm einen Stoß, sodass er zur Seite taumelt. Erst im zweiten Moment erkenne ich, dass es Nils war. Kurz lasse ich von meiner Zielperson ab, will sichergehen, dass Nils mit dem Kerl klarkommt. Aber als ich einen Schritt auf ihn zugehe, hat er dem Typen bereits einen Arm auf den Rücken gedreht. Die andere Hand bekommt er fast schon freiwillig entgegengestreckt.

Neben mir wird Gebrüll laut. Aus dem Augenwinkel sehe ich einen Böller fliegen, der gleich darauf nur zwei Fuß von mir entfernt Feuer fängt. Ich sehe Tobias von zwei Vermummten umringt, der eine ist der mit der Flasche. Spätestens jetzt ist keine Zeit mehr für gerufene Aufforderungen.

Tobias weicht einem Flaschenhieb aus, versetzt dem Typen einen Tritt, sodass dieser zwei Schritte zur Seite taumelt. Sich jedoch wieder fängt, sogleich noch einmal frontal mit erhobener Flasche auf Tobias zusteuert. In einer fließenden Bewegung ziehe ich meinen Einsatzschlagstock. Der Vermummte, der noch ein wenig unschlüssig neben seinem Buddy und Tobias steht, kassiert im Vorbeigehen einen Stoß gegen die Schulter. Ein Reflex, der ihm zeigen soll, er möge erst gar nicht auf die Idee kommen, sich einzumischen. Reiner Selbstschutz für uns, denn Tobias' Widersacher hat augenscheinlich Gewaltpotenzial für zwei.

Ein weiterer Flaschenhieb reißt den Ärmel von Tobias' Overall in Fetzen. Im nächsten Moment trifft den Kerl ein Hieb mit meinem Tonfa in die Flanke. Statt zurückzutaumeln, fährt er zu mir herum. Genug Zeit für Tobias, ebenfalls seinen Schlagstock zu ziehen und dem Typen die Flasche aus der Hand zu donnern.

»Fuuuck … Drecksbulle …!«

Weitere Beschimpfungen bleiben ihm im Hals stecken, denn Tobias' nächster Drehschlag aus dem Handgelenk zielt direkt auf seine Beine. Keine nette, aber eine durchaus effektive Methode, um jemanden in die

Knie gehen zu lassen. Ich sehe noch, wie Tobias näher an den Typen herangeht, muss mich dann jedoch abwenden, da mich ein vermutlich heftiger geplanter Stoß am Rücken streift. Als ich herumfahre, meine ich, den Vermummten von eben erkennen zu können, der sich nun anscheinend doch dazu entschlossen hat, sich einzumischen. Nils jedoch hat seinen Vorstoß vereitelt. Der direkte Anblick meines Schlagstockes scheint einschüchternd genug zu wirken. Als ich auf ihn zugehe, lässt er sich bereits von Nils die Hände auf den Rücken drehen.

Wir können schlichtweg nicht alle Leute hier festnehmen, also gebe ich Nils ein Zeichen, den Kerl laufen zu lassen. Mit einem Stoß schickt Nils ihn von der Menge fort. Aus meinem Mund folgt ihm ein »Verpiss dich!«

Kurz streift mein Blick Nils' Gesicht. Seine Augen sind in Anspannung geweitet. Seine Aufmerksamkeit gibt dem Handgemenge hinter mir. Ich fahre herum und sehe, dass der Vermummte – inzwischen ohne Flasche – sich hartnäckig gegen Tobias zur Wehr setzt. Wüsste ich es nicht besser, würde ich schwören, der Kerl sei auf Highs. Manch anderer wäre unter den Schlagstockattacken längst zusammengeklappt, aber entweder sorgen jede Menge Adrenalin oder diverse verbotene Substanzen dafür, dass das Schmerzempfinden des Kerls irgendwo gegen null tendiert.

Letztlich braucht es einen gezielten und alles andere als feinfühligen Faustschlag meinerseits frontal in das Gesicht des Kerls, um ihn soweit aus dem Tritt zu bringen, dass es Tobias und mir gelingt, ihn gemeinsam zu Boden zu ringen. Doch selbst dort gibt er nicht klein bei, tritt nach Leibeskräften um sich. Seine Sturmhaube ist so weit verrutscht, dass ich den Großteil seines Gesichtes sehen kann. Schrammen zieren die hohen Wangenknochen. Seine Lippen sind aufgeplatzt. In den dunklen Augen liegt ein Ausdruck, der mir einen kalten Schauer das Rückgrat hinabschickt.

Tobias schafft es, ihn auf den Bauch zu drehen, liegt halb auf ihm und bohrt ihm ein Knie in den Rücken. Fixiert ihn mit einer Hand im Nacken, so fest, dass der Kopf des Kerls einmal mit Wucht auf den Steinboden trifft. Er flucht, spuckt Blut auf den Asphalt. Kämpft sich mit eisernem Willen in Tobias' Griff so weit hoch, dass ich schwören könnte, er müsste sich dabei jegliche Wirbel brechen oder wenigstens ausrenken.

Ich neige mich halb über ihn, um ihn zusätzlich mit einer Hand am Kopf zu fixieren, während Tobias inzwischen mit vollem Gewicht auf ihm hängt. Nils ist neben uns, klemmt die Beine des Kerls mit einem Fuß fest und zerrt sich ein paar Handschließen vom Holster.

Über die Lippen des am Boden Liegenden kommt ein unsäglicher Fluch. Schaumiges Blut quillt aus seinem Mundwinkel. Er spuckt es mir entgegen. Verfehlt mich.

Es ist einer dieser Momente, in denen ich mich beherrschen muss, nicht noch einmal meine Faust in seinem Gesicht zu versenken. Doch ich tue es nicht. Er kann froh sein, dass er nach mir gespuckt hat und nicht nach Tobias. Der hätte möglicherweise weniger Ladehemmung gehabt.

Endlich ist der Kerl geschlossen und es tritt ein, was bei den meisten eintritt: Sobald die Schließen dran sind, erschlaffen sie in unseren Händen. Geben den Kampf auf. Der hasserfüllte Ausdruck in den Augen jedoch bleibt. Wer ist dieser Kerl, dass wir ein solches Feindbild für ihn sind?

Tobias und Nils zerren ihn gemeinsam auf die Füße hoch. Schieben ihn einige Meter abseits. Hinter uns legt sich der Tumult langsam. Die meisten Demonstranten sind entweder versprengt oder von den Kollegen der EHU festgesetzt worden.

Ich strecke eine Hand aus, greife an die Sturmhaube des Typen. Ein nicht nötiges Unterfangen, aber in diesem Moment will ich zu dringend wissen, wen wir vor uns haben. Mit etwas Glück kann ich ihn eindeutig als eine der Zielpersonen der Festnahmen identifizieren. Von einigen habe ich vorab Bilder gesehen, welche uns die KI 6 zugespielt hat.

Tobias hält den Kerl weiter fest, Nils tritt neben mich, als ich ihm die Sturmhaube vom Kopf ziehe. Zum Vorschein kommt ein markantes, schmales Gesicht mit hohen Wangenknochen, umrahmt von dunklen, durch Schweiß leicht strähnigen, halblangen Haaren. In der Tat kommt mir der Kerl bekannt vor, doch ich kann mich nicht darauf konzentrieren, in meinen Erinnerungen zu kramen. Denn neben mir keucht Nils auf. Ein Laut, der merkwürdig dumpf in meinen Ohren hallt. Mein Blick gleitet zur Seite. Zu Nils. Er starrt den Kerl vor uns nur an. Trotz Flammenhaube und Helm erkenne ich den Schock in seiner Miene. Er weicht zurück.

Nils

›Das kann nicht sein!‹

In meinem Kopf hämmert es, einem nicht enden wollenden Stakkato gleich.

›Das kann. Einfach. Nicht. Sein.‹

Und doch steht er dort vor mir. Starrt Erik an. Dann mich. Dann wieder Erik. Mit Abscheu und blankem Hass im Gesicht. Mir ist trotz des Schocks, der mich durchflutet, klar, dass er in diesem Moment nur die Polizisten in Uniform sieht. Mich nicht erkennt. Dennoch trifft es mich auf unvorstellbare Weise, den Ausdruck in seiner Miene zu sehen. Diesen Ausdruck, der mir gilt. Denn auch wenn er mich in diesem Moment nicht erkennt, so wusste er doch, *was* ich bin.

Mein Denken vernebelt sich. Wie in Trance greife ich an den Verschluss meines Helms. Löse ihn.

»Nils?«

Eriks Stimme dringt kaum zu mir durch. Nur am Rande. Wie durch Wattewolken, die mich in diesem Moment nicht schützend einzuhüllen vermögen.

Ich streife mir der Helm ab.

»Nils ... verdammt!« Erik zischt mir zu, greift an meinen Arm. Spätestens jetzt ist uns die Aufmerksamkeit unseres Gegenübers gewiss.

Noch während ich an den Rand meiner flammenhemmenden Haube greife, sie langsam nach oben ziehe, meine ich, Erkennen in seinem Blick aufflackern zu sehen. Kurz verschwindet sein Gesicht, ich sehe nur dunklen Stoff. Dann habe ich die Haube abgestreift. Ich spüre Erik neben mir. Seinen ungläubigen Blick auf mir. Doch ich kann ihn nicht ansehen. Ich starre nur Patrick an. Und er starrt zurück.

Sekundenlang.

In seinem schönen Gesicht, das von Schweiß, Blut und Hass wie entstellt wirkt, spiegeln sich die widersprüchlichsten Emotionen. Nie zuvor lag sein Inneres so offen vor mir. Stets hat er versucht, seine Gefühle vor mir zu verbergen. Nur jetzt nicht.

Jetzt kann er es nicht.

Und ich kann es ebenso wenig.

»Nils!« Erik packt mich so fest, dass ich gezwungen bin, es wenigstens zu registrieren. »Nils, was ist mit dir los, verdammt? Kennst du den Kerl?«

Ich nicke. Wie mechanisch. Eriks Griff lockert sich ein wenig, dennoch ist er nahe bei mir. Und diese absurde Nähe ist es, die mich plötzlich wieder klarer denken lässt.

»Ja«, antworte ich langsam, aber mit für mich selbst erschreckend fester Stimme. »Ja, ich kenne ihn. Das ist Patrick van Hoeven. Achim van Hoevens Sohn.« Nur einen winzigen Moment zögere ich. Kann Erik nicht ansehen, aber spreche dennoch zu ihm, als ich hinzusetze: »Mein Ex.«

Das Schnauben, das Patrick ausstößt, trieft vor Verachtung und Spott. Trotzdem meine ich, einen Hauch bitteren Schmerzes darin zu hören. In seiner Miene zu erkennen.

Erik neben mir ist ganz still geworden. Tobias nehme ich kaum wahr. Vermutlich verfolgt er das Geschehen sprach- und verständnislos.

Für einen kurzen Moment unterbricht Patrick den direkten Blickkontakt. Schaut zu Boden. Blut rinnt über sein Kinn. Als er mich wieder ansieht, liegt eindeutig Schmerz in seinem Blick.

»Verstehst du jetzt, warum ich nie wollte, dass du einer von diesen Scheiß Bullen bist?« Er stößt die Worte leise hervor. Dennoch hallen sie in meinen Ohren wie ein Schrei.

Auch Erik scheint sie gehört zu haben. Er zischt neben mir. Dann tritt er einen Schritt vor. Sein Blick geht an Patrick vorbei zu Tobias.

»Abführen.« Seine Stimme ist beherrscht und kühl. Vermutlich höre nur ich das unterschwellige Beben darin. Als Tobias Patrick an den Armen packt und vor sich her schiebt, setze auch ich mich wie mechanisch in Bewegung.

»Nils, warte.«

Irritiert sehe ich mich zu Erik um.

»Setz deinen Helm wieder auf.«

Kurz zögere ich, tue dann, wie er mir befiehlt. Tobias führt Patrick in Richtung Hasenbergstraße, um ihn den Kollegen der EHU zu übergeben. Ich denke gar nicht weiter nach, will den beiden folgen. Vielleicht, um Patrick zur Rede zu stellen, vielleicht auch, um … Ich weiß es nicht.

Doch wieder hält Erik mich zurück.

»Nils, bleib hier.«

»Ich will nur …«

»Nein.« Seine Stimme lässt keinen Widerspruch zu. Eigentlich …

»Aber ich …«

»Du gehst zurück zum Mannschaftswagen.«

»Was?«

»Du bist vollkommen durch den Wind.« Er spricht es ohne erkenntliches Verständnis in der Stimme aus. Sagt es ganz kühl.

Mein Blick huscht über den Hinterhof. Inzwischen sind alle Störer in Gewahrsam genommen, werden abgeführt. Dennoch gäbe es genug zu tun. Und Patrick …

Tobias und er sind aus meinem Sichtfeld verschwunden. Nur Erik ist noch da. Steht vor mir wie ein Fels und durchdringt mich mit Blicken.

»Nils …«

Mein Name ist eine Mahnung aus seinem Mund. Es mag dem Schock der letzten Minuten geschuldet sein, doch ich spüre förmlich, wie Trotz und Zorn in mir hochkochen.

»Ich will noch …«

»Du gehst zurück zum Mannschaftswagen. Jetzt.«

»Aber …«

»Das ist eine dienstliche Weisung. Ich diskutiere das nicht mit dir.«

Sekundenlang starren wir uns an. Messen uns förmlich mit Blicken. In mir tobt es und ich kann nicht einmal sagen, weshalb ich in diesem Moment so wütend auf ihn bin. So überfahren von der Autorität, die er gegen mich ausspielt.

Ich möchte ihn anschreien, auch wenn ich nicht einmal weiß, was ich ihm an den Kopf werfen sollte. Also schweige ich. Presse die Lippen aufeinander, drehe mich um und gehe.

Zum Mannschaftswagen.

Wie Erik es mir befohlen hat.

20. Kapitel

Erik

Die gesamte Rückfahrt nach Göppingen würdigt Nils mich keines einzigen Blickes. Wobei er genau genommen keinen seiner Kollegen ansieht. Still und in sich zurückgezogen sitzt er am äußersten Rand der Bank. Starrt Löcher in seinen Helm, den er in den Händen hält, die Finger fest darum geklammert.

Ich habe keine Ahnung, was gerade in seinem Kopf vorgeht. Bislang ist es mir nie sonderlich schwergefallen, Nils zu lesen. Er hat nie einen Hehl aus seinen Emotionen gemacht, hat nie versucht, sich vor mir zu verschließen – mit einer einzigen Ausnahme. Aber nun tut er es. Ich kann es einerseits verstehen und andererseits versetzt es mir einen schmerzhaften Stich.

Doch ehe wir zurück in der BePo sind, wird es keine Möglichkeit für mich geben, mit ihm zu sprechen. In Ruhe. Stattdessen lausche ich Manjas und Tobias' leiser Unterhaltung. Nun, nachdem die Anspannung des Einsatzes abgefallen ist, reißen sie lockere Witze. Auch Roland mischt sich ab und an vom Fahrersitz aus ein, scherzt und lacht mit den beiden. Rein dienstlich betrachtet können wir die letzten Stunden als Erfolg verbuchen. Größere Ausschreitungen wurden verhindert, mehrere Zielpersonen festgenommen. Für Nils mag es alles andere als befreiend sein. Ich könnte verstehen, würde er nicht mit mir darüber sprechen wollen. Würde er erst mal Zeit für sich brauchen. Und dennoch will ich nicht zulassen, dass er sich einfach so einmauert.

Zurück in der BePo warte ich ab, bis Roland die üblichen abschließenden Worte an seinen Trupp gerichtet hat, ehe ich hinzusetze: »Danke auch von mir. War ein guter Einsatz heute. Ich bringe mit Nils den

Wagen weg.« Während meiner letzten Worte huschte mein Blick zu ihm. Doch noch immer weicht er mir aus. »Dann schönen Feierabend. Wir sehen uns übermorgen.«

Von Roland erhalte ich noch einen festen Händedruck, ehe er gemeinsam mit Manja und Tobias quer über den Alarmplatz in Richtung der Wohngebäude marschiert. Ich zögere einen Moment, als von Nils noch immer keine deutliche Reaktion kommt, klettere seufzend auf den Fahrersitz. Nils bleibt auf der Rückbank sitzen. Redet kein Wort. Im Rückspiegel sehe ich seine Kiefer mahlen, doch er spricht nicht aus, was ihm auf der Seele brennt. Nicht einmal, als wir abgeschirmt von möglichen Blicken in der Tiefgarage ankommen. Gemeinsam die üblichen Checks am Vito durchführen, um sicherzugehen, dass der Wagen für die nächste Ausfahrt bereit ist.

Je länger wir schweigend nebeneinander hantieren, als desto abstruser und nervtötender empfinde ich die Situation, sodass ich schließlich lauter als nötig die Fahrertür zuknalle und um den Wagen herum stapfe. Hin zu Nils, der gerade hinten im Vito kniet und überprüft, dass keiner unserer Kollegen sein Pfefferspray oder Ähnliches vergessen hat. Er sieht nicht zu mir auf. Nicht einmal, als ich mich seitlich an die geöffnete Ladeklappe lehne und ihn unverhohlen mit Blicken durchbohre.

»Was ist los?«

Er hält tatsächlich in seinem Tun inne. Eine weitere Reaktion erfolgt nicht. Sekunden vergehen, ehe er den Mund öffnet. Ihn wieder schließt. Noch einmal ansetzt.

»Wag es ja nicht, jetzt *›nichts‹* zu sagen«, raunze ich ihn an und bringe ihn damit zu einem Schnauben.

»Alles bestens«, stößt er hervor, knallt die Klappe unter dem Sitz zu. »Ich hab nur gerade erfahren, dass mein Ex ein Antifa-Arschloch ist. Ein Scheißkerl, der gerne Brandsätze auf Kollegen wirft. Vielleicht ja auch auf Lisa. Vielleicht war er es, der sie verletzt hat. Wer weiß das schon? Ich jedenfalls weiß es nicht. Ich wusste ja von überhaupt nichts. Warum auch? Scheiße verdammte!«

Mit jedem Wort wird seine Stimme lauter. Gleichzeitig brüchiger. Sie bebt. Und trotz der KSA, die er noch immer trägt, könnte ich schwören, dass er am ganzen Leib zittert.

Ihn so zu sehen, schnürt mir den Hals zu. Ich würde so gerne zu ihm gehen, ihn an mich ziehen und ihn festhalten. Doch ich kann es nicht. Weil er es nicht zulassen würde. Dessen bin ich mir in diesem Moment sicher. Und die Enttäuschung darüber wandelt sich binnen weniger Herzschläge in Zorn.

Was, zur Hölle, kann ich dafür, dass er keine Ahnung hatte, was sein Exfreund so treibt?

»Das mit Patrick ist scheiße«, entgegne ich und gebe mir alle Mühe, möglichst diplomatisch zu klingen. »Aber sieh es mal so: Du weißt jetzt, woran du bist. Weißt, warum er all die Zeit …«

»Komm spar dir das, Erik!«, fällt er mir ungehalten ins Wort und begegnet endlich meinem Blick. Verletzt, enttäuscht und … warum so verflucht wütend?

Abrupt richtet er sich auf, so weit es die Deckenhöhe des Vitos eben zulässt, und kommt auf mich zu.

»Spar's dir einfach«, wiederholt er zischend, »du hast doch keine Ahnung, wie …«

»Ja, allerdings!« Nun kann auch ich mich nicht mehr zurücknehmen. Nils' Verhalten mir gegenüber, wie er mauert und mich angeht, trifft mich tiefer, als es sollte. »Ich hab tatsächlich keine Ahnung, was dein Problem ist. Denn wohlbemerkt, es ist *dein* Ex, nicht meiner. Also sag mir bitte mal, was ich …«

»Du wusstest es!«

Mit offenem Mund starre ich ihn an. Starre ihn an, wie er da vor mir auf der Ladefläche steht und mich von oben herab anfunkelt. Die Hände an seinen Seiten zu Fäusten geballt.

»Was …« Ich muss mich einmal räuspern, um meine Sprache wiederzufinden. »Was wusste ich?«

»Patrick!« Er spuckt mir den Namen regelrecht vor die Füße. »Du kanntest die Fotos von den Zielpersonen. Du wusstest, dass er …«

»Nils, das ist doch Bullshit! Ich wusste nicht …«

»Du Arschloch!« Sein Schlag trifft mich unerwartet. Nicht mit voller Wucht und nur gegen meine durch die KSA geschützte Brust, aber dennoch taumle ich einen halben Schritt nach hinten. Stehe fassungslos vor ihm. In seinen Augenwinkeln glitzern Tränen. Seine Lippen zittern.

»Du bist so ein verdammtes Arschloch ...« Er flüstert nur noch. Erste Tropfen lösen sich aus seinen Augen, kullern über seine Wange. Ich will ihn an mich ziehen, seine Tränen wegstreicheln und ihm im selben Moment am liebsten im Gegenzug eine verpassen. Wer ist hier das Arschloch? Doch wohl Patrick!

»Du bist ...«, setzt er wieder an. Wispernd nur. Aber er bringt die Begründung, warum genau ich nun der Arsch sein soll, nicht über die Lippen. Stattdessen schnellen seine Hände vor. Dieses Mal bin ich besser gewappnet. Blocke seinen Angriff ab und begreife zu spät, dass es gar kein richtiger Angriff sein sollte. Nils wimmert, als ich ihm das rechte Handgelenk verdrehe, seine Arme auf seinen Rücken zwinge. Durch den Zusammenprall sind wir uns plötzlich nahe. Viel zu nahe. Sein heißer Atem streift meine Lippen. Ganz kurz nur, ehe er seinen Mund auf meinen presst.

Der Kuss ist rau. Bitter. Und schmeckt nach salzigen Tränen.

Und er endet so abrupt, wie er begonnen hat.

Wir verharren. Die Gesichter nur Zentimeter voneinander entfernt. Beide heftig atmend. Noch immer halte ich Nils' Hände auf seinem Rücken fixiert, doch mein Griff wird lockerer.

Als Nils sich nicht regt, nur mit zusammengekniffenen Augen vor mir steht, den Kopf zu mir herabgesenkt, als wolle er mich gleich noch einmal küssen, wage ich es, mit einem Daumen über seine Handkante zu streicheln. Alleine diese Berührung bringt ihn erneut zum Wimmern. Es ist fast ein Schluchzen.

»Nils ...«, murmele ich leise an seinem Mundwinkel. Bin mir durchaus darüber bewusst, dass wir möglicherweise nicht im toten Winkel der Tiefgaragenkameras stehen. »Was hab ich dir getan, hmm?«

Der nächste Laut aus seinem Mund ist tatsächlich ein Schluchzen.

»Nichts, ich ...« Er schnieft. Blinzelt. Ganz langsam entlasse ich seine Handgelenke aus meinem Griff. »Ich hasse es, wenn ...« Wieder ein Stocken. Meine Hände sinken herab. Stattdessen finden seine zögerlich an den Kragen meines Overalls, der oben aus der Schutzweste herausschaut. »Warum ...?« Seine Lippen streifen meine. Er öffnet die Augen. »Warum hast du mich weggeschickt? Vorher, meine ich. Es war nicht ...«

Das ist alles?

Das kann unmöglich der Grund sein, weswegen er so stinkwütend auf mich war!

»Nils, du warst völlig …«

»Ich hasse es, wenn du den Chef raushängen lässt, weißt du das eigentlich?«

Mir klappt der Mund auf. Halb seinen Worten und halb dem festen Griff in meinem Nacken geschuldet, der einen Schauer mein Rückgrat hinabjagt.

»Nils, ich *bin* dein Chef.«

Er schnaubt. Mit einem Ruck zieht er mich vorwärts, sodass ich die Stufe in den Vito hineinstolpere. *Jetzt* sind wir nicht mehr in Reichweite der Kameras, schießt es mir durch den Kopf. Und eigentlich sollte es mich gar nicht kümmern, denn …

»Bist du. Trotzdem vögelst du mich.«

… denn eigentlich sollte *das hier* nicht passieren. Nicht jetzt und schon gar nicht hier.

Ich sollte nicht zulassen, dass Nils mich mit einem weiteren Ruck mit sich zieht. Bis er mit dem Rücken an die Seitenwand des Vitos trifft.

Sollte nicht zulassen, dass er mich mit dieser Mischung aus Zorn und Gier im Blick ansieht.

Und sollte am allerwenigsten zulassen, dass genau dieser Blick es ist, der mich kapitulieren lässt. Der bewirkt, dass ich jegliche Bedenken über Bord werfe und mich von Nils küssen lasse. Hungrig und intensiv. Und dass ich den Kuss genauso drängend erwidere.

Zeitgleich beginnen wir, an den Klett- und Zippverschlüssen des jeweils anderen zu reißen. Fahrig schieben und zerren wir Teile der Körperschutzausstattung zur Seite. Gerade so weit, dass es uns möglich ist, an die darunterliegenden Verschlüsse zu kommen. Bebende Finger tasten sich unter Overalls. Gleiten gierig suchend über erhitzte, noch vom zurückliegenden Einsatz verschwitzte Haut. Hastiger Atem streift über Lippen und Kehlen. Nils' Zähne kratzen über meine Haut am Hals. Am Kiefer. Hin zu meinem Ohr. Er stöhnt hinein. Ein leiser, heiserer und unglaublich sinnlicher Laut, der mir auf direktem Weg in den Schritt fährt.

Nur Sekunden später wühlt er sich mit den Fingern genau dorthin. Umfasst meinen harten Schwarz, beginnt mich ohne zu zögern in einem fast groben Rhythmus zu befriedigen. Ich keuche an seinen Lippen, verschließe sie erneut mit meinen. Ersticke so jeden weiteren Laut aus unseren Mündern und schiebe meine Hand ebenfalls in seinen Overall und in seine Pants. Umfasse ihn fest, genau so, wie er es bei mir tut. Mit der freien Hand halte ich ihn gegen die Autowand in seinem Rücken gedrückt, seine gräbt sich so fest in mein Haar im Nacken, dass es wehtut. Aber ich bin nicht fähig, etwas daran zu ändern. Will es auch gar nicht.

Als ich kurz nach Luft schnappen muss, meinen Mund dafür von Nils' seinem löse, stöhnt er ungehemmt seine Lust heraus. Seine Hüften bocken mir entgegen.

»Oh fuck, Erik ... oh ja, mach's mir ...«

»Shhh ...« Ein letztes bisschen Verstand kann ich noch zusammenkratzen. Gerade genug, um meine Lippen erneut auf seine zu pressen. Ihm mit meiner Zunge die letzte Möglichkeit zu nehmen, zu schreien oder auch nur zu atmen. Wer braucht in diesem Moment schon Luft?

Immer fester, immer drängender bearbeitet Nils meinen Schwanz. Ich schwanke sekündlich zwischen Schmerz und Geilheit. Mein ganzer Körper ist gespannt, ebenso der von Nils. Ich könnte jeden Moment platzen – oder jedenfalls fühlt es sich so an.

Ich fürchte, wenn jetzt jemand in die Tiefgarage käme, würde ich es nicht fertigbringen, mich zurückzuziehen. Schon gar nicht, als ich das Pulsieren von Nils' Penis in meiner Hand spüre und wie sein Saft nach oben pumpt. Er unterbricht den Kuss, ohne sich nennenswert zurückzuziehen. Wird einfach nur reglos und atemlos unter meinen Händen. Unter meinen Lippen.

Ich lockere meinen Griff, einmal streiche ich mit dem Daumen ganz zart über seine Eichel. Sauge sein Wimmern in mich auf. Mit der Zungenspitze berühre ich seine Lippen, flüstere seinen Namen.

Das ist der letzte Kick, den er braucht.

Unterdrückt keuchend entlädt er sich in meiner Hand, auf seinen Bauch und in seinen Overall. Zittert und bebt vor mir. Und genau dieser Anblick ist es, der letztlich auch mich mitreißt.

Schwer atmend dränge ich mich noch enger an Nils, vergrabe mein Gesicht an seinem Hals. Lasse mich mitreißen von meinem Höhepunkt – und von Nils.

Unser beider Atem geht fliegend, wir haben beide noch nicht verdaut, was da eben passiert ist. Dennoch drängt sich der Gedanke daran, wo wir uns befinden, vehement in mein Bewusstsein. Schweren und noch immer rasenden Herzens löse ich mich von Nils, bringe Abstand zwischen unsere Körper. Suchend sehe ich mich um.

In einem Einsatzfahrzeug findet man so ziemlich alles. Taschentücher oder Vergleichbares jedoch nicht.

»Scheint so, als müssten wir klebrig bis unter die Dusche«, stelle ich murrend fest und verziehe gleich darauf das Gesicht, als ich mir meine Boxerbriefs weiter hochziehe, meine Hand notdürftig an der Innenseite meines Overalls abwische und diesen schließe. Bevor wir uns nachher wieder ausziehen, sollten wir definitiv sichergehen, dass keine anderen Kollegen in den Duschen sind.

Ich sehe zu Nils, der sich ebenfalls wieder verpackt hat. Unsicher begegnet er meinem Blick.

»Erik, ich …«

Mit einer Handbewegung wehre ich die Entschuldigung ab, die er ganz sicher hervorbringen wollte. »Vergiss es.«

»Nein. Kann ich nicht. Es tut mir leid.« Als er das sagt, ist sein Blick mit einem Mal wieder fest und klar. »Ich mein's ernst. Es tut mir leid. Ich hätte dich nicht so anfahren dürfen. Ich weiß nicht, was mich geritten hat. War total durch den Wind. Aber dafür kannst du nichts.«

Für mein schiefes Grinsen kann ich allerdings schon etwas.

»Ich bin also kein Arschloch, weil ich den Chef raushängen lasse?«

Nils' Miene wechselt im Sekundentakt von Betretenheit, über Belustigung, bis sie wieder ernst wird.

»Nein, bist du nicht. Du bist mein Vorgesetzter. Ich weiß das. Und ich respektiere das.« Ein schwaches Schmunzeln huscht über seine Lippen. »Zumindest wenn ich nicht gerade in einem emotionalen Ausnahmezustand bin«, fügt er leiser hinzu.

Seufzend neige ich mich zu ihm. Küsse ihn flüchtig. Mir ist schon klar, dass Nils mit der Situation vorhin einfach überfordert war und ich kann das verstehen. Dennoch habe ich die Befürchtung, dass es auf lange Zeit nicht gut sein wird, wenn wir im selben Trupp arbeiten. Weder für uns noch für unsere Kollegen.

»Sorry auch für den Überfall.«

Nun muss ich wirklich grinsen.

»Hoffen wir mal, dass der Wachposten nicht unablässig die Tiefgarage beobachtet und sich wundert, was wir minutenlang im Vito machen. Abgesehen davon dürfte es niemandem auffallen. Jetzt los, wir sollten duschen gehen.«

Nils

Als ich später frisch geduscht und mit einem Handtuch um die Hüften in unser gemeinsames Zimmer schlüpfe, ist Erik schon fertig angezogen und offensichtlich bereit, endgültig Feierabend zu machen und nach Hause zu fahren. Einerseits ist es wirklich schön, zu wissen, dass er augenscheinlich extra noch auf mich gewartet hat. Andererseits weiß ich nicht, was ich antworten soll, wenn er fragt, ob ...

»Fährst du nach Hause?«

Das *›oder kommst du mit zu mir?‹* schwingt überdeutlich in seiner Frage mit, auch wenn er es nicht ausspricht. Wir haben morgen beide frei. Die Gelegenheit wäre günstig. Wir hatten die letzten Tage kaum Zeit. Und dennoch ...

»Wärst du sauer, wenn ich zu mir fahre?«

Erik schüttelt sofort den Kopf, stößt sich vom Tisch ab, an dem er gelehnt hat, und kommt zu mir rüber. »Bin ich nicht.«

»Aber enttäuscht?«

Sein Lächeln ist so unglaublich sanft, dass ich mich gerne darin einwickeln würde, wenn es möglich wäre.

»Vielleicht ein bisschen«, gibt er leise zu, tupft einen Kuss auf meinen Mundwinkel, ehe er an mir vorbeigeht und nach seiner Tasche greift, die fertig gepackt mit seinen Einsatzklamotten neben dem Schrank bereitsteht.

»Meld dich, wenn ... was auch immer.«

Ich nicke sofort. Muss mich unweigerlich fragen, womit ich so viel Ruhe und Verständnis seinerseits überhaupt verdient habe?

»Ich ruf dich morgen früh an. Versprochen.«

»Mach das. Bis dann.«

Ein tiefer Blick. Ein weiteres weiches Lächeln. Dann huscht Erik aus dem Zimmer. Bald schon verhallen seine Schritte auf dem Flur.

Ich zwinge mich, nicht weiter auf die verschlossene Tür zu starren. Hastig ziehe ich mich an, suche ebenfalls meine Sachen zusammen, die mit nach Hause sollen, verlasse das Gebäude und schließlich das Polizeigelände.

Kaum sitze ich im Auto und tuckere bei monotonen 80km/h die B10 entlang, meldet sich das Gedankenkarussell, das wenigstens die letzte halbe Stunde dank Erschöpfung halbwegs stillstand, in rasantem Tempo zurück. Egal wie sehr ich es zu verdrängen versuche, immer wieder taucht Patricks Bild vor meinem inneren Auge auf. Mir will einfach nicht in den Kopf, was heute passiert ist. So viele ungeklärte Fragen martern mein Hirn.

Patrick im linksradikalen Spektrum? Seit wann und warum? Ein Gegenstatement zu den rechten Machenschaften seines Vaters? Aber das kann nicht alles sein! Denn wenn es nur darum ginge, weshalb dann sein Hass auf die Polizei? Weil man das in Antifa-Kreisen eben so macht? Sicher gibt es Gründe, doch ich kenne sie nicht. Warum die Abscheu gegen das, wofür ich stehe? Nur nicht direkt gegen mich. Oder doch? Was, zur Hölle, war das mit uns? Warum hat er es nicht beendet, sobald er wusste, welchen Beruf ich ausübe? Dachte er wirklich, er könnte mich als Individuum von meiner Uniform trennen? Was habe ich ihm bedeutet? Der Schmerz in seiner Miene sagte alles ... Und doch nichts.

›*Verdammt, verdammt, verdammt!*‹

Zuhause angekommen dresche ich minutenlang auf meinen Boxsack ein, bis ich vollkommen ausgepowert und erneut verschwitzt auf mein Sofa sinke. Wenigstens einen Teil der quälenden Grübeleien rund um Patrick konnte ich aus mir herausprügeln. Stattdessen kreist nun Erik durch meine Gedanken.

Er fehlt mir. Schon wieder!

Außerdem nagt das schlechte Gewissen an mir. Ich hätte ihn nicht so rasch abspeisen sollen.

›*Falsch, Nils! Du hättest ihn nicht zuerst ein Arschloch nennen, dich dann von ihm um den Verstand wichsen lassen und ihn anschließend mehr oder minder rauswerfen sollen! Gottverdammt!*‹

Mit einem frustrierten Stöhnen lasse ich den Kopf nach hinten gegen die gepolsterte Lehne des Sofas fallen. Ich bin manchmal aber auch wirklich ein Idiot!

Minutenlang sitze ich so da. Schließe irgendwann die Augen und schaffe es endlich, mich und meine Gedanken zur Ruhe zu bringen. Wenigstens ein bisschen. Wenigstens so weit, dass ich in mich hineinhören und feststellen kann, dass ich eigentlich heute Nacht überhaupt nicht alleine sein will.

Sicher, ich brauche Zeit, um diesen ganzen Mist mit Patrick klarzukriegen. Brauche zumindest ein paar Antworten auf all die Fragen.

Was ich jedoch ganz bestimmt nicht brauche, ist Abstand zu Erik. Denn in Bezug auf ihn weiß ich sehr genau, was ich will und was ich fühle.

Kaum bin ich zu dieser Einsicht gekommen, springe ich auch schon vom Sofa auf. In Windeseile haste ich durch meine Wohnung, sammle im Bad und im Schlafzimmer alles zusammen, was man so für einen Sonntag mit seinem Freund braucht. Also eigentlich nichts, außer einer Zahnbürste und einer großen Packung Kondome und Gleitgel. Letztere Dinge wird Erik vermutlich zuhause haben, dennoch landet beides in meiner Sporttasche. Gemeinsam mit besagter Zahnbürste, ein paar weiteren Hygieneartikeln und Wechselklamotten. Kurz darauf fällt die Tür schwungvoll hinter mir ins Schloss.

Nur rund 40 Minuten später – ein verdammter Rekord für die Strecke vom Stuttgarter Westen nach Bad Ditzenbach – jage ich mein Auto die Auffahrt zu dem alten Gutshof hinauf. Vor dem Koppelzaun lege ich eine Vollbremsung hin, ernte dafür einige verdutzte Blicke von den auf der Weide grasenden Rindern. Kaum bin ich aus dem Wagen gesprungen, hüpft auch schon Marley wie ein Flummi und wild bellend an mir hoch.

»Ja jaaa, tolles Mädchen!« Für mehr als ein paar flüchtige Streichler habe ich keine Zeit, schon reiße ich die hintere Tür auf und schnappe mir meine Tasche von der Rückbank.

»Grüß dich, Nils!«

Ich fahre herum, werfe in derselben Bewegung die Tür zu. Eriks Mutter steht am Gatter bei den Rindern und winkt zu mir herüber.

»Hallo, Frau Rieth!«

»Schön, dich zu sehen! Mit dir haben wir gar ni…«

Mehr bekomme ich nicht mehr mit, sprinte die wenigen Stufen zur Haustür hinauf und reiße sie auf. Glücklicherweise ist der Schnapper drin. Habe ich den Wagen eigentlich abgeschlossen? Na, auch egal…

Drei Stufen auf einmal nehmend poltere ich die schmale Treppe zu Eriks Wohnung hinauf. Wäre schade drum, wenn ich jetzt stolpern und mir den Hals brechen würde. Aber ich erreiche den oberen Absatz unbeschadet, dafür mit heftig rasendem Herzen, genau im selben Moment, da die Wohnungstür schwungvoll geöffnet wird.

»Nils, was machst du …?«

Wie zuvor seiner Mutter schneide ich auch Erik einfach das Wort ab. Allerdings nicht, indem ich ihn stehen lasse, sondern indem ich ihn regelrecht überfalle.

Meine Tasche landet auf dem Boden, rücklings dränge ich Erik gegen die Wand, so heftig, dass es ihm die Luft aus den Lungen presst. Sein Keuchen dämpfe ich mit meinem Mund, ersticke jeden weiteren Laut mir meiner Zunge. Es ist ein verfluchtes Déjà-vu zu dem, was vorhin im Mannschaftswagen passiert ist und genau deshalb ist es perfekt.

Ich kann nicht aufhören, Erik zu küssen und zu berühren, habe ihm das Shirt schon halb vom Leib gerissen, als ich ihn rückwärts in seine Wohnung dränge und der Tür einen Fußtritt verpasse. Eriks Nähe, seine Wärme, sein Geruch und wie er die Arme um mich schlingt und meine Küsse erwidert, machen mich rasend. Aber im selben Moment kühlt seine Anwesenheit die lodernde Begierde in mir herunter. Ohne sie abebben zu lassen, aber doch so weit, dass ich mich mit jeder Berührung mehr und mehr geerdet fühle.

Unser Streicheln wird behutsamer. Zärtlicher. Obwohl unsere Hände unter die Stoffe finden und auf nackte Haut treffen. Unsere Küsse werden träger. Gleichsam noch sinnlicher und intensiver. Langsam erforschen wir uns mit Lippen, Zungen und Fingern. Geben uns Zeit. Endlich die Zeit, von der wir bislang viel zu wenig hatten.

Unsere Klamotten zeichnen eine Spur vom Flur durchs Wohnzimmer und bis in Eriks Schlafzimmer, bis wir schließlich nackt vor dem Bett stehen. Er einen Schritt von mir zurücktritt und mich ansieht. Lange und forschend. Gänsehauterregend.

»Erik …«, setze ich ein wenig hilflos an. Weiß nicht, wie ich ihm erklären soll, warum und weshalb ich ihn nun bereits zum zweiten Mal an diesem Tag derart überrumpelt und überfallen habe.

Er lächelt nur. Bringt mich mit zwei Fingern, die er mir über die Lippen legt, zum Schweigen. Es ist eine zärtliche und auch ein wenig kitschige Geste, doch sie sorgt für ein wohlig-warmes Flattern tief in meinem Bauch.

»Schön, dass du hier bist.«

Das ist alles, was er sagt.

Was wir beide sagen.

Für lange Zeit.

Erik

»Ich glaube, ich sollte mich bei deiner Mam entschuldigen«, stellt Nils mit einem Mal fest. Verwirrt blinzle ich ihn an, sehe auf ihn herab und beobachte, wie er halb auf mir liegend mit den Fingerspitzen Kreise auf meinen Bauch malt.

»Wieso das?«

»Ich hab sie vorhin ziemlich unhöflich stehen lassen.« Schuldbewusst schielt er zu mir hoch und setzt nuschelnd hinzu: »Hatte es ein bisschen eilig.«

»Ach? Wäre mir gar nicht aufgefallen.«

Für den Kommentar verpasst er mir einen sanften Stoß in die Rippen, lässt sich dann aber bereitwillig noch näher an mich heranziehen. Auch jetzt, gut eine halbe Stunde nach dem Sex, habe ich nicht die geringste Lust, ihn loszulassen, geschweige denn aufzustehen. Nicht mal, um das glitschige Gefühl von Gleitgel an meinem Arsch loszuwerden. Glücklicherweise kann man mit Sperma besudelte

Decken ja einfach aus dem Bett werfen und sich auf die andere Bettseite kuscheln.

»Ich bin mir übrigens sicher«, erklärt Nils nach einem längeren Moment des Schweigens.

»Womit genau?«

»Mit dem hier.« Er drückt einen Kuss auf meine Brust, ehe er seinen Kopf wieder darauf bettet. »Mit dir. Mit uns.« Träge reibt er seine Nase an meiner Haut, atmet tief ein. »Vorhin ... nach dem Einsatz ... ich war mega durch den Wind. Ich hoffe, du dachtest nicht, dass das mit Patrick ... keine Ahnung. Dass ich noch was für ihn empfinde und ...«

»Nils, stopp.« Ich rücke ein kleines bisschen von ihm ab, zwinge ihn so dazu, sich auf einen Ellbogen aufzurichten und mich anzusehen. »Tu das nicht, okay? Lüg mich nicht an und lüg dir vor allem nicht selbst etwas vor. Du empfindest noch was für Patrick und ...«

»Aber ich ...«

»Shhh. Es ist okay, hörst du? Ich erwarte nicht, dass du ihn von heute auf morgen abhakst. Das wäre Schwachsinn. Denkst du ernsthaft, ich hätte meine Gefühle für Layla nach unserer Trennung einfach so abschalten können?«

»Nein, aber ... jetzt bist du ... über sie hinweg?«

»Über sie hinweg mit Sicherheit, ja. Ist es noch Liebe? Nein, definitiv nicht. Aber sie wird mir niemals egal sein. Zumindest gehe ich davon nicht aus. Aber es war ein langer Weg bis hierhin. Also sag mir nicht, Patrick wäre abgehakt, denn das ist er nicht. Nach heute sicher noch weniger, als er es gestern war. Mir ist nicht wichtig, was du möglicherweise noch für ihn empfindest, solange ich weiß, dass du nicht drüber nachdenkst, irgendetwas wieder aufzuwärmen oder ... was auch immer. Mir ist wichtig, was zwischen *uns* ist. Okay?«

Ich kann dabei zusehen, wie es in Nils' Kopf rattert. Es rattert verdammt lange. Doch schließlich lächelt er und nickt.

»Okay. Ja, okay. Schieben wir Patrick mal für einen Moment beiseite. Ich will dich, Erik. Ich will dich wirklich. Und ich will dich offiziell wollen dürfen. Auch vor unseren Kollegen.«

Nun bin ich derjenige, der einen Moment Zeit braucht, um seine Gedanken zu ordnen. In der Theorie habe ich nie einen Hehl daraus gemacht, bisexuell zu sein. In der Praxis allerdings war ich jahrelang mit einer Frau verheiratet. Habe ein Kind mit ihr. Die meisten meiner Kollegen – und meiner Vorgesetzten – kennen mich nur als vermeintlichen Hetero. Denn schließlich habe ich mich bei den Einstellungsgesprächen nicht mit ›*Hallo, Erik Rieth, liiert mit einer Frau, aber potenziell auch interessiert an Männern*‹ vorgestellt.

»Oder denkst du, es wäre jetzt ein ungünstiger Zeitpunkt? Wegen des Rechtsstreits und …?«

»Nein«, unterbreche ich Nils bestimmt. »Nein, es ist kein schlechterer oder besserer Zeitpunkt als jeder andere auch. Lass uns nur nicht direkt mit der Tür ins Haus fallen. Ich würde gerne erst mal mit Roland und Markus sprechen, ehe wir es an die große Glocke hängen.«

»Klar. Ich will auch keine Riesensache draus machen. Also keine Kundgebung oder so. Nur wenn es eben jemand mitbekommt, dann will ich mich auch nicht fragen müssen, was ich erzählen kann und was nicht.«

»Verstehe ich.«

Ich versetze Nils einen spielerischen Stoß gegen die Schulter und er lässt sich lachend rücklings ins Kissen fallen, sodass ich dieses Mal derjenige bin, der sich an ihn kuscheln und den Kopf auf seine Brust betten kann. Gleich darauf spüre ich seine Finger in meinem Haar, wie er mit sanftem Druck meine Kopfhaut massiert und mich damit zum Schnurren bringt.

»Ich hoffe nur, Emilio fasst es gut auf.«

Seine Bewegungen stoppen.

»Du willst es ihm sagen?«

»Natürlich. Ich bin mir nur noch nicht so ganz sicher, wie.«

»Hmm …« Nils nimmt die Massage wieder auf und ich schließe wohlig die Augen. Lasse mich in seine Berührungen fallen. »Wenn ich irgendwie helfen kann …«

»Fürs Erste wird es reichen, wenn du mit ihm Monster jagen gehst.«

»Was denn für Monster?«

Seufzend vergrabe ich meine Nase an der Kuhle zwischen seinem Hals und seiner Schulter.

»Erzähl ich dir morgen.«

»Erik?«

»Hmm?«

»Meine Tasche steht noch im Hausflur.«

Ich grinse gegen seine Haut, bin jedoch viel zu müde, um mich noch einmal nennenswert zu bewegen oder die Augen zu öffnen.

»Da steht sie gut«, befinde ich flüsternd und lasse mich endgültig von Nils' streichelnden und zupfenden Fingern in den Schlaf lullen.

21. Kapitel

Erik

Rolands Miene verheißt nichts Gutes, als er mich am Dienstagmorgen auf dem Flur abfängt. Nils und ich haben uns beide noch den Montag frei genommen, was kein Problem war, da nichts Besonderes im Dienst anstand. Möglicherweise war es ein wenig auffällig, aber selbst wenn … Die Zeit mit Nils war es absolut wert. Wir haben den gesamten Sonntag und den Montagvormittag gemeinsam verbracht, ehe er am Mittag nach Hause gefahren ist und ich Emilio vom Kindergarten abgeholt habe.

»Was gibt's denn?«

»Markus will uns sprechen. Es geht um Nils.«

Das überrascht mich und weckt ein unterschwelliges, nervöses Rumoren in meinem Bauch. Es mag ihnen wie ein merkwürdiger Zufall vorgekommen sein, dass Nils und mir quasi gleichzeitig aufgefallen ist, dass wir noch einen freien Tag gebrauchen könnten. Aber deshalb eine Unterredung beim Zugführer?

Schweigend folge ich Roland durch die Flure und hinein in Markus' Büro. Dieser empfängt uns mit einem Blick, der deutlich zeigt, dass die Kacke am Dampfen ist. Während wir uns niederlassen, gebe ich mir alle Mühe, ein gelassenes Pokerface aufzusetzen. Ich bilde mir eigentlich ein, meine beiden Vorgesetzten gut genug einschätzen zu können, um mir sicher zu sein, dass weder Nils' und meine Beziehung im Speziellen – sollte sie tatsächlich wodurch auch immer bis zur Führung durchgedrungen sein –, noch unsere sexuelle Orientierung im Allgemeinen ein allzu großes Problem darstellen. Markus' Miene spricht jedoch eine andere Sprache.

»Gut, dass ihr da seid«, eröffnet er das Gespräch und ich frage mich unweigerlich, ob ich es ebenso gut finde, hier zu sein. »Wir müssen über Polizeimeister Lassner sprechen.«

›Nur über ihn oder nicht vielmehr über uns?‹

Mein Herz hämmert in meiner Brust und ich tausche einen Blick mit Roland. Bin mir in diesem Moment nicht sicher, ob er weiß, worum es geht, oder ob er nur so ernst dreinschaut, weil er mit mir zum Chef zitiert wurde.

Innerlich wappne ich mich bereits für ein Kreuzverhör, Nils und mich betreffend, doch was Markus dann vom Stapel lässt, haut mich förmlich vom Stuhl.

»Ich habe heute Morgen einen Anruf von der KI 6 bekommen. Der Staatsschutz hat ein internes Ermittlungsverfahren gegen Nils Lassner eingeleitet.«

Für einen Moment bin ich sprachlos.

Schlicht und ergreifend zu geschockt, um auch nur ein verstörtes »Was?« hervorzustoßen.

Roland neben mir zieht scharf die Luft ein. Anscheinend war er genauso unwissend wie ich selbst.

»Weswegen?«, hakt er in seiner bekannt sachlich-knappen Art nach.

»Es gibt Indizien, die nahelegen, dass Lassner Polizeiinterna an einen der linken Aktivisten weitergegeben hat, der beim Einsatz am Samstag festgenommen wurde.« Kurz schielt Markus auf einen Klebezettel an seinem Telefon. »An einen gewissen Patrick van Hoeven.«

»Scheiße!« Der Fluch entfährt mir, noch ehe ich irgendetwas tun kann, um meine Zunge im Zaun zu halten.

Zwei Augenpaare richten sich auf mich, deren Besitzer wohl noch in der Annahme, ich sei nur ein wenig zu emotional, da es einen Kollegen aus meinem Trupp betrifft.

»Das ist Blödsinn«, schiebe ich hinterher, wohl wissend, dass ich gerade dabei bin, mich um Kopf und Kragen zu reden.

»Und dessen bist du dir sicher, weil …?«, bohrt Markus sofort nach. Von links löchert auch Roland mich mit Blicken.

»Weil …«

›… ich mit Nils schlafe und mir sicher bin, dass er das nicht getan hat.‹

Welch eine Begründung ...

»Weil ich möglicherweise ein wenig mehr zu der Sache weiß, als ihr beiden. Oder die KI.«

Spätestens jetzt ist mir die volle Aufmerksamkeit meiner beiden Vorgesetzten gewiss. Notgezwungen nehme ich mir einen Moment Zeit, um durchzuatmen und meine Gedanken wenigstens ansatzweise zu ordnen.

»Nils Lassner und Patrick van Hoeven ...«

»Das ist ... sorry, Erik ... Patrick van Hoeven ist der Sohn von Achim van Hoeven?«

Zeitgleich nicken Markus und ich Roland zu.

»Genau. Wie es aussieht, hat Patrick van Hoeven es sich zur Aufgabe gemacht, aktivistisch gegen seinen Vater vorzugehen.«

»Richtig«, pflichtet Markus mir bei und holt noch ein wenig weiter aus. »Er wurde am Samstag festgenommen ...«

»Von Tobias, Nils und mir, um genau zu sein.«

»Ja. Gegen ihn laufen mittlerweile bereits die Ermittlungen wegen Landfriedensbruch und Körperverletzung. Noch ein paar andere Dinge, tut hier aber nichts zur Sache ... Erik?«

Noch einmal schnaufe ich durch. Es hilft nichts, ich werde auf den Tisch packen, was ich weiß.

»Patrick van Hoeven ist Nils' Exfreund. Die beiden waren bis vor kurzem liiert. Ich bin mir aber sicher, dass Nils keinerlei Interna an van Hoeven weitergegeben hat. Er hat selbst erst bei der Festnahme erfahren, dass van Hoeven im linksradikalen Milieu unterwegs ist.«

»Sagt er?«

Ich muss mich beherrschen, nicht zu offensichtlich zu schnaufen. Belasse es bei einem vielsagenden Blick in Richtung Markus.

»Es war mehr als offensichtlich. Tobias war bei der Festnahme dabei. Er kann bezeugen, wie geschockt Nils war.«

»Das ist nicht gerade ein stichfester Beweis.«

»Nein.« Das muss ich leider zugeben. »Ich bin mir dennoch sicher. Die Beziehung der beiden war nicht gerade ... einfach. Nils' Beruf war immer wieder Streitpunkt zwischen den beiden. Aber ganz sicher ohne, dass van Hoeven irgendeinen Vorteil daraus gezogen hätte.«

Nun durchbohren mich die beiden förmlich mit Blicken.

»Und das weißt du woher genau?«

Es gibt kein Zurück mehr …

»Nils und ich sind ein Paar.«

Während ich es ausspreche, hängt mein Blick unverwandt auf Markus. Seine Miene versteinert binnen Sekunden. Umso mehr überrascht es mich, als Roland neben mir leise auflacht.

»Grundgütiger … Erik …«

Abrupt drehe ich den Kopf zu ihm. Ich erwarte schon ein tadelndes »du bist sein Vorgesetzter« oder ein verwundertes »ich dachte, du seist hetero«, doch stattdessen verkündet er mit schiefem Grinsen: »Hatte Manja also doch recht.«

Nun bin ich derjenige, dessen Mimik einfriert. So zumindest fühlt es sich an.

Wie bitteschön kommt Manja darauf, dass …?

»Wunderbar!« Aus Markus' Stimme klingt beißender Sarkasmus, sodass der Gedanke an Manja verfliegt und ich mich wieder ihm zuwende.

»Soll ich das so vielleicht an den Staatsschutz weiterleiten? Erik … dein Vertrauen in Nils Lassner in allen Ehren, von mir aus könnt ihr im Privaten machen, was auch immer ihr wollt, aber wir sprechen hier über ein internes Ermittlungsverfahren. Der KI 6 liegen Bilder vor, die von Nils Lassner und Patrick van Hoeven bei der Bauenthüllung von Achim van Hoeven entstanden sind. Van Hoeven Junior wird vorgeworfen, einigen Aktivisten Zugang zu den Appartements verschafft zu haben. Und Nils Lassner war nachweislich ebenfalls anwesend. Ich habe mir das nicht ausgedacht, der Staatsschutz ermittelt bereits.«

Mit jedem von Markus' Worten breitet sich eine beißende Übelkeit in meinem Magen weiter aus. Obwohl ich es im Grunde gar nicht wissen will, hake ich nach: »Das heißt konkret?«

»Das heißt, dass Nils Lassner, sobald er heute in der BePo erscheint, in meinem Büro anzutreten hat, damit ich ihm mitteilen kann, dass er bis auf weiteres vom Dienst suspendiert ist.«

Nils

›Verletzung des Dienstgeheimnisses und einer besonderen Geheimhaltungspflicht.‹

Hätte mir jemand während meiner Ausbildung an der Polizeischule gesagt, dass ausgerechnet das der Paragraph des Strafgesetzbuches sein würde, an dem meine dienstliche Laufbahn als Polizist scheitern würde, ich hätte denjenigen lauthals ausgelacht.

Jetzt ist mir alles andere als zum Lachen zumute.

Ich könnte heulen, schreien und irgendetwas oder irgendjemanden zusammenschlagen.

Doch statt all das zu tun, laufe ich schweigend, mit hochgezogenen Schultern, den Blick stur geradeaus gerichtet über den Hof der BePo zum Parkplatz.

In meinen Fingern klimpern meine Autoschlüssel. In meinen Ohren und in meinem Hirn hallen in Dauerschleife Polizeihauptkommissar Markus Bechtels Worte: *›Es tut mir leid, Ihnen das sagen zu müssen, Herr Lassner, aber ich bin gezwungen, Sie auf unbestimmte Zeit vom Dienst freizustellen. Wenigstens so lange, wie das interne Ermittlungsverfahren gegen Sie läuft.‹*

Oh, verdammt, ja, ich würde in diesem Moment wirklich wahnsinnig gerne jemanden zusammenschlagen. Allen voran Patrick!

»Nils!«

Als sei ich sehenden Auges gegen eine Betonmauer gelaufen, bleibe ich wie angewurzelt stehen. Nur Meter von meinem Auto entfernt. Ich drehe mich nicht um. Kann mich nicht rühren. Warte stattdessen ab, bis Erik mich eingeholt hat und vor mir steht. Mich aus seinen verflucht schönen blauen Augen ansieht. Mitgefühl, Unverständnis und vielleicht sogar einen Hauch Zorn im Blick.

»Markus hat also schon mit dir gesprochen?«

Ich nicke nur. Bringe kein Wort heraus.

Erik fährt sich in einer Geste, die von tiefster Frustration und Hilflosigkeit zeugt, durchs Haar. Sieht dabei genauso aus, wie ich mich fühle: so verdammt hilflos. Und vollkommen überrumpelt.

Lange Momente stehen wir uns schweigend gegenüber. Wissen offensichtlich beide nicht, was wir sagen sollen. Geschweige denn, was wir tun könnten, um …

»Ich hab Roland und Markus von uns erzählt. Ich hab ihnen gesagt, dass du dich Patrick gegenüber in Bezug auf deinen Beruf sicherlich immer korrekt verhalten hast, aber ...« Er bricht ab. Zieht die Schultern hoch. Fragt nicht, ob ich das wirklich getan habe: mich korrekt verhalten. Und egal, wie schockiert und hilflos und scheißwütend ich in diesem Moment auch bin, sein Vertrauen in mich berührt mich. Ganz tief in mir drin.

»Ich würd dich jetzt so verflucht gerne in den Arm nehmen«, lasse ich ihn flüsternd wissen, »mich von dir festhalten lassen.« Ich wage es jedoch nicht, auch nur einen Schritt auf ihn zuzutun. Immerhin stehen wir auf dem Gelände der Bereitschaftspolizei. Umso mehr überrascht mich das winzige, sanfte Lächeln, das mit einem Mal über Eriks Gesicht huscht. Ehe ich ihn davon abhalten kann – was ich vermutlich sowieso nicht versucht hätte –, ist er ganz nah bei mir und zieht mich an sich. Einfach so. Mitten auf dem Parkplatz. Gut sichtbar für jeden, der eben genau jetzt den Blick hierher richtet.

Erik sagt nichts. Hält mich nur fest. Und ich bin ihm in diesem Moment so scheiße dankbar dafür.

Sekunden vergehen, vielleicht auch eine ganze Minute, ehe er mich wieder loslässt und zwei Schritte zurücktritt. Augenblicklich vermisse ich seine Nähe, registriere jedoch im selben Moment, dass ich mich nicht mehr ganz so überfahren und machtlos fühle. Ich muss etwas tun, verdammt! Irgendetwas ...

»Weißt du zufällig, ob Patrick in U-Haft sitzt?«

Eriks Miene verändert sich schlagartig. Wird misstrauisch und mahnend in einem.

»Ich nehme es nicht an. Nils, was hast du vor?«

»Mit ihm reden.«

»Das würde ich lassen, du ...«

»Ich weiß, dass ein Verfahren läuft, okay? Trotzdem ...«

»Nils, das ist ...«

›Vielleicht eine scheiß Idee!‹

»Ich weiß«, blaffe ich noch, habe mich aber bereits umgedreht und stapfe die letzten Schritte zu meinem Auto.

»Mach keinen Scheiß!«

»Nein.« Ich reiße die Fahrertür auf. Steige ein.

»Ruf mich heute Abend an!«

»Ja.«

›*Wenn ich dann nicht gerade damit beschäftigt bin, meine Gewaltfantasien gegen meinen Ex auszuleben …*‹

Zu meiner Verwunderung summt der Türöffner direkt nach dem ersten Klingeln. Entweder Patrick hat schlicht nicht mit mir gerechnet und sich nicht die Mühe gemacht, auf den Kontrollbildschirm zu schauen, oder … Ich weiß es nicht. Habe auch nicht die Zeit, darüber nachzudenken, was es zu bedeuten haben könnte, dass er anscheinend bereit ist, mit mir zu sprechen. Ich sprinte die Stufen zu seinem Appartement hinauf und laufe beinahe in ihn hinein, als ich die Tür aufstoße. Habe nicht damit gerechnet, er könnte im Flur stehen und auf mich warten.

Ich öffne den Mund, heraus kommt jedoch kein Ton. Patrick schweigt ebenso. Lange Momente. Ehe er sich abrupt abwendet und vor mir her in den großen Wohnraum seines Appartements geht. Ich erwache aus meiner Starre, versetze der Wohnungstür einen Stoß und folge ihm.

»Dachte nicht, dass du herkommen würdest.« Das ist alles, was er sagt. Er lehnt sich rücklings an den Tresen der offenen Küche. Mustert mich.

»Ach nein?« Der Blick, mit dem ich ihn messe, könnte wohl mit Recht als ›*abschätzig*‹ bezeichnet werden. Ein genähter Cut an seiner Lippe zieht meine Aufmerksamkeit wie magisch an, doch abgesehen davon erinnert äußerlich nichts daran, dass er sich noch vor drei Tagen einen erbitterten Kampf mit Tobias und Erik geleistet hat. Und gewissermaßen auch mit mir.

»Nein. Ich dachte, die Sache wäre für dich endgültig gelaufen und du würdest mich nicht mehr sehen wollen.«

Seine Worte entlocken mir ein Schnauben.

»Glaub mir, ich bin nicht hier, weil ich so ’ne Sehnsucht nach dir hatte.«

Für einen Moment spielt ein Zug um seinen Mund, der ein Lächeln hätte sein können. Doch es wirkt bitter und schmerzlich – nicht nur der genähten Lippe geschuldet.

»Sondern?«

»Tja, weißt du, eigentlich hätte ich verdammt Lust, dir eine reinzuhauen. Nicht als Vergeltung für das Werfen irgendwelcher Brandsätze, falls du das denkst ... Eher dafür, dass ich wegen dir ein beschissenes Ermittlungsverfahren am Hals habe.«

»Was?« Sein Keuchen klingt tatsächlich erschrocken. Seine geweiteten Augen sprechen Bände. Seit wann – verdammt – hat er eigentlich kein Problem mehr damit, mich in seiner Mimik lesen zu lassen?

»Warum Verfa...?«

»Weil ich dir angeblich polizeiinterne Infos zugespielt habe.«

»Bitte? Das ist doch Blödsinn!«

Unsere Konversation scheint langsam, aber sicher weitgehend durch das Geräusch erbost ausgestoßener Luft getragen zu werden.

»Sag das nicht mir, sondern meinen Kollegen, die in dem Fall ermitteln. Gegen mich!«

»Nette Kollegen hast du.« Für den spöttischen Unterton würde ich ihm doppelt gerne eine verpassen. »Vielleicht solltest du mit einem von ihnen ficken, scheint ja zu helfen.«

Wäre da nicht dieser plötzliche Schmerz in seiner Miene, ich hätte mich spätestens jetzt nicht mehr halten können.

»Du bist so ein verdammtes Arschloch, weißt du das eigentlich?«, zische ich ihm zu, anstatt handgreiflich zu werden.

Der Schmerz in seinem Gesicht ebbt ab. Zorn lässt seine kantigen Züge noch härter werden.

»Ja, weiß ich. Also, was willst du, Nils? Dass ich deinen ... *Kollegen* sage, dass du mir keine *polizeiinternen Infos* weitergegeben hast?«

In der Tat war das der Grund, weswegen ich hergekommen bin. Zumindest hatte ich das bis eben noch gedacht.

»Nein«, bringe ich überraschend fest und mit langsam abebbender Wut über die Lippen. »Nein, deswegen bin ich nicht hier. Ich will, dass du im Prozess die Wahrheit sagst und ich will, dass du für die Scheiße, die du in den letzten Wochen oder Monaten gebaut hast, einstehen musst. Aber beides liegt nicht in meiner Entscheidungsgewalt. Eigentlich bin ich nur hier, weil ich ein verdammter Idiot bin und gerne verstehen möchte, was in deinem Kopf vorgeht. Was meine Kollegen oder ich dir getan haben. Ich will sogar wissen, was dein Vater dir getan hat, dass er …«

»Er ist ein rechtes Drecksschwein, das …«

»Spar's dir!« Harsch falle ich ihm ins Wort, obwohl ich weiß, dass ich meine vorherigen Worte damit ad absurdum führe. Ich will Patrick verstehen – und andererseits habe ich nicht die geringste Lust, mir seine Erklärungen anzuhören. »Ich geb's auf, dich verstehen zu wollen. Nicht, weil ich glaube, dass ich es nicht könnte. Ich glaube, dass du überhaupt kein Interesse daran hast, dich mir anzuvertrauen. Ehrlich zu mir zu sein. Das hattest du nie.«

Erzwungen langsam atmet Patrick aus.

»Also geht es eigentlich gar nicht um das, was ich draußen auf der Straße getan habe, sondern immer noch um uns?«

Es ist bitter, mir das einzugestehen. Dennoch nicke ich.

»Vielleicht, ja. Aber ich gebe mir alle Mühe, nicht weiter drüber nachzudenken. Weil es keinen Sinn macht. Weil ich dessen müde bin. Und … weil Erik es nicht verdient hat.«

Sekundenlang warte ich auf Widerworte. Doch es kommen keine. Auch nicht, als ich schließlich zurücktrete. In Richtung Flur und in Richtung Tür.

»Mach's gut, Patrick.«

»Das ist alles?«

Mit einem Mal bin ich mir sicher. So sicher, selbst als ich ihm direkt ins Gesicht sehe. Mich in Zeitraffer an all das zu erinnern scheine, was in den letzten Wochen passiert ist. Zwischen uns und bei den Demos. Denn ganz sicher stand Patrick nicht nur am vergangenen Samstag im schwarzen Block.

»Ja«, entgegne ich leise, aber fest. »Das ist alles.«

Ich drehe mich um. Der Weg durch den Flur kommt mir schier unendlich lang vor. Ich will hier raus. Weiß, dass mich nichts mehr hält. Weiß aber ebenso, dass es nicht leicht sein wird, das alles hier abzuhaken.

»Nils?«

Meine Hand liegt bereits auf der Türklinke. Ich zögere. Drehe mich nicht mehr zu ihm um.

»Es tut mir leid. Nicht das, was draußen passiert ist. Hinter dem stehe ich. Aber das, was zwischen uns passiert ist. Ich bin … Du hast mir wirklich was bedeutet.«

Ich nicke, noch während er spricht. Doch eine Antwort gebe ich ihm nicht. Als ich die Tür öffne, hindurch gehe und sie hinter mir schließe, bin ich mir sicher, dass er mir wenigstens in diesem Punkt die Wahrheit gesagt hat. Etwas ändern wird es jedoch nicht.

Erik

Als Nils mir die Tür zu seiner Wohnung öffnet, sehe ich auf den ersten Blick, dass er mir vorhin am Telefon nicht die Wahrheit gesagt hat. Es geht ihm nicht ›*ganz okay*‹, der schmerzliche Zug um seinen Mund und der trübe Glanz seiner Augen sprechen ihre eigene Sprache.

Wortlos und ohne mich umzusehen, schiebe ich ihn zurück in den Flur und ziehe ihn an mich. Halte ihn fest und spüre selbst durch unser beider Kleidung hindurch, wie ihn ein Schauer erfasst. Er leicht in meinen Armen bebt.

»Mach dir keinen Kopf«, raune ich ihm ins Ohr, wohl wissend, dass ihn meine Worte kaum werden beruhigen können. Es ist nicht nur die Befürchtung, er könnte ernsthafte Probleme im Job bekommen, die ihn zittern lässt. Polizist zu sein, ist für mich mehr als nur ein Beruf und ich bin mir sicher, dass es Nils genauso geht.

»Ich bin mir sicher, sie werden keine Entscheidung übers Knie brechen. Du hast nichts falsch gemacht und das werden sie …«

»Bist du dir da sicher?« Abrupt schiebt Nils mich von sich. Etwas, mit dem ich nicht gerechnet habe. Ebenso wenig wie mit seinen Worten und mit der Bitterkeit, mit der er sie ausspricht.

»Ja«, entgegne ich daher sichtlich irritiert. »Wieso sollte ich nicht …«

»Du warst doch nicht dabei. Du hast keine Ahnung, was Patrick und ich … Was ich vor ihm ausgeplaudert haben könnte.«

Meint er das gerade ernst? Sind wir wirklich drauf und dran, eine verdammte Grundsatzdiskussion zu führen?

»Nils, hör mir mal zu. Du hast recht, ich habe keine Ahnung, was genau zwischen dir und Patrick all die Wochen lief und ich will es auch überhaupt nicht wissen. Aber ich kenne dich mittlerweile ziemlich gut und ich bin mir sicher, zu einhundert Prozent, dass du unseren Job ernst nimmst und weißt, was davon du wem erzählen kannst und darfst, und was nicht. Kurzum: Ich bin mir sicher, du hast dir nichts zuschulden kommen lassen. Und des Weiteren bin ich mir sicher, dass auch das interne Ermittlungsverfahren nichts anderes ergeben wird.«

Während meiner Ansage sind Nils' Augen immer größer geworden. Sein Blick immer erstaunter – und schließlich immer sanfter.

»Wow«, murmelt er mit hörbarer Rührung in der Stimme. »Das ist … bewundernswert. War mir nicht klar, dass du mir so vertraust, dass du … keine Ahnung.«

Seine Überraschung ist fast schon niedlich, weckt aber gleichsam die Frage in mir, ob er mir weniger vertrauen würde. Doch vermutlich ist das eine Gleichung, die man niemals aufstellen sollte. Alleine schon, weil er eine Beziehung hinter sich hat, in der Vertrauen offenbar mit Füßen getreten wurde. Zwischen Layla und mir kann passiert sein, was immer es will, aber selbst jetzt – kurz vor einem bevorstehenden Gerichtsverfahren – habe ich nicht alles Vertrauen in sie verloren.

Als ich nichts entgegne, fährt Nils sich mit einem frustrierten Seufzer durch die Haare.

»Vermutlich hast du recht. Ich mach mir nur einfach einen totalen Kopf.«

»Und das verstehe ich.« Um das zu untermauern, drücke ich Nils im Vorbeigehen einen Kuss auf die Stirn, ehe ich mich aus meiner dünnen Jacke schäle und meine Schuhe abstreife.

»Hat Markus noch etwas gesagt, das …« Ich schaffe es nicht, den Satz zu Ende zu bringen, denn mit einem Mal schlingt Nils seine Arme von hinten um mich. So fest, dass er mich damit nahezu bewegungsunfähig macht. Sein Schritt drückt sich fest an meinen Hintern, seine Lippen streichen federleicht über meinen Nacken. Beides zusammen jagt mir augenblicklich Schauer über die Haut.

»Lass uns über was anderes reden.«

Ich grinse bei seinen Worten. Nach *Reden* fühlt sich das alles nicht an.

»Mhm … und über was?«

»Vielleicht darüber, dass das letzte Wochenende schon wieder viel zu lange her ist und ich dich vermisst hab?«

Egal wie schön das klingt und wie gut sich seine Finger anfühlen, als er sie unter mein Shirt schiebt, beschleicht mich das Gefühl, dass Nils überhaupt nicht bei der Sache ist. Er versucht abzulenken, in erster Linie sich selbst. Etwas, das ich prinzipiell nicht würde verhindern wollen. Doch in mir nagt die Ahnung, dass das, was er gerade im Begriff ist zu beginnen, genau die Art von Problembewältigung – oder eher Problem*vertuschung* – ist, die ihn und Patrick letztlich ans Ende ihrer Beziehung gebracht hat. Sex ist schön und gut als Ablenkung – und mit Nils ist es mehr als *nur* schön und gut. Aber es ist eben manchmal auch nur eine mehr oder minder effektive Art der Verdrängung.

Während er sich noch dichter an mich presst, mich seine beginnende Erektion spüren lässt und anheizend am Bund meiner Jeans entlang streicht, drehe ich den Kopf zu ihm, bis ich meine Lippen auf seine Schläfe drücken kann.

»Ich spüre dich wahnsinnig gerne, das weißt du«, nuschle ich in sein Haar, streife mit der Nase über seine Wange und lasse liebend gerne zu, dass er meine Lippen zu einem kurzen, hitzigen Kuss einfängt. »Aber statt mich von dir direkt ins Schlafzimmer dirigieren zu lassen, würde mich brennend der Rest deiner Wohnung interessieren. Allem voran die Frage, ob du eine Badewanne hast.«

Auch wenn ich es vor ihm stehend und von ihm so fest umfangen nur aus dem Augenwinkel sehen kann, ist der irritierte Ausdruck in seiner Miene absolut Gold wert. Rasch schleicht sich ein anzügliches Schmunzeln hinzu.

»Badewanne, ja? Das magst du?«

Ich lache, seufze gleich darauf, als er flink meinen Gürtel und den Reißverschluss löst. Nils zu widerstehen fällt mir wahnsinnig schwer, vor allem, da ich selbst riesige Lust auf ihn habe. Dennoch halte ich es im Moment für besser, ihm auf eine andere Art nahe zu sein.

»Wenn du mit ›*das*‹ Sex in der Wanne meinst … nein, ich bevorzuge es unter der Dusche. Ich dachte aber eher daran, dir ein heißes Schaumbad einzulassen, eine Pizza zu bestellen und mich – während wir auf den Lieferservice warten – im Wasser an dich zu kuscheln. Einfach die Zeit mit dir zu genießen.«

Nils' forschende Finger halten inne, unter meinem Hosenbund und nur ganz knapp von meinem halbsteifen Glied entfernt. Ich kann nicht abstreiten, dass sich ein kleiner Teil in mir wünscht, er würde weitermachen. Würde mich mit sanftem Druck umfassen und …

»Das klingt gut«, brummt er nahe an meinem Ohr, »aber irgendwie nicht nach Sex.«

Entschlossen ergreife ich seine Handgelenke, ziehe seine Hände aus meiner Jeans und umschließe sie mit meinen.

»Stimmt. Klingt nicht nach Sex. Dachte eher an … einfach Zeit mit dir verbringen. Abschalten. Runterkommen. Würde uns beiden guttun, denke ich.«

Fast erwarte ich – und vielleicht erhoffe ich es auch zu einem kleinen Teil –, Nils würde widersprechen, indem er weiter versucht, mich zu verführen. Doch er tut es nicht. Stattdessen drückt er mir einen Kuss in den Nacken. Einen sehr langen. Liebevollen. Ehe er sich von mir löst und an mir vorbei geht.

»Halte ich für eine gute Idee. Pizza oder Pasta? Und ja, ich hab eine Badewanne.«

22. Kapitel

Erik

Noch im Halbschlaf taste ich nach meinem Handy, dessen Weckfunktion munter vor sich hinbimmelt. Blinzle gleich darauf irritiert das Display an, denn anscheinend habe ich den Wecker am vergangenen Abend auf eine halbe Stunde früher eingestellt als üblich. Warum, bitteschön?

Während ich in den hintersten Windungen meines verschlafenen Gehirns nach einer mir bekannten Änderung im Dienstplan suche, bewegt sich die Matratze hinter mir. Ehe ich mich umdrehen kann, schlingt sich ein Arm besitzergreifend um meine Körpermitte, Lippen finden ihren Weg in meinen Nacken. Das wohlige Kribbeln, das mich wie ein warmer Regenschauer durchrieselt, erinnert mich schlagartig daran, wo ich bin und weshalb ich den Wecker so früh gestellt habe. Ich wollte schlichtweg noch ein wenig mehr Zeit mit Nils haben, ehe ich in die BePo muss.

»Hey du«, wispert er mir ins Ohr, schmiegt sich von hinten der Länge nach an mich. So nahe, dass es mir unmöglich ist, seine beginnende Erektion *nicht* zu spüren. »Gut geschlafen?«

Zur Antwort gebe ich erst mal nur ein zufriedenes Brummen, genieße seine Berührungen, wie sich seine Finger über meine Brust, meinen Bauch und noch tiefer tasten. Tatsächlich hatten Nils und ich am vergangenen Abend keinen Sex mehr. Haben stattdessen einfach bei Schaumbad und anschließend bei Pizza auf dem Sofa die Zweisamkeit genossen. Eine kurze Wohnungsführung gab es natürlich auch noch.

»Sehr gut geschlafen«, gebe ich schließlich murmelnd zurück, taste mit einer Hand hinter mich und bekomme Nils' Arsch zu fassen. Grinse in mich hinein, als ich zupacke und ihm damit ein zischendes Atmen entlocke. Als Revanche schiebt er seine Hand über meinen Schritt, massiert mich durch den Stoff meiner Boxerbriefs hindurch.

»Warum bist du schon wach?« Erst nachdem ich die Frage ausgesprochen habe, registriere ich, dass ich ihn damit nur an die bittere Tatsache erinnere, dass er heute nicht in der BePo zu erscheinen hat. Doch ehe ich eine Entschuldigung oder irgendetwas Aufbauendes hinterherschieben kann, flüstert Nils mir ins Ohr: »Hab mir extra den Wecker gestellt. Dachte, du würdest auch aufwachen, aber du hast wohl ziemlich gut geschlafen. Und ziemlich heiß dabei ausgesehen. Wollte mehr Zeit mit dir haben … für das hier …«

Während er die letzten Worte nuschelt, gleitet er unter den Bund meiner Briefs, umfasst mich nun direkt. Seine Finger auf meiner Haut – wie jedes Mal ein unheimlich geiles Gefühl. Mit einem kratzigen Laut in der Kehle schiebe ich mich ihm entgegen. Schaudere, als er meine feuchte Eichel entblößt, mit dem Daumen sacht darüber fährt und zeitgleich damit beginnt, meinen Nacken mit seinen Zähnen zu bearbeiten. Beides zusammen sorgt dafür, dass hitzige Lust durch meinen Körper jagt, sich in meinem Unterleib zu einem sehnsüchtigen Ziehen zusammenballt.

Ich liebe Sex am Morgen mit Nils. Denn ich kann mit Sicherheit sagen, dass es gleichsam rau wie zärtlich werden wird. Eine für mich unschlagbare Mischung.

Während ich selbst noch ein wenig träge bin, es in diesem Moment einfach genieße, Nils die Führung zu überlassen, scheint er hellwach zu sein. Hellwach und ziemlich angeheizt. Mit fliegenden Fingern entfernt er meine Briefs, im nächsten Moment drückt sich sein Schwanz hart und verlangend gegen meinen Arsch und zwischen meine Backen. Erst jetzt begreife ich so richtig, dass Nils offensichtlich nackt zu mir ins Bett gekrabbelt ist.

In kleinen, aber dennoch allessagenden Bewegungen reibt er sich an mir, hört dabei nicht auf, mich mit seiner Hand an meinem Penis und an meinen Hoden zu verwöhnen.

»Erik …« Seine Stimme klingt herrlich aufgeraut an meinem Ohr. »Schlaf mit mir. Sag mir, wie du's willst.«

Seine Worte bringen mich dazu, stockend die Luft einzuziehen. Ich habe kein Problem damit, im Bett direkt zu sein. Mein Zögern ist lediglich dem Umstand geschuldet, dass seine Berührungen mir die Denkfähigkeit vernebeln. Doch dann formt sich ein Bild vor meinem inneren Auge. Ich lege eine Hand nach hinten in Nils' Nacken, ziehe seinen Kopf so weit zu mir, dass ich nahe an seinen Lippen flüstern kann.

»Blas mir einen. So lange, bis ich in deinem Mund komme. Und dann will ich, dass du mich fickst.«

Sein zischendes Atemholen hallt in meinen Ohren – und tief in meinem Unterleib. Lusttropfen lassen seine Finger um meine Härte glitschig werden, sein Schwanz zuckt sehnsüchtig gegen meinen Arsch. Meinen Mund verschließt Nils mit seinem zu einem tiefen, gierigen Kuss. Einem Kuss, der nur kurz andauert, ehe Nils sich abrupt von mir losmacht.

Keinen ganzen Atemzug später liege ich auf dem Rücken, Nils kniet über mir, zwischen meinen Beinen. Atemlos sehe ich dabei zu, wie er den Kopf herabsenkt, sein Blick dabei unverwandt auf meinen prallen Schwanz gerichtet, den er mit einer Hand für sich aufrecht hält. Alleine der Anblick lässt mich innerlich beben und dann …

Frustriert stoße ich die Luft aus.

… dann bimmelt mein Handy los.

»Argh … nicht ihr Ernst …«

»Lass klingeln«, nuschelt Nils gegen meine Eichel, setzt nippende Küsse darauf.

»Geht nicht, das …« Der Rest meines Satzes geht in einem Keuchen unter. Nils umfängt mich mit seinen herrlich warmen, weichen Lippen, beginnt an meiner Schwanzspitze zu saugen. Dennoch taste ich blind neben mich und nach meinem Handy. Der Klingelton verrät, dass es weder geschäftlich noch irgendein loser Bekannter ist. Es ist der Signalton für einen Anruf von Laylas Festnetz.

»Nils … warte …«

Er denkt gar nicht dran, gleitet stattdessen an meinem pochenden Schaft tiefer, schiebt zeitgleich seine Hand zu meinen Hoden, drückt sacht zu.

»Shit … Nils …«

Ich sehe das Display nur seltsam verschwommen, erkenne dennoch, dass tatsächlich ›*Layla Home ruft an*‹ darauf blinkt.

»Nils .... verd...!« Ich greife in sein Haar, ziehe seinen Kopf bestimmend von meinem Schwanz fort. Fürchte schon, ich wäre zu grob gewesen, doch das herausfordernde Blitzen in seinen Augen und das dreckige Lächeln, als er meinem Blick begegnet, sprechen Bände.

»Untersteh dich ... nur kurz ...«, zische ich ihm zu, tippe auf den grünen Hörer-Button und halte mir das Handy ans Ohr. Muss mich jedoch gleich darauf mächtig zusammenreißen, damit das fragende »Ja?« nicht vielmehr nach einem gestöhnten ›*oh Gott, jaaa*‹ klingt. Denn just in dem Moment, packt Nils mein Handgelenk in einem Klammergriff, senkt den Kopf und bläst kühlen Atem über meine von Lusttropfen und Speichel feuchte Eichel.

Ich könnte zerfließen unter dieser hauchzarten Berührung, die eigentlich gar keine echte Berührung ist. Fest beiße ich die Zähne aufeinander, um jeden Laut aus meiner Kehle zu ersticken. Gleich darauf sackt mir das Herz in die nicht vorhandene Hose, als sich durch den Lautsprecher ein dünnes Stimmchen meldet.

»Papa?«

Ich fahre hoch. Sitze mit einem Mal senkrecht im Bett. Nils immer noch zwischen meinen Beinen, doch selbst er unterbricht in Anbetracht meiner geschockten Miene jegliche Spielereien und sieht fragend zu mir hoch.

»Emilio ... hallo mein Schatz ...« Fahrig sucht mein Blick nach einer Uhr. »Warum bist du denn schon wach? Ist doch noch gar nicht Kindergartenzeit.«

Eine lange Stille entsteht. Es scheint, als müsse mein Sohnemann erst mal drüber nachdenken, was ich gerade gesagt habe. Und ich wiederum muss darüber nachdenken, ob Emilio mich schon mal von sich aus angerufen hat. Normalerweise ruft Layla an und gibt in seltenen Fällen das Telefon für wenige Sätze an Emilio weiter.

»Ich bin schon lange wach«, plappert er schließlich los, klingt dabei aber so gar nicht wie mein redelustiger Sonnenschein. »Ich kann nicht schlafen. Onkel Harun ist so laut.«

›*Bitte ... WAS?*‹

»Harun ist bei euch?«

Abgesehen davon, dass ich Laylas älteren Bruder ohnehin nicht leiden kann – halb seinem Verhalten mir gegenüber und halb der Länge seiner Polizeiakte geschuldet –, frage ich mich wirklich, was der bei Layla zuhause macht. Seit sie mit mir gemeinsam nach Weil der Stadt gezogen ist, hat er sie genau ein einziges Mal besucht.

»Ja, aber ich will, dass er wieder geht. Und ich will nicht mitgehen.«

Während Emilios letzter Worte macht sich eine mehr als unschöne Ahnung in mir breit, die schmerzhaft auf meinen Magen drückt. Meine Erektion hat sich längst verabschiedet und auch Nils sitzt inzwischen neben mir und seine Miene sieht nach alles anderem als nach Erregung aus.

»Warum denkst du denn, dass du mit ihm gehen sollst? Hat er das gesagt?«

»Mama hat das gesagt. Mama und Onkel Harun haben die ganze Nacht Koffer gepackt. Deswegen kann ich nicht schlafen. Mama hat sogar meinen Elefanten eingepackt.«

»Emilio …« Ich zwinge meine Stimme dazu, ruhig zu bleiben, während alles in mir zu toben scheint. »Gibst du der Mama bitte mal das Telefon.«

Er schnieft. Ein einzelner Laut, der mir sogar über die Distanz einer Telefonleitung hinweg das Herz zu zerreißen scheint.

»Geht nicht.«

»Warum geht das nicht?«

»Mama streitet gerade mit Onkel Harun. Und sie weint.«

›Fuck, fuck, fuuuck! Was zur Hölle ist dort los?‹

Meine Hände krampfen sich um das Handy und in die Bettdecke.

»Papa?«

Wieder schnieft Emilio.

»Onkel Harun ist ganz wütend. Ich hab Angst.«

Nils

Ich habe Erik noch nie zuvor so gesehen. Seine Miene so verbissen und ausdruckslos. Und im selben Moment spiegelt sich sein gesamtes

Inneres in seinem Gesicht und in seiner ganzen Körperhaltung. Ich kann nur am Rande nachempfinden, was gerade in ihm vorgehen muss. Umso genauer weiß ich jedoch: Wenn uns jetzt einer unserer Kollegen anhält, sind wir geliefert.

Mit geschlagenen 170km/h jagt Erik seinen Wagen über die B295. Rund 70km/h über Tempolimit – das würde uns wirklich in Erklärungsnot bringen. Aber zum Glück ist die Bundesstraße um kurz nach sechs noch relativ leer, keine Polizei weit und breit in Sicht. Und außerdem wäre *›Sorge um das Wohlergehen des Kindes‹* wohl ein verdammt guter Grund, sämtliche Paragraphen der Straßenverkehrsordnung zu missachten.

So richtig begriffen, worum es geht, habe ich nicht. Aber ich glaube, auch Erik lässt sich weniger von einem konkreten Verdacht, als vielmehr von einer unterschwelligen Panik leiten. Laut ihm ist Laylas Bruder Harun mit mehreren Verstößen gegen das Betäubungsmittelgesetz bei uns im System. Das dürfte jedoch kaum der Grund sein, weswegen Erik aufs Gas drückt wie ein Irrer. Ich kann mir nicht vorstellen, dass Laylas Bruder von Hamburg nach Weil der Stadt gereist sein soll, um sie und Emilio in einer Nacht- und Nebel-Aktion quasi zu entführen. In weniger als zwei Wochen steht die Gerichtsverhandlung an. Im schlimmsten Fall kann Layla danach sowieso mit Emilio wegziehen, wohin auch immer sie möchte. Oder zweifelt sie selbst so sehr am Ausgang des Prozesses, dass sie sich die Hilfe ihres großen Bruders herbestellt hat?

Gerade einmal knapp zwanzig Minuten nach unserem vollkommen überstürzten Aufbruch – ein Wunder, dass wir überhaupt beide vollständig bekleidet sind – bringt Erik seinen Wagen vor einem gepflegten Mehrparteienhaus zum Stehen. Mitten auf der Straße. Er setzt noch den Warnblinker, schon springt er aus dem Auto und ich folge ihm auf dem Fuß.

»Herrgott, ich hätte Layla die verdammten Schlüssel nicht zurückgeben sollen!« Fluchend fährt Erik wie in einem schlechten Blockbuster einmal mit der flachen Hand über sämtliche Klingeln neben der Tür. Atemlose Sekunden warten wir. Dann summt tatsächlich der Türöffner.

Während wir durchs Treppenhaus hetzen, muss ich unweigerlich an all die Trainingseinheiten in der BePo denken. Sicheres Eindringen in ein Gebäude … Festnahme in einer Wohnung … Wie mechanisch taste ich an meine Hüfte, finde dort aber natürlich kein Holster, geschweige denn einen Schlagstock oder gar eine Schusswaffe. Es wäre auch übertrieben. Oder doch nicht …?

Im zweiten Stock bleibt Erik vor einer Tür, an der ein fröhlich-bunter Kranz jedweden Besucher willkommen heißt, stehen. Mein Blick huscht zum Klingelschild.

›Layla Aktaş & Emilio Rieth‹

Kurz flammt die Frage in mir auf, weshalb Layla anscheinend auf ihren Mädchennamen besteht, ist sie doch offiziell noch immer Eriks Frau. Dieser klingelt Sturm.

»Layla? Mach auf!«

Wo eben noch leise Geräusche und Stimmen durch die Tür gedrungen sind, herrscht nun Stille. Nichts regt sich. Und niemand öffnet.

»Layla, verdammt!« Ein Faustschlag Eriks trifft die Tür. »Ich weiß, dass du das bist!«

Wieder Stille.

Zum Zerreißen gespannte Sekunden.

Dann öffnet sich die Tür.

Nicht zaghaft, sondern mit einem Ruck. Und im Flur steht nicht Eriks Ex, sondern ein bulliger Typ, den jeder halbwegs aufmerksame Polizist – Klischees sei Dank – draußen auf der Straße kontrollieren würde. Alleine schon, weil sein ganzes Äußeres *›gewaltbereites Konsumenten-Arschloch‹* zu schreien scheint – obwohl natürlich keiner von meinen Kollegen das laut aussprechen würde.

»Was willst du, Erik?«

Harun steht wie ein Schrank in der Tür, als besäße er hier irgendwelche Hausrechte.

Sofort spanne ich mich an, bin bereit, Erik beizustehen, was auch immer passieren mag.

»Nach meinem Sohn sehen«, gibt Erik kühl zur Antwort. Seine Stimme ist beherrscht, ebenso seine Miene. Dennoch merke ich ihm an, wie angespannt er ist. Mein eigener Blick huscht über Haruns breite

Schultern in den Flur hinein. Kein Emilio zu sehen. Vielleicht vergräbt er sich weiterhin in seinem Kinderzimmer.

»Ist nicht nötig, ihm geht's gut.«

»Davon würde ich mich gerne selbst überzeugen. Wo ist Layla?«

Als wäre ihr Name ein Stichwort gewesen, taucht in diesem Moment eine Frau im Durchgang zum Nebenzimmer auf. Eine verdammt attraktive Frau, trotz verweinter Augen. Ich habe Fotos von Layla in Eriks Wohnung gesehen, direkt vor mir stehend ist sie dennoch eine Erscheinung. Schlank, mit weiblichen Rundungen, lange, dunkle Haare, südländischer Teint, fein geschnittenes Gesicht mit vollen Lippen und herrlich dunklen Augen. Kurzum: Layla ist vom Typ her eine dieser Hollywood-Schauspielerinnen, die auch nach einer Stunde Heulmarathon noch gigantisch gut aussehen.

»Erik …« Ihre Stimme allerdings klingt dünn. Unsicher. Fast flehend. »Was machst du hier?«

Einen weiteren langen Moment messen Erik und Harun sich mit Blicken. Noch ehe Erik auch nur einen Muskel bewegt, bin ich mir sicher, was kommen wird. Im selben Augenblick treten wir vor, ich dicht hinter Erik. Mit festem Griff schiebt er Harun beiseite, der ist offenbar zu perplex, um ihn aufzuhalten. Stattdessen landet seine Pranke auf meinem Oberarm.

»Wer ist das?« Die Frage ist definitiv an Erik gerichtet, ich jedoch bin es, der antwortet: »Polizeimeister Lassner. An Ihrer Stelle würde ich die Finger wegnehmen.«

Tatsächlich sackt seine Hand herab, sein zornfunkelnder Blick springt weiterhin zwischen Erik und mir hin und her.

»Es ist … wirklich ungünstig gerade …«, setzt Layla an, doch Erik würgt sie mit einem Schnauben ab.

»Das sehe ich«, stößt er hervor. Einen Moment später fällt auch mein Blick auf die Koffer und Kartons, die inmitten des großen Wohnraumes zwischen dem Sofa und einer halb leergeräumten Glasvitrine stehen.

»Was zur Hölle soll das werden, Layla?« Nun kann Erik Angst und Zorn nicht mehr aus seiner Stimme heraushalten.

»Layla und Emilio kommen mit nach Hamburg. Jetzt. Wir wollen gerade los.«

Unisono schnellen drei Köpfe zu Harun herum. Er tritt weiter in den Flur hinein, Layla weicht ins Wohnzimmer zurück. Neben dem Berg aus Koffern und Kisten wirkt sie mit einem Mal verloren. Ihr Blick huscht hilflos zwischen Erik und ihrem Bruder hin und her.

»Harun, du …«

»Wir hatten das geklärt, Layla. Du holst jetzt Emilio und dann …«

»Einen Scheiß wird sie!« Eriks Stimme schneidet durch die zum Anfassen aufgeladene Luft. »Was denkst du eigentlich, was du …?«

»Papa?«

Die Stille, die schlagartig einkehrt, ist eisig. Der Anblick Emilios, wie er im Pyjama in der Tür zu seinem Kinderzimmer steht, die dunklen Augen groß und verweint, seine kindliche Miene so voller Unverständnis und Überforderung, treibt mir einen stechenden Schmerz in die Brust. Gott … ich kenne den Kleinen kaum und dennoch berührt mich seine Hilflosigkeit in diesem Moment so sehr, dass ich selbst losheulen möchte. Oder alternativ Harun eine in die Fresse schlagen. Noch immer begreift anscheinend keiner von uns, was hier wirklich vor sich geht. Aber eines ist klar: Harun und Layla versuchen Emilio gegen seinen Willen von seinem Vater fortzureißen. Und das werde ich nicht zulassen, auch wenn ich eigentlich über keinerlei Handhabe in diesem Fall verfüge.

»Hey, Großer.«

Überraschenderweise ist Erik derjenige, der sich als Erstes wieder fängt und seinen Sohn anspricht. Tränen kullern über Emilios runde Wangen. Es dauert ein paar Sekunden, dann kommt Bewegung in ihn. Auf nackten Füßen rennt er quer über den Flur, will an Harun vorbei und zu Erik, doch Ersterer beugt sich herab und packt Emilio, hebt ihn hoch. Sofort beginnt der Kleine wie am Spieß zu brüllen, zappelt und schlägt um sich.

Mein Blick fliegt zu Erik. Ich könnte schwören, er ist so verdammt kurz davor, sich auf Harun zu stürzen, und ich habe in diesem Moment wirklich keine Ahnung, woher er die Beherrschung nimmt, es nicht zu tun.

»Lass ihn los.«

»Sonst?«

»Papa … Papaaa …«

»Bitte …« Laylas Flüstern geht beinahe im Heulen Emilios unter.

»Harun … lass meinen Sohn los.«

Es ist Eriks letzte Warnung. Ich spüre es. Weiß es einfach. Im selben Moment gehen wir auf Harun zu. Sein Griff lockert sich. Für den Bruchteil einer Sekunde habe ich Angst, er würde Emilio fallen lassen. Aus dem Augenwinkel nehme ich noch wahr, wie Erik ihm seinen Sohn entreißt, Emilio schluchzt laut auf, im selben Moment trifft meine Faust frontal Haruns Nase.

Erik

Ich sehe noch, wie Nils zuschlägt, höre das unschöne Geräusch, wenn Knochen auf Knochen trifft. Die nächsten Herzschläge lang nehme ich nur Emilio wahr. Sein kleiner Körper warm in meinen Armen, sein hämmernder Herzschlag, sein Schluchzen. Es geht ihm gut … so gut es ihm eben gehen kann …

Im nächsten Moment drücke ich ihn Layla in die Arme, die reflexartig zugreift, ihn an sich zieht und sich mit ihm auf dem Arm in Richtung des Sofas zurückzieht. Abstand zwischen uns bringt.

Ich fahre herum. Gerade kracht Harun Gesicht voran gegen die Flurwand. Er flucht lautstark, als Nils ihm einen Arm auf den Rücken dreht. Nils ist in seinem Tun ziemlich rabiat, wenn es schlecht für uns läuft, haben wir nach dieser ganzen Aktion hier ein Problem am Hals. Aber in diesem Moment ist es mir so scheißegal. Obwohl ich mich längst umgewandt habe, sehe ich noch immer Emilios ängstliches, vollkommen hilfloses Gesicht vor mir.

Mit zwei großen Schritten bin ich bei Nils, gemeinsam ringen wir Harun nieder, bis er bäuchlings mitten im Flur liegt, Nils halb auf ihm kniet. Haruns Fluchen allerdings gilt in erster Linie mir.

»Halt die Schnauze«, zische ich ihm zu, »beruhig dich mal.«

Ich hätte gute Lust, ihn in Handschellen zu legen, aber abgesehen davon, dass wir keine da haben, fehlt uns leider auch die rechtliche Grundlage dazu. Noch … Wenn er sich weiter so aufführt …

»Fick dich, Erik.«

»Ja, du mich auch. Lass ihn los.« Die letzten Worte richte ich an Nils.

Mehr als widerstrebend entlässt der Harun aus seinem Griff. Beide sind schnell wieder auf den Füßen. Schwer atmend stehen wir uns gegenüber im Flur, fixieren einander. In meinen Ohren hallt noch immer Emilios Schluchzen. Leise inzwischen, aber nicht minder herzzerreißend.

»Ich würde sagen, du gehst jetzt und …«

»Sicher nicht. Layla kommt mit mir, sie …«

»Das wird sie nicht, verdammt!« Emilio zuliebe würde ich mir das Fluchen gerne verkneifen und diese ganze Diskussion in einen anderen Raum oder am besten ganz aus der Wohnung verlegen.

»Layla …« An mir vorbei geht Haruns Blick auffordernd zu seiner Schwester. Mein Herz hämmert in meiner Brust. Wenn sie jetzt …

Doch Layla schüttelt den Kopf. Presst die Lippen aufeinander. Unseren Sohn hält sie fest umklammert, drückt sein Gesicht an ihren Hals, damit er all das wenigstens nicht mit ansehen muss.

»Harun, bitte … Lass mich das alleine mit Erik …«

»Und dann? Wirst du wieder weich? Gehst vielleicht zu ihm zurück, obwohl er den da fickt und …«

»Es reicht!« Noch ehe ich selbst irgendetwas sagen kann, schneidet Nils ihm das Wort ab. Ich weiß nicht mal, woher Harun weiß, dass Nils und ich … *›miteinander ficken‹*, oder vielleicht vermutet er es auch nur. Es tut auch nichts zur Sache. Wie er vor meinem Sohn redet allerdings, tut das durchaus, und das sieht offenbar auch Nils so. Er packt Harun am Arm. Erst jetzt registriere ich, dass seine Lippe aufgeplatzt ist. Unsere Blicke treffen sich für weniger als eine Sekunde.

»Sie verlassen jetzt diese Wohnung.« Seine Stimme lässt keinen Widerspruch zu. Nie zuvor habe ich Nils so erlebt. So kühl und entschlossen. Nie zuvor hat er so gekämpft. Für mich. Für Emilio.

Energisch bugsiert er Harun vor sich her in Richtung Tür.

»Eine falsche Bewegung und Sie liegen wieder auf dem Boden und können mit den Kollegen auf die Wache fahren.«

Ich kann mir nicht vorstellen, dass Harun diese Aussicht wirklich beeindruckt. Er kennt zu viele von Hamburgs Revieren und Zellen von innen. Dennoch lässt er sich von Nils zur Wohnungstür schieben. Über seine Schulter hinweg trifft mich ein hasserfüllter Blick, der schließlich zu Layla gleitet.

»Ich schwöre dir …«

»Keine Drohungen, Harun. Ist besser für dich.«

Sein Kommentar auf meinen Einwurf ist ein erbostes Schnauben. Nils stößt ihn ziemlich unsanft hinaus auf den Hausflur. Kurz bin ich versucht, den beiden zu folgen. Aber Nils wird schon mit ihm klarkommen. Hoffe ich zumindest …

Die Tür fällt hinter den beiden ins Schloss. Layla, Emilio und ich sind allein.

23. Kapitel

Nils

Während ich den beiden Kollegen dabei zusehe, wie sie Harun auf die Rückbank des Streifenwagens bugsieren, drücke ich mir das Kühlpack fester auf meinen Wangenknochen. Meine gesamte linke Gesichtshälfte pocht unangenehm, langsam trocknendes Blut klebt widerlich an meiner Unterlippe. Genäht werden muss es vermutlich nicht, dafür werde ich von Laylas Bruder ein hübsches Veilchen zurückbehalten.

Das Arschloch hat doch tatsächlich versucht, mir vor dem Haus eine reinzuhauen und stiften zu gehen. Ersteres ist ihm gelungen, Zweiteres nicht. Vorbeigehenden Passanten haben wir einen hübschen Straßenkampf geliefert. Die meisten von ihnen hielten es für notwendig, das Ganze zu filmen. Ein älteres Ehepaar kam schließlich auf die glorreiche Idee, die 110 zu wählen.

In der Wohnung vorhin hatten Erik und ich nicht unbedingt einen triftigen Grund, Harun auf den Boden zu schicken. Nach seinem Angriff vor dem Haus hatte ich einen. Nun darf er meine Kollegen vom Streifendienst erst mal aufs Revier begleiten.

»Ihr kommt nachher vorbei, um eure Aussagen zu machen?«, wendet sich einer der beiden Kollegen fragend an mich, als Harun endlich auf der Rückbank verstaut ist.

»Ja, machen wir. Kann aber noch eine oder zwei Stunden dauern. Schätze mal, da oben sind alle ziemlich aufgelöst.« Mit einem vagen Kopfnicken deute ich in Richtung zweiter Stock. Der Kollege – Sarbacher mit Nachnamen, wie mir sein Namensschild verrät – nickt verständnisvoll. Wenn ich mich recht erinnere, hat er sich mir mit *›Marius‹* vorgestellt. Ich kann mich aber auch irren, mein Schädel dröhnt.

»Du solltest da 'nen Arzt drauf schauen lassen«, brummelt Sarbachers Streifenpartner, ein Polizist des älteren Semesters mit einem deutlichen Bauchansatz. Dass er noch fit ist und zupacken kann, hat er allerdings vorhin bewiesen, als er Harun von mir runtergezogen hat.

»Gerhard hat recht. Könnte 'ne Gehirnerschütterung geben.«

»Geht schon. Ich muss nach oben«, stelle ich rasch fest, die Sorge um Erik und Emilio und ein klein wenig auch um Layla bohrt sich drückend in meinen Magen. »Polizeiposten hier in Weil der Stadt, richtig?«, hake ich zur Sicherheit nach und erhalte ein bestätigendes Nicken. Zum Glück müssen wir nachher nicht extra bis nach Ludwigsburg reinfahren, um unsere Aussagen zu Protokoll zu geben. Die Endsachbearbeitung werden die Kollegen vom Posten übernehmen.

Langsam steige ich die Treppe bis in den zweiten Stock hinauf, klingle an der Wohnungstür. Ich bin nicht wirklich überrascht darüber, dass Erik derjenige ist, der mir öffnet. Ihm allerdings stehen Verwunderung und Schrecken ins Gesicht geschrieben.

»Shit, Nils ... Was ist denn mit dir passiert?«

Keine Ahnung, ob ich wirklich so schlimm aussehe, wie seine Miene es vermuten lässt oder ob einfach nur seine Nerven blank liegen. In einer unbestimmten Geste ziehe ich die Schultern hoch.

»Hatte noch eine kleine Auseinandersetzung.«

»Mit Harun?«

»Mhm. Kollegen aus Ludwigsburg haben ihn mitgenommen. Wir müssen nachher auf dem Posten vorbei, eine Aussage machen.«

»Okay ...« Danach sieht er weiß Gott nicht aus.

»Wie geht's Emilio?«

»Geht so, ich ... Komm, ich zeig dir das Badezimmer. Du brauchst dringend mal Wasser ins Gesicht.«

Vermutlich brauche ich das tatsächlich, alleine schon, weil Emilio mich nicht unbedingt so blutverschmiert, wie ich bin, zu Gesicht bekommen sollte. Während ich hinter Erik her tappe, geht mir durch den Kopf, wie absurd diese Situation hier ist. Erik zeigt seinem neuen Freund in der Wohnung seiner Ex das Badezimmer, nachdem sein neuer Freund den Bruder seiner Ex verkloppt hat – oder umgekehrt, je nachdem, wie man es sehen will.

»Setz dich mal da hin.« Ohne Widerspruch zuzulassen, drückt Erik mich auf den Rand der Badewanne nieder. Während er einen Waschlappen aus einem der Schränke kramt und unter laufendes Wasser hält, erhasche ich einen Blick in den bodentiefen Spiegel an der gegenüberliegenden Wand.

Zugegeben, ich sehe wirklich scheiße aus! Schon jetzt zeichnet sich ein fetter Bluterguss über meinem linken Wangenknochen ab und meine Lippe sieht aus, als hätte ein wildgewordener Chihuahua daran genagt. Um wenigstens nicht das ganze Übel sehen zu müssen, drücke ich mir wieder das inzwischen ziemlich angewärmte Kühlpack auf die Wange. Gleich darauf kniet Erik vor mir. Vorsichtig tupft er mir mit dem feuchten Waschlappen das angetrocknete Blut von der Lippe.

»Das Arschloch hat dich ja echt erwischt. Hast du Kopfschmerzen?«

Ich versuche mich in einem Grinsen, scheitere aber kläglich an dem brennenden Schmerz in meiner Lippe.

»Mhm, brummt ordentlich.«

»Dann solltest du ins Krankenhaus.« Die Besorgnis in seiner Stimme rührt mich. Mit dem Daumen streiche ich einmal sacht über seine Wange.

»Mir ist weder schwindelig noch übel, alles halb so wild, okay? Ich mach das …« Sanft, aber bestimmend entwinde ich den Waschlappen seinen Fingern. »Dein Sohnemann braucht dich wesentlich dringender als ich.«

Erst sieht es so aus, als wolle Erik mir widersprechen, doch dann nickt er und erhebt sich, drückt mir dabei noch einen Kuss auf die Stirn.

»Ich bin im Wohnzimmer. Bleib noch einen Moment sitzen und melde dich, wenn …«

»Alles okay. Geh schon.«

Mit Blicken scheuche ich ihn aus dem Badezimmer. Erst als er die Tür hinter sich zugezogen hat – nicht ganz, denn vermutlich will er sichergehen, es mitzubekommen, sollte ich polternd vom Wannenrand kippen –, erlaube ich es mir, ein paar Mal tief durchzuatmen und die Augen zu schließen. Beruhigenderweise dreht sich das Zimmer nicht, als ich sie schließlich wieder öffne. Mir ist flau im Magen, aber ganz sicher rührt das nicht von einer Gehirnerschütterung, sondern von dem zurückliegenden Erlebten her. Wie es Erik wohl geht, will ich gar nicht erst wissen, und gleichzeitig treibt mich die Sorge um ihn – und um Emilio – vom Wannenrand hoch.

Über dem Waschbecken spritze ich mir kaltes Wasser ins Gesicht, wische das restliche Blut von meiner Lippe und meinem Kinn und stelle fest, dass alles weniger schlimm ist als befürchtet. Der feine Cut an der Lippe hat sich bereits geschlossen und das Veilchen ... nun ja ... das wird spätestens morgen blühen. Es ist nicht mein erstes und wird vermutlich auch nicht mein letztes sein. Wer Polizist ist und noch zusätzlich der Meinung, Kickboxen sei ein erstrebenswertes Hobby, muss damit leben.

Ich zwinge den Gedanken, ich könnte im schlimmsten Fall nicht mehr lange Polizist sein, in die hinterste Windung meines Gehirns zurück und stoße die Badezimmertür auf. Aus dem Wohnzimmer dringen leise Stimmen. Ich will Erik, Layla und Emilio im Moment wirklich nur ungern stören, andererseits kann ich auch nicht ewig im Badezimmer hocken bleiben oder mir einfach Eriks Auto schnappen. Das, nebenbei bemerkt, immer noch mit Warnblinker auf der Straße steht. Zumindest habe ich es vorhin gemeinsam mit dem Kollegen Wiesner fachgerecht mit Warndreieck versehen.

Leise tappe ich über den Flur und klopfe an die offenstehende Wohnzimmertür.

Sofort heften sich drei Augenpaare auf mich.

»Sorry, ich ... Erik, gibst du mir kurz deine Autoschlüssel? Jemand sollte mal deinen Wagen wegfahren.«

Mit einem Nicken, aber wortlos wechseln die Schlüssel ihren Besitzer. Eriks Blick haftet sorgenvoll auf mir, doch er hakt nicht nach und berührt mich auch nicht. Angesichts dessen, dass Layla und Emilio direkt daneben auf dem Sofa sitzen und beide immer noch tränenblass aussehen, kann ich es ihm keineswegs verübeln.

Glücklicherweise finde ich rasch eine freie Parklücke und stehe kurz darauf wieder im Wohnzimmer. Immer noch unschlüssig, was ich tun oder sagen oder ob ich doch besser gehen sollte. Schließlich ist Erik es, der mir die Entscheidung quasi aus der Hand nimmt, indem er sich an seinen Sohn wendet: »Schatz, magst du Nils dein Zimmer zeigen? Dann können Mama und ich uns noch kurz unterhalten.«

Zu meiner Verwunderung nickt der Kleine sofort und rutscht von Laylas Schoß und vom Sofa und kommt zu mir herüber.

»Ist dein Krokodil auch in deinem Zimmer?«, frage ich ihn, habe noch allzu gut das Bild vor Augen, wie Emilio mit seinem Plüschtier durch Eriks Wohnung gelaufen ist.

Emilio nickt. Kaum bei mir angekommen, findet seine kleine Hand in meine, ohne dass ich sie ihm hingestreckt hätte. Die Geste ist so unbedacht, so kindlich-ehrlich, dass ich gar nicht anders kann, als Eriks Sohn noch ein bisschen mehr ins Herz zu schließen.

»Und hast du auch noch mehr so tolle Plüschtiere?« Ich hoffe in diesem Moment inständig, dass Layla nicht bereits alle eingepackt hat.

Wieder nickt Emilio, stumm zwar, aber mit einem kleinen Lächeln auf den Lippen. An der Hand zieht er mich mit sich, quer über den Flur und hinein in sein Kinderzimmer.

Erik

Minutenlang sitzen Layla und ich nebeneinander auf dem Sofa und schweigen uns an. Haben wir eben noch gemeinsam beruhigende Worte für unseren Sohn gefunden, so scheint es nun, als wäre jedes weitere Wort zwischen uns unmöglich geworden. Ich schaffe es nicht einmal mehr, Layla anzusehen. Starre stattdessen unverwandt auf die gepackten Koffer und Kartons. Alleine bei der Vorstellung, sie wäre einfach so mit Emilio gegangen, wird mir schlecht. Richtig schlecht.

»Ich wollte das nicht.« Ihre Stimme ist leise. Kaum mehr als ein Flüstern und dennoch dröhnt sie wie ein Paukenschlag in meinem Kopf.

»Was genau?«, hake ich eisig nach. Von all den positiven Gefühlen, die Layla und mich alleine aufgrund unseres gemeinsamen Kindes verbinden, scheint in diesem Moment nichts mehr übrig zu sein. Wenigstens nicht in mir …

»Alles. Das alles. Ich meine … Ich wollte nicht Hals über Kopf mit Emilio abhauen. Ihn dir wegnehmen. Ich wollte nur … Abstand. Von dir. Von dem, was zwischen uns passiert ist und was ich noch immer für dich empfinde, aber ich ... wollte nie ... dass wir all das auf Emilios Rücken austragen.«

So ehrlich und wünschenswert das in meinen Ohren auch klingen mag, ich kann nicht anders und schnaube aufgebracht.

»Warum dann der Gang zum Familiengericht? Warum ... das hier?« Hilflos deute ich auf den Berg gepackter Erinnerungen.

»Weil ... Ich wollte weg hier. Weg von dir. Weg von dieser Beziehung, die ich gegen die Wand gefahren habe.« Es ist das erste Mal, dass sie es ausspricht. Dass sie nicht mir die Schuld am Scheitern unserer Ehe gibt.

Abrupt wende ich mich ihr zu. In ihrem feinen Gesicht stehen Verzweiflung und Schmerz geschrieben.

»Hör zu, Erik, ich weiß, dass ich es beendet habe. Aus einem Grund, der für dich ... nie ... zu keinem Zeitpunkt ... verständlich war.«

Das stimmt allerdings. Doch ich verkneife mir jeglichen Kommentar.

»Ich weiß, dass die Probleme, die wir hatten ... die ich hatte ... in erster Linie in meinem Kopf stattgefunden haben, aber ich ... konnte es nicht steuern, verstehst du? Die Angst, dich eines Tages zu verlieren, weil du dich in jemand anderen ... in einen Mann verliebst ... Das hat mich kaputtgemacht.«

Es ist so absurd! So schrecklich absurd! Ich habe Layla geliebt. Bedingungslos. Ich war glücklich mit ihr, habe nie etwas vermisst. Niemals etwas von dem, was sie mir unterstellt hat, zu vermissen.

»Und jetzt hast du diesen Nils und ...«

»Hör auf!« Ich falle ihr lauter und harscher ins Wort als gewollt. »Layla, merkst du, dass du schon wieder Bullshit redest? Ich bin nicht mit ihm zusammen, *weil* er ein Mann ist, sondern ...«

»Ich weiß!« Abwehrend hebt sie die Hände. In ihren Augen schimmern schon wieder Tränen. »Ich weiß, dass es nicht ist, weil du einen Mann brauchst, aber ... Egal, vergiss es, Erik. Es spielt keine Rolle mehr. Ich muss damit klarkommen und nicht du. Emilio ist wichtig und ... dass es ihm gutgeht.«

Ich nicke verbissen. Kann nicht verhindern, dass sich meine Aufmerksamkeit abermals auf das Reisegepäck lenkt. Oder ist es tatsächlich ›*Umzugsgepäck*‹?

Layla ist meinem Blick gefolgt. Als ich sie wieder ansehe, spielt ein harter Zug um ihren Mund. »Meine Eltern wussten natürlich, dass wir uns getrennt haben. Harun auch. Sie wollten, dass ich zurück nach Hamburg komme und … na ja … ich hielt es zunächst für eine gute Idee. Wollte fort von hier. Von dir. Sieh mal, Erik … mich hält hier nichts.«

»Außer der Umstand, dass Emilio hier seinen Vater hat. Seine Freunde. Dass er den Kindergarten wechseln müsste und sein gesamtes Umfeld und …«

»Ja. Ich weiß das. Ich habe das tausend Mal mit meinen Eltern durchgekaut, aber … Ich hatte mit einem Mal Panik, verstehst du das? Angst, das alles hier nicht zu schaffen. Alleine mit Emilio. Ohne dich. Ja, ich weiß, dass du dich immer gekümmert hast. Dass du dich weiterhin kümmern würdest. Aber das ist nun mal nicht dasselbe. Trotzdem habe ich irgendwann mit dem Gedanken gespielt, es doch zu versuchen. Es *hier* zu versuchen. Mit Job und allem drum und dran … Für Emilio.«

Von alledem habe ich nichts mitbekommen. Wie kann man sich nach sieben Jahren Beziehung auf einmal so fremd sein?

»Du glaubst mir nicht, hmm?«

Wenigstens das sieht sie mir an. »Fällt mir schwer.«

Und mindestens ebenso schwer klingt ihr Seufzen.

»Wenn du mir nicht glaubst, dann … check in den nächsten Tagen regelmäßig deine Mails. Oder dein Telefon. Schätze mal, du wirst bald Nachricht von deiner Anwältin bekommen.«

Mir wird heiß. Und im selben Moment wieder kalt. Eiskalt. Was – zur Hölle – kommt jetzt?

Laylas Mimik, der Ansatz ihres Lächelns, wirken in diesem Moment so abstrus auf mich. Ich kann es schlicht nicht einordnen.

»Ich hab den Antrag auf alleiniges Aufenthaltsbestimmungsrecht zurückgezogen.« Sie flüstert nur noch. »Deswegen stand Harun heute Nacht plötzlich vor der Tür. Scheint so, als hätte mein Vater ihn losgeschickt, mich und Emilio zu holen. Ein verdammtes Klischee, was?«

Eine Träne rollt über ihre Wangen, ihre Lippen, tropft von ihrem Kinn. Und ich kann nur mit offenem Mund dasitzen und sie anstarren.

24. Kapitel

Nils

»Möchtest du noch etwas, Nils?« Auffordernd sieht Eriks Mutter mich an, der nächste gehäufte Löffel voller Kaiserschmarrn schwebt schon unheilvoll über meinem Teller. Unheilvoll allerdings nur deshalb, weil ich fürchte, zu platzen, wenn ich noch einen einzigen Bissen esse.

»Nein, danke. Wirklich nicht. Aber es war sehr lecker!« War es tatsächlich! Und noch dazu ziemlich sättigend. Ich hatte nicht gewusst, dass man von Suppe und Nachtisch so schnell satt werden kann.

»Na gut, dann stelle ich den Rest in den Kühlschrank und ihr könnt es morgen mit in den Dienst nehmen.«

Ich tausche einen vielsagenden Blick mit Erik. Offensichtlich hat er seinen Eltern nichts von meiner Suspendierung erzählt und ich habe auch nicht vor, es jetzt auf den Tisch zu packen. Ganz schwach lodert noch immer die Hoffnung in mir, der Schrecken möge bald ein Ende finden. Das Ganze möge glimpflich ausgehen. Ebenso wie die Sache mit Layla und Emilio.

Eriks Mutter scheint von unserem Blickwechsel nichts mitbekommen zu haben. Sein Vater indessen macht ein mürrisches Gesicht.

»Und du bist dir sicher, dass man die beiden heute Nacht alleine lassen kann?«

Es ist schon klar, wen er mit *›die beiden‹* meint und letztlich spricht er damit auch nur aus, worüber ich mir ebenfalls Sorgen mache. Erik nickt mit ernster Miene.

»Ich denke schon, ja. Ich bin mir eigentlich sicher. Harun ist anscheinend zurück nach Hamburg gefahren, als sie ihn auf dem Revier haben gehen lassen.«

»Und wer sagt dir, dass er nicht umdreht?«

Erik zuckt müde mit den Schultern. Seine ganze Körperhaltung spiegelt Erschöpfung wider.

»Niemand. Layla hat mir versprochen, sich zu melden, sollte er nochmal vor der Tür stehen.«

Das *›und das glaubst du?‹* liegt seinem Vater offensichtlich auf den Lippen, doch er spricht es nicht aus. Brummelt nur etwas Unverständliches in sein Bierglas.

Unter dem Tisch drücke ich sanft Eriks Hand. Ich bin mir sicher, dass er heute Nacht kaum ein Auge zutun wird.

»Ich muss nochmal schnell Markus und Roland anrufen«, murmelt er mir zu und erhebt sich. Man kann über unsere Vorgesetzten sagen, was man will. In Bezug auf mich und die angebliche Verletzung des Dienstgeheimnisses würde ich mir mehr Rückendeckung wünschen, aber ihr Verständnis für Eriks Familiensituation ist einen verdammten Orden wert.

Als Erik sich erhebt, will ich ihm schon folgen und mich nach oben in seine Wohnung verziehen, aber seine Mutter hält mich mehr oder minder subtil zurück.

»Trinkst du noch ein Bier?«

»Mach ruhig, das dauert ’ne Weile.« Er deutet auf das Handy in seiner Hand, verschwindet dann endgültig aus der geräumig-rustikalen Essküche.

»Lieber einen Saft, wenn Sie haben«, erkläre ich mit Rücksicht auf meinen Schädel, der immer noch unterschwellig brummt. Inzwischen ist auch eine Schwellung über meinem linken Wangenknochen entstanden. Laut Arzt, zu dem Erik mich geschleppt hat, alleine schon, weil ich ein ärztliches Gutachten für die Anzeige gegen Laylas Bruder vorlegen muss, ist das aber alles nichts Besorgniserregendes.

»Natürlich.« Eriks Mutter wuselt fleißig zwischen Tisch und Kühlschrank hin und her, verstaut das übrig gebliebene Essen und stellt schließlich ein gefülltes Glas mit Apfelsaft vor mir ab.

»Martina für dich«, erklärt sie über ihr noch halbvolles Radler hinweg und prostet mir zu. »Ich gehe davon aus, dass wir dich ab sofort öfter hier zu Gast haben werden.«

»Ich ... ja, ich hoffe es. Danke.« Klirrend stoßen wir an, auch Eriks Vater bietet mir das *›Du‹* an. Er ist wesentlich schweigsamer als seine Frau, wirkt manchmal ein bisschen mürrisch, aber trotzdem habe ich ihn längst ins Herz geschlossen.

Eine Weile sitzen wir schweigend am Tisch. Es ist jedoch keine unangenehme Stille, vielmehr fühle ich mich herzlich aufgenommen und fast ein wenig wie Zuhause.

Es ist einige Wochen her, dass ich mit meiner Mam telefoniert habe. Von Erik weiß sie noch gar nichts. Vermutlich sollte ich mich also wirklich mal wieder bei ihr melden. Vielleicht können Erik und ich irgendwann in den nächsten Wochen – wenn sich der ganze Trubel hoffentlich mal gelegt hat – zu ihr nach Frankfurt fahren. Eine weite Strecke ist es schließlich nicht.

»Du tust Erik gut«, meint Martina plötzlich und reißt mich damit aus meinen Gedanken. Überrascht sehe ich sie an. In ihrer Miene spiegelt sich eine sympathische Wärme. »Erik ging es nach der Trennung von Layla wirklich nicht gut, aber seit er dich kennt ... oder vielmehr, seit ihr zusammen seid, strahlt er wieder. Ihr seid doch ein richtiges Paar, oder nicht?«

»Martina ...!«

Über den vorwurfsvollen Ton in Holgers Stimme muss ich unweigerlich grinsen.

»Ja, wir sind fest zusammen«, entgegne ich und merke, dass alleine diese Erklärung ein wohliges Kribbeln in meinem Bauch auslöst.

»Schön. Das freut mich.« Als sei damit alles geklärt, steht Martina erneut vom Tisch auf und fängt an, das benutzte Geschirr rüber zur Spüle zu tragen. Die Unbefangenheit, mit der sie Eriks und meiner Beziehung begegnet, imponiert mir in gewisser Weise. Glücklicherweise hatte ich in der Vergangenheit nie großartig mit Homophobie in meinem engeren Umfeld zu tun. Meine Mam hat mein Outing damals – ich war 15 – ganz entspannt aufgenommen und mir lediglich erklärt: »Weiß ich doch, du bist schließlich mein Sohn.«

Auch Eriks Eltern erscheinen mir sehr liberal, doch wenn man bedenkt, dass sie vermutlich davon ausgegangen sind, dass er den Rest seines Lebens mit einer Frau, in einer trauten Hetero-Ehe, verbringen würde, könnte ich es ihnen kaum verübeln, zumindest einmal irritiert nachzufragen. Doch sie tun es nicht, wenigstens nicht bei mir.

Das alles hier, mit Erik zusammen zu sein und mit seinen Eltern zu Abend zu essen, könnte so schön sein, wäre da nicht die Sorge um meinen Job. Und nach wie vor die Sorge um Emilio. Denn so ganz kann und will ich mich noch nicht darauf verlassen, dass die ganze Umzugs-Debatte mit einem Mal vom Tisch sein soll. Erik geht es sicherlich genauso.

Mit einem Seufzen erhebe ich mich und will schon mit anpacken, um Martina beim Abräumen zu helfen, aber ihr tadelnder Blick lässt mich innehalten.

»Nichts da, du gehst nach oben und legst dich hin.«

»Ich kann doch schnell …«

»Ah ah ah … keine Widerrede! Gute Nacht!«

Bei manch anderen Leuten würde mich eine so resolute Art möglicherweise stören. Bei Eriks Mutter finde ich sie schlichtweg liebenswert. Und noch viel wohler fühle ich mich, als Holger mir über den Tisch hinweg zuzwinkert. Ganz kurz und heimlich nur, sodass seine Frau es nicht mitbekommt.

Grinsend schnappe ich mir mein Saftglas und verziehe mich damit nach oben in Eriks Wohnung.

Erik

Als ich nach gefühlt schier endlosen Telefonaten mit Markus, Roland und schließlich auch nochmal mit Layla meine Wohnung betrete, finde ich Nils auf dem Sofa vor. Der Fernseher läuft, aber mein Freund gibt keinen Mucks von sich. Auch nicht, als ich mich neben ihn auf die Sofakante setze. Er schläft und so nehme ich mir die Zeit, ihn eine Weile einfach nur anzuschauen.

Im flackernden Licht des Fernsehers fallen mir direkt die kleinen Sorgenfältchen auf, die sich in seine Stirn und in seine Mundpartie eingegraben haben. Die letzten Tage haben ihn geschlaucht, ebenso wie mich. Einerseits berührt es mich tief, dass er sich so viele Gedanken um Emilio macht, andererseits habe ich fast schon ein schlechtes Gewissen, weil ich ihn mit meinem Familiendrama belaste. Er selbst hat schließlich aufgrund der Suspendierung und des internen Verfahrens genug eigene Sorgen. Gleichzeitig ist es ein wahnsinnig schönes Gefühl, Nils bei all dem momentanen Chaos in meinem Leben und an meiner Seite zu wissen. Zu spüren, dass es ihm wirklich nahe geht, was mit Emilio geschieht.

Nils ist jung – wenigstens im Vergleich zu mir. Gerade mal Anfang zwanzig. Neun Jahre trennen uns. Ein Umstand, der bislang weder mich noch ihn gestört hat, der nicht einmal wirklich Gesprächsthema zwischen uns war. Dennoch ist mir bewusst, dass Nils für die nächsten Jahre bislang sicher andere Pläne hatte als ich. Erfahrungen bei der BFE sammeln, möglicherweise eine neue Stelle antreten. Karriere machen. Reisen, die Welt entdecken. Sich selbst entdecken und ausprobieren. Ein Partner mit Kind stand sicher nicht gerade weit oben auf seiner Wunschliste für die kommenden Jahre. Ich bin mir nicht einmal sicher, ob Nils es je für sich in Erwägung gezogen hat, selbst einmal Kinder zu haben. Irgendwie bezweifle ich es. Und dennoch hat er Emilio binnen kürzester Zeit so offensichtlich in sein Herz geschlossen, dass es mir Tränen in die Augen treibt, daran zu denken.

»Hey … da bist du ja. Alles geklärt?«

Überrascht blinzle ich Nils an. Ich war anscheinend so versunken in meine gedankenverlorene Betrachtung, dass ich gar nicht gemerkt habe, wie er wieder aufgewacht ist. Vermutlich hat er doch nicht so tief geschlafen, wie ich annahm.

»Mhm, alles geklärt so weit.« Ganz sicher bezog sich seine Frage auf meine Telefonate mit unseren Vorgesetzten, dennoch schiebe ich erklärend hinterher: »Ich hab nochmal mit Layla telefoniert.«

»Oh und?«

Sichtlich müde, aber trotzdem interessiert, setzt Nils sich halb auf, knautscht ein Sofakissen in seinem Rücken zusammen, um sich bequemer anlehnen zu können.

»Wir wollen uns in den nächsten Tagen mal treffen. Zum Kaffee oder so … Über alles in Ruhe quatschen.«

»Das heißt, sie bleibt tatsächlich mit Emilio in Weil der Stadt?«

Ich nicke langsam. Eine seltsam bittere Hoffnung durchflutet mich. So richtig freuen kann ich mich nicht. Oder vielleicht traue ich es mich auch einfach nicht. Noch nicht …

Zu meiner Überraschung huscht ein Schatten über Nils' Gesicht, je länger er mich mustert. Ganz automatisch findet meine Hand die seine, sanft drücke ich seine Finger.

»Was ist los?«

»Nichts, ich … ich hoffe wirklich, dass Layla ihr Wort hält und dass ihr euren Streit begraben könnt. Endgültig. Für Emilio. Aber …«

Er unterbricht sich selbst, indem er sich räuspert und meinem Blick für einen Moment ausweicht.

»Aber?«, hake ich bestimmend nach. Was auch immer Nils auf der Seele brennt, irgendetwas gibt mir gerade das Gefühl, dass es verdammt wichtig ist, dass er es ausspricht.

»Ich hoffe nur … Mann, es ist ganz schön egoistisch, aber ich hoffe, ihr feiert nicht irgendwann ein Comeback eures Familienlebens. Ich meine … du und Layla … das wäre echt hart.«

›Scheiße, das glaubt er?‹

Mit so ziemlich allem habe ich gerechnet, aber nicht damit, Nils könnte befürchten, dass Layla und ich unsere Ehe wieder aufleben lassen könnten. Sie mag zwar noch auf dem Papier existieren, aber in der Praxis ist sie sowas von geschieden, dass mir Nils' Bedenken beinahe absurd vorkommen. Außerdem habe ich – wenn ich mir seine Vergangenheit mit Patrick so anschaue – nicht damit gerechnet, dass es ihm offenbar doch so wichtig ist, mich für sich alleine zu haben.

»Kein Beziehungs-Revival, versprochen.« Ich neige mich zu ihm, verharre kurz vor seinem Gesicht, bis er mir entgegenkommt und mich küsst. Sanft und flüchtig nur, aber dennoch so vielsagend. So intensiv und liebevoll.

»Das mit Layla und mir ist vorbei«, beteuere ich noch einmal. *›Auch wenn sie das möglicherweise anders sieht …‹*

»Als Emilios Eltern werden wir immer in Kontakt stehen … oder zumindest hoffe ich das. Aber mehr als Emilios Mama und Papa werden wir nicht mehr sein. Kein Paar, meine ich.«

Um Nils' Mund spielt ein Lächeln. Eines, das so zaghaft und gleichzeitig so glücklich ist, dass ich es ihm von den Lippen küssen und im selben Atemzug auf ewig auf ihnen bannen möchte.

»Wenn Layla und Emilio wirklich hier wohnen bleiben …«, *›was ich so wahnsinnig hoffe!‹*, »… wird das bedeuten, dass mein Sohnemann regelmäßig bei mir sein wird. Bist du darauf vorbereitet? Ich meine, ist es okay für dich, wenn …«

»Gott, Erik, ja! Nein, ich bin nicht darauf vorbereitet. Kein bisschen. Aber ja, es ist okay. Es ist mehr als okay. Emilio ist toll! Du bist toll! Ihr beide zusammen seid … Es muss einfach so sein, verstehst du? Ich meine, ich liebe dich und ich will dich als Gesamtpaket. Mit allem, was dazugehört und selbstverständlich auch mit Emilio. Und deshalb … was?«

Nils hält inne. Sieht mich verdutzt an. Mein nahezu schockierter Blick bringt ihn anscheinend komplett aus dem Konzept. Mich hingegen hat gerade etwas völlig anderes förmlich aus der Bahn gehauen.

»Was denn?«, hakt er nach, in seiner Stimme ein halb quengeliger und halb unsicherer Unterton.

Ich räuspere mich. Schinde Zeit.

»Weißt du eigentlich, was du gerade gesagt hast?«

»Hmm?«

»Ich liebe dich und will dich als Gesamtpaket«, wiederhole ich seine Worte.

»Ja, genau, das … oh!«

Schon jetzt bin ich mir sicher, dass ich diesen winzig kleinen Moment, in dem in seiner Miene Verwirrung von plötzlicher Erkenntnis abgelöst wird, niemals werde vergessen können. Und ich will es auch gar nicht …

Seine Augen werden groß. Seine Lippen öffnen sich einen Spalt. Nahezu lautlos, aber scharf zieht er die Luft ein.

»Das … tja … schätze mal, mein Mund war schneller als mein Hirn, aber … es stimmt. Erik, ich …« Seine Stimme bricht beinahe. Wird ganz leise. Was bleibt, ist nur noch eine Lippenbewegung: *›Ich liebe dich.‹*

Nils

›Ach du Scheiße‹, kann ich in diesem Moment nur denken, *›ach du Scheiße, ich hab's tatsächlich gesagt!‹*

Das gleichermaßen Schockierende wie Faszinierende daran ist keineswegs, dass ich die magischen drei Worte zum ersten Mal in meinem Leben gesagt habe und das, obwohl ich sie bislang eigentlich als furchtbar kitschig und irgendwie aussagelos, weil so pathetisch empfunden habe. Was ich in diesem Moment viel Spektakulärer finde, ist, dass es sich so unspektakulär anfühlt, sie auszusprechen. Nicht, weil sie nichts bedeuten würden, sondern vielmehr, weil es sich so leicht und natürlich anfühlt, es zu tun. Weil es einfach die Wahrheit ist. Eine Wahrheit, die gesagt werden musste. Und gleichsam eine, von der mir bis eben gar nicht so bewusst war, dass sie existiert.

Denn das mit Erik und mir ist sicher nicht das, was man gemeinhin als *›Liebe auf den ersten Blick‹* bezeichnen würde. Von Anfang an war eine Anziehung zwischen uns beiden da, keine Frage. Aber äußerliche Attraktivität und sexuelle Chemie sind nun mal kein sonderlich solider Grundstein für das, was ich für Erik empfinde.

Das, was zwischen uns ist, geht tiefer. Musste sich erst entwickeln, um so intensiv, so eindringlich werden zu können, wie es jetzt ist. Ich könnte nicht sagen, zu welchem Zeitpunkt oder in welcher Situation aus Verknalltheit und rein sexuellem Begehren Liebe geworden ist. Es spielt auch keine Rolle.

Alles, was wichtig ist, ist, dass es jetzt so ist.

Dass es jetzt Liebe ist.

Alles, was zählt, ist, dass Erik mich bereits seit Sekunden vollkommen sprachlos und überwältigt ansieht. Dass ich mit jedem Atemzug, den er tut, dabei zusehen kann, wie die Emotionen in ihm höher sprudeln. Von ihm Besitz ergreifen. Und schließlich auch von mir, als er sich zu mir nach vorne neigt und mich zum wiederholten Mal an diesem Abend küsst. Nicht flüchtig. Ja, nicht einmal sanft. Sondern tief und hungrig. Fast schon ein wenig rau. Sodass ich zischend die Luft einziehe, weil ein stechender Schmerz durch meine malträtierte Unterlippe schießt.

»Sorry«, nuschelt Erik an meinen Lippen, berührt meinen Mund augenblicklich vorsichtiger. Seine Zungenspitze tanzt über meinen Mundwinkel, verlangt bittend Einlass, den ich ihm nur zu gerne gewähre. Die Berührung unserer Zungenspitzen schickt ein heißes Kribbeln durch meinen Körper, das sich schließlich in meinem Bauch und in meinem Unterleib sammelt. Sich noch verstärkt, als Erik sich ein wenig zurückzieht, zarte Küsse auf meine Lippen tupft, meine Wangen mit seinen Händen umfangen hält und leise murmelt: »Ich dich auch, Nils.«

In diesem Moment könnte ich förmlich platzen. Vor Glück und Lust und Sehnsucht gleichermaßen. Seufzend schiebe ich meine Finger in Eriks Nacken, wühle sie in sein Haar und ziehe ihn noch näher zu mir. Einfach nur, um sicherzugehen, dass ich mir nicht doch eine Gehirnerschütterung eingefangen habe und all das hier nur fantasiere.

25. Kapitel

Erik

Ein letztes Mal kratzt das Öffnungshäkchen im Schloss, ehe dieses mit einem leisen Klicken nachgibt. Nahezu lautlos schwingt die schwere Eingangstür auf. Im Gänsemarsch betreten wir den Hausflur. Wieder einmal bin ich selbst überrascht, wie still sich neun Mann in voller Körperschutzausstattung bewegen können, wenn sie es denn müssen.

Es ist kurz nach sechs, seit zwei Stunden sind wir im Dienst. Draußen dämmert es gerade erst, dennoch sind wir alle hellwach. Sechs-Uhr-Maßnahmen wie diese gehören zu unserem steten Trainingsinhalt, jeder Schritt, jeder Handgriff sitzt. Routine wird es allerdings nie werden, dafür sind unser aller Nerven zu gespannt.

Die beiden Männer, die wir festnehmen sollen – ein Bruder-Paar aus dem Rocker-Milieu – sind seit Jahren polizeibekannt. Drogenhandel, Körperverletzung, Hehlerei ... das Übliche eben. Aktuell liegen der Kripo Indizien vor, die nahelegen, die beiden seien vor wenigen Wochen in eine Massenschlägerei am Stuttgarter Bahnhof verwickelt gewesen. Sieben oder acht Mann haben zwei andere Kerle halb totgeprügelt. Der Vorwurf gegen unsere beiden Zielpersonen: versuchter Totschlag. Gewaltpotenzial ist demnach genug vorhanden. Einer der Gründe, weswegen ich meinen Puls in meiner Kehle pochen spüren kann.

Vor der Wohnungstür im zweiten Stock sammeln wir uns. Mein Blick huscht über die Reihen meiner Kollegen. Aus Trupp Delta sind am heutigen Tag neben mir selbst nur Manja und Tobias anwesend. Nils ist seit inzwischen mehr als einer Woche suspendiert, Roland hat Urlaub, Lisa ist zwar wieder diensttauglich, hat aber zu wenig Festnahmetrainings mitgemacht, als dass ich sie guten Gewissens zu diesem

Einsatz mitgenommen hätte. Unterstützt werden wir von den Trupps Alpha und Gamma. Die Kollegen des Letzteren sind vor dem Haus positioniert, falls es doch einem der beiden Kerle gelingen sollte, Reißaus zu nehmen – was ich jedoch schwer bezweifle. Ich vertraue auf meine Kollegen und letztlich auch auf mich selbst. Der Einsatzleiter der Kripo hat mich damit betraut, den Festnahmetrupp anzuführen, demnach liegt eine besondere Verantwortung auf meinen Schultern. Nicht zum ersten Mal, dennoch ist die Anspannung enorm.

Auf mein Handzeichen hin rücken zwei Kollegen aus Alpha mit der Ramme an. Es ist sicherlich eine der brachialeren Varianten des Türenöffnens, aber erfahrungsgemäß ist schweren Jungs, wie denen dort drin, am besten beizukommen, wenn man sie in einen schockartigen Zustand versetzt. ›*Überraschungseffekt*‹ heißt das Zauberwort, und auch wenn wir nicht ganz so schwer bewaffnet sind wie die Kollegen des Spezialeinsatzkommandos, so ist auch ein Trupp BFE in voller Montur ein beeindruckender Anblick. Vor allem, wenn man von diesem Anblick aus dem Bett geworfen wird …

Mit einem Krachen trifft die Ramme auf die Tür, nahe am Rahmen. Bereits nach dem zweiten Stoß gibt sie nach und knallt gegen die Flurwand.

»Hier ist die Polizei!« Meine Stimme klingt gedämpft durch Haube und Helm hindurch, hallt dennoch laut genug durch den Flur, um auch bis ins letzte Zimmer zu dringen.

In Reihe betreten wir die Wohnung. Ich gehe vor, meine Kollegen sind dicht hinter mir. Alle mit gezogener Waffe. Die Bewegungen laufen instinktiv ab, sind über Monate oder sogar Jahre hinweg einstudiert. Binnen Sekunden sichern wir sämtliche Räume, die direkt vom Flur abgehen. Hinter den letzten beiden Türen rumort es.

»Polizei! Keine Bewegung!«

Mit einer Hand drücke ich die Klinke hinab, versetze der Tür einen Tritt. Die andere Hand bleibt stets an der Waffe. In meinem Rücken vernehme ich wie in einem Echo, dass ein Teil meiner Kollegen die andere Tür öffnet.

Mein Blick fliegt durch den Raum. Binnen einer Sekunde erfasse ich die Situation. Eine unserer beiden Zielpersonen steht mitten im Raum, nur in Boxershorts bekleidet. In der rechten Hand einen Baseballschläger drohend erhoben. Hinter dem Kerl kauert sich eine Blondine im Bett zusammen.

»Keine Bewegung! Lassen Sie die Waffe fallen!«

Vier oder fünf Pistolenläufe sind auf den Kerl gerichtet. Der Schlagstock entgleitet seinen Händen, fällt polternd zu Boden. Tobias und ich treten gleichzeitig vor. Packen zu. Ohne große Gegenwehr bringen wir den Hünen zu Boden.

»Gott ... bitte ... Hilfe!« Die Blondine in unserem Rücken kreischt hysterisch. Ich kann es ihr nicht mal wirklich verdenken. Der Rocker unter uns gibt keinen Mucks von sich, scheint sich in sein Schicksal zu fügen. Bei derartigen Festnahmen ist mit allem zu rechnen. Ich habe schon regelrechte Schlachten in Schlafzimmern geführt, habe aber ebenso oft Hünen von Männern weinend zusammenbrechen sehen, wenn sie sich plötzlich einem Festnahmetrupp gegenübersahen.

Während ich auf dem Kerl knie, seinen Kopf am Boden fixiere, legt Tobias ihm die Handschließen an. Das gesamte Prozedere dauert nur wenige Sekunden. Schon zerren wir ihn auf die Beine hoch.

»Bitte ... bitte ... Ich hab doch nichts an!« Das Kreischen der Blondine wird immer hysterischer. Auf etwaige Bekleidungspannen können wir in derartigen Situationen leider keine Rücksicht nehmen.

Eine Kollegin aus Alpha hält geistesgegenwärtig eine der Bettdecken hoch, Handschließen muss sich die gute Frau dennoch erst mal anlegen lassen, ganz egal, ob sie nackt ist oder ein verdammtes Abendkleid trägt.

»Zielperson eins gesichert«, spreche ich in mein Funkgerät. Ein kurzes Knacken, dann erfolgt aus dem gegenüberliegenden Zimmer die äquivalente Info. Die Einsatzleitung darf sich also draußen im Streifenwagen freuen.

Während wir die Festgenommenen aus der Wohnung führen, kann ich spüren, wie der Adrenalinkick langsam abflaut. Erleichterung macht sich breit. Mein Puls wird trotzdem noch für eine ganze Weile über Normalniveau bleiben. Wenigstens so lange, bis wir die Zielpersonen an die Einsatzleitung der Kripo übergeben haben.

Nils

Auf dem Alarmplatz vor dem Verwaltungsgebäude stehend, kann ich beobachten, wie die drei Mannschaftswagen in Richtung der Garagen abbiegen. Ein klein wenig puckert die Enttäuschung darüber, nicht bei diesem Einsatz dabei gewesen zu sein, in meiner Brust. Doch viel übermächtiger ist die unbändige Erleichterung. Ich kann es kaum abwarten, Eriks Gesichtsausdruck zu sehen, wenn wir uns gleich gegenüberstehen werden.

Im Overall. In Dienstkleidung.

Am liebsten würde ich ihn direkt in der Garage in Empfang nehmen, aber das wäre dann wohl doch ein wenig zu offensiv. Die Führungsriege weiß über unsere Beziehung Bescheid. Aber es wissen längst nicht alle Kollegen und wir wollen es auch nach wie vor nicht an die große Glocke hängen.

Also übe ich mich in Geduld, auch wenn es mir gerade in diesem Moment, mit der gigantischen Nachricht im Gepäck, mehr als schwerfällt. Seit ich bei PHK Bechtel im Büro gesessen habe, hämmert mein Herz, als hätte ich eben einen verdammten Triathlon hinter mich gebracht, und es will sich einfach nicht beruhigen. Noch weniger, als die Kollegen dreier Trupps aus der Garage stiefeln.

Ich erkenne Erik auf den ersten Blick, obwohl er wie alle anderen noch seine KSA trägt und gar nicht erst in meine Richtung schaut, da er gerade in ein Gespräch mit einem der Truppführer vertieft ist. Statt wie ein Bekloppter auf ihn zuzurennen, bleibe ich einfach am Rand des Alarmplatzes stehen und sehe ihn an. Versinke in dem Anblick, wie er aufrecht, selbstbewusst und mit dieser einnehmenden Ruhe neben seinem Kollegen hergeht.

»Hey, Nils!«

Ich zucke zusammen, als Tobias im Vorbeigehen zu mir herüberruft und mir zuwinkt. Gleich darauf schließt er zu Erik auf und stößt ihn an. Am Rande flattert der Gedanke durch meinen Kopf, dass Tobias anscheinend über uns Bescheid weiß. Doch die Vermutung wird gänzlich nebensächlich, als Erik plötzlich stehen bleibt und den Kopf in meine Richtung dreht. Mich ansieht.

An unseren Kollegen vorbei treffen sich unsere Blicke. Verhaken sich und halten einander fest. Theoretisch ist mir klar, dass alleine dieser Sekunden andauernde, intensive Blickkontakt für Aufsehen sorgen könnte. Praktisch jedoch ist es mir gerade vollkommen egal. Ich sehe Erik an und kann nur eines denken: *›Meiner! Das da ist meiner!‹*

Sein Blick gleitet über mich. Tastend. Erkennend, dass ich unseren dienstlichen Overall trage. Begreifend, dass das nur eines bedeuten kann: Die Suspendierung wurde aufgehoben. Das interne Verfahren gegen mich eingestellt. So lautet die Kurzform.

In der langen Version habe ich insgesamt drei Gespräche mit den ermittelnden Kollegen über mich ergehen lassen. Auch Patrick haben sie zu den Vorwürfen gelöchert. Er wird vor Gericht aussagen müssen. Jedoch nicht gegen mich.

Angeklagt wird er wegen Verdachts auf Hausfriedensbruch, mehrfachen Landfriedensbruch, schwere Körperverletzung und Widerstand gegen Vollstreckungsbeamte. Die wenigsten dieser Vorwürfe wird er entkräften können. Mich jedoch hat er mit seiner Aussage entlastet.

Etwas, wofür ich ihm nicht dankbar sein kann. Dafür ist zu viel passiert. Aber ich bin unendlich erleichtert darüber, in diesem Moment hier zu stehen und Erik entgegenzusehen, der nun langsamen, nur schwer beherrschten Schrittes auf mich zukommt.

Je weniger Abstand zwischen uns liegt, desto sanfter wird der Ausdruck in seinem Gesicht. Ein zaghaftes Lächeln umspielt seinen Mund, von dem ich mir sicher bin, es würde zu einem befreiten Lachen werden, ständen nicht immer noch einige unserer Kollegen wenige Meter von uns entfernt auf dem Alarmplatz.

»Hey …« Eriks Stimme klingt alleine bei diesem Wort rau. So herrlich dunkel und aufgewühlt. In einer unbestimmten Geste deutet er auf mich, oder eher: auf mein Outfit.

»Bedeutet es das, was ich vermute?«

Ich will etwas sagen, will ihm antworten, aber mit einem Mal ist meine Kehle wie zugeschnürt. Also beschränke ich mich auf ein Nicken und ein breites Lächeln.

Sich der Kollegen in seinem Rücken offenbar deutlich bewusst, bleibt Erik in gebührendem Abstand zu mir stehen. Wenn es ihm gerade nur annähernd so schwer fällt wie mir, mich nicht einfach an sich zu ziehen, muss er kurz davor sein, innerlich zu platzen.

»Scheiße, Nils …« Er flüstert so leise, dass ich ihn kaum verstehe. Unsere Kollegen, die langsam in Richtung der Wohngebäude schlendern, hören sicher keinen Ton von ihm. Werden lediglich Zeugen, wie wir uns mühsam beherrscht gegenüberstehen und uns anstarren.

»Wenn du wüsstest, wie verflucht gerne ich dich gerade küssen würde …«

Beim besten Willen kann ich dem Grinsen um meinen Mund nicht verbieten, gleichsam strahlend wie dreckig zu werden. Irgendein Ventil brauche ich in diesem Moment einfach, und wenn es nur ein dümmlicher Gesichtsausdruck ist.

In Normallautstärke, sodass es eventuell der eine oder andere Kollege noch mitbekommen könnte, sage ich noch immer direkt an Erik gewandt: »Danke für die Info. Vielleicht können wir nachher nochmal in Ruhe darüber sprechen.«

Langsam gehe ich an Erik vorbei.

»Auf unserem Zimmer …«, raune ich ihm zu, ehe ich meine Schritte beschleunige und zu Tobias aufschließe, um ihn zu fragen, ob er, nachdem er seine KSA losgeworden ist, mit mir in der Kantine Mittagessen will.

Statt mit Tobias sitze ich wenig später mit Lisa in der Kantine. Ich habe sie auf dem Weg dorthin aufgegabelt und sie erstmal fest in meine Arme geschossen. Auch wenn wir nie besonders eng befreundet waren, verbindet uns doch mehr als bloße Kollegialität und ich bin wahnsinnig froh, sie nun wohlauf mir gegenübersitzen zu sehen. Sie sieht gut aus. Erholt und selbstbewusst. Und ich hoffe von ganzem Herzen, dass es keine Fassade ist, sondern dass sie die Erlebnisse bei der Demo wirklich gut verarbeitet hat.

»Seit wann bist du wieder im Dienst?«, frage ich sie über meinen Teller Spaghetti hinweg, darum bemüht, das Gespräch halbwegs unauffällig in eine bestimmte Richtung zu lenken.

»Seit Anfang der Woche«, nuschelt sie an einem Mund voll Nudeln vorbei.

»Aber mit beim Einsatz warst du nicht?«

Sie schüttelt den Kopf, kaut, ehe sie antwortet: »Nee, leider nicht. Mir fehlen ja immer noch Grundlagen aus der Zentralen Fortbildung. Das muss ich erst mal alles nachholen, ehe ich richtig mitmischen kann.«

Sie wirkt tatsächlich befreit, nicht so, als ob sie Bammel vor der nächsten Großlage hätte. Anscheinend bemerkt sie meinen forschenden Blick, denn die nächste Gabel voll schafft es nicht bis zu ihrem Mund, sondern landet wieder auf dem Teller.

»Hey, schau mich nicht so an. Es ist alles okay. Die Demo war krass und ja, ganz unter uns, ich hatte den einen oder anderen Heulanfall in den Tagen danach, aber mir geht's wieder gut.« Sie zögert einen Moment, dreht sich eine neue Ladung Spaghetti auf die Gabel. »Schätze mal, manche Kollegen würde nicht gerne drüber reden, aber ich hab kein Problem es dir zu sagen: Ich war ein paar Mal bei einem unserer Polizeipsychologen und das hat echt geholfen. Einfach mal reden, ein paar Dinge ordnen … Mir geht's bestens.«

»Das freut mich«, entgegne ich und meine es aus tiefstem Herzen ernst. »Wäre schade gewesen, wenn du aufhörst.«

Sie sieht mich an, als hätte ich ihr eben vorgeschlagen, sich in voller Körperschutzausstattung zum Sonnen in den Stuttgarter Schlossgarten zu legen.

»Aufhören? Niemals! Würdest du alles hinschmeißen, nur weil's mal schwierig wird?«

Ihre Worte treiben ein bitteres Lächeln auf meine Lippen. Plötzlich lustlos lege ich mein Besteck zur Seite. »Wohl kaum«, gebe ich unumwunden zu. »Schon gar nicht, nachdem ich dachte … Oh Mann, ich dachte echt, ich kann mich nach 'nem neuen Job umsehen.«

Auch Lisa wirkt mit einem Mal bedrückt, nickt mir mitfühlend zu.

»Krasse Sache, ich hab's nur am Rande mitbekommen. Musst du mir irgendwann mal in Ruhe erzählen.«

Ich nicke nur stumm, doch ehe ich trübsinnig werden und nachdenklich in meine Spaghetti starren kann, fange ich Lisas Grinsen ein, das stetig frecher wird.

»Ich wäre ja dafür, dass du mir jetzt mal was ganz anderes erzählst.«

»Hmm?« Fragend blinzle ich sie an. Ihr Schmunzeln wird noch breiter und als es mir gerade zu dämmern beginnt, neigt sie sich über den Tisch und murmelt mit verschwörerischem Unterton: »Du und Erik… hmm…?«

An diesem Abend holen wir nach, was ich eigentlich schon vor knapp zwei Wochen vorhatte: Ich koche für Erik. Statt Geschnetzeltem und Reis gibt es Kalbsschnitzel und handgeschabte Spätzle, statt vereinzelten Teelichtern einen ziemlich pompösen Kerzenständer und statt Bier einen teuren Rotwein. Dazu läuft leise Musik im Hintergrund. Das ganze Ambiente ist fast schon kitschig, aber ich finde, Erik und ich haben uns diesen total klischeehaften Pärchenabend nach dem ganzen Stress der letzten Tage und Wochen mehr als verdient. Und wenn ich ihn über den Tisch hinweg so anschaue, das Funkeln in seinen Augen sehe und wie sich das Kerzenlicht darin spiegelt, bin ich mir ziemlich sicher, dass er unser Zusammensein in diesem Moment ebenso genießt wie ich.

»Wer hätte gedacht, dass du so gut kochen kannst«, nuschelt Erik an einem Bissen Kalbfleisch vorbei. »Das ist wirklich verdammt lecker.«

»Stell dir vor, ich kann sogar selbst die Spülmaschine einräumen«, necke ich ihn. Ich weiß sein Kompliment durchaus zu schätzen, aber die Stimmung zwischen uns ist gerade so gelöst und unbeschwert, dass ich ihn einfach ein wenig aufziehen muss.

»Oha … Sag bloß, du kannst auch noch staubsaugen?« An seinem Weinglas vorbei zwinkert Erik mir zu, ehe er es an die Lippen setzt.

»Nicht nur das. Ich kann auch Betten beziehen, Fenster putzen, mit nur einer Woche Verzug die Kehrwoche im Haus erledigen und, wenn es sein muss, sogar bügeln.« Letzteres tue ich allerdings verdammt ungern!

Statt zu trinken, lacht Erik leise. Es ist dieser Laut, der mir immer sofort ein warmes Gefühl im Bauch beschert und gleichzeitig in meinem Nacken kribbelt.

»Mein Gott, ein richtiger Hausmann.«

»Wenn es sein muss …« Ich erhebe meinerseits mein Glas und proste Erik zu.

Während ich einen Schluck nehme, lasse ich ihn nicht aus den Augen. Wundere mich, da seine Miene sekündlich ernster wird. Das Lächeln schwindet nicht ganz, wird jedoch schmaler. Nachdenklicher.

Als ich mein Glas zurück auf den Tisch stelle, will ich schon nachhaken, was los ist, doch Erik kommt mir zuvor.

»Ich hab mich nicht deswegen in dich verliebt.«

»Wie jetzt? Nicht aufgrund meiner fantastischen Bügelkenntnisse?«

»Spinner! Sei ernst, bitte. Mir ist es wichtig, dass du weißt, dass du für mich nicht zum Stubenhocker mutieren musst.«

›Bitte? Wie kommt er denn auf sowas?‹

»Ähm … das hatte ich weder vor, noch habe ich es angenommen. Wie kommst du darauf?«

Erik seufzt, stellt sein Glas beiseite und schiebt eine Hand über den Tisch. Reflexartig finden meine Finger in seine.

»Na ja … ich bin Papa, ich habe möglicherweise andere Prioritäten als du. Ich unternehme super gerne Dinge, vor allem mit dir. Ich möchte gerne mit dir in Urlaub fahren, auch spontan. Möchte mit dir Klettersteige machen oder im Sommer Kanu fahren gehen. Abends mal ins Kino oder Cocktails trinken. Aber all das geht eben nicht immer und nicht nur wegen unseres Jobs. Viel freie Zeit geht für Emilio drauf und …«

»Denkst du, ich weiß das nicht?« Harscher als gewollt falle ich ihm ins Wort, muss mich tatsächlich beherrschen, nicht meine Hand fortzuziehen, sondern sie in seiner liegen zu lassen. »Was dachtest du denn, was ich mir von unserer Beziehung erhoffe? Nächtelanges feiern in Clubs, völlig besoffen nach Hause kommen und dann die restliche Nacht durchvögeln, obwohl wir eigentlich viel zu dicht dazu sind?«

»Nein …« Besänftigend drückt Erik meine Finger. Die Art, wie er mich dabei ansieht, kühlt mein erhitztes Gemüt binnen Sekunden herunter. Wenigstens ein bisschen. »Natürlich nicht. So schätze ich dich nicht ein, sonst würden wir jetzt sicher nicht hier gemeinsam sitzen. Trotzdem … Nils, uns trennen neun Jahre Altersunterschied und die Erfahrungen, die eine Ehe nun mal so mit sich bringt. Ich halte mich weder für vernünftiger, noch für souveräner und auch nicht für langweiliger als dich. Ich vermute lediglich, dass wir auf manche Dinge eine unterschiedliche Sichtweise haben.«

Ich murre ein wenig unverständlichen Kram vor mich hin, ehe ich schließlich einräume: »Das mag ja sein, aber ich hab dir schon mal gesagt, ich weiß, dass es dich nur im Doppelpack mit deinem Sohn gibt. Und das ist gut so. Und wer weiß, vielleicht hättest du mich auch gar nicht so umgehauen, wärst du nicht genau der, der du jetzt bist. Dank deiner Ehe. Dank Emilio. Himmel nochmal ... Erik ... ich liebe dich. Ich will dich. Und das momentan am liebsten noch 24 Stunden am Tag, aber mir ist auch klar, dass das nicht geht. Dass es Tage – oder vielleicht auch Wochen – geben wird, in denen es uns unser Job nicht möglich macht, viel Zeit miteinander zu verbringen. Und mir ist auch klar, dass du in solchen Fällen die freie Zeit in erster Linie mit Emilio verbringen wirst. Es ist okay, hörst du? Denn ich verrate dir mal, was ich neben Bügeln und Kochen noch so kann: Ich kann mich schon ganz alleine beschäftigen, wenn es sein muss, und ich finde es in einer Beziehung ohnehin wichtig, sich gewisse Freiräume zu lassen und auch mal Zeit ohne den anderen zu verbringen, gewisse Dinge in die eigene Hand zu nehmen und ... Was denn?«

Eriks Gesichtsausdruck ist bei meinen letzten Ausführungen irgendwie entgleist. Schwankt irgendwo zwischen Unglauben und Belustigung.

»Zeit alleine verbringen, um Dinge in die eigene Hand zu nehmen, ja?«

»Ja, einfach um ... Oh Mann, wer ist jetzt der Spinner?« Lachend winde ich meine Finger aus seinen und versetze ihm mit der Faust einen sanften Stoß gegen den Oberarm. »So war das nicht gemeint.«

»Ach?«

Sein Zwinkern und das süffisante Lächeln lassen Hitze in meine Ohren schießen. Ebenso in meinen Bauch. Und in meinen Unterleib.

»Ich würde dir ja gerne mal dabei zusehen, wie du ›*Dinge selbst in die Hand nimmst*‹.«

Dieses Mal ist es an mir, ihm vielsagend zuzublinzeln.

»Würdest du das, ja? Wir können gerne nachher damit anfangen.«

Über den Tisch hinweg lehnt Erik sich ein Stück zu mir. Bohrt seinen durchdringend blauen Blick in meinen.

Wie hypnotisiert beobachte ich die tanzenden Lichtflecke in seinen Augen.

»Warum erst nachher? Hattest du nicht eben noch irgendwas von *›die ganze Nacht durchvögeln‹* gesagt?«

Zugegeben, der Gedanke, mich mit Erik für die nächsten Stunden immer und immer wieder in den Laken zu wälzen, ist ziemlich anheizend. Etwas, das ich definitiv gerne machen würde – und möglicherweise auch werde.

Aber andererseits genieße ich gerade die entspannte, vertrauensvolle und gleichsam aufgeladene Stimmung zu sehr, um sie nun direkt zum Überkochen bringen zu wollen.

Langsam erhebe ich mich von meinem Stuhl und überbrücke den geringen Abstand zu ihm. Er rutscht mit seinem Stuhl ein wenig zurück und weg vom Tisch, sodass ich mich bequem zwischen seine Beine stellen kann. Sofort finden seine Hände auf meine Hüften, schieben sich weiter zu meinem Arsch, um anheizend in die Backen zu kneifen. Zeitgleich wühle ich meine Finger in sein Haar, zwinge seinen Kopf leicht in den Nacken.

»Du warst derjenige, der mir unterstellt hat, ich würde in aller Regel die Nächte in der Waagrechten verbringen. Ich würde eher vorschlagen, wir wiederholen die Sache mit der Badewanne und dann …«

Ich lasse den Ausgang des Abends offen. Wir wissen ohnehin beide, wie es enden wird.

Mit einem zustimmenden Brummen lässt Erik sich nach vorne sinken, bis seine Stirn an meinem Brustbein ruht, er das Gesicht durch mein T-Shirt hindurch an meinen Bauch schmiegen kann. Tief einatmend murmelt er: »Klingt nach einem verdammt guten Plan.«

Einen langen Moment verharren wir so. Beide ohne uns zu rühren. Halten uns nur fest und genießen.

Mit den Fingerspitzen ziehe ich träge Kreise durch Eriks dunkles Haar und über seine Kopfhaut, entlocke ihm damit zutiefst zufriedene Laute.

»Dann komm«, raune ich ihm irgendwann zu, »lass uns ins Badezimmer gehen.«

Erik

Wenig später sind wir eingehüllt von warmem Wasser, kleinen Schaumkronen und dem Duft nach Jasminblüten. Genau wie bei unserem ersten und letzten gemeinsamen Bad, haben wir uns an das eine Ende der großzügigen Wanne verzogen. Doch dieses Mal ist Nils derjenige, der mit dem Rücken am Wannenrand lehnt und mich mit seinen Armen umfangen hält. Ich lehne rücklings an ihm, zwischen seinen geöffneten Beinen. Male unter Wasser kleine Kreise auf seine Waden und um seine Fußknöchel und lasse mich gleichzeitig von seinen Berührungen und seiner Nähe einlullen. Die Augen halte ich geschlossen. Genieße ihn einfach. Ebenso wie er mich genießt.

Immer wieder reibt er seine Nasenspitze an meinem Hals oder meiner Schläfe, tupft kleine Küsse auf meine Haut. Knabbert verspielt an meinem Hals oder leckt hier und da ein paar Wassertropfen weg. Seine Hände haben eine endlose Wanderschaft über meinen ganzen Körper begonnen. Mal streichelt Nils mich sanft, mal fahren seine Fingerkuppen neckend über meine Brustwarzen oder gleiten hinab zu meinen Leisten, tanzen wie zufällig über meine Haut.

Mit seinen Berührungen und Küssen hält er meine Erregung auf einem konstant hohen Level, ohne sie zum Überkochen zu bringen. Ich will ihn, sehne mich nach ihm. Will ihn näher und intensiver spüren und gleichzeitig bettle ich stumm, er möge nicht aufhören mit dem, was er tut. Er möge das kleine Spiel, das er begonnen hat, noch ewig so weiterführen.

»Erik?« Er wispert nur. Leise und zaghaft, als befürchte er, ich wäre eingeschlafen und er wolle mich nicht wecken. Als ob ich schlafen könnte, wenn er mich so berührt … Wenn ich seinen halbsteifen Penis an meiner Pofalte spüre und mir vorstelle, wie er …

»Hmm?«

»Mir ist da was durch den Kopf gegangen.« Während er leise spricht, drückt er den gefühlt eintausendsten Kuss auf meine Schläfe, lässt seine Nasenspitze dort ruhen.

»Was denn?«

»Was würdest du davon halten, wenn ich PHK Bechtel bitten würde, mich einem anderen Trupp zuzuteilen?«

Dieser Vorschlag überrascht mich. Jedoch nur, weil ich nicht damit gerechnet hätte, ihn aus Nils' Mund zu hören.

»Daran hab ich auch schon gedacht«, entgegne ich wahrheitsgetreu, blinzle ein paar Mal, da mir inzwischen selbst das gedimmte Schummerlicht im Badezimmer zu hell vorkommt.

»Wirklich?«

»Mhm, schon damals nach der Demo vor van Hoevens Appartements.«

»Oh.« Mit einem Mal klingt Nils ein wenig zerknirscht. Er hört jedoch nicht auf, mit dem Zeigefinger um eine meiner Brustwarzen zu kreisen, immer wieder direkt darüber zu fahren. Die Hitze, die sich dank dieser wiederkehrenden Stimulation in meinem Unterleib ausbreitet, macht es nicht gerade einfach, dieses nicht ganz unwichtige Gespräch zu führen.

»Was ich damals gesagt habe ... dass ich es hasse, wenn du den Chef raushängen lässt ... das habe ich nicht so gemeint. Ich war völlig durch den Wind. Natürlich weiß ich, dass du mein Vorgesetzter bist, auch wenn ...« ohne Vorwarnung beißt er mir ins Ohrläppchen, jagt mir damit einen hitzigen Schauer das Rückgrat hinab. Zischend atme ich ein, bohre die Finger in seine Waden. Mehr noch, als Nils mir direkt ins Ohr raunt: »... auch wenn ich dich außerhalb des Dienstes ficke. Und du mich.«

Alleine das auszusprechen, scheint ihm ein ziemliches Kopfkino zu verursachen. Verlangend zuckt sein Schwanz gegen meinen Arsch, mein Unterleib antwortet stumm mit einem sehnsüchtigen Ziehen.

»Nils ...« Blinzelnd ringe ich um Fassung. »Ernsthaft ... Ich wollte das Thema ungern anschneiden, weil ich dir nicht unterstellen will, ein Problem mit unseren dienstlichen Positionen zu haben. Aber mal ganz abgesehen davon, ob ich dein Vorgesetzter bin oder nicht ... Ich würde es ehrlich gesagt auch für besser halten, wenn wir unterschiedlichen Trupps zugeteilt sind, auch wenn wir *›nur Kollegen‹* wären. Was meinst du?«

Er seufzt, sein Atem kitzelt warm mein Ohr. Tief in mir drinnen wird es noch viel kribbeliger.

»Sehe ich genauso. Auch wenn's mir nicht leicht fällt. Ich mag die Leute im Trupp. Und ich sehe dich verdammt gerne im Overall, weil du darin so scheiße heiß aussiehst.« Wie zur Bekräftigung seiner Worte gräbt er ein weiteres Mal seine Zähne in mein Ohr, schiebt eine Hand über mein Brustbein hinweg tiefer. Bis er mein Glied erreicht, das sich inzwischen gänzlich aufgerichtet hat. Mein Lachen verklingt in einem kehligen Seufzen, als Nils die Finger mit festem Druck um meinen Schaft schließt.

»Keine Sorge«, bringe ich unter deutlich schwerer werdenden Atemzügen hervor. »Du kannst mich auch weiterhin im Overall sehen. Wir werden uns häufig genug in der BePo über den Weg laufen und gemeinsam zu Einsätzen fahren.«

»Dann ist ja gut.« Nils drückt einen Kuss auf meinen Hals, streicht mit der Zungenspitze über die empfindliche Haut. Seine Hand hat einen trägen Rhythmus aufgenommen, verwöhnt mich langsam.

»Ich hab da nämlich noch so ein paar schmutzige Fantasien, die ich gerne mit dir ausleben würde. Aber vorerst ...« Er legt die freie Hand an meinen Kiefer, dreht meinen Kopf zu sich, bis sich unsere Lippen beinahe berühren. »Vorerst gebe ich mich hiermit zufrieden.«

EPILOG

Ein halbes Jahr später

Erik

Per Lichthupensignal verabschiedet sich Louisas Mutter und lässt den Van langsam die verschneite Hofeinfahrt hinunterrollen. An den hinteren Fenstern drücken sich Emilios Kindergartenfreunde die Nasen platt und winken. Glücklicherweise hat sich Louisas Mutter bereiterklärt, die ganze Rasselbande am frühen Abend abzuholen und in Weil der Stadt in ihre Familienhäuser zu verteilen. Nach sechs Stunden Kindergeburtstag mit insgesamt acht kleinen Rackern und vollem Programm hätte ich wirklich herzlich wenig Lust gehabt, jetzt noch Taxi zwischen Bad Ditzenbach und Weil der Stadt zu spielen.

Von der Seite sehe ich Layla an. Auch sie sieht müde aus, was aber vermutlich nicht nur der zurückliegenden Kinderparty geschuldet ist, sondern auch dem Umstand, dass sie seit drei Wochen wieder arbeiten geht und erst mal den Alltag mit Job und Kind neu für sich strukturieren muss. Ich greife ihr unter die Arme, so gut ich kann. Emilio war in den letzten Wochen oft bei mir, was für mich zwar einerseits Stress, aber andererseits auch absolute ›*quality time*‹ bedeutet.

Auch heute Nacht wird Emilio bei mir schlafen, gemeinsam mit seinem besten Freund Paul. Die beiden sind gerade im Haus – oder wenigstens sollten sie da sein – und helfen meiner Mutter dabei, die Geflügelwürstchen für die Kartoffelsuppe zu schnippeln.

Der Van hat es inzwischen die steile Auffahrt hinunter geschafft. Ich hoffe, Louisas Mutter bringt alle Kids heil nach Hause. Vor gut einer Stunde hat es wieder zu schneien begonnen und wenn es bei dieser

Flockengröße noch ein paar Stunden damit weitermacht, wird wohl auch Layla gezwungen sein, bei uns zu übernachten. Außer natürlich, sie macht sich jetzt sofort auf den Weg nach Hause.

»Was ist mit dir, bleibst du noch zum Abendessen?«

Ihr Blick hängt auf einer der Hoflaternen, in deren Lichtkegel die Schneeflocken tanzen. Ein idyllisches Bild, müsste man sich nicht nachher noch ins Auto setzen.

»Ich weiß nicht …«

»Ach komm, meine Eltern würden sich freuen.« Das würden sie wirklich. Seit Layla sich dazu entschlossen hat, in Weil der Stadt wohnen zu bleiben, ist das angespannte Verhältnis zwischen ihr und meinen Eltern von Mal zu Mal, dass sie sich gesehen haben, wieder besser geworden. Ebenso wie das Verhältnis von Layla und mir. Sicher … leicht ist es nicht immer. Ich weiß, dass sie ordentlich daran zu knabbern hatte, dass ich wieder in festen Händen bin. In den Händen eines Mannes noch dazu.

»Nils kommt nachher auch noch«, schiebe ich hinterher, obwohl ich ahne, dass Layla sich nach dieser Auskunft dazu entschließen wird, nach Hause zu fahren.

»Okay«, entgegnet sie zu meiner Überraschung, »ich bleibe noch. Wenn mein Auto nachher zugeschneit ist, darfst du es freischaufeln.«

Damit kann ich leben.

»Na, dann komm, ist kalt.« Aus altem Reflex heraus lege ich kurz einen Arm um sie, führe sie zurück zum Hauseingang. Es ist eine Geste, die noch vor einigen Wochen zwischen uns nicht denkbar gewesen wäre, weil sie für viel zu viel Gefühlsverwirrungen gesorgt hätte. Inzwischen ist es entspannter zwischen uns. Zum Glück!

Was wohl niemals entspannt sein wird, ist das Verhältnis zwischen mir und Laylas Familie. Insbesondere ihr Vater muss getobt haben, als klar wurde, dass sie und Emilio in Weil der Stadt bleiben werden. Aber es soll nicht mehr mein Problem sein. Layla kann zu mir kommen, wann immer sie Hilfe braucht. Mehr will ich mit ihren Familienstreits allerdings nicht zu tun haben. Haruns Aktion im vergangenen Sommer hat mir mehr als gereicht.

Ich will Layla gerade ins Hausinnere schieben, als hinter uns ein Hupen ertönt. Zeitgleich drehen wir uns um. Sofort kann ich das Lächeln spüren, das sich auf meine Lippen schleicht, als ich durch den immer dichter werdenden Schneefall Nils' Wagen erkenne. Er muss ordentlich kämpfen, um die verschneite Zufahrt hinaufzukommen.

»Ich geh schon mal rein«, murmelt Layla neben mir. Ich bin mir in diesem Moment nicht sicher, ob sie uns einfach nur einen kurzen Moment zu zweit verschaffen möchte, ehe Emilio und Paul über uns herfallen werden, oder ob sie schlicht nicht mit ansehen möchte, wie Nils und ich uns zur Begrüßung küssen.

»Okay.«

Layla verschwindet im breiten Hausflur, wohlige Kaminwärme dringt durch die geöffnete Tür in meinem Rücken. Meine Hauptaufmerksamkeit gehört jedoch Nils, der bereits aus dem Auto gestiegen ist und mit einem in buntes Papier gewickelten Päckchen unterm Arm auf mich zustapft.

Toll sieht er aus! Eingemummelt in Mütze und dicken Schal, dazwischen blitzen gerötete Wangen und strahlende Augen hervor. Ein paar Haarsträhnen lugen ihm verwegen in die Stirn. Kaum ist er bei mir, hebe ich auch schon eine Hand und streichle sie fort, während Nils sich auf der untersten Treppenstufe stehend zu mir nach oben reckt.

»Hey …«

Statt etwas zur Begrüßung zu entgegnen, drücke ich meine Lippen sanft auf seine. Es ist keine vierundzwanzig Stunden her, dass wir uns im Dienst gesehen haben – gestern haben unsere Trupps ein gemeinsames Festnahmetraining absolviert –, dennoch habe ich ihn vermisst. Eigentlich vermisse ich Nils immer, wenn er nicht bei mir ist, was die Zeit, die wir gemeinsam haben, nur noch intensiver macht.

Als Nils die zwei Treppenstufen zu mir nach oben steigt, den Kuss mit seiner Zunge vertieft und sich an mich schmiegt, merke ich, wie sehr er zittert.

»Wow … was ist los? Dir ist ja eiskalt.«

»Mhm, die scheiß Heizung im Auto geht nicht. Das Ding bläst nur noch kalte Luft.«

»Autsch. Na dann komm rein. Meine Mutter macht Kartoffelsuppe, das wird dich aufwärmen.«

»Klingt sehr gut.«

An mir vorbei huscht Nils ins Haus und ich schließe rasch die Tür, damit nicht noch mehr Kälte von draußen hereinkommen kann.

»Sind die Kids noch da? Ist so verdächtig still.«

»Nein, nur Paul. Ich hab versprochen, dass er bei Emilio übernachten darf.«

Nicht, dass ich von Nils Widerworte oder eine beleidigte Schnute erwartet hätte, doch das Lächeln, das er mir zeigt, als er seinen Schal losgeworden ist, berührt mich zutiefst. Nach wie vor finde ich es wirklich bewundernswert, wie selbstverständlich Nils alles hinnimmt, was mit Emilio zu tun hat. Nicht selten geht für meinen Sohnemann Zweisamkeit zwischen Nils und mir flöten. Noch nie hat er sich darüber beklagt oder mich in irgendeiner Weise spüren lassen, dass ihn die Anwesenheit meines Kleinen nervt.

Emilio wiederum liebt Nils heiß und innig. Das wird wieder einmal überdeutlich, als Nils und ich gemeinsam die große Küche betreten. Kaum registriert Emilio den neu hinzugekommenen Besuch, lässt er auch schon das Messer und das Würstchen auf den Tisch fallen, klettert von der Sitzbank und springt Nils mit einem Freudenschrei in die Arme.

»Niiils!«

Lachend hebt der meinen Sohnemann hoch, dreht sich einmal mit ihm im Kreis. »Na, Großer … Alles Liebe zum Geburtstag!«

Als sei dies ein Stichwort, schiebt Emilio sich auf Nils Armen sitzend etwas von ihm weg und schaut ihn mit glänzenden Augen an.

»Hast du mir was mitgebracht?«

Nicht gerade die dezenteste Art, ein Geburtstagsgeschenk einzufordern, aber einem Sechsjährigen soll es an seinem Ehrentag verziehen sein.

»Na klar. Steht noch im Flur. Sollen wir mal schauen gehen?«

»Jaaa!«

Paul stimmt in Emilios Jubel ein und rutscht nun ebenfalls von der Eckbank. Man könnte beinahe meinen, Paul hätte ebenfalls Geburtstag, so sehr hat er sich heute den ganzen Tag über mit Emilio zusammen über alles, was der geschenkt bekam, gefreut.

Gemeinsam mit den beiden Knallköpfen verschwindet Nils aus der Küche. Ich will ihnen schon folgen, aber die Stimme meiner Mutter hält mich auf.

»Erik ... Schatz ... kannst du bitte nochmal Getränke aus dem Keller holen? Dein Herr Vater wollte das machen, aber er ist immer noch im Stall.«

»Klar, mach ich.« Ich drücke meiner Mutter einen flüchtigen Kuss auf die Wange. An Tagen wie diesen ist sie für mich noch mehr als sonst einfach Gold wert. Während Layla und ich die Kinder bespaßt haben, hat sie im Hintergrund die Fäden gezogen. Hat gekocht, zwei Kuchen gebacken und uns immer wieder unser Chaos unter dem Hintern weggeräumt.

In sechzehn Tagen ist bereits Weihnachten. Wenn danach etwas mehr Ruhe einkehrt, sollte ich sie und meinen Vater dringend mal wieder zum Essen in ihr Lieblingsbrauhaus in Stuttgart einladen.

»Martina, gibst du mir ein größeres Messer, bitte? Dann schneide ich die Würstchen fertig.«

Im Hinausgehen lächle ich Layla zu und fange ihr Zwinkern ein. Die beiden Frauen kann ich guten Gewissens alleine in der Küche werkeln lassen.

Als ich quer über den Flur zur Kellertreppe gehe, erhasche ich einen Blick auf Nils und die beiden Jungs. Das Geschenk – ein umfangreiches Lego-Bau-Set – wurde bereits ausgepackt und wird von den dreien gerade auf dem Wohnzimmerteppich genauestens in Augenschein genommen. Ich weiß zu gut, wie teuer diese Legosachen teilweise sind; Nils hätte Emilio kein so großes Geschenk machen müssen, aber er wollte es unbedingt.

Mit warmem Kribbeln im Bauch und zufrieden puckerndem Herzen mache ich mich auf den Weg in den Keller.

Als ich wenig später vollbepackt mit Bier-, Wasser- und Apfelsaftflaschen wieder nach oben stapfe, kauern Emilio und Paul noch immer auf dem Teppich und sind ganz vertieft darin, die ersten Legosteine aufeinander zu stecken. Nachher muss ich mir mal genauer ansehen, was Nils da gekauft hat. Aus der Ferne könnte die Abbildung auf der Verpackung ein Drache sein.

Von dem edlen Spender ist nichts zu sehen, und als ich in die Küche komme, finde ich dort nur noch meine Mutter vor. Die Würstchen haben inzwischen ihren Weg in die Suppe gefunden, die bereits einen herrlichen Duft in der Küche verströmt. Nachdem ich den gesamten

Mittag über fast ausschließlich Kuchen gerochen habe, knurrt mir jetzt erst recht der Magen.

»Wo sind Nils und Layla?«, frage ich und verteile die Flaschen auf dem Tisch und im Kühlschrank.

»Die sind nach oben in deine Wohnung.«

»Alleine? Also, ich meine, die beiden zusammen?«

»Ja. Layla hat sich Nils geschnappt. Sie wollte mit ihm reden.«

»Oha.« Mehr sage ich nicht dazu und auch meine Mutter schweigt, rührt nur mit wissendem Lächeln in der Kartoffelsuppe.

Nils

»Verrätst du mir jetzt mal, was Layla und du so lange zu besprechen hattet?«

Zum wiederholten Mal an diesem Abend pikst Erik mich auffordernd in die Seite. Und zum wiederholten Mal schüttle ich nur grinsend den Kopf, winde mich gleich darauf glucksend in seinen Armen, als seine Kitzelattacken heftiger werden.

»Nein. Hör auf jetzt. Ich hab's dir schon mal gesagt: Du musst dir keine Gedanken machen. Zwischen Layla und mir ist alles bestens. Besser, als noch vor ein paar Wochen.«

Seufzend lässt Erik sich rücklings aufs Sofa sinken, verschränkt die Arme hinter dem Kopf und schaut mich durchdringend an. Mir ist schon klar, dass er mich inzwischen viel zu gut kennt und deswegen so hartnäckig nachbohrt. Er spürt ganz genau, dass Layla und ich ein kleines Geheimnis vor ihm verbergen. Aber ich werde es jetzt definitiv nicht lüften.

Anfang Februar hat Erik Geburtstag, bis dahin muss er sich gedulden. Und ich mich auch.

Schon jetzt kann ich es kaum abwarten, sein Gesicht zu sehen, wenn ich ihm mein Geschenk überreiche. Ein Geschenk, für das ich Laylas Zustimmung gebraucht habe. Von daher kam es mir mehr als recht, dass sie mich vorhin zu einem Vieraugengespräch gebeten hat. Wir haben uns ausgesprochen, mögliche Differenzen aus dem Weg geräumt. Sie akzeptiert mich als Eriks Partner. Endlich ...

Und sie hatte tatsächlich nichts dagegen, dass ich im Sommer gemeinsam mit Erik und Emilio in den Urlaub fahren werde – noch im August, ehe Emilio im September zur Schule gehen wird. Zehn Tage in einer schnuckeligen Ferienwohnung in Dänemark.

Noch vor knapp einem Jahr hätte ich mir niemals vorstellen können, mit Partner und Kind zu verreisen. Ich hätte schlicht und ergreifend nicht einmal gewusst, was man mit einem Sechsjährigen im Urlaub unternehmen sollte. Inzwischen habe ich da eher eine Ahnung.

Insgeheim hege ich natürlich die Hoffnung, dass Erik und ich gegen Jahresende Zeit freischaufeln werden können, um nur zu zweit nochmal ein paar Tage wegzufahren. Oder noch besser, zu fliegen. Karibik wäre sicher toll mit ihm. Morgens ausschlafen, ein Frühstücksbuffet voller exotischer Leckereien, den ganzen Mittag am Strand dösen oder mit ihm durchs klare Wasser toben, abends Cocktails trinken gehen und dann in den Nächten die karibische Hitze auf ganz besondere Art genießen ... Diesen Plan muss ich definitiv in die Tat umsetzen. Irgendwann ... Hoffentlich bald ... Doch unseren ersten gemeinsamen Urlaub werden wir mit Emilio verbringen. Über Silvester wegzufahren, dürfte schlichtweg utopisch sein.

»Oh Mann, Nils ... Ich wüsste zu gerne, was gerade in deinem Kopf vorgeht.« Erik raunt mir leise zu, hat noch immer die Hände hinter dem Kopf verschränkt und sieht so lecker aus, wie er da am anderen Ende des Sofas lehnt und mich durchdringend mustert.

Ich rutsche näher zu ihm, neige mich über ihn und flüstere, nur Zentimeter von seinen Lippen entfernt: »Da läuft gerade ein Film ab. Ein ganz, ganz dreckiger, das kannst du mir glauben.«

Sein halb amüsiertes und halb angeheiztes Lachen ersticke ich mit meinem Mund, küsse ihn innig. Bin mir im selben Moment aber sehr bewusst darüber, dass in meinem Rücken die Tür zum Kinderzimmer nur angelehnt ist und darin zwei Sechsjährige schlummern. Zumindest hoffe ich, dass sie das tun ...

Als sich unsere Lippen voneinander lösen, schielt Erik an mir vorbei in Richtung Kinderzimmer. Kein Mucks dringt daraus hervor. Marley liegt in ihrem Körbchen neben der Tür. Vor einigen Wochen hat sie eindrucksvoll bewiesen, dass es stimmt, was Erik mir mal prophezeit hat: Wenn Erik in seinem Schlafzimmer ist, meldet sie sich lautstark zu Wort, sobald Emilio aufwacht. Wirklich ein unheimlich großer Vorteil, wenn man trotz Kind zweisame Zeit genießen möchte.

»Hast du mitbekommen, dass Paul vorhin gefragt hat, wer genau du eigentlich bist?«

»Nein, wann das?«

»Nach dem Essen.«

»Und?« Ich grinse Erik herausfordernd an. »Was hast du ihm gesagt?«

»Gar nichts. Das hat Emilio erledigt. Er hat Paul erklärt, dass seine Mama und sein Papa kein Ehepaar mehr sind, und dass sein Papa jetzt einen Mann als Frau hat.«

Ich kann mir Emilios ernste Miene, wenn er für sich kompliziert erscheinende Zusammenhänge erklärt, bildlich vorstellen und muss unweigerlich noch breiter grinsen. Die Erklärung mag nicht so ganz korrekt sein, denn streng genommen sind Erik und Layla immer noch ein Ehepaar – wenigstens auf dem Papier – und ich bin ganz sicher nicht seine Frau. Aber meine Güte, Emilio ist ein Kind und ich bin einfach glücklich, dass er die Trennung seiner Eltern inzwischen so gut verkraftet hat und mich als neuen Partner an Eriks Seite akzeptiert. Mehr noch, mich ziemlich ins Herz geschlossen hat, genauso wie ich ihn.

»Über diverse Feinheiten müssten wir vielleicht nochmal mit ihm reden, wenn er älter ist«, nuschle ich nahe an Eriks Lippen. »Aber so im Großen und Ganzen hat er wohl recht.«

Erik brummt zustimmend in unseren Kuss, schiebt seine Hände auf meinen Arsch und dann weiter nach oben und unter meinen Pullover. Zieht mich dicht an sich. Und ich lasse es nur zu gerne geschehen.

ENDE

DANKSAGUNGEN

Mehr noch als bei meinen Romanen zuvor geht mein größter Dank für die Unterstützung beim Plotten, Schreiben und Überarbeiten des 1. Bandes von »Sheltered in blue« an meinen Mann. Er stand selbst schon einige Male mit seinen Kolleg*innen von der BFE inmitten von Demonstrant*innen und konnte so aus erster Hand Erfahrungen liefern.

Ein weiteres dickes Dankeschön geht an meine fleißigen Kolleginnen und Testleserinnen Elisa, Jenny, Julia und Steffi. Sowie an meine Kollegin, Freundin und gute Seele Annette, die dem Skript sowohl inhaltlich als auch optisch den letzten Schliff verpasst hat.

Tausend Dank an Minelle für das wunderbare Cover und für alle weiteren, die innerhalb der Reihe noch folgen werden.

An mein Tintenzirkel-NaNoWriMo-Motivationsteam, bestehend aus Ahneun – der mich ebenfalls mit fachlichem Wissen zur Polizeiarbeit unterstützte –, Foxgirl, Ilva, Ixys, Leann und Möwe. Danke, dass ihr so hingebungsvoll mit Erik und Nils (und sogar mit Patrick) mitgefiebert habt.

Und wie jedes Mal geht der größte Dank an euch, liebe Leser*innen, die mich darin bestärkt haben, diese Reihe endlich zu beginnen. Ich hoffe, ich konnte eure Erwartungen mit dem ersten Band erfüllen und ihr bleibt der Reihe auch weiterhin treu.

Alles Liebe

Svea Lundberg

Über die Autorin

Im Jahr 1989 geboren und aufgewachsen inmitten grüner Wiesen, träumte die Autorin sich bereits von Kindesbeinen an gerne in fremde Welten. Während ihres Studiums der Germanistik, Skandinavistik und Kulturtheorie entdeckte sie nicht nur ihre Liebe für die nordischen Länder, sondern auch neue literarische Genres. Heute schreibt sie unter ihrem Realnamen *Julia Fränkle* im Bereich der Fantasy und als *Svea Lundberg* im Bereich Contemporary. Die Autorin lebt und arbeitet mit Mann und Hund in der Nähe von Karlsruhe und sammelt neue Ideen meist auf dem Pferderücken.

Veröffentlichungen als Julia Fränkle

- *Die Köpfe der Hydra*, in: *Heimchen am Schwert – Femtasy mit starken Frauen* (Verlag ohneohren, Juni 2016)
- *Elfendiener – Der Krieger und die Mätresse* (tensual publishing, Juli 2016)
- *Nacht der Blutsteine* (self-published, September 2016)
- *Elfendiener – Die Feuertochter und ihr Diener* (tensual publishing, Juli 2017)
- *Elfenrache – Flammen im Wind* (self-published, Februar 2018)

Veröffentlichungen als Svea Lundberg

- *Kristallschnee* (dead soft verlag, Januar 2016)
- *Inbetween – Zwischen Bühne und Bordell* (dead soft verlag, Juli 2016)
- *Kristallscherben* (dead soft verlag, Dezember 2016)

- *Die stille Seite der Musik* (Traumtänzer-Verlag, Januar 2017)
- *Inbetween – Zwischen Bahnsteig und Bestatter* (dead soft verlag, August 2017)
- *Dreimal ein letzter Tanz* (self-published, September 2017)
- *Kristallschneekugeln* (self-published, Dezember 2017)
- *Inbetween – Und zwischen uns der Regenbogen*, in: *Die andere Seite des Regenbogens* (Traumtänzer-Verlag, Oktober 2017)
- *Inbetween – Zwischen Fallen und Fliegen* (dead soft verlag, März 2018)
- *Die Clifton-Lüge* (Traumtänzer-Verlag, Juli 2018)
- *Der Mann, den wir lieb(t)en* (self-published, September 2018)
- *Der Mann, dem wir vertrau(t)en* (self-published, November 2018)
- *Rabenwinter*, in: *24 Days of Queeradventhologie* (herausgegeben von Lena M. Brand, Gabriele Oscuro und Jayden V. Reeves, Dezember 2018)
- *Le Fantasme*, in: *Like a (bad) dream* (herausgegeben von Juliane Seidel, März 2019)
- *Unter weiten Adlerschwingen*; gemeinsam mit Màili Cavanagh (Traumtänzer-Verlag, April 2019)
- *Sheltered in blue – Wenn Barrikaden brennen* (self-published, Mai 2019)

Weitere Infos auf www.svealundberg.net und auf Facebook.

Weitere Bände der Reihe Sheltered in Blue

»Sheltered in blue – Wenn Erinnerungen lähmen«

Veröffentlichung voraussichtlich am 1. Oktober 2019.

Amokalarm, Geiselnahmen, Razzien – wenn das Spezialeinsatzkommando gerufen wird, ist die Lage nicht selten lebensbedrohlich. Umso wichtiger ist es für die Beamten, sich im Einsatz blind aufeinander verlassen zu können. Doch was passiert, wenn das innere Gefüge eines Einsatztrupps durch einen dramatischen Vorfall auseinandergerissen wurde?

Bereits bei Dienstantritt beim SEK Baden-Württemberg weiß Kadir, welcher Schatten auf der Einheit liegt: Vor kurzem kam einer der Kollegen bei einem Einsatz ums Leben. Kadir ist klar, dass der Trupp ihn nicht himmelhochjauchzend in Empfang nehmen wird. Doch speziell einer der neuen Kollegen verhält sich ihm gegenüber ohne ersichtlichen Grund mehr als abweisend. Zunächst versucht Kadir, es als Lappalie abzuhaken, doch Jans Verhalten macht ihm zunehmend zu schaffen. In Jans Innerem scheint mehr im Argen zu liegen, als dessen langjährige Kollegen dem Neuen anvertrauen wollen. Als bei einem Einsatz die Lage zu eskalieren droht, sieht Kadir sich gezwungen, Jans dunkles Geheimnis ans Licht zu holen.

Printed in Poland
by Amazon Fulfillment
Poland Sp. z o.o., Wrocław

40046803R00170